産経NF文庫
ノンフィクション

読み解き
古事記

坂田安弘

潮書房光人新社

はじめに

「どうした日本」「おかしいぞ日本」「このままじゃ日本は滅びてしまうぞ」と、そんな言葉が巷で囁かれています。今日の日本の社会は、目に余るモラルの低下や、毎日のように起こる安易な殺人事件、偽装事件、贈収賄事件、振り込め詐欺と、よくもよくもここまで人の弱味につけ込めるものだと唖然としてしまうほどの世情になってしまっています。欲望を制御する術《すべ》を失った大人社会の問題だけでなく、子どもの生活の中にも、いじめにみられるように、妬《ねた》み、嫉《そね》みの感情問題が鬱積《うっせき》しています。こんな社会を誰もが「何かがおかしい」と気づき、憂えているのではないでしょうか。

そして「何か」がはっきりと見えてこない状況に、社会全体が苛立ちすら覚え、世の有識者の方々が必死になって「何か」を模索しています。それが証拠に、書店には自覚を促すような啓蒙書や対症療法的な実用書が目立ち、多くの人が即効薬でも求めるように手を出しています。しかし明確な解答は得られず、ますますその「何か」がわからなくなっているのが現状です。なぜ明確な解答が得られないのでしょうか。

民族の歴史を教えない民族は滅ぶ

敗戦後、日本人は勤勉な特質を発揮して、奇跡的大復興を遂げました。しかし、その復興と繁栄の一方で、「何か大切なモノ」を置き去りにしてきてしまったことに、戦後六十余年が経った今やっと気づき始めたようです。それが「どうした日本」、「こんな国じゃなかったはず」という気づきでしょう。その「何か」を知るカギが、『古事記』神話にあります。

イギリスの歴史学者のアーノルド・トゥインビー博士は、「十二歳までに民族の歴史を教えなかった民族は、世界の歴史の上からことごとく滅んでいる」と警告しています。洋の東西を問わず、すべての民族の存在の根拠として、例外なく歴史は神話に始まります。神話というものは、神々に祝福されて、神々の意思によって、この地球上に生命と住む国土を与えられた、民族の発祥の根拠となる物語です。

その大切な根拠を、民族の未来を背負った少年少女たちに教えないということは、自身の手で、自らの民族としての誇りを、歴史の彼方へ葬り去ろうとすることに他なりません。日本という国は無謀な戦争を行わない限り、永遠にこの地球上に存在し続けることは間違いありません。政体としての国家の話はどうあれ、民族として受け継ぐべき道は、民族の歴史を正しく知ることです。それは私たちの知る権利の原点です。

残念なことに、先の大戦以降、神話は悪いもののように、知らず知らずの内に誰かによって擦り込まれてしまいました。そのお陰で学校教育の現場でも神話教育は見向きもされなくなっています。「神話を教育の現場に」と声に出した途端に、戦前回帰の民族主義者だとか、国粋主義者だとかのレッテルを貼り、神話などという事実ではない荒唐無稽な作り話をなぜ子どもたちに教える必要があるのかと一蹴してしまう始末です。神話を過去の荒唐無稽な作り話としか考えていない大人は、そもそも神話の意味を知らず、単なる絵本のお話としてしか接してこなかった人たちなのでしょう。こうした大人たちの無責任さが、「何かがおかしい今の日本」をつくってきたようです。

今ようやく一握りの有識者たちが、日本の神話に着眼して、日本神話復活を訴えておられることは、日本の将来に一筋の光を与えていると喜ばねばなりません。最近は書店にも日本神話の本が並ぶようになり、カルチャースクールなどでも、日本神話の講座が開かれるようになりました。でも残念ながら、今の日本の抱えている問題の「何か」の的確な教えにはなっていませんし、だいいち、神話とは何か、そして神話はどのように読めば神話が神話として自分の滋養となるのかを解くカギはみつからないようです。

『古事記』は隠れて見えない存在の話

神話とは、読んで字の如く「神様のお話」です。「神」とは、「カクレミ」が語源で、「隠れて見えない存在」という意味です。隠れて見えない存在を語らなくてはならないので、私たちが日常使用している言語では表現されていないのです。ここが重要なところです。

私たちが日常使っている言語というものは、相手が誤認しないように、モノやコトを的確に、正確に伝えるようにできています。しかし神話は「心のお話」、目に見えないモノやコトを語っていますから、通常言語では語りようがありません。そこで通常言語とは異なる「神話言語」という特殊な言語で語られています。そこが、これまでの神話本の根本的な間違いなのです。だから文字や言葉をそのまま読んでしまうと解釈が間違ってしまうために、目に見える状態に変換して読み取らねばならないことになります。そのために「比喩」という表現方法が駆使されています。目に見えないモノやコトを、ある物に喩《たと》えているので、行間を察し、何を謂《い》わんとしているのかを心で読み解いていくことが必要になります。

例えば、「八岐大蛇《やまたのおろち》」の物語です。頭が八つあって胴体は一つ、尻尾は八つに分かれていて、しかも八つの山谷にまたがるほどの巨大なものとして神話では語られています。誰が考えてもそんな奇怪千万な大蛇がこの世にいるわけはありません。そのトリックをきちんと読み解かないと、荒唐無稽な作り話で済まされてしまうのです。「頭が八つとは、先人は何を伝えようとしているのだろう」「胴体が一つとは・・」「尻尾《しっぽ》が八本・・」と、想像をめぐらして、心で考えるのです。それが「読み解く」です。例えばイザナギとイザナミの国生みの神話がありますが、その国生みを、上っ面だけの文言を読んでしまうと、男と女の生殖行為だとか神々のロマンだとか、神々の失敗談などと捉えてしまいます。もっと深い深い先人の英知を読み解くことが必要です。

何かを探り当てようと心で読む

目に見えない存在を比喩をもって表現している神話は、それだけで宇宙的で、三次元、四次元の世界を現すとてつもないエネルギーに満ち満ちた話です。人間の想像力をはるかに超えた、果てしなく可能性に満ちた世界。そんな世界は「心の目」で捉えないと理解できません。ですから、比喩を頼りに心で読み、英知を探り出すのです。難しいようですが、慣れると神々の行為が、自分の抱えている問題と重なり合って、「そうなんだ」「そうしなければいけないんだ」と納得しつつ導かれ、痛快なほどに面白くなり、日本民族とは何と素晴らしい創造性をもった民族かと感動を得るはずです。

さらに大切なポイントは、『古事記』は千年もの永きを、多くの日本民族の心を潤し、語り継がれてきたということです。他国には他国の神話がありますが、どの民族の神話も語り継がれています。民族の心の発祥、根本の教えを、延々と千年を超えて、心の拠り所として読み伝えられてきました。そこには「何か」があると直感的に思うからこそ、日本の神話も千年を超えて今日まで受け継がれてきたことを忘れないでいただきたいのです。そうした気持ちで読めば、『古事記』はあなたにとって一生に一冊の、貴重な座右の書にもなるでしょう。

文字を意識せず比喩から読み解く

もう一つ、読み解くに当たって大切なカギがあります。

『古事記』は日本語を外来の文字を使って表記したものですから、今の私たちの感覚で、原文の漢字をそのまま意味をもたせて読まないことです。稗田阿礼《ひえだのあれ》の読誦《どくしょう》を、傍にいた者が、音だけで筆記したものですから、漢字の一字一字には意味はありません。原文を読み解くときは、その点にも留意してください。

日本語というものは、逃げ場のない狭い島国という特殊な地勢の中で出来上がった言語ですから、比喩を多用して、その解釈を相手の心に委ねるという、他の言語には見られない特徴をもった特殊な言語です。編纂者である太安萬侶《おおのやすまろ》はその『古事記』序文で、

……上古の時、言意並びに朴《すなお》にして、文を敷き句を構ふること、字におきてすなはち難し。已《すで》に訓によりて述べたるは、詞心に逮《およ》ばず、全く音をもちて連ねたるは、事の趣《おもむき》更に長し

と述べていますが、だからこそ日本が「言霊《ことだま》の国」と謂われる所以《ゆえん》です。

太古の昔の心が素直であった先人たちの心に立ち返って、比喩を、心を表現するための比喩として読む。これが本書の目指すところです。

『古事記』の構成は、「上巻（上つ巻）」天地開闢《かいびゃく》に始まる神々の物語と、神武天皇に始まる「中巻（中つ巻）」、仁徳天皇に始まる「下巻（下つ巻）」を合わせた天皇のエピソードと歴史で構成されています。天皇の歴史も面白いのですが、これは後の機会にお話するとして、本書では「上巻（上つ巻）」を読み解いていきます。心で読み解かねば正しい意味が伝わらない大切な部分だからです。子どもの頃に聞いたイザナキ、イザナミの国生み、天照大御神の

天岩戸、須佐之男命の大蛇退治、大国主命の稲羽の素菟などの物語はこの巻に入っています。これらを読み解くほどに、一つひとつの『古事記』神話が、これまで漠然と知っていた話とはまったく別物の教示を与えていることに驚かされることでしょう。そして、一つひとつの物語があなた自身の心の持ち方に及び、果ては日本民族の精神の支柱として甦り、現代社会を悩ます「何か」を解くカギが自ずと見えてくるはずです。

それでは『古事記』に記された目に見えない心の神話を、読み解いてまいりましょう。

読み解き古事記——目次

第二章　高天原の神々の活躍

第三章　大国主命の神話

第四章　葦原中国の平定（国譲り）

第五章　天孫邇邇藝命の降臨

読み解き　古事記

第一章　天地開闢

別天つ神五柱と神世七代から
この世の生成・国生みの神話

一、天地開闢《かいびゃく》と別天《ことあま》つ神《かみ》五柱《いつはしら》

【原文】

天地初《あめつちはじ》めて發《ひら》けし時《とき》、高天《たかま》の原《はら》に成《な》れる神《かみ》の名《みな》は、天之御中主神《あめのみなかぬしのかみ》。次《つぎ》に高御産巣日神《たかみむすひのかみ》。次《つぎ》に神産巣日神《かみむすひのかみ》。この三柱《みはしら》の神《かみ》は、みな獨神《ひとりがみ》と成《な》りまして、身《み》を隠《かく》したまひき。次《つぎ》に國稚《くにわか》く浮《う》きし脂《あぶら》の如《ごと》くして、海月《くらげ》なす漂《ただよ》へる時《とき》、葦牙《あしかび》の如《ごと》く萌《も》え騰《あが》る物《もの》によりて成《な》れる神《かみ》の名《みな》は、宇摩志阿斯訶備比古遲神《うましあしかびひこぢのかみ》。次《つぎ》に天之常立神《あめのとこたちのかみ》。この二柱《ふたはしら》の神《かみ》もまた、獨神《ひとりがみ》と成《な》りまして、身《み》を隠《かく》したまひき。

上《かみ》の件《くだり》の五柱《いつはしら》の神《かみ》は、別天《ことあま》つ神《かみ》。

【現代語訳】

未だ物質世界というものが現《あらわ》れない、何もないような、でもあるような、そんな宇宙の初めの時に、高天原《たかまのはら》という無にして有、有にして無の世界があった。その高天原《たかまのはら》という世界の初めにアメノミナカヌシという神様が自ずとお生まれになられた。次にタカミムスヒ、カミムスヒという神様が自ずとお生まれになられた。この二柱《みはしら》の神様は、存在するようで存在せず、でも天地が自ずと存在するかの如くに確かに存在する。目には見えないけれど、そして確かな実感はないけれども存在する。そんな働きとして天地と共にお生まれになられた。

次に地はまだ出来たばかりで形らしい形もなく、まるで水に脂を浮かべたかのように漂うばかりで、それはまるで海月《くらげ》が水中を流れ行くように頼りのないものであった。でもその頼りない中にも、まるで春先に水辺の葦が一斉に勢いよく芽吹くように力強く萌えあがる一つの力が兆しとして現れたのがウマシアシカビヒコヂという神様であった。その次に現れた神様がアメノトコタチである。この二柱の神も目には見えないが確かに物事を生み育てる兆しとして存在した。

以上の五柱の神は特別の働きで天つ神と言う。

【読み解き】

これが『古事記』本文の冒頭の部分で「天地開闢《かいびゃく》」の神話と言われています。一般に神話は、冒頭の部分でその信仰のあり方がわかるようになっています。例えばキリスト教の聖書、ヘブライの天地創造神話では、「神が天地を創り給えり」という出だしで語られます。何もない時間というものを想定し、そこに唯一絶対の存在としての神だけが存在し、その神の意志によって、先ず初めに天と地とが創られ、その唯一絶対なる神がこの世の中のすべての物を創り出し、最後に足元の土塊を自らの姿に似せて創り、息吹を与えてアダムとした。これがキリスト教の天地創造の神話です。

日本の神話で語られる天地開闢というものは、これとは大きな違いがあります。キリスト教では何もない絶対無の世界に神という存在を想定して、その神がこの世の中を無から創造したと説きます。日本の神は、天地が自ら形となってゆく変化の中に、天地と共に化成してくるのです。それがこの天地開闢神話で、私たち日本民族の基本的なものの考え方の基になっていて、この冒頭の部分を読んだだけで、日本人のものの考え方の癖が感じ取れて、これから語られる神話の基本的構造も予測ができるのです。

私たち日本人の遠い昔の先祖たちは、宇宙の初めに唯一絶対なる神という存在があり、その神が自らの意思でこの世をまるで模型でも作るかのごとくに創造したとは考えませんでした。この世、つまり宇宙が始まる以前の時間を想定したのです。それは、この物質世界の形にはなっていないけれども、すべてが生み出される力が凝縮したような時間であり、空間でした。現代科学をもってしても解明不可能といわれるビッグバン（Big Bang）以前のコンマ何秒という世界を想定したのです。驚くほど科学的な目を持っていたといえます。

そしてビッグバンの如くに自ずと開けて時間と空間が生まれ、その中にモノやコトが生ずる基の働きとして神が同時に化成したと考えたのです。それがアメノミナカヌシノカミです。この神は現実世界のすべてのモノやコトに貫かれる一元一気の神です。その気が自ずと分かれて、タカミムスヒとカミムスヒに化成します。誰もが一度は目にしたことがある巴の紋のような二気の働きが、まるでプラスとマイナスの電子のように起こり、時空間が静かに回転していきます。その回転によって時間も生まれ、物質世界が顕現して、今私たちが生きている現実世界が出来上がってきます。これをこの冒頭の二行の文章で語っているのです。

この「化成する」ということが日本の神の特徴です。何もない無の空間に神だけが存在するのではなく、天地自然が働きだすとともに神は自然と生まれ成ってきた、それが日本人の思うところの神という存在で、それを「物実《ものざね》」といいます。物実とは物事の種や基という意味で、一元一気のアメノミナカヌシから始まってそれが二気に成り、この物質世界のすべてのモノやコトまでもが、成っているという考え方です。もちろん私たち人間も、この世界にあるすべてのモノと同じように、原初は神の化成したものだと私たちの先祖は考えたのです。『日本書紀』の天地開闢の段には、「天先ず成りて地後に定まる。然して後、神その中に生れる」と述べられています。宇宙が自ずと開け、次に天地が開けるが故に神という存在がその中に生まれたと考えたのです。こうして考えますと、神という存在は、自ずと生まれる働きであり、変化そのものでもあるともいえます。

私たちの先祖は、宇宙の初めの時間を想定して、そこを「高天原」と呼びました。キリスト教のように神という存在を想定するのではなく「空間」を想定したのです。この「高天原」という言葉は、延喜式に編纂された祝詞《のりと》以外では、『古事記』にしか登場しない言葉です。

高天原という言葉は、「高」と「原」と、その間にある「天」の三つに分けて読み解くことができます。高天原の「高」は高い低いの差を示す意で、この物質世界のタテ軸を表します。「原」は無限に水平に広がるヨコ軸を表します。高天原の「高」と「原」でこの空間にタテ軸とヨコ軸が定まり、私たちが生きている三次元世界が始まったことを表現しています。このタテ軸は時間軸でもあり、私たちが生きる「今」という時間は、遠い昔から未来へ繋がる一瞬であることを示唆しています。それを表しているのは、高天原の「天」という言葉です。「ま」は「天」つまり空間でもあり、「間」でもあり「真」でもあります。長い時間の流れの中では、いわば私たちが生きている「今」は、時間軸と物質世界の平面軸との交わりの瞬きの一瞬にしかすぎず、遠い過去も未来も「今」という時間の上に重なって存在するということを意味する言葉なのです。これが日本民族の古来からの信仰である神道で説くところの「中今」という思想です。考えてみれば私たちは「今」という一瞬の現実世界の真理を、高天原という言葉で表現しているのです。そのことは江戸末期の神道家である井上正鐵が「神代とは古き昔のことならず、今を神代と知る人ぞ神」と歌にして、この世の真理を示唆しています。

アメノミナカヌシからタカミムスヒとカミムスヒという二気の神へと一元二気は化成しました。先にプラスとマイナスの電子のようなと表現しましたが、この二柱の神の「ムスヒ」という言葉はモノが生成していく働きという意味の言葉です。天地開闢と共に化成したアメノミナカヌシという神から、やがて時を経てモノが生まれゆく力が具体的に動き出したのです。

ここで注視すべきは、この二柱の神はどちらも「カミムスヒ」という神であるということです。違いがあるようでない、違いがないようである。これが先に触れたプラスとマイナスの電子でもあるのですが、全く同じなのに何かが違うということを、私たちの遠い昔の先祖は同じ名前に「タ」という音を加えるという手法で表現をしたのです。この「タ」という音は日本語の発音の中で最も弱い破裂音です。この破裂音こそがタカミムスヒの陽の気を表し、カミムスヒが陰の気を表していて、二つの相反する気はアメノミナカヌシの一元一気によって一つとなり無限の回転を始め、やがてその中に葦が芽吹くが如く神々が誕生していきます。これから誕生してくる神々の名に、この二柱の「カミムスヒ」の「ムスヒ」が常に陰陽の気として表れてきますから、この二柱の神の名前も覚えておくとよいでしょう。

さて、天地は分れ、その中に自ずと造化の三神が化成したけれども、まだこの物質世界とはなっていない。それが次の件で「海月《くらげ》なす」と表現され、まるで葦が芽吹くように萌え上がる力が生じてきたと神話は語り進めます。それがウマシアシカビヒコヂという神です。日本の国を「豊葦原の中つ国」と表現するように、昔は私たちの住む国土には何処にでも葦が生い茂っていました。春先に見る見る育つ生命力の強い植物です。その育つ力こそが神の働きであると先祖たちは見て取ったことがこの神の名前でわかります。アシカビヒコヂのアシカビとは葦の芽という意味で、ヒコは男性を表す言葉ですが、私たち人間の性別と思ってはいけません。物が育ち行く力の陽の気として解釈します。そのように理解しないと、やがて読み解く国生み神話を性交などと誤って解釈してしまうのです。大きな過ちを犯すことになりますから注意が必要です。この神の名は「盛んな勢いで萌え上がり立ち上る力」というふうに理解してください。

そして見落とせないのは「ウマシ」という言葉です。この名を一般に刊行されている『古事記』神話の解釈本では注視していません。中には覚える必要のない神などと記している本さえありますが大きな過ちです。この「ウマシ」こそ『古事記』の最後まで貫かれている精神であり、この神が造化の三神の次に生まれたということが、私たち日本人の信仰や物事の考え方の基となっているのですから大変重要なことです。

「ウマシ」という言葉は「美しい」とか「麗しい」とか「喜ばしい」という意味の言葉です。このような形容詞が冠されている神様の名前は、『古事記』に登場する三百七の神様の中でも珍しい存在です。しかも、私たちの世界観や生命観を定める神として最初に登場します。この最初の兆しが「ウマシ」であったから、この後さまざまな神々が生まれ、この世が完成し発展し、未来永劫にわたり、日本民族は発展し続けるという啓示がここに表現されているのです。

日本には仏教やキリスト教が伝播されるまで地獄という思想がありませんでした。「ウマシ」の気、兆しは、永遠に天に昇りゆく様子となって、アメノトコタチと表現されるように、永遠に「ウマシ」の気が立ち上り、世界は発展し続けるという日本人の陽気なモノの捉え方、楽天的で平和な考え方が、ここに神話言語という比喩を用いて存分に語られているのです。

二、神世《かみよ》七代《ななよ》

【原文】

次《つぎ》に成《な》れる神《かみ》の名《みな》は、國之常立神《くにのとこたちのかみ》。次《つぎ》に豐雲之神《とよくもぬのかみ》。この二柱《ふたはしら》の神《かみ》もまた、獨神《ひとりがみ》と成《な》りまして、身《みみ》を隠《かく》したまひき。

次《つぎ》に成《な》れる神《かみ》の名《みな》は、宇比地邇神《うひぢにのかみ》、次《つぎ》に妹須比智邇神《いもすひぢにのかみ》。次《つぎ》に角杙神《つのぐひのかみ》、次《つぎ》に妹活杙神《いもいくぐひのかみ》。［二柱《ふたはしら》］次《つぎ》に意富斗能地神《おほとのぢのかみ》、次《つぎ》に妹大斗乃辨神《いもおほとのべのかみ》。次《つぎ》に於母陀流神《おもだるのかみ》。次《つぎ》に妹阿夜訶志古泥神《いもあやかしこねのかみ》。次《つぎ》に伊邪那岐神《いざなぎのかみ》。次《つぎ》に妹伊邪那美神《いもいざなみのかみ》。

上《かみ》の件《くだり》の國之常立神以下《くにのとこたちのかみよりしも》、伊邪那美神以前《いざなみのかみよりさき》を、併《あは》せて神世七代《かみよななよ》と稱《い》ふ。［上《かみ》の二柱《ふたはしら》の獨神《ひとりがみ》は、各一代《をのをのひとよ》と云《い》ふ。次《つぎ》に雙《なら》びます十神《とはしら》は、各二神《をのをのふたはしら》を合《あ》はせて一代《ひとよ》と云《い》ふ］

【現代語訳】

天に神々が生まれると、地にも次々と神が現れた。脂のように漂っていた地も物事が成って行く力を兆しとして芽吹き始め、それがクニノトコタチとなった。そして地は次第にその形を整えてゆく。そこにトヨクモヌが生まれた。この二柱の神も物事が生成してゆく力として存在して目に見える物質世界にはその身を置かなかった。これで地も天と同じく生成の力と働きを持った。そこで次に天に応じて地にもいよいよ陰陽の働きが顕著に現れ始める。その最初に化成したのがウヒ（イ）ヂニとスヒ（イ）ヂニとなった。次にツノグヒ（イ）、イクグヒ（イ）が生まれ、この大地は次第に今の私たちが生きる世界のようになっていった。そして次にオオトノヂとオオトノベが生まれ、次にオモダルとアヤカシコネが生まれてこの地球上には生命が繁栄するすべての条件が整った。そしてついにイザナギとイザナミが誕生した。

これまでに語ったところのクニノトコタチからイザナミまでを神世七代と言う。最初の二柱の神はそれぞれ一代と数え、次に陰陽並んで現れた神はそれぞれ二柱で一代と数える。

【読み解き】

この段では、先に語られた天に神々が生まれたことを受けて、地がそれに応えて次々と神々を誕生させていきます。神々の誕生といっても、ここで生まれる神々は私たちのような人体を持った神、つまり人格神ではありません。先にも述べたように物実《ものざね》としての神の誕生です。先ずはこの地球という環境がどのように出来上がってきたのかが語られます。目に見えないのは「心」だけでなく、過去も「目に見えないもの」に属します。

脂のように漂っていたものからクニノトコタチが生まれます。これは先のアメノトコタチと対の存在として、地の生成の初めに登場します。地球そのものを神格化したもので、国土の限りを「知ろしめす」神という意味の名です。『日本書紀』に「天先ず成りて地後に定まる」と語られるように、存在世界は先ず天、つまり宇宙ができて、その後に私たちの住む世界が出来上がったというわけです。

さて、私たちの住む「地」がどのように出来たのかというお話に入ります。クニノトコタチの次にトヨクモヌが生まれます。浮脂のごとく漂っていたものが次第に固まる状態を表した名で、群がり固まるという意味です。大地が広々とした沼のようになってゆくことを表しています。モノが凝《こ》ると自ずとそこには芽吹くものが生まれます。それが次に生まれるウヒ（イ）ヂニとスヒ（イ）ヂニという神です。ここから陰陽二柱の神として語られますが、人間の男と女、動物の雌雄と読んでは「目に見えない心のお話」とはなりません。脂の様に浮き漂うものの中から、やがて潮と土とに分かたれて、大地が泥や砂となって、やや形を整えた状態を表します。するとそこに生命が芽吹き始めます。火山の噴火の後に溶岩だけの大地に、やがて草木が繁茂し始める光景を思い浮かべてください。ツノグヒ（イ）とイクグヒ（イ）は生成繁殖を神格化した神です。「クヒ（イ）」はものの初めて芽吹く様を表し、「ツノ」はものの僅かに成り始めて芽ほどの物を生じた様を表しています。つまり「ツノグヒ（イ）」は角のように芽が出始めたことを意味し、「イクグヒ（イ）」は生成し始めようとする様を意味しています。泥土がだんだんと固まり、そこに生物が生成し、互いに育《はぐく》み育てる力を得たことを意味します。この二柱の神により「ウマシ」の力を得て、次々と神々が生まれ、育まれていくことになります。

さて泥土が固まりそこに生命が芽生えると、次にオオトノヂとオオトノベが生まれます。一般に「地」は男性を意味し、「弁」は女性を意味する接尾語であるといわれますが、ここも男女は意識しないことが肝要です。生命の生成発展からすれば雌雄弁別されたことを意味してはいるのですが、昨今の『古事記』神話を男女のセックスや自由恋愛の物語として読もうという風潮への警鐘として申し上げておきます。この二柱の神は、大地が完全に凝固して、生命を育む基盤として完成したことを神格化した神です。完成したところに、オモダルとアヤカシコネが生まれます。オモダルは大地の表面が不足なく具《そな》わり整ったことを意味しています。生命に喩えれば、手足やその他もすべて完成したことを表しているともいわれています。アヤカシコネは大地の表面が不足なくすべて具わり整ったことを「あやにかしこし」と称えた名で、私たちの住むこの存在世界の完成を喜び称えた意味の名前です。

ここまで読み解いてみれば、私たちの先祖たちの見えないモノを見抜く感性の鋭さに驚かされます。私たちの常識になっているビッグバンによる宇宙の始まりから、地球が火の玉一つから段々と凝り固まり大地ができあがり、その上に生命が芽吹き育まれて人類へと進化したことが、今から千年以上も前に、先人たちによって語られていたのです。まさに、私たちの祖先の英知はすごいものです。日本人は世界に誇る頭脳先進国であったわけです。

いよいよ生命の誕生と進化について、この段で語られていきます。先ず天が定まり、次にクニノトコタチが生まれ、生命を育む地の存在が定まります。すると自ずとトヨクモヌの働きにより地がその形を整え始めます。そこに生命の基となる芽吹きを意味するウヒ（イ）ヂニと、弱よわしい単細胞のようなスヒ（イ）ヂニが誕生します。この単純な二柱の生命体から、やがてツノグヒ（イ）という脊椎が生まれ、イクグヒ（イ）という経絡を走らせた臓器までもが出来上がります。その後にはオオトノヂとオオトノベといって雌雄が明らかになり、現在の生命の基礎が完成します。それもまたオモダルとアヤカシコネとなり、身体の発展を遂げ手足やその他も満足に形成され、ついにイザナギとイザナミという人格神へと成長を遂げます。人類に至る進化の歴史が語られた部分こそがこの神世七代という神話だったのです。日本語の音として読み解けば、オモダルは「思いが足りる」という意味、カシコネは「賢い」知恵を意味する言葉であることがわかります。天の大いなる存在は私たちに体、心、知恵の順序で授けてくれました。この教えを教育に当てはめれば、体育、徳育（心の教育）、知育の順序で育てることの大切さが見えてきて、今は体育と徳育が軽視され、知育ばかりが先行して、結果モラルの低下や忌まわしい事件・事故を起こしているのではないかと読み解けるわけです。

さて、多くの神話解説本が語らない「心のお話」として、イザナギとイザナミという名前について触れておきましょう。この二柱の神は最初の人格神で「ギ」という音は陽の音とされ、男性を表し、「ミ」の音が陰の女性を表しています。ですからこの二柱の神は男女の祖《おや》神《がみ》として読んで間違いではありません。しかし「ギ」と「ミ」という音に注目するだけでなく「イザナ」という音を見落とさないでください。

この「イザナ」という音を今の私たちが使用している文字に当てれば「誘う」という文字になります。これを「いざなう」と読むのか、「さそう」と読むのか。そこが日本語の妙というもので、「さそう」と読んだ時は悪いことにも使います。「俺を悪の道に誘ったのはお前だ」のように。しかし「いざなう」と読むときは良いことにしか使わないものです。このイザナギとイザナミという祖神は、互いに天の大いなる存在から授かった心と知恵を駆使して、互いに誘い（いざない）合う男女という意味なのです。先に述べました「ウマシアシカビ」

の「ウマシ」の心が貫かれているからこそ、「いざない合う男女」と読み解くことができるのです。互いに「ウマシ」の一気を受けて「いざない」合うからこそ、次の段から始まる「国生み」が成されていくわけです。ここを正しく読み解いてこそ、『古事記』が「生きた神話」として甦ってくるのです。

三、国土の修理固成

【原文】

ここに天《あま》つ神諸《かみもろもろ》の命《みこと》もちて、伊邪那岐命《いざなぎのみこと》、伊邪那美命《いざなみのみこと》、二柱《ふたはしら》の神《かみ》に、「この漂《ただよ》へる國《くに》を修《をさ》め理《つく》り固《かた》め成《な》せ」と詔《の》りて、天《あめ》の沼矛《ぬぼこ》を賜《たま》ひて、言依《ことよ》さしたまひき。故《かれ》、二柱《ふたはしら》の神《かみ》、天《あめ》の浮《うき》橋《はし》に立《た》たして、その沼矛《ぬぼこ》を指《さ》し下《お》ろして畫《か》きたまへば、鹽《しほ》こをろこをろに畫《か》き鳴《な》して引《ひ》き上《あ》げたまふ時《とき》、その矛《ほこ》の末《さき》より垂《したた》り落《お》つる鹽《しほ》、累《かさ》なり積《つ》もりて島《しま》と成《な》りき。これ淤能碁呂島《おのごろじま》なり。

【現代語訳】

そこに至って、すべての天つ神のお決めになった仰せで、イザナギとイザナミに「この漂っている国を、人が人らしく住める国として作り固めなさい」とご命令になられ、立派な矛をお授けになって委任なされた。それでイザナギとイザナミは天の浮橋にお立ちに成り、天つ神から授かった立派な矛を海に刺し立ててぐるぐるとかき回した。すると海水は次第にコオロコオロと凝りゆき、海水から引き上げた矛の先からは一滴一滴と塩がしたたり落ちた。すると矛の先からしたたり落ちた塩がしだいに積もり固まって島となった。これをオノコロ島という。

【読み解き】

アメノミナカヌシ、タカミムスヒ、カミムスヒのウマシアシカビの心によって地上世界も次第に地としての形を整えてゆき、そこに生命が誕生し、やがて進化を遂げてゆきます。しかしまだ人間の住めるような地上世界ではありません。そこで造化の三神は話し合い、地上世界に住むべき姿となったイザナギとイザナミに、地上世界完成という使命を下します。イザナギとイザナミは天つ神の「この漂える国を修《おさ》め理《つく》り固《かた》め成《な》せ」という命令を受けて、脂の如く漂う国を人の住む地上世界として完成させようとします。これを「修理固成の神《しん》勅《ちょく》」と言います。国を修復して平和で住みよい環境にする責任は、今も私たちに課せられています。

この神勅の心は、これから展開していく神話のすべてに貫かれます。今まで語られてきた地上世界は浮かれ漂うものでした。浮かれ漂うということは、物事が定まらないという意味で、それが浮世という言葉の元にもなっています。この浮世はままならず、人の欲望が交錯して深い悲しみや苦悩を受けますが、「ウマシ」ことも沢山あるのも事実です。昔から「葦

（あし）も処変われば葦（よし）と言い」と言いますが、「葦原の中つ国」の神意もそこにあるのかもしれません。

イザナギとイザナミは天つ神から命令を受けて地上世界の完成へと動き始めます。ということは、イザナギとイザナミは天つ神ではないということにもなります。もともと、天つ神とは高天原で活躍される神々をさし、対する国つ神は地上世界で生まれた神々をさしますが、ここでは、天つ神をイザナギとイザナミ以前の神、もっと言及すれば造化の三神に限定して物語を進めていきます。

この修理固成という天つ神の命令で、地上世界が完成へと動き始めるということは、もともと地上世界は天つ神の意思のもとにあり、やがて出雲の国譲り、そして天孫降臨を経て神武天皇のご即位へと続いてゆきます。今もこの地上世界は天つ神の意思の下にあることに変わりありません。その天つ神の意思とは「ウマシ」であることは先にも述べました。

この段では重要な単語を中心に読み解いてまいりましょう。先ず初めは「天沼矛《あめのぬぼこ》」です。矛は金気を表し、陽の気の象徴として語られます。また矛は武も文も兼ね備える徳の象徴としても語られ、その形体から天地が開けて最初に化成したアメノミナカヌシとタカミムスヒとカミムスヒといった造化三神の「ウマシ」の気が貫かれる一元貫通、一元一気貫通の徳の象徴として登場します。これは先の神世七代の段で読み解きましたイザナギとイザナミが、体と心の完成の後に英知を得た神話と繋がり、天つ神から英知の象徴として二柱の神に「天沼矛」が手渡されます。つまり国土の完成、修理固成ということは、英知を最大限に働かせて成せというご命令であったことがわかります。

次に「天の浮橋」です。もともと橋というものは川のこちら側と彼岸とを結ぶもので、常に相容れない行き来ができないものを一つに結ぶ働きを持っています。橋は「和気」の象徴として登場します。陰陽の和気の象徴です。この天の浮橋の登場が、次の国生みという神話への伏線となっていて、和気の象徴である天の浮橋は、人にあっては夫婦の和合を物語り、天地にあっては陰陽の気が通い和合して万物が生成されるという、宇宙生命の絶対真理を物語ります。世の中はすべて和気ならずして成就ということはありません。ここに「和をもって尊しとなす」という聖徳太子の「十七条の憲法」の精神が語られているのです。

また「橋」という言葉の音は「端」とも通じます。端は物事の極まった状態を意味し、善悪正邪を分けること、即ち英知をもって物事の善悪をしっかりと見定めること、それによって物事は和合して成就するという真理を、この天の浮橋という単語一つで語りかけています。今の社会でも右翼思想も左翼思想も、極端になると世の中を崩壊へと導きます。天の浮橋をもって教えている先人たちの英知は、物事が極端に流れることなく、中庸を重んじることをも示唆してくれているのです。

次が「淤能碁呂島《オノゴロジマ》」です。このオノコロ島という言葉は「自ずと凝り固まる」という意味の言葉であるというのが通説となっています。この島が実際には紀淡海峡の小島であるとする説もありますが、『古事記』神話を「心のお話」として読み解く上では、何処だという地点を限定することはあまり意味のないことなので、本稿では言及することは避けます。むしろオノコロという音に注目して読み解きます。

オノコロという言葉は何度も繰り返して口にしていますと「己の心＝己心《おのごころ》」とも通じてきます。天つ神の「この漂える国を修め理り固め成せ」というご命令を戴して、それを絶対に完成させるという強い意思そのものの象徴として語られているのです。ですから先に矛が英知の象徴、武も文も兼ね備える一元一気貫通の象徴として手渡され、それによって自ずと凝り固まった島として表現されているのだと思います。物事を成就するためには強い意志が不可欠です。イザナギとイザナミという二柱の神は、私たち子孫のために何が何でも平和な素晴らしい地上世界を完成させるのだという強い意思をもって、後に展開される国生みへと互いに誘《いざな》い合っていったことがここに語られています。

神話は、地球環境問題にも直面している私たちに示唆するところの大なる心のお話です。イザナギとイザナミは「漂える国を修《おさ》め理《つく》り固《かた》め成《な》す」という強い意志の上に降り立って、国生みをしたと読み解くことが「心のお話」としての古事記神話の読み解き方になります。

考えてみれば、この世に存在しているものは全て例外なく境界線によって存在が証明されます。境界線がないものは存在しません。皮膚というものは、ここまでが自分という境界線があるから自分が存在しています。周りにある物事もすべてそうです。仕事もここまでが自分のやるべきことという境界線があっての存在です。地球も然り、太陽系も然り、銀河系も然りですが、宇宙にはその境界線がありません。境界線がないということは、宇宙は存在していないという証明にもなります。存在がはっきりしていない宇宙の中に私たちは生きているという大きな矛盾の中に私たちは存在しているのです。何が私たちを存在せしめているかと言えば、それは「ココロ」以外にはないのです。確かにここに存在しているという自分の「心」が、自らを存在させているのです。ですから欲に耽《ふけ》った心の人には、欲のぶつかり合いの世界が存在しますし、慈悲の心の深い人には、慈悲深い世界が周りに自ずと存在する。それがこの世の真理であるということが、実はこのオノコロ島という言葉で私たちに語りかけてくれているのです。

因みに、このオノコロ島の段を塩の生成の技術の獲得の物語であるという学者もおられますし、オノコロ島は自ずと転がる島という意味で太古の日本人は地球が球で自転していたことを知っていたのだと語る方もおられます。そうした考えも間違いではないでしょう。私も大変に面白い読み解きだと思います。『古事記』に語られる日本の神話は「心のお話」ですから、自らの心を最大限に働かせて読み解けばよいのです。しかし一つ忘れてはいけないことは、「ウマシ」の心をもって読み解くということです。

四、伊邪那岐命《いざなぎのみこと》・伊邪那美命《いざなみのみこと》の結婚

【原文】

その島《しま》に天降《あまくだ》りまして、天《あめ》の御柱《みはしら》を見立《みた》て、八尋殿《やひろどの》を見立《みた》てたまひき。ここにその妹《いも》伊邪《いざ》那美命《なみのみこと》に問《と》ひたまはく、「汝《な》が身《み》は如何《いかに》か成《な》れる」と問《と》ひたまへば、「吾《あ》が身《み》は、成《な》り成《な》りて成《な》り合《あ》はざる處一處《ところひとところ》あり」と答《こた》へたまいき。ここに伊邪那岐命《いざなぎのみこと》詔りたまはく、「我《あ》が身《み》は、成《な》り成《な》りて成《な》り餘《あま》れる處一處《ところひとところ》あり。故《かれ》、この吾《あ》が身《み》の成《な》り餘《あま》れる處《ところ》をもちて、汝《な》が身《み》の成《な》り合《あ》はざる處《ところ》にさし塞《ふた》ぎて、國土《くに》を生《う》み成《な》さむと以爲《おも》ふ。生《う》むこと奈何《いかに》」とのりたまへば、伊《い》邪那美命《ざなみのみこと》、「然善《しかよ》けむ」と答《こた》へたまひき。ここに伊邪那岐命詔《いざなぎのみことの》りたまひしく、「然《しか》らば吾《あ》と汝《な》とこの天《あめ》の御柱《みはしら》を行《ゆ》き廻《めぐ》り逢《あ》ひて、みとのまぐはひ爲《せ》む」とのりたまひき。かく期《ちぎ》りて、すなはち「汝《な》は右《みぎり》より廻《めぐ》り逢《あ》へ、我《あ》は左《ひだり》より廻《めぐ》り逢《あ》はむ」と詔《の》りたまひ、約《ちぎ》り竟《を》へて廻《めぐ》る時《とき》、伊邪那美命《いざなみのみこと》、先《さき》に「あなにやし、えをとこを」と言《い》ひ、後《のち》に伊邪那岐命《いざなぎのみこと》、「あなにやし、えをとめを」と言《い》ひ、各《をのもをのも》言《い》ひ竟《お》へし後《のち》、その妹《いも》に告《つ》げたまひしく、「女人先《をみなさき》に言《い》へるは良《よ》からず」とつげたまひき。然《しか》れどもくみどに興《おこ》して生《う》める子《みこ》は、水蛭子《ひるこ》。この子《みこ》は葦船《あしぶね》に入《い》れて流《なが》し去《う》てき。次《つぎ》に淡島《あはしま》を生《う》みき。こも亦《また》、子《みこ》の例《たぐひ》には入《い》れざりき。

【現代語訳】

イザナギとイザナミは天の浮橋から自ずから凝り固まったオノコロ島に降り立ち、そこに神霊の依《よ》り代《しろ》となる神聖な太い立派な柱を立てて、それを中心にとても広い立派な御殿をお建てになった。そこで、イザナギは妻のイザナミに次のように尋ねた。「貴女の体はどのようにできているのか?」と。するとイザナミは「私の体は完成はしましたが、ただ一ところだけ欠けて充分でないところがございます」とお答えになった。イザナギはそれを聞いて「私の体も完成はしたが、ただ一ところだけ余分なところがある。そこでどうだろうか、私の身体の余分なところで、貴女の身体の欠けているところを挿し塞いで国を生もうと思うのだが」とおっしゃった。イザナミは「それはよろしゅうございます」と答え同意した。そこでイザナギは「それでは私と貴女とで、この御殿の中央に立てた立派で神聖な柱のまわりを両方から廻り、出会ったところで夫婦の誓いをしようではないか」とおっしゃった。このように約束してイザナギはすぐに「貴女は柱の右側から廻りなさい。私は左から廻りますから」と、そのように約束をして柱の周りをお互いに廻り始めた。その時イザナミが先に「ああ、なんと見目麗しいお方でしょうか」と言い、その後にイザナギが「ああ、なんと見目麗しい女性であろうか」と感嘆の声を発した。それぞれに感嘆の言葉を発した後にイザナギはイザナミに「女性の方が先にものを言ったのは良くないしるしだ」と注意をした。けれども二柱の神は寝床に入り共に契りを交わしたが、やがて生まれてきた子は、骨の無い水蛭《ひる》にも似た子であった。そこで二柱の神はその子を葦で編んだ船に乗せて流し去った。次に生まれたのは淡島であった。この淡島も子のうちには数えない。

【読み解き】

話はいよいよ国生み神話へと進んでまいりました。「心のお話」として読み解かなくてはならない『古事記』に記される日本神話の重要な部分です。文字に記された表面だけをそのままに受け取ったのでは低俗な話となってしまいます。現に私の手元にある英訳と独語訳の『古事記』では、この部分をそれぞれの言葉に訳さず、あえてラテン語にして記しています。

文字の表面だけを見れば、言葉にするのも憚るような事ともとれてしまうのですが、神話という特性からそのような事をわざわざ記すわけはないのであって、ここそこ「心のお話」として読み解いてゆかなくてはならない部分です。

世の中の『古事記』の解説本ではどれも、その表現に差はあるとはいえことごとく「人類最初のセックス」であるなどと解説しています。それをそのまま真に受けて宗教の原点はセックスにある、だから浜床《はまゆか》（神道の儀式を行う神聖な場所）の床下では男女の交合が行われていなくてはならないなどという神主さんが実際にいるのですから驚きです。確かに男女雌雄の交合は生命の発展に不可欠のものです。しかし、先にも申し述べましたように人間は万物の霊長といわれます。心と知恵を得て目に見えない大いなる存在を知り、その存在を確かなものとして存在足らしめる行為をするからです。この段を男女のセックスだとか人類最初のセックスだと解釈し、それをあからさまにすることがよいのだというのでは万物の霊長とはいえません。猿と違っているのは生殖行為にも大いなる存在の意思を見出し、節度をわきまえるところにあるのです。それはイザナミの死によって国生みが一時中断しますが、その後、再びイザナギ一人によってこの地上世界が完成へと導かれて行くことでも明らかなのです。

この段で先ず注意を向けなくてはならないのは、イザナギとイザナミが、地上世界に降り立って最初に行った「天の御柱を見立てる」ということです。現代語訳で「神霊の依り代となる神聖な太い立派な柱を立てて」と記しましたが、実際には私たちが思うように太い柱を建てたのではありません。原文には「見立て」とあります。「実際には無い太い柱を、そこに在るかのように建てたと見立てた」というのが正しい解釈になります。そこで重要なのが「神霊の依《よ》り代《しろ》となる神聖な」という言葉です。神霊、つまり神という存在は実際には見えない存在です。まだこの二柱の神が地上世界に降り立った時は未だにこの国土は定まっていない。そういう段階でのお話ですから、ここは実際に柱を建てたのではなく、目に見えない天つ神（御身を隠したまいき）のお心、「漂える国を修め理り固め成せ」というその心を、この地上世界に降り立って最初に打ち立てたという物語なのです。その天つ神のお心は「ウマシ」の心が貫かれていて、それ故にイザナギとイザナミは、互いに良き方、「ウマシ」へと誘い合って、天つ神の「ウマシ」の心を大地の上にしっかりと打ち立てればこそ、その周りを廻って国生みがなされ、この世が完成へと進んでいくのです。己の心がオノコロ島です。その心の中心に天つ神の「ウマシ」心を打ち立てたというのが、この御柱の真意であるのです。

天之御柱《あめのみはしら》と同様に八尋殿《やひろどの》も「見立て」ました。まだ何もないオノコロ島でのお話ですから、立派な広い御殿が実際に建つわけではありません。これも目に見えない御殿を建てたと見立てるのです。住居というのは文明の象徴です。ここから天つ神の「ウマシ」心をもって、この地上世界に人間が文明を築いてゆくという決意の表れです。

さて次はいよいよ「ミトノマグワイ」です。男女のセックスということを露骨に表現しているのではありません。そもそも男女雌雄のセックスにより子孫が繁栄していくことはそれ自体が自然の摂理です。この段から私たちは精神性を学ばなくてはならないのです。

まず何故イザナギとイザナミは柱の周りを右廻りと左廻りにそれぞれ定めたのでしょうか。ここには男女の特性の違いが自然の摂理として厳然としてあることが語られています。右左に互いに柱を廻った後に、女性であるイザナミが声を先にかけたことによって最初の国生みは失敗します。それをとって今騒いでいるジェンダーノリー論者は、日本人はもともと男尊女卑の思想があるなどと目くじらを立てていますが、それは神話を「心のお話」として高尚に読み取る能力のない人のいうことで、イザナギとイザナミはその名前の示すとおり、互いに良き方へと誘い（いざない）合う存在で、そこには優劣などはありません。ちなみにキリスト教の根本教学には、アダムの鎖骨をとって息吹を与えてイブとしたとあり、もともと男尊女卑的な思想を有しています。それが西洋社会でのレディーファーストという文化ともなったのです。

日本人は男女平等であるけれども、性別による特性と役割に差があるという考えを持っていることがこの神話から読み解くことができます。イザナギは自分の身体が余計に余れるところがあると自らの身体の特質を知りました。イザナミはその逆に成り足らない部分があると知りました。男女各々が自らの性別による特性をしっかりと見定めたということがこの段の真意です。

イザナギは成り余るが故に陽気を象徴し、イザナミは成り足らぬが故に陰気を象徴しています。中国の思想の「天右旋地左動」という理論が反映されているといわれます。陽気は右旋回で、陰気が左旋回という天地自然の摂理をここに述べたものです。陽と陰でここにも男尊女卑の思想があるではないかなどと考えるのは誤りです。日本の思想に強い影響を与え、この『古事記』神話にも強い影響を及ぼしている中国のタオ思想では、陰は物を包み込み育みゆく最高の徳としています。その思想はやがて天照大御神という、陰にして陽の最高神として『古事記』神話で結実していくこととなります。

さて、この段で「心のお話」としてしっかりと理解しなくてはならないことは、このイザナギとイザナミのマグワイの神話は、男女のセックスを描写するということが主眼ではないということです。人間には常に人に突き出る心の働きがあるものです。その一方でそれを包み込む心の働きも有しています。ここで語られている身体の特徴は、心の働きは目に見えないものであり、語りたくとも語りようがない共通の身体の差異特徴として、比喩したのだということを理解することが重要なのです。

男女が和合して物を生み成していくということは、互いに互いの心を包み合わせなくてはその差異はわからないものです。突き出た比喩は意思の強さを表し、足らぬという比喩は相手の心を己の心の内に包み込んで、互いに一つ心になるということを物語っているのだということです。そこをしっかりと読み解くことが大事なのです。男女のセックスということであれば神話でわざわざ語る必要もないことですから。それをあえて物語にしたということは、実は誰でもわかるその比喩をもって、その裏に本当に伝えたいことがあるのだという眼で読み解いてゆかなくてはならないのが、この特殊な文章でできた『古事記』なのです。

また、天の御柱を見立てて右左に廻って国生みをするという表現は、なにやら神聖な儀式のように思えますが、そこにも先人たちの示唆があります。人間と動物の違いは性交にあって節度を持つということではないでしょうか。秘事という言葉もあるほどです。国生みという神聖な行為として捉える必要性がここに語られています。考えてみれば動物の中で季節に関係なく一年中発情しているのは人間だけです。だからこそ、自らの意思で天つ神の御心を生活の中心に打ち立てて、国生みをしてゆくことが求められているのではないでしょうか。貞操という言葉が死語となった昨今だからこそ、この段の神話はしっかりと真意を汲み取って、自らの常識として生かしてもらいたいものです。

イザナギとイザナミは自然の摂理に則《のっと》ることができずに、残念ながら最初の国生みは失敗に終わります。実は日本の神様の特徴の一つが、面白おかしく語られる神々の失敗談にありますが、『古事記』の神話は真剣に語るべきです。私たちの先祖は、子孫である私たちに、誰もが失敗しやすい事柄を神話に託して、失敗しないようにと示唆しています。それ故に、日本の神々の失敗は必ず次の成功へと生まれ変わって、復活します。

イザナギとイザナミの最初の国生みは失敗し、その結果は水蛭子と淡島《あわしま》となりました。この二柱の御子は二柱であって一柱。水蛭子は性情の不詳を意味し、淡島は形質の不詳を意味しています。ここで兄弟婚による異常子の誕生だなどと解説するものもありますが、あまり下劣な解釈をしないことです。あくまでも自然の摂理に素直な結果として、三年経っても足が立たずに成就できなかったことを物語っています。イザナギとイザナミはこの水蛭子を葦舟に乗せて流し去ります。ある解釈では「流し棄てた」とありますが、本当に棄てたのでしょうか。仮にもわが子です。棄てるわけがありません。棄てるのであれば船にわざわざ乗せるでしょうか。イザナギとイザナミは、わが子の復活を願って、葦舟に乗せて手篤く流し、大いなる存在、天つ神「ウマシ」の心に委ねたのです。この行為には後談があり、水蛭子は永い年月を経て、常世の国から福の神として日本に戻ってくるのです。

人を亡くす悲しみや、体の不自由な人への心配りにもいえることです。体験したことは必ず自分の成長になって戻ってきます。ここから私たちは現代社会における福祉の問題をしっかりと考え直さなくてはならないでしょう。

五、大八島国の生成

【原文】

ここに二柱《ふたはしら》の神《かみ》、議《はか》りて云《い》ひけらく、「今吾《いまあ》が生《う》める子良《みこよ》からず。なほ天《あま》つ神《かみ》の御所《みもと》に白《まを》すべし」といひて、すなはち共《とも》に參上《まゐのぼ》りて、天《あま》つ神《かみ》の命《みこと》を請《こ》ひき。ここに天《あま》つ神《かみ》の命《みこと》もちて、太占《ふとまに》に卜相《うらな》ひて、詔《の》りたまひしく、「女先《をみなさき》に言《い》へるによりて良《よ》からず。また還《かへ》り降《くだ》りて改《あらた》め言《い》へ」とのりたまひき。故《かれ》ここに反《かへ》り降《くだ》りて、更《さら》にその天《あめ》の御柱《みはしら》を先《さき》の如《ごと》く往《ゆ》き廻《めぐ》りき。ここに伊邪那岐命《いざなぎのみこと》、先《さき》に「あなにやし、えをとめを」と言《い》ひ、後《のち》に妹伊邪那美命《いもいざなみのみこと》、「あなにやし、えをとこを」と言《い》ひき。かく言《い》ひ竟《を》へて御合《みあひ》して、生《う》める子《みこ》は、淡道《あはぢ》の穂《ほ》の狭別島《さわけのしま》。次《つぎ》に伊豫《いよ》の二名島《ふたなのしま》を生《う》みき。この島《しま》は、身《み》一《ひと》つにして面四《おもよ》つあり。面毎《おもごと》に名《な》あり。故《かれ》、伊豫國《いよのくに》は愛比賣《えひめ》と謂《い》ひ、讃岐國《さぬきのくに》は飯依比古《いひよりひこ》と謂《い》ひ、粟國《あはのくに》は大宜都比賣《おほげつひめ》と謂《い》ひ、土左國《とさのくに》は建依別《たけよりわけ》と謂《い》ふ。次《つぎ》に隱伎《おき》の三子島《みつごのしま》を生《う》みき。亦《また》の名《な》は天之忍許呂別《あめのおしころわけ》。次《つぎ》に筑紫島《つくしのしま》を生《う》みき。この島《しま》もまた、身《み》一《ひと》つにして面四《おもよ》つあり。面毎《おもごと》に名《な》あり、故《かれ》、筑紫國《つくしのくに》は白日別《しらひわけ》と謂《い》ひ、豐國《とよくに》は豐日別《とよひわけ》と謂《い》ひ、肥國《ひのくに》は建日向日豐久士比泥別《たけひむかひとよくじひねわけ》と謂《い》ひ、熊曾國《くまそのくに》は建日別《たけひわけ》と謂《い》ふ。次《つぎ》に伊伎島《いきのしま》を生《う》みき。亦《また》の名《な》は天比登都柱《あめひとつばしら》と謂《い》ふ。次《つぎ》に津島《つしま》を生《う》みき。亦《また》の名《な》は天之狹手依比賣《あめのさでよりひめ》と謂《い》ふ。次《つぎ》に佐渡島《さどのしま》を生《う》みき。次《つぎ》に大倭豐秋津島《おほやまとよあきつしま》を生《う》みき。亦《また》の名《な》は天御虛空豐秋津根別《あまつみそらとよあきつねわけ》と謂《い》ふ。故《かれ》、この八島《やしま》を先《さき》に生《う》めるによりて、大八島國《おほやしまぐに》と謂《い》ふ。

然《しか》ありて後《のち》、還《かへ》ります時《とき》、吉備兒島《きびのこじま》を生《う》みき。亦《また》の名《な》は建日方別《たけひかたわけ》と謂《い》ふ。次《つぎ》に小豆島《あづきしま》を生《う》みき。亦《また》の名《な》は大野手比賣《おほぬでひめ》と謂《い》ふ。次《つぎ》に大島《おほしま》を生《う》みき。亦《また》の名《な》は大多麻流別《おほたまるわけ》と謂《い》ふ。次《つぎ》に女島《ひめじま》を生《う》みき。亦《また》の名《な》は天一根《あめひとつね》と謂《い》ふ。次《つぎ》に知訶島《ちかのしま》を生《う》みき。亦《また》の名《な》は天之忍男《あめのおしを》と謂《い》ふ。次《つぎ》に兩兒島《ふたごのしま》を生《う》みき。亦《また》の名《な》は天兩屋《あめふたや》と謂《い》ふ。[吉備兒島《きびのこじま》より天兩屋島《あめふたやのしま》まで併《あは》せて六島《むしま》]

【現代語訳】

イザナギとイザナミは互いに相談して「いま私たちは二人の子を生んだが、これはどちらも不完全であった。どうしてこのようなことになったのか、天つ神のところに参上してお伺いをたててみよう」と言って、高天原に昇り天つ神の意見を聞くことにした。天つ神は早速布斗麻邇《ふとまに》という牡鹿の肩の骨を焼いてその割れ目の形で吉凶を占ってみた。その結果「女のほうが先に言葉を発したというのがよくなかった。もう一度地上に戻って、改めて男性から言葉を発するようにしなさい」と答えて命じた。そこでイザナギとイザナミは再びオノコロ島に降り戻って、天之御柱を先ほどのように右に左にと廻った。そこで今度はイザナギから先に「ああ、なんと見目麗しい女性であろうか」と言い、その後にイザナミが「ああ、なんと見目麗しいお方であろうか」と言った。

そのように言葉を交わして夫婦の契りを交わして次々と国を生んだ。最初に生んだのが淡《あわ》道《じ》の穂《ほ》の佽別島《さわけのしま》であった（これは後の淡路島を人格化した名称）。次に生んだのが伊予《いよ》の二《ふた》名島《なのしま》であった（四国のこと。山脈によって二並びに分かれていることからこう表現されている）。この島は身体が一つなのに顔が四つあり、その顔ごとに名前がついている。伊豫國《いよのくに》（今の愛媛県）は愛比賣《えひめ》（麗しい乙女の意）といい、讚岐國《さぬきのくに》（今の香川県）は飯依比古《いいよりひこ》（飯を産する国を男性化した名）といい、粟國《あわのくに》（今の徳島県）は大宜都比賣《おおげつひめ》（粟を産する国を女性化した名）といい、土左國《とさのくに》（今の高知県）は建依別《たけよりわけ》（雄雄しき男子の意）と言った。次に生んだのが隠伎《おき》の三子島《みつごのしま》（海原の沖合いにある三つの島の意）で、またの名を天之忍許呂別《あめのおしころわけ》と言った。次に筑紫島《つくしのしま》（後の九州）を生んだ。この島も身体は一つなのに顔が四つあって、顔の一つひとつに名前がついていた。筑紫國《つくしのくに》（今の福岡県）は白日別《しらひわけ》と言い、豊國《とよくに》（今の大分県と福岡県の一部）は豊日別《とよひわけ》と言い、肥國《ひのくに》（今の佐賀県と長崎県と熊本県）は建日《たけひ》向日《むかひ》豊《とよ》久士比泥別《くじひねわけ》と言い、熊曾國《くまそのくに》（今の熊本県と鹿児島県近郊）は建日別《たけひわけ》と言った。次に伊伎島《いきのしま》を生んだ。この島は別名を天比登都柱《あめひとつばしら》（離れ小島の意）と言った。次に津島《つしま》（今の対馬）を生んだ。この島は別名を天之狭手依比賣《あめのさでよりひめ》と言った。次に佐渡島《さどのしま》を生み、次に大倭豊秋津島《おおやまととよあきつしま》（五穀の実る豊かな島の意）を生んだ。この島は別名を天御虚空豊秋津根別《あまつみそらとよあきつねわけ》と言う。これらの八つの島はイザナギとイザナミが初めに生んだ島々なので、これらを総称して特に大八島國《おおやしまぐに》と呼んだ。さて、そうしてイザナギとイザナミは力を合わせて八つの島々を生み終えてオノコロ島に戻る時に、吉備兒島《きびのこじま》（今の岡山県児島半島）を生んだ。その島は別名を建日方別《たけひかたわけ》と言った。次に小豆島《あづきじま》（今の小豆島《しょうどしま》）を生んだ。その島は別名を大野手比賣《おおのでひめ》と言った。次に大島《おおしま》（瀬戸内海の島と考えられるが未詳・山口県柳井の東の大島か）を生んだ。その島は別名を大多麻流別《おおたまるわけ》と言った。次に女島《ひめじま》（今の大分県国東半島の東北にある姫島）を生んだ。その島の別名は天一根《あめひとつね》と言った。次に知訶島《ちかのしま》（長崎県の五島列島）を生んだ。その島の別名は天之《あめの》忍男《おしを》と言った。次に兩兒島《ふたごのしま》（長崎県の男女群島）を生んだ。その島は別名を天兩屋《あめふたや》と言った。

吉備児島から天両屋島まであわせて六島となる。

【読み解き】

この段は私たちの住む日本という国土の起源が語られています。神話というものは、どの民族の神話も同じですが、存在の根拠として、住まう国土の正当性が語られています。ここがまさにその部分です。

イザナギとイザナミは先ず瀬戸内海の淡路島を生みます。次に四国を生み、続いて隠伎島を生み、続いて九州を生みます。さらに壱岐の島を、そして対馬を生みます。それから佐渡島を生み、その後に日本列島の本州を生みます。その後、一応の国生みは完成し、安堵の中にオノコロ島へ帰る途中に瀬戸内海の島々を生みました。この段で生まれた島々が神々から祝福されて民族に与えられた国土ということになります。『古事記』編纂以前の日本の国の範囲がここに明確に記されています。北海道と沖縄を除けば現在の日本の国土がそのまま往古の神話で語られているわけで、この国土は米国などのように他民族から戦争をして奪い取ったものではなく、神々の祝福を得て遠い神世の昔から私たちが住む国土であることが物語られていることは注目に値するところです。日本の世界に誇るべき長い歴史と伝統の証です。今問題になっている竹島や北方領土もここでイザナギとイザナミが生んだ島であると語られていれば、今日のような政争にはならなかったのですが残念です。

日本の神様は失敗をされます。でも二度と同じ失敗を繰り返すことはありません。必ず二度目には物事を成就させます。それが日本の神様、そして神話の特徴です。この段の物語がまさにそれに当たります。イザナギとイザナミは天つ神の詔を受けて国生みに挑戦しますが、残念ながら自然の摂理に従わなかったために、失敗に終わりました。イザナギとイザナミは謙虚にその事実を認め、天つ神のもとへ昇ってお伺いをたてます。そして天つ神からの指令を素直に聞き入れ、再度の挑戦をして国生みを完成させます。再度の挑戦でも同じく天之御柱を廻ります。再びイザナギとイザナミは天つ神の「ウマシ」に立ち返って物事をやり直したというのがこの物語なのです。失敗をするのは世の常です。そこで失敗を覆い隠そうとするのではなく、失敗を失敗として素直に謙虚に認め、原点に立ち返ってやり直す。それ故に二度と同じ過ちは犯すことなく二度目には成功します。

私たちはこのイザナギとイザナミの謙虚な自己反省の心を範として、日々を暮らしてゆきたいからこそ、失敗した者も成功した者も神社では神様に祈るのです。この素直に失敗を失敗と受け止めて、自己反省し、原点に立ち返ってやり直そうとする姿勢は、この後も日本の神話では度々語られることになりますから記憶に止めておかれるとよいでしょう。日本の神々の物語は、失敗から学び成功へと進む、「過ちては改める」物語が随所に見られるのです。

六、神々の生成（文明と文化の発展）

【原文】

既《すで》に國《くに》を生《う》み竟《を》へて、更《さら》に神《かみ》を生《う》みき。故《かれ》、生《う》める神《かみ》の名《みな》は、大事忍男神《おほことおしをのかみ》、次《つぎ》に石土毘古《いはつちびこの》神《かみ》を生《う》み、次《つぎ》に石巣比賣神《いはすひめのかみ》を生《う》み、次《つぎ》に大戸日別神《おほとひわけのかみ》を生《う》み、次《つぎ》に天之吹男神《あめのふきをのかみ》を生《う》み、次《つぎ》に大《おほ》屋毘古神《やびこのかみ》を生《う》み、次《つぎ》に風木津別之忍男神《かざもつわけのおしをのかみ》を生《う》み、次《つぎ》に海《わた》の神《かみ》、名《みな》は大綿津見神《おほわたつみのかみ》を生《う》み、次《つぎ》に水戸神《みなとのかみ》、名《みな》は速秋津日子神《はやあきつひこのかみ》、次《つぎ》に妹速秋津比賣神《いもはやあきつひめのかみ》を生《う》みき。［大事忍男神《おほことをしをのかみ》より秋津比賣神《あきつひめのかみ》まで、併《あは》せて十神《とはしら》］

この速秋津日子《はやあきつひこ》、速秋津比賣《はやあきつひめ》の二《ふた》はしらの神《かみ》、河海《かはうみ》によりて持《も》ち別《わ》けて、生《う》める神《かみ》の名《みな》は、沫那藝神《あわなぎのかみ》、次《つぎ》に沫那美神《あわなみのかみ》、次《つぎ》に頰那藝神《つらなぎのかみ》、次《つぎ》に頰那美神《つらなみのかみ》、次《つぎ》に天之水分神《あめのみくまりのかみ》、次《つぎ》に國之水分《くにのみくまりのかみ》神《かみ》、次《つぎ》に天之《あめの》久《く》比《ひ》奢《ざ》母《も》智神《ちのかみ》、次《つぎ》に國之《くにの》久《く》比《ひ》奢《ざ》母《も》智神《ちのかみ》。［沫《あわ》那《な》藝神《ぎのかみ》より國之《くにの》久《く》比《ひ》奢《ざ》母《も》智神《ちのかみ》まで、併《あは》せて八神《やはしら》］次《つぎ》に風《かぜ》の神《かみ》、名《みな》は志《し》那《な》都《つ》比《ひ》古神《このかみ》を生《う》み、次《つぎ》に木《き》の神《かみ》、名《みな》は久《く》久《く》能《の》智神《ちのかみ》を生《う》み、次《つぎ》に山《やま》の神《かみ》、名《みな》は大山津《おほやまつ》見神《みのかみ》を生《う》み、次《つぎ》に野《ぬ》の神《かみ》、名《みな》は鹿《か》屋《や》野《ぬ》比《ひ》賣神《めのかみ》を生《う》みき。亦《また》の名《みな》は野《ぬ》椎神《づちのかみ》と謂《い》ふ。［志《し》那《な》都《つ》比《ひ》古神《このかみ》より野椎神《ぬづちのかみ》まで、併《あは》せて四神《よはしら》］

この大山津《おほやまつ》見神《みのかみ》、野椎神《ぬづちのかみ》の二《ふた》はしらの神《かみ》、山野《やまぬ》によりて持《も》ち別《わ》けて、生《う》める神《かみ》の名《みな》は、天《あめ》之《の》俠土神《さづちのかみ》、次《つぎ》に國之《くにの》俠土神《さづちのかみ》、次《つぎ》に天之《あめの》俠霧神《さぎりのかみ》、次《つぎ》に國之《くにの》俠霧神《さぎりのかみ》、次《つぎ》に天之《あめの》闇戸神《くらどのかみ》、次《つぎ》に國之《くにの》闇戸神《くらどのかみ》、次《つぎ》に大戸惑子神《おほとまとひこのかみ》、次《つぎ》に大戸惑女神《おほとまとひめのかみ》。［天之《あめの》俠土神《さづちのかみ》より大戸惑女神《おほとまとひめのかみ》まで、併《あは》せて八神《やはしら》］

　次《つぎ》に生《う》める神《かみ》の名《みな》は、鳥之石楠船神《とりのいはくすぶねのかみ》、亦《また》の名《みな》は天鳥船《あめのとりふね》と謂《い》ふ。次《つぎ》に大宜都比賣神《おほげつひめのかみ》を生《う》みき。次《つぎ》に火之夜藝速男神《ひのやぎはやをのかみ》を生《う》みき。亦《また》の名《みな》は火之炫毘古神《ひのかがびこのかみ》と謂《い》ひ、亦《また》の名《みな》は火之迦具土神《ひのかぐつちのかみ》と謂《い》ふ。この子《みこ》を生《う》みしによりて、みほと炙《や》かえて病《や》み臥《こや》せり。たぐりに生《な》れる神《かみ》の名《みな》は金山毘古神《かなやまびこのかみ》、次《つぎ》に金山毘賣神《かなやまびめのかみ》。次《つぎ》に屎《くそ》に成《な》れる神《かみ》の名《みな》は、波邇夜須毘古神《はにやすびこのかみ》、次《つぎ》に波邇夜須毘賣神《はにやすびめのかみ》。次《つぎ》に尿《ゆまり》に成《な》れる神《かみ》の名《みな》は、彌都波能賣神《みつはのめのかみ》、次《つぎ》に和久産巣日神《わくむすひのかみ》。この神《かみ》の子《みこ》は、豐宇氣毘賣神《とようけびめのかみ》と謂《い》ふ。故《かれ》、伊邪那美神《いざなみのかみ》は、火《ひ》の神《かみ》を生《う》みしによりて、遂《つい》に神避《かむさ》りましき。［天鳥船《あめのとりふね》より豐宇氣毘賣《とようけびめの》神《かみ》まで、併《あは》せて八神《やはしら》］

［凡《す》べて伊邪那岐《いざなぎ》、伊邪那美《いざなみ》の二《ふた》はしらの神《かみ》、共《とも》に生《う》める島《しま》、一十四島《とをまりよしま》、神《かみ》、三十五《みそぢまりいつ》神《はしら》。これ伊邪那美神《いざなみのかみ》、未《いま》だ神避《かむさ》らざりし以前《さき》に生《う》めり。唯《ただ》、意能碁呂島《おのごろじま》は、生《う》めるにあらず。亦《また》、蛭子《ひるこ》と淡島《あはしま》とは、子《みこ》の例《かず》には入《い》れず］

【現代語訳】

このように国を生むという大業が終わって、次にいよいよ神を生んだ。そこで、まず最初に生んだ神の名は大事忍男神《おおことおしおのかみ》（大事を終えたという意）、次には石土毘古神《いわつちびこのかみ》（壁を作る石や土を称えた意）を生んだ。次には石巣比賣神《いわすひめのかみ》（石や砂を称えた意）を生み、その次には大戸《おおと》日別神《ひわけのかみ》（門や入り口を称えた意）を生み、その次に天之吹男神《あめのふきおのかみ》（家屋の屋根を葺くことを称えた意）を生み、その次には大屋毘古神《おおやびこのかみ》（家屋の屋根を称えた意）を生み、その次には風木《かざも》津別之《つわけの》忍男神《おしおのかみ》（風害を防ぐ神）を生み、その次には海を治める神を生んだ。その神の名前は大綿津見神《おおわたつみのかみ》といった。次には水戸つまり河口を治める神を生んだ。その神の名前は速秋津日《はやあきつひ》子神《このかみ》と言い、次にその女神妹速秋津比賣神《いもはやあきつひめのかみ》（穢れを祓う意）を生んだ。

大事忍神から秋津比賣神まで合わせて十柱の神となる。

ここで生まれた速秋津日子《はやあきつひこ》と速秋津比賣《はやあきつひめ》の二柱の神は河から海に入る水戸を治める神であるから、お互いに河と海とを片方ずつそれぞれ分担し合って神々を生んだ。そうして生んだ神の名前は沫那藝神《あわなぎのかみ》（水泡の穏やかな様を表わす意）で、その次に生んだ神は沫那美神《あわなみのかみ》（波の立ち騒ぐ様子を表した意）であった。次に頬那藝神《つらなぎのかみ》（水のツブツブと泡立つ様を示す意）を生み、次に頬那美神《つらなみのかみ》（上と同じ意）を生み、次に天之水分神《あめのみくまりのかみ》（雨水を利用した灌漑を司る神）を生み、次に國之水分神《くにのみくまりのかみ》（地水や河水を利用しての灌漑を司る神）を生み、次に天之《あめの》久比奢母智神《くいざもちのかみ》（水を運ぶ柄杓の意、やはり灌漑を司る神）を生み、次に國之《くにの》久比奢母智神《くいざもちのかみ》（上と同じ意。但しこの神は地水や河水の灌漑）を生んだ。

沫那藝神《あわなぎのかみ》から國之久比奢母智神《くにのくいざもちのかみ》まで、合わせて八柱の神となる。

次にイザナギとイザナミは再び力を合わせて神々を生んだ。先ず生んだ神は風を司る神であった。その神の名前は志那都比古神《しなつひこのかみ》（息が長いことを表す意）という。次に木を司る神を生んだ。その神の名前は久久能智神《くくのちのかみ》（草木の立ち伸びる様を表わした意）と言った。次には山を司る神を生んだ。その神の名前は大山津見神《おおやまつみのかみ》（山に住むの意）と言った。次に野を司る神を生んだ。その神の名前は鹿屋野比賣神《かやのひめのかみ》（屋根を葺く萱を称えた意）と言った。その神の別名は野椎神《ぬづちのかみ》と言う。

志那都比古神《しなつひこのかみ》から野椎神《ぬづちのかみ》まで、合わせて四柱の神となる。

ここで生まれた大山津見神《おおやまつみのかみ》と野椎神《のづちのかみ》の二柱の神は、山と野を司り治める神であるから、お互いに山と野の片方ずつそれぞれ分担し合って神々を生んだ。そうして生んだ神の名前は天《あめ》之《の》俠土神《さづちのかみ》（坂道を司る神の意）。次に生んだ神は國之俠土神《くにのさづちのかみ》（坂道を司る神の意）。次に生んだ神は天之俠霧神《あめのさぎりのかみ》（峠の境界を司る神の意）。次に生んだ神は國之俠霧神《くにのさぎりのかみ》（同じく峠の境界線を司る神の意）。次に生んだ神は天之闇戸神《あめのくらどのかみ》（日の差さない谷間やその入り口を司る神の意）。次に生んだ神は國之闇戸神《くにのくらどのかみ》（同じく、日の差さない谷間やその入り口を司る神の意）。次に生んだ神は大戸惑子神《おおとまとひこのかみ》（山の傾斜面を司る神の意）。次に生んだ神は大戸惑女神《おおとまとひめのかみ》（同じく、山の傾斜面を司る神の意）であった。

天之俠土神《あめのさづちのかみ》から大戸惑女神《おおとまとひめのかみ》まで、合わせて八柱の神と成る。

次にイザナギとイザナミは再び力を合わせて神々を生んだ。先ず生んだ神の名前は鳥之石《とりのいは》楠船神《くすぶねのかみ》（水鳥のように速く進む楠で造った船を称えた意・交通を司る神）と言った。その神の別名は天鳥船《あめのとりふね》と言う。次に大宜都比賣神《おおげつひめのかみ》（食物を司る神）を生み、次に火之夜藝速男神《ひのやぎはやおのかみ》（火を司る神）を生んだ。この神の別名は火之炫毘古神《ひのかがびこのかみ》と言い、またもう一つの名前は火之《ひの》迦具土神《かぐつちのかみ》と言った。この御子は燃える火の神であったため、イザナミはこの御子を生んだ時に陰処《ほと》（女性の性器・女陰）を焼かれて、そのために煩《わずら》い床に就いてしまった。その時にイザナミの嘔吐したものから生まれたのが金山毘古神《かなやまびこのかみ》（鉱山を司る神）で、次に生まれたのが金山毘賣神《かなやまびめのかみ》（同じく鉱山を司る神）であった。次にイザナミの糞から生まれたのが波邇夜須《はにやす》毘古神《びこのかみ》（肥料を司る神）で、次に生まれたのが波邇夜須毘賣神《はにやすびめのかみ》（肥料を司る神）であった。次にイザナミの尿から生まれたのが彌都波能賣神《みつはのめのかみ》（耕地の灌漑する水を司る神）で、次に生まれたのが和久産巣日神《わくむすひのかみ》（穀物の育成を司る神）であった。この最後に生まれた神の御子が豊宇氣毘賣神《とようけびめのかみ》（食物を司る神）と言う。さて、イザナミは火の神を生んだ時に負った火傷がもとで、ついに亡くなりこの世を去ってしまわれた。

天鳥船《あめのとりふね》から豊宇氣毘賣神《とようけびめのかみ》まで、あわせて八柱となる。

イザナギとイザナミが力を合わせて生んだ島の数は十四になり、神の数は三十五柱となる。この数はイザナミがこの世を去ってしまう以前に生んだ数である。但しオノコロ島は生んだものではない。また水蛭子と淡島も御子の数の内には入らない。

【読み解き】

イザナギとイザナミが互いに心を一つに合わせ（これが心で読み解いたマグワイ）、私たちの住むこの国土を生み完成させました。続いてイザナギとイザナミは再び心を一つに合わせて多くの神々を生みます。二柱の神が生んだ島は十四になり、この段で生んだ神は三十五柱にも及びます。日本民族の源泉でもある『古事記』という神話に興味を持って読み始めた多くの方々が、この段に来ると「○○が生まれました。次に○○が生まれましたと延々と神様の名前ばかりが並ぶので飽きてしまい、折角読み始めたものが読むのが辛くなりました」とぼやかれるのがこの神生みの段です。そこで本稿ではそうならないために、先ず現代語訳で、神にどういう意味の名前なのか（註）を入れました。それを参考にこの「読み解き」を読んで頂ければと思います。

『古事記』を編纂した太安萬侶《おおのやすまろ》も、『古事記』は外来の文字である漢字を使って稗田阿礼の読誦する日本語、それも大和言葉を表記したので、注意して読んで欲しいとわざわざ注意を促しています。ですから、この段の中で次々と登場する神様の名前は漢字に頼らずに、その音から意味するところを読み解いてゆかなくてはなりません。そうすると、そこに大変に興味深い内容が潜んでいるのが見えてきます。それはどのように私たちの文明社会が築かれてきたのかということが、『古事記』神話の独特な比喩表現という方法を駆使して、しかもそれを神様の名前で語っているということが見えてきます。一般に諸民族の神話は歴史的事実を語るということは希なのですが、この『古事記』には、私たち日本民族の歴史が丁寧に、生き生きと語られていて、古人の英知には実に驚かされます。

先ずイザナギとイザナミは国土生成が完成したことを喜び、オオコトオシオという神様を生みます。この名前は日本の国土を生み成すという大事を遂げた喜びを意味しています。続いてイザナギとイザナミはイワツチビコという神を生みます。この神は家宅を表す六柱の神の一神で、その名の「イワ」と「ツチ」でお察しのとおり石と壁土を司る神様です。これは家宅の基礎材料の主要部分を表しています。

次にイワスヒメを生みます。この名は「イワ」と「ス（砂）」で、家の土台に敷き詰められる砂を司る神様として生まれます。次に生まれるオオトヒワケですが、「オオト」は「大きい戸口」という意味です。次のアメノフキオの「フキ」は「葺く」で屋根を作ることを意味しています。もうおわかりでしょう。人間がこの地球上に文明を築いた基として、先ず住居を定めたということがここに語られているのです。ですから次にオオヤビコが生まれます。この「オオヤ」は「大屋根」です。大きな屋根を葺きますと自ずと風の害を受けます。そこでカザモツワケノオシオが生まれます。伊勢神宮のご本殿の屋根には鰹木というものが乗っています。それは昔屋根が風で飛ばされないように置いた重石の名残りです。

こうしてイザナギとイザナミは文明の完成へ向けて、先ず初めに住居を定め家居を打ち立てることを完成されたのです。そこで思い出されるのが、オノコロ島での最初の行為です。天之御柱という天つ神の御心を立てた後に、八尋殿を見立てました。見立てたのですからあの時はまだ実際には建てたわけではありませんでした。ここで立てるという決意をし、実際に行われたというのがこの段の冒頭の物語だったのです。今の社会でネットカフェ難民とか派遣切りなどという問題が社会問題となっていますが、この神話に照らして考えると、文化的生活の基礎を失ったことになりますから、理由はともあれ国を挙げて対策を施さなくてはならない。それが現代社会に生かす『古事記』の心というものです。

さて住居が定まりました。住む家が完成しました。それはこの広い日本の国土の中の何処だったのでしょうか。そこは海辺でした。それも河川が海に流れ込む河口付近の海辺です。二柱の神はここで海の神を生みます。神の名はオオワタツミ。「ワタ」は「海」、「ツミ」は「司る」を表す古語です。『古事記』の編纂を太安萬侶に命じた天武天皇は、壬申《じんしん》の乱を起こして自ら皇位を奪取して即位につきますが、この乱で天武天皇を勝利へと導いたのが紀伊半島に住む海人族でした。天武天皇は若き頃大海人皇子《おおあまのみこ》であったことは周知のことでしょうが、どうやら今の日本の文化の原点には渡来の海人族が強くかかわっているようです。

イザナギとイザナミは次にミナトの神を生みました。その神の名前はハヤアキツヒコとハヤアキツヒメといいます。「ミナト」とは「河口」を意味します。このハヤアキツという神は、祓い清める働きを持った神様です。私たちの先祖は自然への畏敬の念が強く、常に環境浄化に心を砕き、自然と共生していたこともここから伺い知ることができます。

今度はイザナギとイザナミではなく、今生まれた河口を司る二柱の神が互いに海と河とを分担して神々を生んでゆきます。最初に生んだのがアワナギとアワナミという神、次にツラナギとツラナミという神です。この四柱の神の名には、水の泡立つ様や波立つ様が込められ、海の波や河の流れを状況に応じて支配する意味があります。ですから次に生まれるのはアメノミクマリとクニノミクマリとなるのです。「クマリ」は「配る」で、今でも水を施し配り給うことに功徳のある神として崇められています。この神の誕生は人間が「天の水」と「国の水」つまり雨水と地水や河川の水を配る能力、つまり治水灌漑《ちすいかんがい》の術を得たということが物語られているのです。なので、次にその手段としての神であるアメノクヒ（イ）ザモチとクニノクヒ（イ）ザモチの二柱の神が誕生します。「クヒ（イ）ザ」とは水を汲むために用いた器を意味する言葉で、ここに至って海辺の河口付近に居住地を定めた私たちの先祖たちは灌漑の術を得て、いよいよその居住地域を山間部へと広げてゆくことになります。

　そこでまたイザナギとイザナミが再び力を合わせて神々を生んで行きます。先ず風の神シナツヒコを生みます。「シナ」とは息が長いという意味です。なぜここで風の神を生んだのか疑問に思われるかもしれませんが、先ほどの段で海辺の河口付近に治水灌漑の技術を得て私たちの先祖が定住したということをお話しました。灌漑治水は生活用水のためだけではなく、豊葦原の水穂の国の「水穂」にとって重要です。いよいよ稲作文化の定着です。稲作には風の平穏は欠かせません。暴風雨に見舞われれば稲作は収穫を得られません。今日でも古社では風の神の祭を行っています。一年を通しての風の安定があってこその稲の実りで、次のククノチという神の誕生になります。「ククノチ」の「クク」とは草木の立ち伸びる状態を表したもので「茎」のことです。稲の茎の成長を表します。農作物が豊かに実り、多くの人々を充分に養えるようになったのです。まさに豊葦原の水穂の国の始まりです。

　農作物も豊に実るようになると、今の大都会のようにだんだんと居住地域は山間部へと広がりを見せてゆきます。次に生まれたのがオオヤマツミです。「ヤマツミ」とは「山に住む」という意味です。そして次に生まれたのがカヤヌツヒメという野の神です。人々の生活の範囲が海辺から山間部へと広がったことを神の名で比喩して物語っている部分です。先ほどのハヤアキツヒコとハヤアキツヒメと同様に、この山の神と野の神はそれぞれに山と野を分け持って、神々を生み始めます。最初はアメノサヅチとクニノサヅチという神です。ここの「天と地」は先の海の場面に合わせて「天と地」としたのであまり意味を求めなくてもよいところです。「サヅチ」とは坂や境を意味した言葉ですから、坂を司る神様ということになります。

次にアメノサギリとクニノサギリが生まれます。この「サギリ」とは狭霧と書きますが、「霧」のことではなく、坂を登りつめたところ、つまり「境」の意味で、山間部の境は坂合い、つまり二つの坂の出合った所です。この神は「峠の神」ということになります。次にアメノクラドとクニノクラドという神が生まれます。「クラド」というのは「日の差さない谷間の入り口」という意味です。そして次に生まれたのがオオトマトヒコとオオトマトヒメという神。この「トマトヒ」は「戸惑う」という字を当てているので誤解しやすいところですが、もとは「トヲマリト」が詰まってできた言葉の「トマト」という言葉で、山のたわんだ場所、つまり山の傾斜面を意味します。この神は山の傾斜面を司る神ということになります。

こうした成り行きを思い浮かべてみると、海辺や河口から人は段々と新たな農作地を求めて山間部へと移住を始め、それは谷の入り口から段々とひろがり、その耕作地はそこから傾斜面へと広がったことをこの段は物語っています。山間部に村落が形成され、段々畑が広がっている光景を思い浮かべると理解しやすいのではないでしょうか。

こうして稲作文化がこの国土の全域へと広がりました。するとその農作物を流通させなくてはなりません。そこでイザナギとイザナミはまた再び力を合わせて神を生みます。トリノイワクスフネという神です。「トリ」は「鳥」。当時の人々にとって最も速く移動する生き物です。「フネ」（舟）とありますからこの場合は水鳥です。「イワクス」の「イワ」とは「堅牢な」という語で「クス」は楠のこと。つまりこの神は「水鳥の如く速く進む岩のように堅牢な楠で造られた船」という名前の神様で、それは私たちの国土の中に物流が整っていったということを物語っています。今でもこの神は運輸交通の神として信仰されています。運輸物流が整備されますと人々の食は豊になります。そこでそのことを物語るために次にオオゲツヒメが生まれるのです。「オオゲツ」の「ケ」とは「御膳」ということで、この神は食物すべての総称ということになります。

さて、そこまで私たちの国土の中の文明は発展を遂げ、居住地域も国土全域へ広がりました。しかしまだ原始的な文明にすぎません。文明の発展は火を自由に操ることに始まり、金属を鋳造する技術を得ることによって飛躍的な発展をします。それが次の段に物語られています。

イザナギとイザナミは力を合わせてこの世に文明を築き、最後に「火の神」を生みます。火の神を生むということは、人間が自然界の生き物の中で唯一火を自由に操る術を手に入れた生き物だということです。他の神々と違って「火の神を生む」なんて凄いことではありませんか。案の定、イザナミは「火の神」を生んで大火傷《おおやけど》をおって床に臥せってしまいます。床に臥せったイザナミの嘔吐からカナヤマビコが生まれます。この神は鉱山の神です。続いて尿からはハニヤスビコとハニヤスビメが生まれます。この神は田畑の土壌を守る神です。「ハニヤス」とは粘土や赤土を意味し、陶磁器の神様です。人間が火を自由に操れるようになって金属の鋳造や陶磁器を作ることができるようになって、まさに文明の開化となります。

イザナミはさらにミズハノメを生みます。「ミズハノメ」とは「水が足りる」という意味で、一般には灌漑《かんがい》の神として崇められていますが、一方には肥料の神とも崇められています。金属や陶磁器を作る術《すべ》を得て、農業が飛躍的に発展したことを物語っています。そして農業技術の進歩によってワクムスヒという神が生まれます。「ワク」とは「若い・稚い」という意味。「ムスヒ」は「生成の力」を意味します。天地開闢の段の造化三神のタカミムスヒとカミムスヒのムスヒも同じで、この言葉に日本人の神観の一端が伺えます。ワクムスヒとは穀物が若々しくすくすくと伸び行くという意味の名前で、農業生産量がここに至って飛躍的に増加したことを物語っています。この農作物が伸びる力を意味したワクムスヒから、伊勢神宮の外宮のご祭神である食物全般を司るトヨウケヒメが生まれたことは注目すべきことです。

こうしてイザナギとイザナミの活躍によってこの地上世界、日本の国土の中に私たちの文明が築かれ、稲作文化が定着していきます。文明の基でもある火の神を生んで、最後はその火傷がもとでイザナミは亡くなりますが、日本の神話はただ神様の超自然的な働きだけを語っているだけではなく、文化文明の原点をも私たちに物語ってくれています。

七、火の神　迦具土神《かぐつちのかみ》（文明の完成と引き換えに失ったもの）

【原文】

故《かれ》ここに伊邪那岐命《いざなぎのみこと》詔《の》たまひしく、「愛《うつく》しき我《あ》が汝妹《なにも》の命《みこと》を、子《こ》の一《ひと》つ木《け》に易《か》へつるかも」と謂《の》りたまひて、すなはち御枕方《みまくらべ》に匍匐《はらば》ひ、御足方《みあとべ》に匍匐《はらば》ひて哭《な》きし時《とき》、御涙《みなみだ》に成《な》れる神《かみ》は、香山《かぐやま》の畝尾《うねを》の木《こ》の本《もと》にまして、泣澤女神《なきさはめのかみ》と名《な》づく。故《かれ》、その神避《かむさ》りし伊邪那美神《いざなみのかみ》は出《いづ》雲國《ものくに》と伯伎國《ははきのくに》との堺《さかい》の比婆《ひば》の山《やま》に葬《はふ》りき。

ここに伊邪那岐命《いざなぎのみこと》、御佩《はか》せる十拳劒《とつかのつるぎ》を抜《ぬ》きて、その子《みこ》迦具土神《かぐつちのかみ》の頸《みくび》を斬《き》りたまひき。ここにその御刀《みはかし》の前《さき》に著《つ》ける血《ち》、湯津石村《ゆついはむら》に走《たばし》り就《つ》きて、成《な》れる神《かみ》の名《みな》は、石拆神《いはさくのかみ》。次《つぎ》に根拆神《ねさくのかみ》。次《つぎ》に石筒之男神《いはつつのをのかみ》。［三神《みはしら》］次《つぎ》に御刀《みはかし》の本《もと》に著《つ》ける血《ち》も亦《また》、湯津石村《ゆついはむら》に走《たばし》り就《つ》きて、成《な》れる神《かみ》の名《みな》は、甕速日神《みかはやびのかみ》。次《つぎ》に樋速日神《ひはやびのかみ》。次《つぎ》に建御雷之男神《たけみかづちのをのかみ》。亦《また》の名《みな》は建布都神《たけふつのかみ》。亦《また》の名《みな》は豊布都《とよふつの》神《かみ》。［三神《みはしら》］次《つぎ》に御刀《みはかし》の手上《たがみ》に集《あつ》まれる血《ち》、手俣《たなまた》より漏《く》き出《い》でて、成《な》れる神《かみ》の名《みな》は、闇淤加美神《くらおかみのかみ》。次《つぎ》に闇御津羽神《くらみつはのかみ》。

上《かみ》の件《くだり》の石拆神以下《いはさくのかみよりしも》、闇御津羽神以前《くらみつはのかみよりさき》、併《あは》せて八神《やはしら》は、御刀《みはかし》によりて生《な》れる神《かみ》なり。

殺《ころ》さえし迦具土神《かぐつちのかみ》の頭《みかしら》に成《な》れる神《かみ》の名《みな》は、正鹿山津見神《まさかやまつみのかみ》。次《つぎ》に胸《みむね》に成《な》れる神《かみ》の名《みな》は、淤縢《おど》山津見神《やまつみのかみ》。次《つぎ》に腹《みはら》に成《な》れる神《かみ》の名《みな》は、奥山津見神《おくやまつみのかみ》。次《つぎ》に陰《みほと》に成《な》れる神《かみ》の名《みな》は、闇山津見神《くらやまつみのかみ》。次《つぎ》に左《ひだり》の手《みて》に成《な》れる神《かみ》の名《みな》は、志藝山津見神《しぎやまつみのかみ》。次《つぎ》に右《みぎり》の手《みて》に成《な》れる神《かみ》の名《みな》は、羽山津見神《はやまつみのかみ》。次《つぎ》に左《ひだり》の足《みあし》に成《な》れる神《かみ》の名《みな》は、原山津見神《はらやまつみのかみ》。次《つぎ》に右《みぎり》の足《みあし》に成《な》れる神《かみ》の名《みな》は、戸山津見神《とやまつみのかみ》。[正鹿山津見神《まさかやまつみのかみ》より戸山津見神《とやまつみのかみ》まで、併《あわ》せて八神《やはしらのかみ》]故《かれ》、斬《き》りたまひし刀《みはかし》の名《な》は、天之尾羽張《あめのをはばり》と謂《い》ひ、亦《また》の名《な》は伊都之尾羽張《いつのをはばり》と謂《い》ふ。

【現代語訳】

イザナミの死を嘆き悲しんでイザナギは「いとしい我が妻よ。あなたの命とたった一人の御子《みこ》の命とを交換しようとは」と悲しみのあまり声をあげて叫んだ。そう叫ぶとイザナギは横たわっているイザナミの枕辺に崩れ腹這い、或いは足元の方に崩れ腹這い、大声を上げて涙を流して泣き崩れた。その時にイザナギの涙から化成した神が、大和の香具山の山裾の畝《うね》尾《を》の木本《このもと》に居る神で、その名はナキサワメと言う。しかし生き返る事がなかったので、イザナミの亡骸は出雲の国と伯伎の国との境にある比婆の山に葬った。

しかし妻を失ったイザナギの悲しみは癒えず、腰に帯びた長い立派な太刀を抜き、イザナミの死の直接の原因となった自らの御子カグツチの頸《くび》を切った。その時手にした太刀の切先についた血は、神聖な岩の群れに迸《ほとばし》り流れ、その迸った血から神々が化成した。その神の名はイワサクと言った。次に化成した神はネサクと言った。次に化成した神はイワツツノオと言った。続いて太刀の鍔際《つばぎわ》についた血も、神聖な岩の群れに迸り流れて、そこに神々が化成した。その神の名はミカハヤビと言い、次に化成した神の名はヒハヤビと言い、次に化成した神の名はミカハヤビと言った。続いて太刀の柄に集まった血は、指の股から滴り落ちてまたそこにも神々が化成した。その神の名はクラオカミと言い、次に化成した神の名はクラミツハと言った。

ここに化成したイワサクからクラミツハまで、合わせて八柱の神は、イザナギの太刀によって化成した神々だ。

頸を切り落とされて殺されたカグツチのその切り落とされた頭から化成した神の名はマサカヤマツミ（険しい山に住む神）と言った。次にカグツチの胸から化成した神の名はオドヤマツミ（山の中腹に住む神）と言った。次にカグツチの腹から化成した神の名はオクヤマツミ（奥深い山に住む神）と言った。次にカグツチの陰処《ほと》から化成した神の名はクラヤマツミ（山の谷あいに住む神）と言った。次にカグツチの左の手から化成した神の名はシギヤマツミ（鬱蒼と茂った樹木の意）と言った。次にカグツチの右手から化成した神の名はハヤマツミ（端山に住む神）と言った。次にカグツチの左足から化成した神の名はハラヤマツミ（平らな峰に住む神）と言った。次にカグツチの右足から化成した神の名はトヤマツミ（外山に住む神）と言った。マサカヤマツミからトヤマツミまで、合わせて八柱の神となる。

イザナギの手にした太刀は、その名をアメノオハバリ（よく切れる名刀の意）と言い、別名にイツノオハバリとも言う。

【読み解き】

この段も、前の段と同様に文明の発展の道程を記したものです。火を自由に扱う術を持った私たちの先祖は、やがて鉄器鋳造《てっきちゅうぞう》という術《すべ》を手に入れます。鉄の鋳造技術の獲得こそが現在の文明の基になっています。古代の国家では鉄の鋳造技術を持つか否かは、その国家の存亡にかかわる重大事でありました。それ故に、例えば伊勢神宮が今の三重県の五十鈴川の畔に鎮座するまで、倭比賣がそのご神体を奉持して諸国を巡りますが、目的は砂鉄の産地を求める旅だったと論ずる歴史学者もいます。また出雲の国譲りにしても、当時日本最大の鉄の産地だった出雲を掌握するか否かは、大和政権にとって重大事だったともいわれています。「火の神」を生んでイザナミは亡くなりますが、「火の神」の誕生により文明は飛躍的進歩を遂げ、焼畑農業のような原始的農耕から計画的定住型の農耕へと発展し、人々の居住地域も山間部へと広がり、火の活用によって鉄器や陶磁器を手に入れ、この国土は豊葦原水穂国《とよあしはらみずほのくに》となりました。まさに現在の社会の文明は「火」と「鉄」によって発展を遂げたということが、遠い昔の神話に、比喩を駆使して伝えられています。しかしその真意は何でしょう。

先ずその第一は「死」ということです。日本の神様の特徴は「死する神」であるともいえますが、神話の中で神々は誕生し、そして死にます。やがて死からの復活を遂げて大成してゆくのですが、このイザナミの死には復活がありません。なぜでしょうか。この世の生きとし生けるものの避けては通れない「死」という生命の摂理をここで私たちに教えています。天地開闢で宇宙が開けるとともに、その中に神が自ずと生まれ、その神からすべての生命が生まれ、神世七代を経てイザナギとイザナミという人類の祖神を生み、その二柱の神がこの地上世界へ降り立ちました。なぜこの地上世界に降り立ち国土を生成し、文明を生み発展させることが出来たのか。それは身を持ったからといえます。身を持ったが故に訪れる「死」というものを、自らの身をもってイザナミは、「死」に対する自覚と対処を持つことの大切さを教えています。

日本の神話では、高天原の神々の物語には「死」ということは語られません。高天原は永遠に存在する「魂の世界」だからです。イザナミの死は、身の世界と魂の世界という二つの世界が明確に区分されて存在していることを教えています。この区分をわきまえないと、確実に来る「死」を素直に受け入れられず、迷いが生じ、「罪」を犯すことになります。

古い物語を見ても、死を受け入れようとしないことから過ちを犯すものは多く見られます。「死にたくない、死を受け入れたくない」というのは果てしない人類の欲望です。中国の神仙思想は日本に早くから流入し、日本人の思想の根底に横たわっています。神仙思想では「不死の良薬」を求めた物語が多くありますし、日本にも『かぐや姫伝説』や「羽衣伝説」などがあり、今も昔も「永遠の命」を求める人の心は変わらないようです。ここでは、その私たち人間が求めて止まない「永遠の命」というものは、「魂」のみのことであるということを、イザナミから教えられます。

さて、イザナミの死はもう一つ現代に生きる大切なことを教えてくれています。それは、人間は文明を手に入れる代わりに、掛け替えのない「何か」を失うということです。イザナミが死んでイザナギは「いとしい我が妻よ。あなたの命とたった一人の御子の命とを交換しようとは」と嘆き悲しみます。大切な物というのは、身近にあるうちはその大切さに気づかないものです。失って初めてその「何か」の大切さに気づくものです。その「何か」というものが、太安萬侶の序文にもある「心が素直であった」という古代人にあって、現代人になくなった「心」です。

イザナミが生んだ「火」の極限の力を、今日の私たちは、戦争に使う原子力、原子爆弾に利用して大量殺戮に使用しました。イザナギが嘆き悲しんだのと同じで、そこには嘆き悲しむ人たちが大勢いました。イザナギとイザナミがオノコロ島に降り立ち、最初に建てた人の住まうところを焼土と化してしまいました。二十世紀は人類は大きな大きな過ちを犯しました。失敗は二度と引き起こしてはならないのが神話の教えです。

イザナギは「死」を受け入れることができずに、「いとしい我が妻よ。あなたの命とたった一人の御子の命とを交換しようとは」と泣き腹這い叫びます。この行動は現代の私たちからすると異常とも取れるほどの我を忘れた行動です。愛する妻を失った悲しみが深いのはわかりますが、余りにも激しい感情の吐露ではないでしょうか。イザナギは、イザナミの死の直接の原因となった自らの子であるカグツチを切り殺します。何と過激な行動でしょうか。でも、今の社会でそんな異常と思える事件が多発しています。この異常に過敏な感受性が日本人の精神性です。この我を忘れて泣くという行動は、後にイザナギの子であるスサノオへと受け継がれますが、『古事記』の神話の中巻へとすすむと、ヤマトタケルが兄を殺して簀《す》巻《ま》きにするという物語へ続いていくのです。

日本人は、なぜこんなにも過敏な感受性と精神性をもっているのでしょう。この狭い日本列島という島国に、狭い耕作地を切り開いて稲作文化を形成してきたという民族の歴史によるものです。大陸は異文化が渡来してきても、伝播経路がありますから通過してゆきます。通過するということは異文化は異文化としてその場その場で共存できますが、日本の場合は西から伝播してきた異文化は東へは抜けられない。だからそれを自らの文化として飲み込み消化して自らのモノとしなくてはならないのです。狭く東の果てに存在するが故に、逃げ場がないという環境に生活してきたのが日本人です。頭の良い民族ですから、入ってきた異文化を再編して使い勝手よく自国の文化として取り込んできましたが、逃げ場がないが故に争いは極力避けなくてはならないということもわかっていました。そこで自己主張を最小限にして、相手の気持ちを先回りして「察する」という精神性や感性が育まれてきたのです。それをさらに研ぎ澄ませたのが春夏秋冬の季節ある気象条件です。日本人の過剰なまでに敏感な感受性は言葉にも表れています。主語も述語もない言語というものは、察しあう感性に頼ってきたからです。このことについては別の機会にお話することにします。

死に対して泣き叫ぶということは、古代の葬送の儀における蘇生を願う鎮魂儀礼でもありました。この神話が出雲の神話へ移ってもまた再び出てきますし、ヤマトタケルの物語にも語られますから、記憶の隅に置いておいてください。

イザナギが泣いて流した涙からも神が化成します。ナキサワメ、これが葬送儀礼の泣女を表します。今までイザナギとイザナミが二柱で協力して生んだ神は、「生む」と表現されましたが、この段の神と前段の神は「成る」という表現で、先の神々とは明確に区別がされています。どういうわけで区別されるのか。「生まれる」と表現される神は、イザナギとイザナミが二柱で心を通わせあい、智の交流をした結果として現れた神でした。目に見えない智を通わせあった結果としての文明の顕現で、目に見えない力を一つにすることによって現れた神を「生む」と表現しているのです。そして「成る」神は、物から自ずと化成した働きや存在を「成る」として明確に区別しています。

イザナギは怒りの余りに自らの子、カグツチを太刀を抜いて切り殺します。その血からイワサク、ネサク、イワツツノオ、が化成し、続いてミカハヤビ、ヒハヤビ、タケミカヅチノオ（タケフツ・トヨフツ）が化成し、続いてクラオカミとクラミツハが化成します。この段の最後には、この神々は「剣によって化成した神」と記されています。剣は神話では「英知の象徴」として登場します。この場面で化成する神は皆、刀剣の製造、鉄の鋳造にかかわる神です。イワサク、ネサク、イワツツノオは剣を鍛える石鎚を称えた名、ミカハヤビ、ヒハヤビ、タケミカヅチは、刀剣を鍛える時の火の働きや威力を称えた神の名前です。鉄の鋳造に欠かせないのが水の働きです。それがクラオカミ、クラミツハという神です。この段も鉄の鋳造、しかも刀剣の製造、武器の製造へとその文明が進歩した事を物語っています。カグツチの身体からは山を意味する名前の神々が化成します。山の鉱山開発の歴史を物語っている部分です。

私たち人類はここに至って文明を発展させて、火の威力を以って武器製造をするに至りました。武器を持つことにより、感情による殺傷が始まったということを古人は警告しているのではないでしょうか。この段には人が武器を持つに至った歴史が語られていました。冒頭のイザナギの叫びは、今日の私たちに対する「文武一貫」という、人類への大きな命題として語られています。『古事記』の編纂《へんさん》を命じた天武天皇は、武をもって皇位に即位されました。そこには武を用いてでも守らなければならないことがあったのでしょう。その守らなければならなかったものが、本書の読み解こうとしている現代社会に活かすべき「何か」であったと私は考えます。そのことは機会があれば述べたいと思います。

この「文武一貫」の命題は、天武天皇以後の天皇の統治の方法や住まいの容として察する事ができます。京都の御所に行かれた方は、あまりの無防備さに驚かれます。千年を超えて日本の権威の中心として君臨してきた天皇が、堀もなく、城壁もない御殿にお住まいになってきたという驚きです。東京へ遷都されてから旧江戸城にお住まいになりますが、長い天皇家の歴史から見ても、城を皇居とされた例はありません。武をもって統治せず、徳をもって治めるという理想を、天武天皇は『古事記』編纂に当たって、この段に物語ろうとしていたのではないでしょうか。

余談ですが、火の神を生んでイザナミが亡くなり、火には文明を発展させる力もあれば、逆に原子爆弾の如くに人類を滅ぼす力もあるということから、日本固有の純粋神道の儀式では『古事記』神話に基づき火の神事は忌避《きひ》しています。現在火を使った祭祀を行っているものは、外来の密教の影響が形となったものです。

八、黄泉《よみ》の国

【原文】

ここにその妹伊邪那美命《いもいざなみのみこと》を相見《あひみ》むと欲《おも》ひて、黄泉國《よみのくに》に追《お》い往《ゆ》きき。ここに殿《との》の縢戸《さしど》より出《い》で向《む》かへし時《とき》、伊邪那岐命《いざなぎのみこと》、語《かた》らひ詔《の》りたまひしく、「愛《うつく》しき我《あ》が汝妹《なにも》の命《みこと》、吾《あれ》と汝《みまし》と作《つく》れる國《くに》、未《いま》だ作《つく》り竟《を》へず。故《かれ》、還《かへ》るべし」とのりたまひき。ここに伊邪那美命答《いざなみのみことこた》へ白《まを》しく、「悔《くや》しきかも、速《と》く來《こ》ずて。吾《あ》は黄泉戸喫《よもつへぐひ》しつ。然《しか》れども愛《うつく》しき我《あ》が汝夫《なせ》の命《みこと》、入《い》り來《き》ませる事恐《ことかしこ》し。故《かれ》、還《かへ》らむと欲《おも》ふを、且《しばら》く黄泉神《よもつかみ》と相論《あげつら》はむ。我《あ》をな視《み》たまひそ」とまをしき。かく白《まを》してその殿《との》の内《うち》に還《かへ》り入《い》りし間《あひだ》、甚久《いとひさ》しくて待《ま》ち難《かね》たまひき。故《かれ》、左《ひだり》の御角髪《みみづら》に刺《さ》せる湯津津間櫛《ゆつつまぐし》の男柱一箇《をばしらひとつ》取り闕《か》きて、一《ひと》つ火《び》燭《とも》して入《い》り見《み》たまひし時《とき》、蛆《うじ》たかれころろきて、頭《みかしら》には大雷《おほいかづちを》 居り、胸《みむね》には火雷《ほのいかづちを》 居り、腹《みはら》には黒雷《くろいかづちを》 居り、陰《みほと》には拆雷《さくいかづちを》 居り、左《ひだり》の手《みて》には若《わか》雷《いかづちを》 居り、右《みぎり》の手《みて》には土雷《つちいかづちを》 居り、左《ひだり》の足《みあし》には鳴雷《なるいかづちを》 居り、右《みぎり》の足《みあし》には伏雷《ふしいかづちを》 居り、併《あは》せて八《や》はしらの雷神《いかづちがみな》成り《を》居りき。

ここに伊邪那岐命《いざなぎのみこと》、見畏《みかしこ》みて逃《に》げ還《かへ》る時《とき》、その妹伊邪那美命《いもいざなみのみこと》、「吾《あれ》に辱《はぢみ》見せつ」と言《い》ひて、すなはち黄泉醜女《よもつしこめ》を遣《つか》はして追《お》はしめき。ここに伊邪那岐命《いざなぎのみこと》、黒御鬘《くろみかづら》を取《と》りて投《な》げ棄《う》つれば、すなはち蒲 子《えびかづらのみな》生りき。こを摭《ひり》ひ食《は》む間《あひだ》に、逃《に》げ行《ゆ》くを、なほ追《お》ひしかば、またその右《みぎり》の御《み》角髪《みづら》に刺《さ》せる湯津津間櫛《ゆつつまぐし》を引《ひ》き闕《か》きて投《な》げ棄《う》つれば、すなはち笋《たかむな》生《な》りき。こを抜《ぬ》き食《は》む間《あひだ》に、逃《に》げ行《ゆ》きき。且後《またのち》には、その八《や》はしらの雷神《いかづちがみ》に、千五百《ちいほ》の黄泉軍《よもついくさ》を副《そ》へて追《お》はしめき。ここに御佩《はか》せる十拳劒《とつかのつるぎ》を抜《ぬ》きて、後手《しりへで》に振《ふ》きつつ逃《に》げ來《く》るを、なほ追《お》ひて、黄泉比良坂《よもつひらさか》の坂本《さかもと》に到《いた》りし時《とき》、その坂本《さかもと》にある桃子《もものみ》三箇《みつ》を取《と》りて、待《ま》ち撃《う》てば、悉《ことごと》に逃《に》げ返《かへ》りき。ここに伊邪那岐命《いざなぎのみこと》、その桃子《もものみ》に告《の》りたまひしく、「汝《なれ》、吾《あれ》を助《たす》けしが如《ごと》く、葦原中國《あしはらのなかつくに》にあらゆる現《うつ》しき青人草《あをひとくさ》の、苦《くる》しき瀬《せ》に落《お》ちて患《うれ》ひ惚《なや》む時《とき》、助《たす》くべし」と告《の》りて、名《な》を賜《たま》ひて意富加牟豆美命《おほかむづみのみこと》と號《い》ひき。

最後《いやはて》にその妹《いも》伊邪那美命《いざなみのみこと》、身自《みづか》ら追《お》ひ來《き》たりき。ここに千引《ちびき》の石《いは》をその黄泉比良坂《よもつひらさか》に引《ひ》き塞《さ》へて、その石《いは》を中《なか》に置《お》きて各對《をのをのむか》ひ立《た》ちて、事戸《ことど》を渡《わた》す時《とき》、伊邪那美命《いざなみのみこと》言《い》ひしく、「愛《うつく》しき我《あ》が汝夫《なせ》の命《みこと》、かく爲《せ》ば、汝《みまし》の國《くに》の人草《ひとくさ》、一日《ひとひ》に千頭《ちがしら》絞《くび》り殺《ころ》さむ」といひき。ここに伊邪那岐命《いざなぎのみこと》詔《の》りたまひしく、「愛《うつく》しき我《あ》が汝妹《なにも》の命《みこと》、汝《みまし》然《しか》爲《せ》ば、吾《あれ》一日《ひとひ》に千五百《ちいほ》の産屋《うぶや》立《た》てむ」とのりたまひき。ここをもちて一日《ひとひ》に必《かなら》ず千人《ちたり》死《し》に、一日《ひとひ》に必《かなら》ず千五百人《ちいほたり》生《う》まるるなり。故《かれ》、その伊邪那美命《いざなみのみこと》を號《なづ》けて黄泉津大神《よもつおほかみ》と謂《い》ふ。また云《い》はく、その追《お》ひしきしをもちて、道敷大神《ちしきのおほかみ》と號《なづ》くといふ。また、その黄泉《よみ》の坂《さか》に塞《さや》りし石《いは》は、道反之大神《ちがへしのおほかみ》と號《なづ》け、また塞《さや》ります黄泉戸大神《よみどのおほかみ》とも謂《い》ふ。故《かれ》、その謂《い》はゆる黄泉比良坂《よもつひらさか》は、出雲國《いづものくに》の伊賦夜坂《いふやさか》と謂《い》ふ。

【現代語訳】

二人で力を合わせて国生みをし、この地上世界の文明という力を共に生みなしてきた最愛の妻イザナミを失ったイザナギは、もう一度イザナミに会いたいという気持ちを止める事ができず、イザナミの旅立った黄泉の国へと追って行ったのであった。イザナギは黄泉の国の御殿に辿り着き、その固く閉ざされた扉の前に立った。妻のイザナミも夫であるイザナギの訪問を喜び、堅く閉ざされた扉のところまで出迎えた。そこで二柱の神は扉を挟んで言葉を交わす。先ず遥遥と訪ねてきたイザナギが扉越しに語りかけた。「愛しい我が妻よ。私が貴女と共に作った国は未だ完成はしていない。不十分なままだ。どうか私と共に帰って共に国作りをしようではないか」と。その言葉を聞いたイザナミは「どうしてもっと早く来てくださらなかったのですか。その事が悔やまれてなりません。私はこの黄泉の国の竈《かまど》で煮炊きした食べ物を食べてしまいました。ですから私はもう既に黄泉の国の住人となってしまったのです。ですが、愛しい貴方様がこうして私を思い、わざわざ迎えに来てくださったことは、本当に嬉しい限りで有り難いことです。私もそのお言葉に従って是非とも共に帰りたいと思います。ですから、暫くの間この黄泉の国の神々に帰っても良いかとお伺いを立てて参ります。ですがその間、私の姿は決してご覧にならないようにしてください」と言って御殿の中へ戻っていった。イザナギは御殿の扉のところに佇《たたず》みじっと待っていたが、待てど暮らせどイザナミは戻ってこないので、待ちかねて、イザナミの「絶対に私の姿を見ないで欲しい」という願いも忘れて黄泉の国の御殿の扉を開けて中へ入ることにした。イザナギはそっと御殿の扉を開ける。その扉の中があまりに暗かったので、イザナギは左右の耳のところで髪を結い束ねた角髪《みづら》の左に刺した櫛を手に取り、その櫛の両端にある太い歯を一本折り取るとそれに火をつけ、御殿の中を照らして中の様子を伺った。するとそこには身体中に蛆がわき、くねくねと動き回っているイザナミの姿があった。しかも、頭からも胸からも、腹からも陰処からも、左右の手からも足からも、それは恐ろしいイカヅチが沢山生まれていた。その姿を見たイザナギは恐れおののき、その場を慌てて逃げ出し走るのであった。するとイザナミは「貴方は私の恥ずかしい姿をご覧になりましたね（私に恥をかかせた）」と言って、早速黄泉の国の醜女《しこめ》にイザナギの後を追わせた。イザナギは必死の思いで走り逃げたが、醜女に追いつかれそうになったので髪を結わえてあった蔓《かづら》を取りはずして、これを醜女に向かって投げ捨てた。すると地に落ちた蔓は野葡萄の実となって生えた。その野葡萄の実を醜女たちが食べている間にイザナギは更に走って逃げたのだが、また醜女たちは追って来た。そこでイザナギは今度は右の束ねた髪に刺してあった櫛を取り、その歯を折り取っては醜女たちに向かって投げ捨てた。するとその櫛の歯は竹の子となって生え、それを醜女たちが食べている間にイザナギは更に走って逃げた。今度は先ほどイザナミの身体から生まれた恐ろしいイカヅチたちが千五百もの黄泉の国の軍隊を引き連れて追って来た。イザナギは腰に下げた太刀を抜き、後ろ手に必死に振り翳《かざ》しながら逃げた。それでも黄泉の国の軍隊は尚も執拗に追って来たが、イザナギはこの世と黄泉の国の境にあるヨミノヒラサカの麓まで辿り着くことができた。その時イザナギはそこに生えていた桃の木の実を三つ取り、追って来る黄泉の国の軍隊に激しく投げつけた。するとその桃の実の不思議な力で黄泉の国の軍隊は悉《ことごと》く逃げ去っていった。イザナギはその桃の実に次のように言った。「今お前は私を助けてくれたが、葦が茂るこの豊な葦原の中つ国に住むありとあらゆるこの世の人々が、もしも辛い目にあって苦しむようなことがあれば、今私を助けてくれたように助けてやって欲しい」と。そして、オオカムヅミ（大神の実という意）の名前を桃の実に授けた。しかし最後には、イザナミ自身が追って来た。そこでイザナギは黄泉比良坂《よもつひらさか》に千人がかりでやっと引きずるほどの大きな岩を据えて、その大岩を挟んで立ち、二柱の神は各々向かい立ち、イザナギはイザナミに別れの言葉を言った。その時イザナミは夫であるイザナギに次のように言った。「愛しい我が背の君よ。もしあなたがそのように永遠の別れをお告げになるならば、私は貴方の国の人々を一日に千人ずつ絞《くび》り殺しましょう」と。するとイザナギは次のようにそれに答えた。「愛しい我が妻よ。貴女がもしそんなことをするならば、私は一日に千五百の産屋《うぶや》を建てましょう」と言い告げた。それで一日に必ず千人の人が死に、一日に必ず千五百人の人が生まれることとなったのだ。さてそこで、イザナミのことをヨモツオオカミというのだ。また夫のあとに追いついたことからチシキノオオカミと言うとも伝えられている。また黄泉比良坂にあって道を塞いだ岩は、チガエシノオオカミという名前が与えられ、またの名をサヤリマスヨミドノオオカミとも言う。またここに言う黄泉比良坂は、今の出雲国にある伊賦夜坂《いふやさか》（所在不明）であるともいわれている。

【読み解き】

この段には、古代の人々の他界観が存分に語られています。今までは、高天原という世界と中つ国という二つの世界で物語が進んできましたが、ここでイザナミの死という現実を受けて、はじめて死後の世界である「黄泉《よみ》の国《くに》」という別世界が語られます。一気に物語の舞台は豊葦原の中つ国から黄泉の国へと移ります。このまるで演劇の回り舞台のようにダイナミックに物語の場面が変わるということも、『古事記』神話の面白さです。

黄泉の国とはいったいどんな世界なのでしょうか。私たちの祖先はいったいどのような死後の世界を考えていたのでしょうか。一般には黄泉の国は「死後の世界」「横穴式古墳」「死体安置所」といった大まかに三つの解釈論文がありますが、ここでは「神話」としての『古事記』の存在価値から「死後の世界」と解釈します。あくまでも「神話」は「目に見えないモノとコトのお話」なのですから。

祖先たちは「死後の世界」を、私たちの今住む世界とまったく変わらない世界であると考えました。黄泉の国という言葉から、ここに語られる「死後の世界」を「暗黒の世界」「暗闇の世界」だとか、「暗い地下の世界」と思い込んでいますが、これは大きな間違いです。黄泉の国という言葉は中国の道教の「黄泉国《こうせんこく》」からきています。教典に黄泉国は「地下数千尺の暗黒の世界」と記されており、後世に死後の世界は暗い世界だと誤解させてしまったようです。『古事記』を編纂する時にすでに流入していたその言葉を、私たちの祖先の考えていた「死後の世界」を表現するのに漢字をそのままに用いてしまったために、その漢字を使用したことから来る誤解が、未だに拭えずにいるのです。太安萬侶は「文字に惑わされないように」と敢えて注意を喚起しています。ヨミノクニとは「夜見の国」という日本語なのです。

人が亡くなってあの世の先祖のもとへ旅立つのに、この世の夜の始まりに送り出してあげれば、それがあの世の明け方で、この世から夜通し祈り続けることによって、死者はあの世の夕刻までに無事に迷わずに先祖のもとへたどり着けると考えたのが、通夜の御祭です。そうして夜通し祈られて、死者の霊魂は無事に先祖のもとへたどり着き、そこで告別式を行って亡骸《なきがら》を葬るのです。

物語をもう一度よく読んでみてください。イザナギは黄泉の国のイザナミの暮らす御殿の扉の前に立ちました。そこから何時までたっても戻ってこないイザナミを待ちきれずに黄泉の国の御殿の扉を開けます。その時になって初めて灯火を燈しています。そこまでは松明を掲げることもなく、まるで今私たちの住むこの世界の昼間を歩いているかのように、迷わずに歩いているではないですか。人の思い込みとか先入観というのは恐ろしいもので、その事実をきちんと読み解いていないのは残念です。黄泉の国、つまり死後の世界は、この世とまったく変わらない世界であると『古事記』は伝えています。

そして、私たち祖先は、身を持つという物質の世界であるこの世では絶対に手に入れることができない「永遠」というものを、死者となってからも「魂」は永遠に生き続けるものだと考えてきました。その考えは今でも私たちが死者に対する思いとして、家の祖霊舎や仏壇の位牌に向かって語りかけているのが、その何よりの証拠です。

この黄泉の国神話は黄泉比良坂で岩を挟んでのイザナギとイザナミの会話で幕を閉じます。

それは「あの世」と「この世」は決して行き来はできない別世界、別の次元の世界であるけれども、互いに言葉を交し合うことができる世界であるということを物語っています。それが「あの世観」です。この世と隔絶した、言葉も心も通い合うことのない世界とは考えていません。それは祖霊祭や法事という儀式で、今に受け継がれています。

ここでイザナギは大きな過ちを犯すこととなります。それが黄泉の国訪問です。イザナギとイザナミは国生みで一度失敗を犯しています。でもそれは自らの心による失敗ではありませんでした。自然の摂理に準じたか反したかの問題でした。そして一度の過ちから原点に再び立ち返り摂理を理解して国生みをして成功を収めます。文明を得て物質も豊になって来ると、人の心の内には迷いが生じ、その迷いからの過ちを生みます。

イザナギはイザナミの「待ってて欲しい」という願いに背いて、「知りたい」「見たい」という欲望に駆られて黄泉の国の御殿に入って行きます。それ以前に、妻を求めるという心が、死は絶対であるというタブーを犯しています。ここに現代社会に生かすべき先人からの英知のメッセージが隠されています。つまり「もっと知りたい」「もっと欲しい」という欲求心から文明は生まれたということです。イザナギとイザナミは天つ神の働きにより、心と知恵を授かりました。それが万物の霊長たる所以でもありますが、一方に絶対なるタブーを犯すという過ちの基でもあるのです。

イザナギは御殿の中に入るのに、櫛の男柱《おばしら》を折って火を燈して、イザナミを見ます。櫛の男柱は陰陽の「陽」の気の象徴で、英知を現します。その男柱を折って火を燈《とも》すというのは、実は、英知を持って物事の本質や現実をしっかりと見るということが語られています。その英知をもってしっかりと現実を見たイザナギは、あろうことか恐ろしい現実に驚愕します。イザナミに会いたさゆえの欲望のなせる業でしたが、イザナギは黄泉の国の「死」という絶対的に乗り越えることの出来ない現実と、犯してはならないタブーを思い知り、英知を働かせて万難を排して自力で戻ろうとします。そこが黄泉の国訪問の神話の主題です。

灯火に照らされたイザナミの身体からは蛆《うじ》がわき、そして恐ろしいイカヅチの神が出現していました。それは死という現実です。死という現実を覗き見るのは犯してはならないタブーです。見られたイザナミは「私に恥をかかせた」と怒り、黄泉の国の醜女たちにイザナギを追わせます。この「恥をかかせた」というイザナミの言葉に、日本人の価値判断の基準があることに注意を払わねばなりません。私たちは「恥」というものを価値判断基準として文化を築いてきた民族です。恥こそが悪であり、善なることは「誉」であり「美」であるわけです。イザナミは恥を受けたことにより烈火のごとく怒り、醜女を遣わし、千五百もの軍隊を動員してイザナギを追います。私たちは「恥」を受けたときに、我を忘れて怒るという精神性を有していることをここに伺い知ることができます。ですから日本人の生活には、人に恥をかかせないという規範が根強くあります。

ここに「醜女」とありますが、「シコメ」と大和言葉で読みます。醜いという字が当てられているので一般の解釈本でも醜き魑《ち》魅魍魎《みもうりょう》のように解説されますが、後の物語で大国主神の別名が「葦原色許男（アシハラノシコオ）」だと語られます。大国主神は八千矛神ともいわれるように英知に長けた神様ですが、「シコ」がついています。これは、もともと「醜い」ではなく、「絶対の力」「絶対という美」を表すと推測されます。そう解釈すると、天孫降臨の前段階の天菩比日命の段の物語とも「心の話」としての繋がりが出て、「もとの世界へ返さない働き」を表現したものと理解ができるのではないかと思います。

怒りから逃げるイザナギの行動には、二つの注目すべき行動があります。一つは「後ろ手」という行動です。後にも神話の物語に登場してくる所作ですが、古来から秘事といわれる神事に、普段と違う行動をとることによる呪術的効果のある所作として、伝承されてきているものです。二つ目は「桃の実」です。ここにも中国からの伝播した思想の跡が伺えます。桃の実は古来から邪気を祓う呪力を持った果実として信じられてきました。それは後世に桃太郎伝説や、桃の節句といった説話や風習へと発展していきます。

黄泉比良坂でイザナギとイザナミは大きな岩を挟んで対峙します。ここにも古人の世界観が事細かに比喩を使って表現されています。一般に黄泉の国は私たちの住む世界よりも下方に存在する世界、地下の世界のように思われていますが、古人の他界観は常に水平軸上に置かれています。常世の国や妣国などもそうです。堅州根国はその「根」という文字から地下が想像されますが、実際にはこれも水平軸上と考えて差し支えありません。ここに語られた黄泉比良坂という言葉がそれを如実に物語っています。もともと坂は境の意味です。境界線を意味しています。例えば神前に捧げる榊は、神聖なる場所と日常の場所を区別するために、その境界線に植えた常緑樹なのです。もっとも信仰の場では境の木である榊を「栄える気」

と説明することもありますが。坂は境を意味します。それもヒラサカと表現されています。ヒラサカのヒラは平で、勾配のある坂と解釈するよりは、黄泉の国との境界と解釈したほうが良いでしょう。では「坂を上る」という表現はやはり高低差があるのでしょうか。この「上る」は列車の上り下りと同じで、基点となる方へ向かうことを上ると表現し、基点から遠ざかることを「下る」と表現するのと同じです。古来から日本人は上る下るを水平軸上で使っているのです。こうした視点で想像すれば、黄泉の国は地下の暗黒の世界ではなく、この世と変わらない暮らしを営む、水平軸上にある魂の世界と解釈することが正しいのです。

イザナギとイザナミは千人がかりでないと動かすことができないような大きな岩を挟んで言葉を交わします。イザナミが「愛しい我が背の君よ。もしあなたがそのように永遠の別れをお告げになるならば、私は貴方の国の人々を一日に千人ずつ絞《くび》り殺しましょう」と。するとイザナギはそれに答えます。「愛しい我が妻よ。貴女がもしそんなことをするならば、私は一日に千五百の産屋を建てるだろう」と。既にヨモツヘグイをして黄泉の国の住人となってしまったイザナミは、大きな岩によってこの世とあの世が断絶されたことを受けて、一日に千人を殺すと宣言をします。それに対してこの世の存在であるイザナギは、逆に一日に千五百の新たな命を生み成すと宣言します。ここは日本人の世界観を物語る大切な部分で、日本人の上昇史観が語られている部分です。この世のありとあらゆる物を生み成した二柱の神によって、この世は必ず三対二の割合で永遠に発展を遂げるのだという約束がなされたのです。

一神教のように何時かは神の怒りによってこの世は滅ぼされるといった終末思想は、ここにはありません。仏教の説くような末世末法の思想もありません。この世は永遠に三対二で栄えてゆくという私たちのネアカで陽気な民族性がここに伺えます。これは『古事記』神話の冒頭の「ウマシアシカビ」の心がこの世の基の兆であったことを受けての思想です。しかし無条件に永遠の発展を遂げるというものではありません。イザナギもイザナミも失敗をし、迷い、絶体絶命の窮地に立たされましたが、天地開闢から受け継いだ英知があったからこそ立ち返ることができたのです。他力本願で、欲望どおりにいかないからと自殺を志向してしまう現代人には是非読ませたい物語です。神話は、古人から今を生きる私たちへのメッセージなのです。この先の物語は、失敗からの復活をし、また失敗しないための、英知・理性と欲望の葛藤の物語へと展開して行きます。

因みに、この段の物語が「甦る《よみがえ》」という言葉の語原とされています。黄泉の国から帰る、つまり元に戻るということが甦る（黄泉帰る）となりました。

九、禊祓《みそぎはらひ》と三貴子の誕生

【原文】

ここをもちて伊邪那岐大神《いざなぎのおほかみの》詔りたまひしく、「吾《あ》はいなしこめしこめき穢き《きたな》國《くに》に到《いた》りてありけり。故《かれ》、吾《あ》は御身《みみ》の禊爲《みそぎせ》む」とのりたまひて、竺紫《つくし》の日《ひ》向《むか》の橘《たちばな》の小門《をど》の阿波岐原《あはぎはら》に到《いた》りまして、禊《みそ》ぎ祓《はら》いたまひき。

故《かれ》、投《な》げ棄《う》つる御杖《みつゑ》に成《な》れる神《かみ》の名《みな》は、衝立船戸神《つきたつふなどのかみ》。次《つぎ》に投《な》げ棄《う》つる御帯《みおび》に成《な》れる神《かみ》の名《みな》は、道之長乳齒神《みちのながちはのかみ》。次《つぎ》に投《な》げ棄《う》つる御嚢《みふくろ》に成《な》れる神《かみ》の名《みな》は、時量師神《ときはかしのかみ》。次《つぎ》に投《な》げ棄《う》つる御衣《みけし》に成《な》れる神《かみ》の名《みな》は、和豆良比能宇斯能神《わづらひのうしのかみ》。次《つぎ》に投《な》げ棄《う》つる御褌《みはかま》に成《な》れる神《かみ》の名《みな》は、道俣神《ちまたのかみ》。次《つぎ》に投《な》げ棄《う》つる御冠《みかがふり》に成《な》れる神《かみ》の名《みな》は、飽咋之宇斯能神《あきぐひのうしのかみ》。次《つぎ》に投《な》げ棄《う》つる左《ひだり》の御手《みて》の手纏《たまき》に成《な》れる神《かみ》の名《みな》は、奥疎神《おきざかるのかみ》。次《つぎ》に奥津那藝佐毘古神《おきつなぎさびこのかみ》。次《つぎ》に奥津甲斐辨羅神《おきつかひべらのかみ》。次《つぎ》に投《な》げ棄《う》つる右《みぎり》の御手《みて》の手纏《たまき》に成《な》れる神《かみ》の名《みな》は、邊疎神《へざかるのかみ》。次《つぎ》に邊津那藝佐毘古神《へつなぎさびこのかみ》。次《つぎ》に邊津甲斐辨羅神《へつかひべらのかみ》。

右《みぎ》の件《くだり》の船戸神《ふなどのかみ》以下《よりしも》、邊津甲斐辨羅神《へつかひべらのかみ》以前《よりさき》の十二神《とをまりふたはしら》は、身《み》に著《つ》ける物《もの》を脱《ぬ》ぐによりて生《な》れる神《かみ》なり。

ここに詔《の》りたまひしく、「上《かみ》つ瀬《せ》は瀬《せ》速《はや》し。下《しも》つ瀬《せ》は瀬《せ》弱《よわ》し」とのりたまひて、初《はじ》めて中《なか》つ瀬《せ》に堕《お》り潜《かづ》きて滌《すす》ぎたまふ時《とき》、成《な》りませる神《かみ》の名《みな》は、八十禍津日神《やそまがつひのかみ》。次《つぎ》に大禍津日神《おほまがつひのかみ》。この二神《ふたはしら》は、その穢繁國《けがらはしきくに》に到《いた》りし時《とき》の汚垢《けがれ》によりて成《な》れる神《かみ》なり。次《つぎ》にその禍《まが》を直《なほ》さむとして、成《な》れる神《かみ》の名《みな》は、神直毘神《かむなほびのかみ》。次《つぎ》に大直毘神《おほなほびのかみ》。次《つぎ》に伊豆能賣神《いづのめのかみ》。次《つぎ》に水《みず》の底《そこ》に滌《すす》ぐ時《とき》に、成《な》れる神《かみ》の名《みな》は、底津綿津見神《そこつわたつみのかみ》。次《つぎ》に底筒之男命《そこつつのをのみこと》。中《なか》に滌《すす》ぐ時《とき》に、成《な》れる神《かみ》の名《みな》は、中津綿津見神《なかつわたつみのかみ》。次《つぎ》に中筒之男命《なかつつのをのみこと》。水《みず》の上《え》に滌《すす》ぐ時《とき》に、成《な》れる神《かみ》の名《みな》は、上津綿津見神《うはつわたつみのかみ》。次《つぎ》に上筒之男命《うはつつのをのみこと》。この三柱《みはしら》の綿津見神《わたつみのかみ》は、阿曇連《あづみのむらじ》等の祖神《おやがみ》と以《も》ち拜《いつ》く神《かみ》なり。故《かれ》、阿曇連《あづみのむらじ》等は、その綿津見神《わたつみのかみ》の子《みこ》、宇都志日金拆命《うつしひがなさくのみこと》の子孫《うみのこ》なり。その底筒之男命《そこつつのをのみこと》、中筒之男命《なかつつのをのみこと》、上筒之男《うはつつのを》命《みこと》の三柱《みはしら》の神《かみ》は、墨江《すみのえ》の三前《みまへ》の大神《おほかみ》なり。ここに左《ひだり》の御目《みめ》を洗《あら》ひたまふ時《とき》に、成《な》れる神《かみ》の名《みな》は、天照大御神《あまてらすおほみかみ》。次《つぎ》に右《みぎり》の御目《みめ》を洗《あら》ひたまふ時《とき》に、成《な》れる神《かみ》の名《みな》は、月讀命《つくよみのみこと》。次《つぎ》に御鼻《みはな》を洗《あら》ひたまふ時《とき》に、成《な》れる神《かみ》の名《みな》は、建速須佐之男命《たけはやすさのをのみこと》。

右《みぎ》の件《くだり》の八十禍津日神《やそまがつひのかみ》以下《よりしも》、速須佐之男命《はやすさのをのみこと》以前《よりさき》の十四柱《とをまりよはしら》の神《かみ》は、御身《みみ》を滌《すす》ぐによりて生《な》れる神《かみ》なり。

【現代語訳】

やっとのことでもとの国へ戻ってきたイザナギは「私は、なんという厭な醜《みにく》い汚らしい国に行ってしまったのだろう。私はすっかり穢れてしまった。だから禊《みそぎ》をしなくてはならない」と、日が燦燦と照り輝く筑紫の国の、橘の木の青々と生い茂った海の近くの河口、阿波《あは》岐《ぎ》原《はら》に出向いて、穢《けが》れを祓《はら》う儀式である「禊」をした。そこでイザナギは禊をするためにまず手にした杖を投げ捨てた。その杖からはツキタツフナド（禍を近づけないの意）という神が生まれ、次に投げ捨てた腰巻の帯からはミチノナガチハ（道中の安全を守るという意）という名の神、次に投げ捨てた御嚢《みふくろ》からはトキオカシ（解き置くの意）という名の神、次に投げ捨てた衣からはワヅラヒノウシ（煩わしいことの意）という神、次に投げ捨てた袴《はかま》からチマタ（道の衢《ちまた》を守るの意）の神、次に投げ捨てた冠からはアキグヒノウシ（穢れがあけるの意）の神、次に投げ捨てた左の手に巻いた玉飾りからオキザカル（沖に遠ざかるの意）の神、次にオキツナギサビコ（海の神で沖と渚の意）の神、次にオキツカヒベラ（海の神で沖と渚の中間の海を表す意）の神、次に投げ捨てた右の手に巻いた玉飾りからはヘザカル（遠ざか

る の意）という名の神、次にヘツナギサビコとヘツカヒベラという神が生まれた。

以上に述べたフナドからヘツカヒベラまで、十二柱の神は、身につけていたものを脱ぎ捨てることによって生まれた神たちである。

すべての身につけている物を脱ぎ捨てたイザナギは、燦燦《さんぜん》と日の照り輝く水面に目をやり、次のように言った。「上つ瀬の水の流れは速い。下の水の流れは緩やかだ」と。その中つ瀬に身を潜めて黄泉の国へ行ったことによる身の穢れを濯《すす》ぎ清めた。その時に生まれた神の名は、ヤソマガツヒという神。次に生まれた神の名はオオマガツヒ。この二柱の神はイザナギが黄泉の国という穢れた国に行った時に身についてしまった穢れによって成った神である。次にイザナギがタブーを犯し黄泉の国へ行ったという過ちを直そうとして生まれた神の名は、カムナオビの神、次にオオナオビの神。次にイズノメ（穢れをすすいで清らかになったことの意）の神。次に水の底深く沈んで身を清めた時に生まれた神の名はソコツワタツミの神。次にソコツツオの命。水の流れの中ほどで身を清めた時に生まれた神の名はナカツワタツミの神、次にナカツツオの命。水の流れの表面で身を清めた時に生まれた神の名はウワツワタツミの神。ウワツツノオの命。この三柱のワタツミという神たちは、海人の部族の長である阿曇《あづみ》の連《むらじ》などが祖先の神として祀《まつ》っている神である。その阿曇の連たちはこのワタツミの御子であるウツシヒガナサクの子孫にあたる。またここに生まれたソコツツオ、ナカツツオ、ウワツツオの三柱の神は、墨江《すみのえ》（後の住吉）の三座（住吉大社）の大神である。

さらにイザナギが左の目を洗った時に生まれた神の名は、アマテラスオオミカミ。次に右の目を洗った時に生まれた神の名は、ツクヨミの命。次に鼻を洗った時に生まれた神の名はタケハヤスサノオの命である。

以上に述べたヤソマガツヒからハヤスサノオまでの十四柱の神は、イザナギが身を洗い清めたことにより生まれた神である。

【読み解き】

この段は日本神話の中でも、その後の日本人の信仰の母体でもある「神道」の基本的教理を定める重要な部分です。日本神話の主人公でもある天照大御神の誕生の起源を語った物語です。ですからこの段のすべてを読み解こうとすると膨大な字数を要するので、本稿では二つの重要な事柄にしぼって読み解きます。世間では間違って解説しているものも多くありますから、しっかりと読み解き、人にも正しく伝えられるように理解することです。

黄泉の国の穢れに触れたイザナギは、その穢れを濯ぎ清めようとして「禊祓」をします。もともと「穢れ」とは「気枯れ」という意味で、生き生きとした生命力が枯れるという意味です。「死」というものは生命力が枯れた極みですから、死後の世界を訪れることによって、イザナギ自身の生命力の生き生きとした気が枯れたのを、もとの活力に戻そうとすることが、穢れを祓うということです。先の段ではイザナミはヨモツヘグイをしたので、もとの世界に戻れなくなったという物語りがされていました。食事というものは生命力の源ですから、その国の食物を食べるという事は、その国の生命を戴くということです。即ちその国の生命となるということを意味していますから、ヨモツヘグイをすると二度と帰れないということになります。

日本の神話は「目に見えないモノとコトのお話」です。人にあって最も大切な「目に見えないモノとコト」は何かと問えば、「心」と「命」に他なりません。日本の神話は「心と命」の話でもあるのです。日本の神話を読み解くには「心と命」に目を向けて、その比喩に隠された「心と命」を読み解くことが大切です。神道が「命の信仰」といわれる所以でもあります。

イザナギは黄泉の国訪問によって生命力が「気枯れた」状態から、もとの生き生きとした生命力に立ち返るために禊祓いをします。「ウマシアシカビ」の元気に戻るためです。日本の神々の物語は常に元気に戻ることによって、失敗や過ちからの復活を遂げる物語でもあります。現代社会にあっても、初心に戻るということは成功への秘訣であるのと同じです。

イザナギは禊祓を行うにあたって、先ず「日向《ひむか》の橘《たちばな》の小門《おど》の阿波岐原《あはぎはら》」を選びます。そこは「日が燦燦と照り輝く橘の木の青々と生い茂った海の近くの河口」です。日が照り注ぎ青々とした草木が茂る様は、まさにみなぎる命の活力を感じます。そして山の中の川辺ではなく、海の河口であることを意識することが重要です。そうです、そこは生命誕生の地なのです。まさにイザナギは生命の原初に立ち返って、「死の穢れ」を祓おうとしたのです。そこでイザナギは禊祓をするにあたり、先ず最初に身につけている物を悉《ことごと》く脱ぎ捨てていきます。そして水、つまり生命の源に身を委ねて穢れ（気枯れ）からの復活をします。この物語の表面だけを読み取って、今も「禊」といえば裸になり褌一丁になって水を浴びることと考える人が多くいますが、それは「心のお話」としての読み解きが出来ていない証です。現在の水を浴びる禊というものは、明治時代になって川面凡児《かわつらはんじ》という人が、この神話の物語を行法として編み出したもので、それが各地の神社や神道系教団に取り入れられて行われるようになったことから、太古からの行法であると認識されたにすぎません。今では「イザナギもそうしたのだから皆裸にならなければ禊はできないぞ」などといって、男女区別無く裸になって水浴びをするような破廉恥な団体もある始末です。こういう流れには一石を投じなくてはならないと思ったのが、実は本稿を書き下ろした理由の一つにもなっています。

イザナギは身につけている物をすべて脱ぎ捨てました。これを裸になったと解釈するのは「目に見える物のお話」です。衣を身に纏うということは、どうしてするのでしょうか。それは自分の恥ずかしいところを見せないためです。黄泉の国の段でのイザナミの「吾《あれ》に辱見《はじみ》せつ」という言葉を思い出してください。このイザナギの禊祓で、身につけている物を悉く脱ぎ捨てるという物語は、実は「自らの恥ずかしい部分を隠す心を棄てた」ということです。身に纏うというものは、自分をよりよく見せようとするものです。首飾りなどの装飾品もまさにそうです。イザナギは悉く投げ捨てました。自分の恥ずべきモノやコトを隠そうとする心を棄てるが故に、自らの恥ずかしい部分を覆い隠さずありのままをしっかりと見ることができる。脱ぎ捨てることで、真摯な「自己反省」の心、自らを鑑みる心が自ずとイザナギの中に芽生えたというのがこの禊祓の段の物語の第一の大切な読み解きとなります。

実際に裸になって水を浴びる事がイザナギの行なった禊祓であるといって、誰もが同じように裸になって水を浴びなくては祓いはできないというのは当を得ません。禊は「心を省みる」行いですから、心を働かせさえすれば、どこでも、何時でも、できることです。イザナギの物語に思い致して、われとわが身を清めようと静かに省みる行いをすればよいのです。イザナギは水に入って身を濯ぎ、生命の原初に自らの命を立ち返らせて甦っていきます。

では、どのように禊が成されていくのか。

最初に生んだ神が実は重要なのです。最初に生んだ神は八十《やそ》禍津《まがつ》日神《ひのかみ》と大禍津《おおまがつ》日神《ひのかみ》です。この二柱の神は、実は「罪そのもの」を表す名前です。つまりイザナギは自らを飾り立てる心や恥を隠そうとする心を投げ捨てて禊をして、その結果として最初に自らの犯した罪を自覚したのです。自分はこんなことをしてしまった、あんなこともしてしまったと、自らの犯した罪を、罪として自覚したのです。この「してしまった」の「しまった」が大切で、自らの行いが正しいと思っている時は「しまった」という表現は生まれません。「しまった」と思った時には同時に、実は「もうすまい」という心も生まれているのです。それが神直毘神《かむなおびのかみ》と大直毘神《おおなおびのかみ》という二柱の神です。この四柱の神は同時に生まれた神様です。「もうすまい」という心があればやがて自ずと「二度としない」という状況へと導かれてゆきます。そのことをこの禊祓の段では、「過ちて改める」日本の神々の神話として、復活の英知の物語に比喩して、今日の私たちに語りかけてくれているのです。

水を浴びれば罪穢《つみけがれ》が一瞬にして消え去るという禊祓など意味がありません。水を浴びなくても、罪の自覚とそれを直さんとする自己反省、悔い改める心によってなされる「心による浄化」という自らの復活の精神さえもつことができれば、それは立派な禊祓が成されたことになります。政治家などは気軽に「禊選挙」などという言葉を使いますが、それは「禊」ということとは程遠いものでしかありません。人の耳に響きの良い言葉を安易に使い、ものの本質を見定めようとしない現代社会の縮図のような気がします。

イザナギは自らの罪の自覚と反省をし、悔い改める勇気を自らのモノとしました。その結果が天照大御神を始めとする尊い三柱の神々の誕生という、物事の成就を迎える基となったのです。自己反省と悔い改める勇気なくして三貴子は決して生まれなかったのです。改めて「成功への秘訣は自己反省と悔い改める勇気にあり」と、このイザナギの禊祓の神話から読み解き学ぶことが大切です。

十、三貴子の分治

【原文】

この時《とき》伊邪那岐命《いざなぎのみこと》、大《いた》く歓喜《よろこ》びて詔《の》りたまひしく、「吾《あ》は子《みこ》を生《う》み生《う》みて、生《う》みの終《はて》に三《み》はしらの貴《たふと》き子《みこ》を得《え》つ」とのりたまひて、すなはち、御頸珠《みくびたま》の玉《たま》の緒《を》もゆらに取《と》りゆらかして、天照大御神《あまてらすおほみかみ》に賜《たま》ひて詔《の》りたまひしく、「汝命《みましみこと》は、高天《たかま》の原《はら》を知《し》らせ」と事依《ことよ》さして賜《たま》ひき。故《かれ》、その御頸珠《みくびたま》の名《な》を、御倉板擧之神《みくらたなのかみ》と謂《い》ふ。次《つぎ》に月讀命《つくよみのみこと》に詔《の》りたまひしく、「汝命《みましみこと》は、夜《よる》の食國《をすくに》を知《し》らせ」と事依《ことよ》さしき。次《つぎ》に建速須佐之男命《たけはやすさのをのみこと》に詔《の》りたまひしく、「汝命《みましみこと》は、海原《うなばら》を知《し》らせ」と事依《ことよ》さしき。

【現代語訳】

このときにイザナギは、心から大いに喜んで次のように言った。「私は子どもを次々と生んできたが、その最後において三人の尊い子どもたちを得ることができた。なんと喜ばしいことだろう」と言って、頸に掛ける玉飾りを手に取り、ゆらゆらと振り揺らして天照大御神に授けて次のように言われた。「あなたは高天原を治めなさい」。そこで、この頸に着ける玉飾りをミクラタナ（倉の棚の上に安置する神の意）と名づけた。次に月読命《つくよみのみこと》には「あなたは夜之食国《おすくに》を治めなさい」と命じ、次に建速須佐之男命《たけはやすさのおのみこと》には「あなたは海原を治めなさい」と命じられた。

【読み解き】

ここまでは神の名を音で記してきましたが、ここからの神の名は、物語の登場人物として面白く、よりよく理解していただくために、すでに誰もが馴染んでいる神の名として、漢字のままに記して語っていくことにします。

さあ、イザナギは罪を自覚し悔い改める心を持ったことで、三貴子の誕生と物語は進んできました。イザナギはこの三貴子が生まれたことを喜び、世界を三つに分けてそれぞれにその世界を治めることを託します。

イザナギは天照大御神に高天原を治めるように命じます。続いて月讀命には夜之食国を、建速須佐之男命には海原を治めるように命じます。ここでは何を先人たちは私たちに語りかけているのかを考えながら読み解くように努めてください。

天照大御神はその誕生の時からすでに特別の神として位置づけられていました。天照大御神にだけイザナギは御頸珠《みくびたま》の玉飾りを授けます。これは当時の統治者の象徴でもありました。全世界を治めるには、他の二柱の弟神よりも天照大御神のほうが優れているとイザナギは見て取ったのです。黄泉の国で得た直感力です。しかもイザナギは「ゆらに取りゆらかして」天照大御神に授けます。「ゆらに取りゆらかす」というのは「ゆらゆらと振って」という意味で、往古より今日まで伝わる鎮魂儀礼《ちんこんぎれい》の「魂振《たまふり》」をして手渡したのです。鎮魂の魂振というのは霊的な力が衰えないように、またその力が遊離しないようにする所作で、宿る霊力を最大限に活性化させる意味もあります。その際にイザナギは「何か」霊的な力をその玉飾りに秘めこみ、その力が永遠に遊離せず絶えず生き生きと働くようにと呪術を施して手渡したのです。

その「何か」とは、国作りの基となる「ウマシアシカビ」の心です。高天原の天地開闢の初めの「心」が貫かれること。イザナギはその心を御頸珠に託して天照大御神に授け、心の継承者と定めたのです。天照大御神は魂の世界を受け継ぎ、高天原で天つ神を祀るあたかも巫女としての霊力をもった神となり、心を統治する神となります。つまり世界の中心を治める神という立場が、「魂こそが世界の中心」という考えからここに明確に示されたのです。

　イザナギから天照大神へと統治の相続は、日本人の生活の中にも先祖の祭祀権の継承、つまり家督相続として遺されています。しかし財産の相続はあっても「心」の相続は別物らしく、家訓などによって変形して遺されているようです。

　一方須佐之男命は海原を治めるよう命じられます。これは推測ですが、この『古事記』の編纂を命じた天武天皇の皇位奪取に活躍した氏族の海人族とかかわりがあるように思います。実際にこの須佐之男命の末裔《まつえい》が大国主神で、後に出雲の国として中つ国の国作りを完成させ、天照大御神の末裔に国を譲るという物語が語られますが、ここには『古事記』編纂の影に隠れた当時の民族の国風を守るという政争が柔らかな比喩によって語られているように思えてなりません。また海原は海運を意味します。それは海の神のすべてが海運交通の神として崇められてきていることからも明らかです。海運は通商であり物流でもあり、現実社会をも意味します。ですから、後に須佐之男命は中つ国に高天原から降りて大蛇を退治をし、その末裔が中つ国の国作りを完成させるという流れになるのではないでしょうか。

　もう一柱の神である月読命《つくよみのみこと》は夜之食国《よるのおすくに》を治めることを命じられます。しかし、妙なことにこの神は、この後日本の神話には一度も登場しません。三貴子として誕生し、イザナギから世界の分治を命じられた神なのに、一度も神話で語られることがないのはまことに不思議なことです。これは日本の神話の永遠の謎ともいわれます。ですが、天照大御神が太陽を象徴する一方、月読命は月を象徴しているのかもしれません。月読命が治めるように命じられた国は、夜そのものを表す言葉です。「オス」は治めるという意味です。ここまでの神話で物語られてきたことからはかると、農耕、特に稲作と関係があるようです。夜を支配する月は暦の基ですし、夜空に輝く星々は種を蒔いたり収穫したりの時期を知ることに欠かせません。現に明治になるまでずっと私たちの国は陰暦を使用していました。またここにわざわざ夜の世界を区別していることから、太古の人々は夜を別の世界と重ね合わせていたのでしょう。それは先にも述べた死後の世界です。ですから月讀命は呪術や葬送の儀や暦といった部分を司る役目を与えられたのでしょう。また太陽によって輝く存在でもあることから、このあと神話から消えてゆくことになるのだと思いますが、このように尊い神で一つの世界を治める存在でありながら、一人神話から消えてゆくこの月讀命には強い興味を誘われます。

さて、この段で現代社会へ向けて大切な古人からの示唆が物語られていることをお話ししなければなりません。それは「分け持ちて成る」というメッセージです。天照大御神と月讀命と須佐之男命はそれぞれに違う世界を分け持ち治めることになりました。この物語以前にも神々の誕生の段で海と河とに分け持って次の神を生んで行く物語がありました。日本の神々は兼能の神ともいわれ、唯一絶対な神ではなく、それぞれに役割分担をして物事の成就へ向けて助け合います。世の中の構造そのものが「分け持ちて成る」ものだということを古人は今に教えてくれているのです。それぞれが役目を分担しあって、互いに協力することにより平和な社会ができあがるということを教えてくれています。「分け持ちて成る」という言葉も、ここで古人からの教示として覚えておくと良いでしょう。

十一、須佐之男命《すさのをのみこと》の涕泣《ていきゅう》

【原文】

故《かれ》、各依《をのをのよ》さしたまひし命《みこと》の随《まにま》に、知《し》らしめす中《なか》に、速須佐之男命《はやすさのをのみこと》、命《よ》させし國《くに》を治《し》らさずて、八拳須《やつかひげ》心《むね》の前《さき》に至《いた》るまで、啼《な》きいさちき。その泣《な》く状《さま》は、青山《あおやま》は枯山《からやま》の如《ごと》く泣《な》き枯《か》らし、河海《かはうみ》は悉《ことごと》に泣《な》き乾《ほ》しき。ここをもちて悪《あ》しき神《かみ》の音《こゑ》は、さ蝿《ばへ》如《な》す皆満《みなみ》ち、萬《よろづ》の物《もの》の妖《わざはひ》悉《ことごと》に發《おこ》りき。故《かれ》、伊邪那岐大御神《いざなぎのおほみかみ》、速須佐之男命《はやすさのをのみこと》に詔《の》りたまひしく、「何由《なにし》かも汝《みまし》は事依《ことよ》させし國《くに》を治《し》らさずて、哭《な》きいさちる」とのりたまひき。ここに答《こた》へ白《まを》ししく、「僕《あ》は妣《はは》の國根《くにね》の堅州國《かたすくに》に罷《まか》らむと欲《おも》ふ。故《かれ》、哭《な》くなり」とまをしき。ここに伊邪那岐大御神《いざなぎのおほみかみ》、大《いた》く忿怒《いか》りて詔《の》りたまひしく、「然《しか》らば汝《みまし》はこの國《くに》に住《す》むべからず」とのりたまひて、すなはち神逐《かむや》らひに逐《や》らひたまひき。故《かれ》、その伊邪那岐大神《いざなぎのおほかみ》は淡海《あふみ》の多賀《たが》に坐《ま》すなり。


【現代語訳】

三人の御子たちは、イザナギの命令に従ってそれぞれの国を治めることになったのだが、速須佐之男命だけは治めるように命じられても海原を治めずに、その鬚が胸前に垂れるぐらいに伸びるまでもの長い時間、激しく涙をながして泣き続けていた。その泣く有様は、青々と草木の茂る山々も枯れ木の山となるまでに泣き枯らし、河や海もすべて泣き乾してしまうほどであった。国を治めるべき者がそんな状況であるので、ここぞとばかり悪い神々は喚き騒ぎ、その声は蝿があちらこちらからわき出たように満ち、あらゆる禍という禍が起こってしまった。イザナギはこの有様を見て、速須佐之男命に問い質した。「いったいどういうわけでお前は、私が命令した国を治めないで泣いてばかりいるのだ」と。これに答えて速須佐之男命は「私は妣国《ははのくに》（亡き母の国）である根之堅州国《ねのかたすくに》（黄泉の国）に行きたいと思うので、それ故に泣いているのです」と言ったので、イザナギは大いに怒って「ならばおまえはこの国に住むことはならない」と怒鳴って、速須佐之男命を追放したのであった。このイザナギの大神は淡海（近江）の多賀（多賀大社）に鎮座している。

【読み解き】

一見これは速須佐之男命の何とも情けない滑稽な姿です。この状況から「目に見えないモノとコト」をどう読み解けばいいのでしょう。

速須佐之男命だけが父君イザナギの命令に従わず、海原を平和な世界として治めず、母君イザナミに会いたいと泣き続けます。母親に会いたい一念だけで、為すべきコトも為さずに泣き叫んでいます。治める べき長《おさ》がこうだからその世界は必然的に、悪い神々が台頭して勝手な振る舞いをし、まるで蝿が飛び回るかのようにうるさく悪態をつき、皆が勝手な行動をとるようになって、その結果多くの禍が起こってしまいました。先の段でイザナギは自分の三人の子どもに、この世を平和な世界にするための秘訣を伝授していました。それは「分け持ちて成る」ということです。国の長がやるべきことをやらなければ、自然に下の者たちも勝手をするようになります。すると世の中には禍が満ち平和な暮らしは崩れてしまいます。物事には先ずやらなければならないコトがある。それを「分け持ちて」やることで「成る」ようにするのが世の中です。

一家の内を見ても、長という役目があり、主婦の役目があり、父親、母親の役目、子どもにも役目もある。会社だって同じです。これを自然界で見ればどうなるでしょう。上に立つ者がやるべきことをやらなければ、また「分け持ちて」やらなければ、地球汚染は広がるばかりです。また一人ひとりもやるべきことをすすんでやらなければ「成る」ものも成りません。速須佐之男命のわがままは、まさに人間への喚起であって、「分け持ちて成る」の教えが暗示されているのです。

さらにイザナギの命令は「天命」なのです。天命とは逆らえない力です。『創世記』には地球を持ち上げる怪力の神様もおられますが、天はとても人力の及ぶところではありません。それを速須佐之男命は無視して、わが身の欲望に執着して泣き続けました。天命に従わなければ当然しっぺ返しは大きい。地球を汚染すればしっぺ返しがあるのと同じです。天が怒るということとは、大自然からの淘汰という結果が待っているという、この世の「摂理」をここでは私たちに教えてくれているのです。

さて速須佐之男命は鬚が胸先に伸びるまで、つまり大の大人になっても「母に会いたい」と泣き叫び続けました。この姿はイザナミの死の時に、葬送の儀の泣女という蘇生儀礼を物語として表現している場面から読み解けば、ここには日本人の過敏な精神性と、少年が大人の男性として成長を遂げるために通過しなくてはならない「親離れ」のことが語られています。

ところで、須佐之男命の名の頭に「健《たけ》」「速《はや》」という字が冠されているのを疑問に思いませんでしたか。「たけ」とは「強くて勇ましい」という意、「はや」とは「乱暴で荒くれ」という意で、須佐之男命にはこの裏腹な二つの情動が被されていて、この対立をどのように乗り越えていくかを演じて見せるのが『古事記』での彼の役どころになっているのです。ここでは、体は大人だけど、心はまだ子どもという成長の不備を物語っています。まさに反抗期という成長の過程を物語るもので、外への反発、内への反発が起こり、親への甘えから離れるために混乱や格闘を経て大人へと脱皮していきます。その成長も「長ける＝力が十分に備わる」という意を須佐之男命に込めて大人としての成長へと向かわせます。

日本人は一般に心理学でいう「母殺し」をしない民族であるともいわれています。それがこの鬚が胸先に伸びるまで泣くという姿で、日本人の独特の過敏な精神性に対する注意として物語られているということを指摘しておきます。この事については、第三章で詳しく述べることにします。

この後、速須佐之男命は心の内のグレートマザーを殺すことなく立派な男性へと成長を遂げる神話が語られます。そして大国主神の段でもその事が語られます。イザナギとイザナミによるこの世の完成の後、三貴子によって分治された「この世」という私たちが住む現実世界での、人としての成長ということが今後の主題として物語られてきます。そこには子育ての秘訣や子どもを一人前の大人に育てる秘訣や、そして過敏な精神性を有する私たちが、その過敏さ故に犯す過ちから逃れる術がこれから語られて行きます。

第二章　高天原の神々の活躍

一、須佐之男命の昇天

【原文】

故《かれ》ここに須佐之男命《すさのをのみこと》言《い》ひしく、「然《しか》らば天照大御神《あまてらすおほみかみ》に請《まを》して罷《まか》らむ」といひて、すなはち天《あめ》に參上《まゐのぼ》る時《とき》、山川《やまかは》悉《ことごと》に動《とよ》み、國土《くにつち》皆震《みなゆ》りき。ここに天照大御神《あまてらすおほみかみ》聞《き》き驚《おどろ》きて詔《の》りたまひしく、「我《あ》が汝弟《なせ》の命《みこと》の上《のぼ》り來《く》る由《ゆゑ》は、必《かなら》ず善《よ》き心《こころ》ならじ。我《あ》が國《くに》を奪《うば》はむと欲《おも》ふにこそあれ」とのりたまひて、すなはち御髪《みづら》を解《と》きて、御角髪《みみづら》に纏《ま》きて、すなはち左右《ひだりみぎり》の御角髪《みみづら》にも、また御鬘《みかづら》にも、また左右《ひだりみぎり》の御手《みて》にも、各八尺《をのをのやさか》の勾璁《まがたま》の五百箇《いほつ》の御統《みすまる》の珠《たま》を纏《ま》き持《も》ちて、背《そびら》には千入《ちのり》の靫《ゆぎ》を負《お》ひ、ひらには五百入《いほのり》の靫《ゆぎ》を附《つ》け、また稜威《いつ》の高鞆《たかとも》を取《と》り佩《お》ばして、弓腹《ゆはら》振《ふ》り立《た》てて、堅庭《かたには》は向股《むかもも》に蹈《ふ》みなづみ、沫雪如《あわゆきな》す蹶散《くゑはらら》かして、稜威《いつ》の男建《をたけび》蹈《ふ》み建《たけ》びて待《ま》ち問《と》ひたまひしく、「何故《なにしかも》上《のぼ》り來《き》つる」と、とひたまひき。ここに速須佐之男命《はやすさのをのみこと》、答《こた》へ白《まを》ししく、「僕《あ》は邪《きたな》き心《こころ》無《な》し。ただ大御神《おほみかみ》の命《みこと》もちて、僕《あ》が哭《な》きいさちる事《こと》を問《と》ひたまへり。故《かれ》、白《まを》しつらく『僕《あ》は妣《はは》の國《くに》に往《ゆ》かむと欲《おも》ひて哭《な》くなり』とまをしつ。ここに大御神詔《おほみかみの》りたまひしく、『汝《みまし》はこの國《くに》に在《あ》るべからず』とのりたまひて、神遂《かむや》らひ遂《や》らひたまへり。故《かれ》、罷《まか》り往《ゆ》かむ状《さま》を請《まを》さむと以爲《おも》ひてこそ參上《まゐのぼ》りつれ。異心《ことごころ》無《な》し」とまをしき。ここに天照大御神詔《あまてらすおほみかみの》りたまひしく、「然《しか》らば汝《いまし》の心清《こころきよ》く明《あか》きは何《いか》にして知《し》らむ」とのりたまひき。ここに速須佐之男命《はやすさのをのみこと》答《こた》へ白《まを》ししく、「各誓《をのをのうけ》ひて子生《みこう》まむ」とまをしき。

【現代語訳】

さてそこで、父イザナギに追放された須佐之男命は、「それでは致し方ありません。姉君である天照大御神に暇乞いをしてから妣国《ははくに》へ行くことにしましょう」と言って、姉君の治める高天原へと上っていったが、その時、母イザナミに会いたいと自らの使命も忘れて泣き叫ぶ荒《すさ》びた須佐之男命が高天原に近づくにつれ、山も河も悉く鳴り響き、大地は地震のように揺れ動いた。これを知った天照大御神はたいそう驚き、「私の弟がこの高天原に上って来るその訳は、必ずや善良な心からではないでしょう。私のこの高天原という国を奪い取ろうと思うが故のことであろう」と言って、すぐに結わえ束ねていた髪を解いて、その髪を男の結い方である角髪《みずら》に結い直した。そして左右の耳のところに束ねた角髪《みづら》にも、そして髪の乱れぬように縛った御鬘《みかづら》にも、また左右の手にも、五百個の勾玉を緒に貫いた長い玉飾りを巻き付けて、背中には、千の矢を収める靫《ゆぎ》を背負い、脇には五百の矢を収める靫《うつぼ》をつけ、また左の腕には矢を放つときに弓の弦を受けて高い音を鳴らすための武具の立派な勇ましい鞆《とも》を着けて、弓の上弭《うわはず》を取って勇ましく宙に振り立てて、その上、堅い地面を股まで地面に沈む程に強く踏みつけた。その様はまるで、泡雪を蹴散らすかのようであった。そして天照大御神は、威勢よく雄々しい叫びを上げて、弟須佐之男命が上ってくるのを待ち受けた上で、次のように問いかけた。「お前はいったい、どういう訳でこの高天原に上ってきたのだ」と。須佐之男命は「私は決して姉君の治める国を奪おうなどという邪《よこしま》な心はありません。ただ父君のイザナギの大神が私が泣いている訳をお聞きになったので、私は父君に妣国へ行きたいと思ってそれで泣いているのですと答えたところ、父君の大御神はお前はこの国に住んではならないと仰せになって私を追放されたのです。そこで私はこれから妣国へ参るつもりですが、その前に姉君にお別れの挨拶を申し上げようと思い、こうして高天原に上ってきたのです」と。この須佐之男命の答えを聞いて天照大御神は、「それならば、お前の心に邪な思いがなく清らかであることをどうしたら知ることができようか」と尋ねた。それに対して須佐之男命は、「それでは二人がそれぞれに神に誓いを立ててウケヒをして子どもを生むことにしましょう。その生まれた子どもによって私の心が清らかであるかどうかを判断されたらいかがでしょうか」と言った。

【読み解き】

さて、『古事記』の物語もいよいよ高天原という世界での天照大御神と須佐之男命という二柱の神の物語へと移り、その物語は面白みを増してきますが、目に映る物事に惑わされずに、その中に語られる「目に見えない心」を読み解こうと自分の心を働かせてください。

父イザナギの命令に従わず亡くなった母に会いたいと泣き明かしていた須佐之男命は、イザナギから「この国に住んではならぬ」と追放を受けます。なぜならば父イザナギがすでに黄泉の国へ行くという過ちを犯していますから、同じ過ちを犯すのが目に見えています。人の心にどうしても起こる過去への執着というものがここには語られています。今為すべきことを見失い、自らが課せられた使命を忘れ、一歩も前に進み出られない人の心の姿が物語られています。考えてみれば人の身体の大切な部分はどれも前に付いています。後ろは何もありません。目も鼻も耳も口も前向きに付いています。これは過去に囚われず、未来を見据え、聞き語らんがためにそうなっているのでしょう。過去に執着してそこから一歩を前に踏み出さないことの戒めです。須佐之男命は姉の天照大御神に自分が泣いている訳と、これから妣国へ旅立つための暇乞いに高天原へ参り来たのですが、これも過ちを犯して天つ神に伺いを立てたイザナギとイザナミの行動と重なります。迷い過ちを犯した時は、素直に原初の思いに立ち返ることが復活への一歩であることを教えています。

ここで面白いのは、高天原に須佐之男命が上ってくることを知った天照大御神の行動です。女神である天照大御神は、女性の髪形を男性の髪型へと結い変えます。そして左右の耳のところで結った男の髪型の御鬘《みかずら》にも左右の手にも、権威の象徴でもある勾玉を巻き付けます。その上背中には千本もの矢を背負い、脇には五百もの矢を抱えます。持てる限り、ありったけの武器を手にするのです。そしてその弓を天に翳して振り立てて、足が股まで埋まるかの如く強く、粉雪を蹴散らすかの如く強く大地を踏み鳴らし、蹴散らして、雄々しくも勇ましい雄たけびを上げて弟須佐之男命の来るのを待ち構えました。女性が男装をし、持てる限りの武器を持って、まるで相手を威嚇するかのごとくに雄たけびを上げて相手を待ち構えています。

ここには、自分の国を守ることへの統治者としての強い心構えが読み取れます。女神でありながら、国が奪われんとする危機に直面して国家の防衛に立ち上がり、敵を威嚇するように雄叫びを上げます。そして攻め来る敵に対して全エネルギーを賭けて立ち塞がります。

安易に暴力や武力を否定するのではなく、国の危機に対して為さねば為らぬ時には、ぬかりなく防衛手段をとり、敢然と立ち向かう姿勢が大切だと、この物語は教えています。

天照大御神が、須佐之男命が高天原に来ることを事前に察知して、それを迎え討たんとして立ち塞がったその姿に、今後の国の防衛のあり方と正義を貫く勇気の教育があると思います。同時に重要なことは、自らの国を一歩も出なかったという姿勢です。他国に入ってまで戦争に干渉したり、敵の出方も待たず砲弾を撃ち込んだりしてはならないということを示唆しています。しっかりと先の大戦の過ちを神々の神話に学び「過ちて改める」覚悟が必要です。また正義を守る勇気の教育もここから大いに学び取り、「いじめ」という根の深い問題を抱える学校教育の現場にも、この天照大御神の姿と行動は良き学びの範となるものです。

もう一つこの段で読み解くべき「心のお話」があります。それは「疑心」ということです。結果として須佐之男命には天照大御神の治める国を奪い取ろうなどという目論見は全くありませんでした。そこにあったのは姉である天照大御神に妣国へ行くことの説明をしたいという思いだけでした。しかし、天照大御神は自分の国を奪いに来るのだという「疑いの心」が芽生え、武器を手に待ち構えるという行動となりました。この段では「疑心」への戒めという教えもあります。もともとこの世は天つ神の「ウマシ」という心から開かれました。必ず人には良心というものがあります。「良心＝人」を信じあうことの大切さもここに示唆されています。

この『古事記』を編纂した天武天皇は、遠い先祖から受け継いできた大和の国風《くにぶり》の存亡の危機に当たり、立ち上がり皇位を継承して国風を守り、それが永遠に守られるように制度を定めました。その天武天皇の「国を守る」という志と、「信ずること」の大切さがこの物語には謳われています。

二、天の安の河の誓約

【原文】

故《かれ》ここに各天《をのをのあめ》の安《やす》の河《かは》を中《なか》に置《お》きて誓《うけ》ふ時《とき》に、天照大 御神《あまてらすおほみかみ》、まづ建速須佐之男命《たけはやすさのをのみこと》の佩《は》ける十拳劍《とつかのつるぎ》を乞《こ》ひ度《わた》して、三段《みきだ》に打《う》ち折《を》りて、瓊音《ぬなと》もゆらに、天《あめ》の眞名井《まなゐ》に振《ふ》り滌《すす》ぎて、さ嚙《か》みに嚙《か》みて、吹《ふ》き棄《う》つる氣吹《いぶき》のさ霧《ぎり》に成《な》れる神《かみ》の御名《みな》は多紀理毘賣命《たきりびめのみこと》。亦《また》の御名《みな》は奥津島比賣命《おきつしまひめのみこと》と謂《い》ふ。次《つぎ》に市寸島比賣命《いちきしまひめのみこと》。亦《また》の御名《みな》は狭依毘賣命《さよりびめのみこと》と謂《い》ふ。次《つぎ》に多岐都比賣命《たきつひめのみこと》。「三《み》柱《はしら》」速須佐之男命《はやすさのをのみこと》、天照大 御神《あまてらすおほみかみ》の左《ひだり》の御角髪《みみづら》に纏《ま》かせる八尺《やさか》の勾璁《まがたま》の五百箇《いほつ》の御統《みすまる》の珠《たま》を乞《こ》ひ度《わた》して、瓊音《ぬなと》もゆらに、天《あめ》の眞名井《まなゐ》に振《ふ》り滌《すす》ぎて、さ嚙《が》みに嚙《か》みて、吹《ふ》き棄《う》つる氣吹《いぶき》のさ霧《ぎり》に成《な》れる神《かみ》の御名《みな》は、正勝吾勝勝速日天之忍穂耳命《まさかつあかつかちはやひあめのおしほみみのみこと》。また右《みぎり》の御角髪《みみづら》に纏《ま》かせる珠《たま》を乞《こ》ひ度《わた》して、さ嚙《が》みに嚙《か》みて、吹《ふ》き棄《う》つる氣吹《いぶき》のさ霧《ぎり》に成《な》れる神《かみ》の御名《みな》は、天之菩卑能命《あめのほひのみこと》。また御鬘《みかづら》に纏《ま》かせる珠《たま》を乞《こ》ひ度《わた》して、さ嚙《が》みに嚙《か》みて、吹《ふ》き棄《う》つる氣吹《いぶき》のさ霧《ぎり》に成《な》れる神《かみ》の御名《みな》は、天津日子根命《あまつひこねのみこと》。また左《ひだり》の御手《みて》に纏《ま》かせる珠《たま》を乞《こ》ひ度《わた》して、さ嚙《が》みに嚙《か》みて、吹《ふ》き棄《う》つる氣吹《いぶき》のさ霧《ぎり》に成《な》れる神《かみ》の御名《みな》は、活津日子根命《いくつひこねのみこと》。また右《みぎり》の御手《みて》に纏《ま》かせる珠《たま》を乞《こ》ひ度《わた》して、さ嚙《が》みに嚙《か》みて、吹《ふ》き棄《う》つる氣吹《いぶき》のさ霧《ぎり》に成《な》れる神《かみ》の御名《みな》は、熊野久須毘命《くまのくすびのみこと》。幷《あは》せて五柱《いつはしら》なり。ここに天照大御神《あまてらすおほみかみ》、速須佐之男命《はやすさのをのみこと》に告《の》りたまひしく、「この後《のち》に生《あ》れし五柱《いつはしら》の男子《をのこご》は、物實《ものざね》我《あ》が物《もの》によりて成《な》れり。故《かれ》、自《おのづか》ら吾《あ》が子《みこ》ぞ。先《さき》に生《あ》れし三柱《みはしら》の女子《をみなご》は、物實《ものざね》汝《みまし》が物《もの》によりて成《な》れり。故《かれ》、すなはち汝《みまし》が子《みこ》ぞ」かく詔《の》り別《わ》けたまひき。

故《かれ》、その先《さき》に生《あ》れし神《かみ》、多紀理毘賣命《たきりびめのみこと》は、胸形《むなかた》の奥津宮《おきつみや》に坐《ま》す。次《つぎ》に市寸島比賣命《いちきしまひめのみこと》は、胸形《むなかた》の中津宮《なかつみや》に坐《ま》す。次《つぎ》に田寸津比賣命《たきつひめのみこと》は、胸形《むなかた》の邊津宮《へつみや》に坐《ま》す。この三柱《みはしら》の神《かみ》は、胸形君《むなかたのきみ》等《ら》のもち拜《いつ》く三前《みまへ》の大神《おほかみ》なり。故《かれ》、この後《のち》に生《あ》れし五柱《いつはしら》の子《みこ》の中《なか》に、天菩比命《あめのほひのみこと》の子《みこ》、建比良鳥《たけひらとりの》命《みこと》、「こは出雲國造《いづものくにのみやつこ》、无邪志國造《むさしのくにのみやつこ》、上菟上國造《かみつうなかみのくにのみやつこ》、下菟上國造《しもつうなかみのくにのみやつこ》、伊自牟國造《いじむのくにのみやつこ》、津島縣直《つしまのあがたのあたひ》、遠江國造《とほつあふみのくにのみやつこ》等《ら》が祖《おや》なり」次《つぎ》に天津日子根命《あまつひこねのみこと》は、「凡川内國造《おふしかふちのくにのみやつこ》、額田部湯坐連《ぬかたべのゆゑのむらじ》、茨木國造《うばらきのくにのみやつこ》、倭田中直《やまとのたなかのあたひ》、山代國造《やましろのくにのみやつこ》、馬來田國造《うまくだのくにのみやつこ》、道尻岐閇國造《みちのしりのきへのくにのみやつこ》、周芳國造《すはうのくにのみやつこ》、倭淹知造《やまとのあむちのみやつこ》、高市縣主《たけちのあがたぬし》、蒲生稻寸《かまふのいなき》、三枝部造《さきくさべのみやつこ》等《ら》が祖《おや》なり」。

【現代語訳】

そこで高天原の安《やす》の河を挟んで天照大御神と須佐之男命は対峙し、互いの心の真意を確かめ合うためにウケヒを行うことにします。先ず初めに天照大御神が須佐之男命の腰に下げた立派な大きな剣を貰い受け、それを三段に打ち折って、剣の緒についた玉飾りもきらかな音色を発している間に、高天原の神聖な水を汲む井戸の水にその剣を濯《すす》ぎ清めて、それを口に含んで噛みに噛んだのであった。そしてふっと吹き出すと、その息にはタギリビメ（河の早瀬の意）という名の神が生まれた。その神の別名はオキツシマヒメ。次にイチキシマヒメが生まれた。その神の別名はサヨリビメ。次にタギツヒメ。

今度は弟の須佐之男命が、姉の天照大御神の左の角髪《みずら》に纏《ま》いてあった五百個の勾玉《まがたま》を緒に貫いた玉飾りを貰い受け、それがきららかな音色を発している間に、高天原の神聖な水を汲む井戸の水にその玉飾りを濯ぎ清めて、それを口に含んで噛みに噛んだのであった。そうしてふっと吹き出すと、その息が霧となって、そこにはマサカツアカツカチハヤヒアメノオシホミミ（ウケヒに勝って勝ちすさびたことを示す意）という神が生まれた。また天照大御神の右の角髪《みずら》に纏《ま》いた玉飾りをもらい受け、噛みに噛んでふっと吹き出す息が霧となって、そこにはアメノホヒという神が生まれた。また髪を縛った鬘に纏《ま》いてあった玉飾りを貰い受けて、噛みに噛んでふっと吹き出すと、その息が霧となってそこにはアマツヒコネという神。また左の手に纏《ま》いてあった玉飾りを貰い受け、噛みに噛んでふっと吹き出すと、その息が霧となってそこにはイクツヒコネ。また右の手に纏《ま》いてあった玉飾りを貰い受け、噛みに噛んでふっと吹き出す息が霧となって、そこにはクマノクスビという神が生まれた。天照大御神の玉飾りから生まれた御子は合わせて五柱であった。

ここにおいて天照大御神は、弟の須佐之男命に次のように言った。「後から生まれた五人の男の御子たちは、私の持ち物によって生まれたのであるから、この五人の男の御子たちは自ずから私の御子たちである。先に生まれた三人の女の御子たちは、お前の持ち物によって生まれたのであるから、したがってその三人の女の御子たちはお前の御子たちである」と言った。

このウケヒによって先に生まれた神の多紀理毘賣命《たきりびめのみこと》は、胸形（後の筑前の宗像）の奥津宮に祀られている。次に生まれた市寸島比賣命《いちきしまひめのみこと》は、胸形の中津宮に祀られている。次に生まれた田寸津比賣命《たきつひめのみこと》は、胸形の辺津宮に祀られている。この三柱の神は、筑紫の氏族である胸形の君などに仕える三座の神である。また、後から生まれた五柱の御子のうちで、天之菩卑能《あめのほひのみ》命《こと》の御子は、建比良鳥命《たけひらとりのみこと》（偏狭の地を平定したという意）である。この神は、出雲の国造《くにのみやつこ》、後の武蔵野国である无邪志《むさし》の国造《くにのみやつこ》、後の上総《かずさ》海上である上つ菟上《うなかみ》の国造《くにのみやつこ》、後の下総《しもうさ》海上である下つ菟上《うなかみ》の国造《くにのみやつこ》、後の夷隅《いすみ》である伊自牟《いじむ》の国造《くにのみやつこ》、後の対馬である津島の県直《あがたのなおえ》、遠江の国造《くにのみやつこ》らの祖先である。次に天津日子根命《あまつひこねのみこと》は、凡川内《おおしこうち》の国造《くにのみやつこ》、額田部《ぬかたべ》の湯坐《ゆえ》の連《むらじ》、茨木《うばらき》の国造《くにのみやつこ》、大和の田中の直《あたえ》、後の山城である山代《やましろ》の国造《くにのみやつこ》、後の上総望陀《かずさうまた》である馬来田《うまくだ》の国造《くにのみやつこ》、道尻岐閇《みちのしりのきえ》の国造《くにのみやつこ》、後の周防《すおう》である周芳《すおう》の国造《くにのみやつこ》、大和の淹知《あむち》の造《みやつこ》、高市《たけち》の県主《あがたぬし》、蒲生《かもう》の稲寸《いなき》、三枝部《さきくさべ》の造《みやつこ》たちの先祖である。

【読み解き】

この段から神話は天照大御神と須佐之男命という二柱の神による物語へと語り進められていきます。その初めがここに語られる「ウケヒ」という物語です。この場面を近親相姦を物語っているとか、近親相姦であったたから後の父親としての権利が生じてはならないから、処女懐胎という語り方をしたといった解説がありますが、はたしてこの物語の真意はそうなのでしょうか。世界中の神話には確かに処女懐胎という物語は見られます。例えばキリストを生んだマリアの物語が有名です。ですが、『古事記』は第一章で語ったイザナギとイザナミの国生みの神話と同様に、男女間の性交渉を語っているのではありません。近親相姦の是非ということはわざわざ神話で語るべきものではないのです。確かに古代にあってはそのような事もあったかもしれません。神話を神話として読むということは「心のお話」として読めばこそのことです。この場面の物語は近親相姦といった男女の性行為により子が生まれたという物語ではなく、心を確かめ合った物語です。

「ウケヒ」とは、「誓い」と書いて「ウケヒ」と読みます。本来の文字は「受《う》け霊《ひ》」です。霊は魂。人の真意を確かめるに当たり、心の奥底にある本当の心、つまり魂を互いに見合って、確かめ合うというのが「ウケヒ」です。魂はもともと目に見えるものではありません。そこで心から生ずる結果を生み成して、見合うことにより心の善悪を判断しようというものです。そのためには相手の奥底にある心を受け取らなくてはなりませんから物を貰い受けるのです。古代においては持ち物にはその持ち主の魂が宿るという信仰がありました。これは世界中どこでも見られる古代の信仰です。それを感染呪術ともいいます。今でも実は私たちはこの古代の信仰を形にして行っています。それが「形見分け」です。親の持っていた大切な物には親の魂が宿っている。その魂を宿った物を継承することにより、親の魂や精神を受け継ぐというのが「形見分け」の本来の意味で、実はただ単に物を相続したというよりも、物の価値以上にその形見の価値を見出して受け取っています。この考え方はキリスト教にはありません。

そうした魂の象徴として互いに物を貰い合って、それを「噛みに噛んで」物実《ものざね》としての神を生み合います。物実とは、物事の原因や種であり結果でもあります。第一章一の「化成する」日本の神のところですでに説明しましたが、「物実」という言葉は『古事記』神話の中で初めてここに登場します。もともと日本人の思う神という存在は、西洋の人の思うような唯一絶対な存在ではなく、物実としての神を思っています。つまり物事の結果として生まれるその結果と変化こそが神であるという考え方です。ですから神は次第にその働きを変えていきます。最初から最後まで一つの働きとして存在するのではなく、物実としての神を思うが故の八百万《やおよろず》の神の存在なのです。

天照大御神と須佐之男命は、互いの心を貰い受けあって、「噛みに噛んで」その結果を生み成して見定めるのです。第一章で述べたように、この世の始まりは心であり、その心によってこの世は開けてきました。ですから心こそがこの世の基であり、心は自ずと結果として目に見える形に現れてくるものです。そういう考え方に基づいて行われる行為が、ここで語られる「ウケヒ」です。

さて、その心を結果として生み成す時に、天照大御神と須佐之男命は互いに相手の魂を「噛みに噛んで」吹き出します。「噛みに噛む」ということは、何度も何度もよくよく考え見るということを表わしています。そうしてそれを息吹にして御子とするのです。古来から日本人は「生きる」は「息する」ことであり、息こそが生命そのものであると考えていたのです。この世に生まれてから死ぬまで、人は息をし続けています。息が止まるということは即ち死ぬということです。そして命が親から子へ、子から孫へと一本の綱のように十月十日重なり合って繋がれてこの世に生まれ出るように、息も命の証として継承されてきているものだという信仰を持っていて、それが「息子」という言葉の語源にもなっています。私自身は、息は即ち命という信仰を、洋の東西を問わず往古からあった信仰であると考えています。それはアダムとイブの誕生でも、神が息吹を与えて生命を授けたという神話でも明らかです。そ天照大御神と須佐之男命は互いに相手の魂を自らの魂で解釈しあって、自らの命を与えて結果として見せ合ったと解釈するのが、ここに語られる「ウケヒ」という物語です。

二柱の神が互いに「ウケヒ」をして生んだ子、天照大御神の子は五柱の男の子でした。そして須佐之男命の子は三柱の女の子でした。そこで須佐之男命には、天照大御神の国を奪おうという心は無かった事が証明されます。どうしてそれによって須佐之男命の心が邪心無く清らかであったことが証明されるのでしょうか。そこには男女という性別によって象徴される心の働きというものがあります。男性は自ずとその性別から陽気が働いています。それが国生み神話で語られて「成り成りて成り余れる」という表現になるのですが、「成り余れる」が故に物事に対しても自分の思い通りに治め、その為に勝とうとする心の働きを有します。一方女性は陰の気をその性別ゆえに持ち合わせていて、「成り成りて成り足らぬ」という表現がされるように、物事を受け止め、包み込み、育もうとする心の働きを元来持っています。男性の陽気は「成り余れる」が故に物を奪い、己が物としようとし、女性は「成り成りて成り足らぬ」故に、男性とは逆に、物を自分のところに止め置こうという働きがあります。実はここの段ではその男女の性別からくる特性の違いをしっかりと物語ってくれているのです。今、ジェンダーフリーなどという言葉が使われていますが、元来持つ性別による特性の差を互いに認め合うことから、それぞれがその特性を生かしあうことができるのではないでしょうか。「男は男らしく、女は女らしく」の教育の復活が望まれるところです。

須佐之男命が高天原に上って来る事を知った天照大御神は、女神であるにもかかわらず男装して臨戦態勢に入ります。ここにもその自然の生命の摂理が語られているのです。天照大御神の勾玉からは男の神が生まれました。それはその時の、今にも戦わんとする心が物実として現れ、須佐之男命の剣からは、剣が武器であるにもかかわらず逆に女神が生まれたのは、女性という性別に戦うという「成り余る」性質が元からないことを物実として、須佐之男命の「国を奪おうとする」陽の気の働きがなかった事が証明されているのです。

この日本人の祖先たちが考えた男女の性別による特性の違いというものは、天地開闢の初めに生まれた神である高御《たかみ》産《む》巣《す》日神《ひのかみ》と神産巣日神《かみむすひのかみ》を思い出していただければ、その真意が理解できるでしょう。どちらも産霊神に違いはありませんが、微妙にどこかが違い、その働きがどこか違う。それが「タ」という音で表現されたのだと先に述べましたが、男女の性別の差というものは、互いに人間であることには全く違いがないけれども、互いに生まれながらにしてどこかが違い、どちらも同じで、その違うところをムスビ合うことで物事が生まれてくる。そんな自然の摂理をこの物語は比喩を駆使して絵物語のように私たちに伝えてくれているのです。

三、須佐之男命の勝さび

【原文】

ここに速須佐之男命《はやすさのをのみこと》、天照大《あまてらすおほ》御神《みかみ》に白《まを》ししく、「我《あ》が心清《こころきよ》く明《あか》し。故《かれ》、我《あ》が生《う》める子《みこ》は手弱女《たわやめ》を得《え》つ。これによりて言《まを》さば、自《おのづか》ら我《われ》勝《か》ちぬ」と云《まを》して、勝《かち》さびに、天照大《あまてらすおほ》御神《みかみ》の營田《つくだ》の畔《あ》を離《はな》ち、その溝《みぞ》を埋《うづ》め、またその大嘗《おほにへ》を聞《き》こしめす殿《との》に屎《くそ》まり散《ち》らしき。然爲《しかす》れども天照大《あまてらすおほ》御神《みかみ》は咎《とが》めずて告《の》りたまひしく、「屎如《くそな》すは、醉《ゑ》ひて吐《は》き散《ち》らすとこそ、我《あ》が汝弟《なせ》の命《みこと》、かく爲《し》つらめ。また田《た》の畔《あ》を離《はな》ち、溝《みぞ》を埋《うづ》むるは、地《ところ》を惜《あたら》しとこそ、我《あ》が汝弟《なせ》の命《みこと》、かく爲《し》つらめ」と詔《の》り直《なほ》したまへども、なほその惡《あ》しき態《わざ》止まずて轉《うたて》ありき。天照大《あまてらすおほ》御神《みかみ》、忌服屋《いみはたや》に坐《ま》して、神御衣《かむみそ》織《お》らしめたまひし時《とき》、その服屋《はたや》の頂《むね》を穿《うが》ち、天《あめ》の斑馬《ふちこま》を逆剥《さかは》ぎに剥《は》ぎて堕《おと》し入《い》るる時《とき》に、天《あめ》の服織女《はたおりめ》見驚《みおどろ》きて、梭《ひ》に陰上《ほと》を衝《つ》きて死《うせ》にき。

【現代語訳】

天の安の河を挟んでのウケヒで須佐之男命の正しかったことが証明されたので、須佐之男命は次の様に天照大御神に言った。「私の心は清らかで何の異心もありませんでした。それ故に私の生んだ子は皆心優しい女の子であったではないか。このウケヒの結果をもって言うならば、自ずからこの勝負は私の勝ちだ」と。こう言ってウケヒに勝ったことを良いことに、勝ちにまかせて、天照大御神が自ら耕作している田の畔を壊したり、田に水を引く溝を埋めたり、その田で収穫された新穀を神に捧げて共に食するという神聖な御祭をする御殿に糞を撒き散らすような狼藉を働いたのであった。しかし天照大御神はそんな弟の狼藉を見ても一言も咎めることはなく、「弟が糞を神殿に撒き散らしたというのは、その実は弟が酒に酔って吐き散らしたのでしょう。また田の畔を壊したり、田に水を引く溝を埋めたのは、耕せば田になる土地を畔や溝にしておくのは惜しいので、新しく耕して田を広げようとしていたのでしょう。私の愛しい弟のことだから、きっとそうなのでしょう」と、須佐之男命のすることを良い方に言い直していたが、その乱暴狼藉な振る舞いは止まずにますます甚だしくなっていった。

天照大御神が、神々に献上する神聖な衣を織る忌服屋《いみはたや》にいて、織女《おりめ》たちに神々に捧げる衣を織らせている時、須佐之男命はその忌服屋の屋根に登ると、そこに大きな穴を開けて、斑色の馬の皮を尾の方から逆さに剥いで、その穴から真逆さまに投げ落とし込んだ。それを見た服織女は驚きの余りに、機を織るときに横糸を通す梭《ひ》で陰処《ほと》を突いて死んでしまった。

【読み解き】

ここには日本人の罪観が語られています。

先の須佐之男命の昇天の物語の段には、「疑心」についての示唆が語られていました。「ウケヒ」の段では、男女の心の働きの差について語られていました。ここでは先ず初めに男性への強い警告と戒めが語られます。「ウケヒ」によって勝った須佐之男命の天照大御神に対する「勝ちさび」という行動が物語られています。須佐之男命は「我《わ》が心清《こころきよ》く明《あか》し。故《かれ》、我《わ》が生《う》める子《みこ》は手弱女《たわやめ》を得《え》つ。これによりて言《まお》さば、自《おのづか》ら我勝《われか》ちぬ」と、ウケヒで勝ったことを良いことに、自分の勝手きままな振る舞いを繰り返します。その結果はどうなったかといえば、この後、大切な姉、天照大御神が「天の岩屋戸」に籠もってしまう事態を招きます。これも先のイザナミの死という物語と重なります。イザナギは文明を開花させた成功と引き換えに大切なものを失いました。この失敗は「成り成りて成り余れる」男性に起こる心の過ちです。物事が成功をすると天下をとった気分になって、勝ちに乗じて好き勝手をする。そんな傾向が男性にはあるという注意を喚起する物語です。男性には「慢心にて身を滅ぼす」という性《さが》があります。まさにこの物語は慢心を戒《いまし》めた「心のお話」なのです。そして慢心がすべての罪を生む基となることを私たちに教えてくれている物語です。

次に語られるのが女性的な、モノを育《はぐく》む心の働きが語られます。またこれは女性の心の働きへの注意喚起の物語であるともいえます。それが天照大御神の「屎如《くそな》すは、酔《ゑ》ひて吐《は》き散《ち》らすとこそ、我《あ》が汝弟《なせ》の命《みこと》、かく爲《し》つらめ。また田《た》の畔《あ》を離《はな》ち、溝《みぞ》を埋《うづ》むるは、地《ところ》を惜《あたら》しとこそ、我《あ》が汝弟《なせ》の命《みこと》、かく爲《し》つらめ」という言葉で物語られています。「成り成りて成り足らぬ」女性の心の働きは、陰の気であるが故に物事を包み込みます。物事を包む働きで、天照大御神は須佐之男命の暴挙を自らの心で包み込み、良きに解釈して育てようとします。しかし、それが実は女性の過ちの基でもあると先人は注意を喚起してくれているのです。「悪しきは悪しき」として指摘し、正すことの大切さを教えています。子ども可愛さゆえの過保護問題も、この部分の解釈の欠如からツケがきて今、現代社会で起こっています。

勝ちに乗じて「慢心」に陥った須佐之男命の行いは、田を壊し、神殿に糞を撒き散らし、神々に捧げる神聖な衣を織る忌服屋の屋根から馬の皮を逆剥ぎに剥いで落とすという行為で、その結果として織女が死ぬという災難を招き、天照大御神は天の岩屋戸へ籠もることになります。実はここに日本人の古来からの罪観が明確に物語られています。罪を生むのは慢心が原因です。イザナギの犯したことは罪ではなく過ちです。過ちは迷いが原因となります。では慢心が罪だとはどういうことなのでしょうか。

悪い行為を比喩として本当に語りたいことが隠されていると読み解くことが、本来の神話の読み方です。親であるイザナギとイザナミの二柱の神の働きによって、豊葦原の中つ国が完成し、日本人の文化の象徴でもある稲作文化が定着します。米は日本人の主食であり、主食が耕作できなくなるということは国が滅びることを意味しています。まずその原点である田を壊すという行為は民族の生命の滅びを招く行為であるということです。

稲という言葉は「命の根」という言葉から生まれています。一粒の種籾《たねもみ》は天地自然の助けを受けて、多くの人々の働きによってたわわな実りをもたらします。天地開闢の時「ウマシアシカビ」の心が兆として芽生え、それを天の沼矛によって地上に貫通させて、この大地はできました。それが貫通しているからこそ、三対二で必ずこの世は栄える仕組みとなりました。ですからこの大地には物事が自ずと育つ気が満ちているのです。その象徴が田であるわけですが、それを自らの慢心によって、壊してしまうのです。慢心は好き勝手をしたいという欲望を生み育て、その欲望によって自然の摂理を壊すことを、「田の畔を壊す」という行為に重ね、比喩表現をしているのです。

そして、ますますその慢心は増長して、次には天照大御神の祈る神殿に糞を撒き散らすという暴挙となります。神殿に糞を撒き散らすなどということは、これも誰が見てもやってはならないことです。ここに隠された真の意味は、人の心の内にある神聖なることを土足で踏みにじるということを意味しています。そもそも神々に手を合わせて祈るという行為は、人間の最も尊い行為です。祈るという行為は人間の人間たる尊厳ある行為です。祈る人にとっては何よりも大切な行為に他なりません。人は心の内の神聖なる部分を汚されたときに、心の病が始まります。プライド（自尊心）を傷つけられれば人は怒ります。慢心はやがて人の人たる最も大切な心をも傷つけるのだということを、ここでは戒《いまし》めています。それが日本人の罪観念の根底にあり、外国から他の宗教が伝播してきても、私たち日本人は決して宗教の名の下に戦をすることはなく、「貴方が尊ぶならば私は帰依はいたしませんが大切にしましょう」という心で受け入れてきたのです。私はこの精神がこれからの二十一世紀の世界を救う一つの罪観となると信じています。

次に須佐之男命は、馬の皮を剥《は》ぎ神聖なる場所に投げ入れます。これは慢心が他の生き物を無惨に、且つ無意味に殺傷する基となることを戒めています。この地上に存在する生命のすべては、他の生命を殺すことによって自らの命を生かしています。生命は例外なく、他の命を食らわなくては生きることができないのですから、ある意味では悲しくもあり、厳しい自然の摂理です。しかし、自らの欲望や慢心によって食するため以外に他の動物を殺すのは、人間だけです。最近の殺傷事件のようにむしろ「遊び」として他の命を殺している類《たぐい》の人もいれば、「私欲」から食品偽装する人もいます。この天の斑馬《ふちこま》を投げ入れる物語は、そうした命を弄《もてあそ》ぶということへの警鐘です。慢心から「他を尊ぶ」心を失った有様です。

その果てはどうなったかといえば、織女の命が奪われます。この尊い人命が奪われたということが、天照大御神が天の岩屋戸に籠もる直接の原因になります。織女は、天井から投げ込まれた斑馬を見て驚きます。この「驚く」という言葉は前の須佐之男命の昇天の段では天照大御神が驚くというふうに出てきました。神話を読み進めていっても男神は驚きません。驚くのは女神です。そこには男女の心の働きの違いが物語られています。「驚く」という心の働きは女性にのみ許されることだということです。物事の一つひとつに驚き動揺しているようでは「男らしさ」に欠けます。面白いことに『古事記』という神話はそんなことまで物語っています。さらに面白いことには織女は梭《ひ》で陰《ほ》処《と》を突いて死んでしまうということです。

梭《ひ》とは機《はた》を織るときに横糸を通す為に縦糸の間を行き来させる小さな道具のことです。いくら突然の事とはいえ、その機織の道具である梭が女陰に突き刺さって死ぬということは考えられません。あまりに突拍子もない表現です。突拍子もないからこそ、ここには深い意味が隠されています。陰処は女性自身です。それを突かれて、それがもとで織女は死ぬのです。どう考えてもイザナミの火傷による死とは様子が違います。これを解く鍵は、天照大御神が祈る神殿に糞を撒き散らした事に隠されています。その行為は人の最も神聖なる心の内を土足で踏みにじるという罪だと先に述べました。この場面こそは男女の性行為、それも強姦という行為を読み解かなくてはならないでしょう。男の慢心と欲望の果ては、相手の心の内を思いはかることもなく強姦という罪を犯す危険を孕んでいるということを物語っています。男からすれば欲望のなせる業にすぎないものであっても、女性からすると自ら死を選ばなくてはならないほどに、尊厳を傷つけられる辱めの行為であることを物語ってくれています。どうしてそのような読み解きをするかといえば、「斑馬」がヒントになります。「斑馬」は他の単色の馬よりも強い馬です。古代では雄々しき存在の象徴とされていました。その馬の皮を逆剥ぎに剥いで屋根から落とすのですから酷いものです。この「逆に剥ぐ」という行為は、「順ならず」を意味し、「ウマシ」という神理に背く行いです。この段では、まさに男性の本能をむき出しにした状況を比喩して諭しています。

　このように男女の心の働きを『古事記』という日本の神話は今日の人々に物語り、さまざまなモノとコトに警鐘をならしてくれているのですが、「男は慢心にして身を滅ぼし、女は疑心にして身を滅ぼす」という古い言葉が示す通り、その心の働きから起こる罪への戒めといえましょう。

四、天の岩戸

【原文】

故《かれ》ここに天照大御神《あまてらすおほみかみ》見畏《みかしこ》みて、天《あめ》の石屋戸《いはやと》を開《ひら》きてさし籠《こも》りましき。ここに高天《たかま》の原《はら》皆《みな》暗《くら》く、葦原中國《あしはらのなかつくに》悉《ことごと》に闇《くら》し。これによりて常夜《とこよ》往《ゆ》きき。ここに萬《よろづ》の神《かみ》の聲《こゑ》は、さ蠅《ばへ》なす滿《み》ち、萬《よろづ》の妖《わざはひ》悉《ことごと》に發《おこ》りき。ここをもちて八百萬《やほよろづ》の神《かみ》、天《あめ》の安《やす》の河原《かはら》に神集《かむつど》ひ集《つど》ひて、高御産巣日《たかみむすひ》神《かみ》の子《みこ》、思金神《おもひかねのかみ》に思《おも》はしめて、常世《とこよ》の長鳴鳥《ながなきどり》を集《あつ》めて鳴《な》かしめて、天《あめ》の安《やす》の河《かは》の河上《かはかみ》の天《あめ》の堅石《かたしは》を取《と》り、天《あめ》の金山《かなやま》の鐵《まがね》を取《と》りて、鍛人天津麻羅《かぬちあまつまら》を求《よ》ぎて、伊斯許理度賣命《いしこりどめのみこと》に科《おほ》せて鏡《かがみ》を作《つく》らしめ、玉祖命《たまのやのみこと》に科《おほ》せて、八尺《やさか》の勾璁《まがたま》の五百箇《いほつ》の御統《みすまる》の珠《たま》を作《つく》らしめて、天兒屋命《あめのこやねのみこと》、布刀玉命《ふとだまのみこと》を召《め》して、天《あめ》の香山《かぐやま》の眞男鹿《まをしか》の肩《かた》を内抜《うつぬ》きに抜《ぬ》きて、天《あめ》の香山《かぐやま》の天《あめ》の朱櫻《ははか》を取《と》りて、占合《うらな》ひまかなはしめて、天《あめ》の香山《かぐやま》の五百箇眞賢木《いほつまさかき》を根《ね》こじにこじて、上枝《ほつえ》に八尺《やさか》の勾璁《まがたま》の五《い》百箇《ほつ》の御統《みすまる》の玉《たま》を取《と》り著《つ》け、中枝《なかつえ》に八尺鏡《やたかがみ》を取《と》り繋《か》け、下枝《しづえ》に白和幣《しらにぎて》、青和幣《あをにぎて》を取《と》り垂《し》でて、この種種《くさぐさ》の物《もの》は、布刀玉命《ふとだまのみこと》、太御幣《ふとみてぐら》と取《と》り持《も》ちて、天兒屋命《あめのこやねのみこと》、太詔戸言《ふとのりとごと》禱《ほ》き白《まを》して、天手力男神《あめのたぢからをのかみ》、戸《と》の掖《わき》に隠《かく》り立《た》ちて、天宇受賣命《あめのうずめのみこと》、天《あめ》の香山《かぐやま》の天《あめ》の日影《ひかげ》を手次《たすき》に繋《か》けて、天《あめ》の眞拆《まさき》を鬘《かづら》として、天《あめ》の香山《かぐやま》の小竹葉《ささば》を手草《たぐさ》に結《ゆ》ひて、天《あめ》の石屋戸《いはやと》に槽伏《うけふ》せて蹈《ふ》み轟《とどろ》こし、神懸《かむがか》りして、胸乳《むなち》をかき出《い》で裳《も》緒《ひも》を陰《ほと》に押《お》し垂《た》れき。ここに高天《たかま》の原動《はらとよ》みて、八百萬《やほよろづ》の神共《かみとも》に咲《わら》ひき。

ここに天照大御神《あまてらすおほみかみ》、怪《あや》しと以為《おも》ほして、天《あめ》の石屋戸《いはやと》を細《ほそ》めに開《ひら》きて、内《うち》より告《の》りたまひしく、「吾《あ》が隠《こも》りますによりて、天《あま》の原自《はらおのづか》ら闇《くら》く、また葦原中國《あしはらのなかつくに》も皆《みな》闇《くら》けむと以為《おも》ふを、何由《なにのゆゑ》にか、天宇受賣《あめのうずめ》は樂《あそび》をし、また八百萬《やほよろづ》の神《かみ》も諸《もろもろ》咲《わら》へる」とのりたまひき。ここに天宇受賣《あめのうずめ》白《まを》しく、「汝命《みましみこと》に益《ま》して貴《たふと》き神坐《かみいま》す。故《かれ》、歡喜《よろこ》び咲《わら》ひ樂《あそ》ぶぞ」とまをしき。かく言《まを》す間《あひだ》に、天兒屋命《あめのこやねのみこと》、布刀玉命《ふとだまのみこと》、その鏡《かがみ》を指《さ》し出《いだ》して、天照大御神《あまてらすおほみかみ》に示《み》せ奉《まつ》る時《とき》、天照大御神《あまてらすおほみかみ》、いよよ奇《あや》しと思《おも》ほして、稍《やや》戸《と》より出《い》でて臨《のぞ》みます時《とき》に、その隠《かく》り立《た》てりし天手力男神《あめのたぢからをのかみ》、その御《み》手《て》を取《と》りて引《ひ》き出《いだ》す即《すなは》ち、布刀玉命《ふとだまのみこと》、尻《しり》くめ縄《なは》をその御後方《みしりへ》に控《ひ》き度《わた》して白《まを》しく、「これより内《うち》にな還《かへ》り入《い》りそ」とまをしき。故《かれ》、天照大御神《あまてらすおほみかみ》出《い》でましし時《とき》、高天《たかま》の原《はら》も葦原中國《あしはらのなかつくに》も、自《おのづか》ら照《て》り明《あか》りき。

ここに八百萬《やほよろづ》の神共《かみとも》に議《はか》りて、速須佐之男命《はやすさのをのみこと》に千位《ちくら》の置戸《おきど》を負《おほ》せ、また鬚《ひげ》を切《き》り、手足《てあし》の爪《つめ》も抜《ぬ》かしめて、神逐《かむや》らひ逐《や》らひき。

【現代語訳】

弟須佐之男命の暴挙によって遂に織女一人の尊い命が失われてしまった。弟のそのあまりに荒々しい仕業を見て、天照大御神は恐ろしく思い、天の石屋の戸を開いてその中に籠もり、その戸をしっかりと閉めてしまった。そしてその中から姿を現そうとはしなかった。日の神である天照大御神が天の石屋に籠もってその戸を堅く閉ざしてしまったために、高天原は全てが暗くなり、地上の葦原の中つ国は悉く暗闇に覆われてしまった。天照大御神が天の石屋に籠もってしまったために、世界は全くの暗闇の世界となってしまい、永遠の夜の世界の如くなってしまった。すると悪い神々は騒ぎ始め、その声は五月の蝿があちこちから沸き立ってあたりに満ち、禍という禍が一気に起こってしまった。そんな事態となってしまったので八百万神たちは天の安の河の河原に集まり、事態収拾の為の会議を開いた。高御産巣日神《たかみむすひのかみ》の御子である思金神《おもいかねのかみ》は多くの神々の知恵を兼ね持つほどの知恵を持った神であったので、その思金神の思慮によって、夜明を告げて闇夜に長々と鳴く長鳴鳥《ながなきどり》の鶏を集めて鳴かせ、天の安河の川上の堅い岩を取り、天の金山《かなやま》にある鉄を取り、そして鍛冶を生業とする天津麻羅《あまつまら》を呼び寄せて、伊斯許理度賣命《いしこりどめのみこと》の仕事として鏡を作らせた。続いて玉祖命《たまのやのみこと》の仕事として五百個もの勾玉を緒に貫いた長い玉飾りを作らせた。そして天児屋命《あめのこやねのみこと》と布刀玉命《ふとたまのみこと》とを呼び寄せて、天の香具山に住む牡鹿の肩の骨を丸抜きに打ち抜き、天の香具山に生える朱桜《ははか》の木を取り、鹿の骨を木の皮で焼く神占いを行わせて神意を確かめさせ、天の香具山に生える青々と茂った榊の木を、根こそぎに掘り起こして、その上枝には、五百個の勾玉を緒に貫いた玉飾りを取り付けて、その榊の中枝には八咫《やた》鏡を取り掛けて、その下枝には白い木綿の和幣《にぎて》と青い麻の和幣《にぎて》を取り付けて垂らした。これらの様々な品は、布刀玉命が神前に捧げる大切な捧げ物として捧持し、天児屋命が天照大御神が石屋戸から再び出てくるように願い立派な祝詞を奏上し、天手力男神《あめのたぢからおのかみ》が石屋戸の脇に隠れ立った。そして天宇受賣命《あめのうずめのみこと》が、天の香具山に生える日蔭葛《ひかげかずら》を取って襷《たすき》に掛け、正木葛《まさきかずら》を取って頭にのせて鬘として、天の香具山に生える笹の葉を束ねて手に持ち、天の石屋戸の前に槽を逆さに伏せて置き、その上に立ち踏み鳴らして神楽を踊った。その舞う姿はまるで神が乗り移ったかと思うほどで、胸乳もあらわになり、腰に結んだ裳《も》緒《ひも》を下腹にまで押し下げるほどだった。そこで高天原が揺れ動くほどに、集まった八百万神たちは声をあげて笑ったのであった。

石屋戸の戸を閉ざして籠もっていた天照大御神は、外で八百万神たちが楽しげに笑っているので不審に思って、岩屋戸を細めに開けて中から次のように言った。「私が岩屋戸に籠もっているので高天原も暗く、葦原の中つ国も暗いはずであるのに、どうして天宇受賣命は神楽を舞い、そして八百万神たちも笑っているのですか」と尋ねると天宇受賣命は次のように答えた。「あなた様よりも、もっと尊い神がここに居られるので、それで私たちは悦んで笑ったり踊ったりしているのです」と。このように天宇受賣命が答えている間に、天児屋命と布刀玉命とが先に作った鏡を差し出して天照大御神に見せた。そこに写る尊い神の顔を見てますます不審に思った天照大御神は、少しだけ開いた戸の中から出て様子を見ようとした。その時である。かねてから戸の脇に隠れ立っていた天手力男神《あめのたぢからおのかみ》は、さっそく天照大御神の手をとって石屋戸の外へと引き出したのであった。そして直ぐに布刀玉命は天照大御神の後ろに注連縄を張りめぐらしてこう言ったのであった。「これより内側には、決して二度とお戻りにならないように」と。

そこで、このように天照大御神が再び石屋戸から姿を現したので、その時、高天原も豊葦原中つ国も自然に前のように明るく照り輝いたのだ。この騒ぎの原因となった須佐之男命を罰するために八百万の神たちは再び集まり話し合いをして、須佐之男命には犯した罪を償わすために、千の座の上に罪を購う品物を載せて差し出すように命じ、それでもその犯した罪を償うことはできなかったので、須佐之男命の鬚を抜き、手足の爪をも抜いて高天原を追放したのであった。

【読み解き】

日本の神話に興味を持った人ならば誰でも知っている、いちばん有名な神話の場面がいよいよ登場してきました。

先ずの読み解きは、石屋戸に籠もるということは何を意味しているのかということです。この行為こそ「心のお話」として読み解かなくては、結局は石屋戸は何処にあったのだとか、この洞穴が天照大御神の籠もった石屋戸であって、あそこは偽者だなどという、つまらない論争を生んでしまいます。何度も申しますが神話は「目に見えないモノとコトのお話」を、現実世界にあるモノやコトを比喩として駆使して、どうにかして伝えようとしています。石屋戸を特定するということは無意味なことです。何しろ実証の方法がもとからないのですから。

天照大御神は弟須佐之男命のさまざまな度重なる暴挙を受けて、最後には石屋戸へ籠もることとなります。その直接の原因は織女の女性としての尊厳を傷つけられ命を落としたという事件でした。そこで天照大御神は自らの心を傷つけます。平和に豊かに治めている国の文化から生活にいたるまでの基盤がことごとく破壊され、心の内の大切なモノまでもが踏みにじられました。そんな嫌なことが度重なったら人はどうなるでしょうか。今の社会でも「いじめ」という問題が社会問題化しています。それは精神的に未熟な児童生徒だけの問題ではありません。大人の社会でも、嘆かわしいことですが沢山見られる事柄です。まさに天照大御神は、勝さび慢心の化身となった弟須佐之男命から、再三に渡って「いじめ」を受けていたわけです。嫌なことが度重なれば、人は必ず心を病みます。それがまだ暗愁といった段階ならば誰にでも日常的にあることで、屈んでいれば頭の上を通過してゆきますが、本当に心を病んでしまっては日常生活が営めなくなり、やがて人は他人との接触を避けるようになり、引き籠るということになります。そうです、今社会問題となっている鬱の症状となるのです。この天の石屋戸の神話は「鬱からの復活」の神話として、現代に生かして読み解くことができるのです。

先にも述べましたが日本人は特殊な精神性を有しています。それは地勢学上からくる特質でもありますが、非常に敏感な精神性を有しています。それは今にできあがったことではなく、この『古事記』という日本神話が編纂《へんさん》された頃から、いや、もっと以前からあった特質です。それがイザナギ、須佐之男命、大国主神、ヤマトタケルといった神々の物語にしっかりと語られていることからも明らかです。現代日本の社会は鬱病からくる自殺が大きな社会問題となっています。一年に三万人を超える人々が、悲しくも自ら命を絶つという行為に及んでいます。この三万人を超える日本の自殺者数というのは、先進国の中では群を抜いていて、欧米諸国はぐんと低くなっています。日本人の過敏な精神性による鬱病は、欧米人のようには医学療法が適していないようで、年々その数は増加の一途をたどっています。先人たちは今の現代社会に向けて、千年の時を超えて、自分たちの特異な過敏なる精神性への注意を喚起し、その対処法としてこの「天の石屋戸」の神話をもって今日に語りかけてくれているような気がしてなりません。

天の石屋戸の神話は、過敏な精神性を有した日本人の鬱による引き籠りを比喩したものであり、そこからの復活の術を物語っていると読み解くことができます。その復活の術は何かと問えば、それは「笑い」です。多くの人々の笑いであると示唆してくれています。八百万神たちが天宇受賣命の神懸りした歌舞に大笑いします。その笑いによって天照大御神は、引き籠った天の石屋戸からの復活を果たします。この八百万神というのは、実際に八百万という数字ではありません。神話の中では「八」という数字は実数で表現されることは少なく、大半が「多くの」という意味で使われています。後に読み解く八岐大蛇《やまたのおろち》の八などもそうです。ここでは多くの人々の笑いによって鬱から復活するということが語られていますが、その復活は多くの人々によって為されるのではなく、自らが復活しようという意思によって初めてできることです。その切っ掛けが「笑い」であるとこの物語は語っています。

さて、それでは天の石屋戸は誰が開けたのでしょうか。それは手力男神《たぢからおのかみ》だと答える人が一般的ですがこれは大きな間違いです。手力男神《たぢからおのかみ》は、石屋戸を開いてはいません。開いたのは天照大御神です。大きな岩の戸を女性の柔手で自ら開いているのです。天の岩屋戸を開けて入ったのも、開けて出たのも天照大御神自身なのです。これは神話をきちんと読めば明らかです。手力男神《たぢからおのかみ》は天照大御神の手をとって導いたにすぎません。手力男神の「たぢから」は「他力」とも読み解くことができますから、心の病への対処は人の助けが必要であるということも物語られています。天照大御神に天の岩屋戸から出てきてもらうために、思金神《おもいかねのかみ》の知恵によって次から次へと多くの策が具体的に施されてゆきます。その準備の周到さと速さには驚かされますが、万策を講じて、最後には笑いによって心の病からの復活がなされることを物語ってくれていると読み解けてきます。

人の心の内というものは、その人にしかわかるものではありません。見えない心の内だから察し合わなければ、この狭い国土でしかも農作による共同体では暮していくことができません。それで察し合うという過敏な精神性をもつ民族の特質ができあがってきたのですが、いくら察しようとしても察し切れない部分が人の心というものにはあります。察し切れない部分が鬱積すると心の病を生み、果ては天の石屋戸に籠もるということになるのですが、やはり自らに復活をしようという心が起こらなければ、行為に移行しないものです。そのきっかけとなるのが「人々の笑い」です。人の心が元気を取り戻すのは、その人が置かれた環境を整えねばなりません。周りの人たちみんなでそれを作らなくてはならない。元気は「元の気」です。「ウマシ」の「気」です。いつ出てきても受け入れられる態勢をつくっておく。そしてもう大丈夫だよと、笑い合う。出てきて仲間に入れよ、というわけです。八百万の神々の笑いの意味と天宇受賣命の歌舞には、天の岩屋の戸ほどに重い重い意味があるのです。

　天照大御神が天の石屋戸に籠もってしまうと、高天原と豊葦原の中つ国は暗闇の世界となりました。そして「萬《よろづ》の神《かみ》の聲《こえ》は、さ蠅《ばえ》なす満《み》ち、萬《よろづ》の妖《わざはい》悉《ことごと》に發《おこ》りき」という状況となります。須佐之男命の涕泣の物語にも同じことが起こりました。天照大御神もここで弟須佐之男命と同じ過ちを犯します。高天原を治めるという絶対的な使命を放棄して籠もってしまいました。統治者のいない世界の末路がこの「萬《よろづ》の神《かみ》の聲《こえ》は、さ蠅《ばえ》なす満《み》ち、萬《よろづ》の妖《わざはい》悉《ことごと》に發《おこ》りき」という状態です。治めるものが治めるべき使命を放棄したとき、社会は根底から崩壊するということも、現代に警鐘を鳴らしたいところです。そしてその事は、物事や社会には、必ず中心が必要であるということを教えています。この世の永遠なる真理は回転によって保たれています。回転には中心が必ず必要です。中心があるから永遠に回転しているともいえます。

「修理固成」という神勅は、現代社会を生きる私たちの誰もが受けている神勅です。家庭にあっても中心となって家庭を治める人が責任を放棄して好き勝手なことばかりしていれば、家族は全員がこの神話のように勝手きままに振舞ってしまい、挙句には家庭崩壊となります。「修理固成」の神勅は今もこれからも私たちに下りているのだと思うことが大切です。

　この段でもう一つ大切な読み解きは、神々の行った古代祭祀ということです。天照大御神の天の石屋戸籠もりを受けて、知恵の神である思金神が思案をし、鏡と勾玉を作り、天の香具山の榊を取ってきてそこに掛けて、天児屋命が祝詞を唱え、布刀玉命が品々を奉り、天宇受賣命が歌舞を捧げます。ここに日本人の祭の原初の姿が物語られています。まず、思金神の天照大御神の出現を乞うという思いは、神の出現を請い願い待つということにあることがわかります。もともと「祭」という言葉の語源は「待ち居る」で、この神話の姿がそのまま祭の原点となっています。先ず第一に神の依り代が設けられ、次に神に捧げ物が奉られ、次に祝詞が唱えられ、続いて神楽が奉られるという構造になっていることがわかります。そして最後に人々が喜び笑うことによって祭の目的である神の出現が為されるというのが、私たち日本民族固有の信仰の儀礼の姿です。この儀礼の姿は今日の各地の神社でそのままに受け継がれ執り行われています。一般に宗教というものは、太古のアニミズムやシャーマニズムといった原始宗教から、社会の発展と共に部族宗教、民族宗教へと発展し、そしてそこから一人の創唱者によって儀礼中心の宗教からイデオロギーとしての創唱宗教へとなり、イデオロギーであるが故に地域や文化や民族を超えて伝播して世界宗教へと発展をしました。しかし二十一世紀の現代にあって、この原始宗教の儀礼がそのままに受け継がれ、信じられて現在でも行われているところに、神道という日本人の信仰の大きな特徴が見てとれます。

　さらに注目したいのが、天照大御神の出現を乞う儀礼の中で行われた天宇受賣命の神懸りした歌舞です。これは現在行われている神楽の原型でもあります。この物語からは一心不乱に我を忘れて舞う天宇受賣命の姿が想像されます。「胸乳《むなち》をかき出《い》で裳緒《もひも》を陰《ほと》に押《お》し垂《た》れ」と、その姿が描写されていますが、これは女性が裸踊りをしたのだとか、八百万の神々が女性の裸踊りを見て笑ったなどと解釈してはいけません。「隠したいところを隠さずに」ということで、これは一心不乱の姿を比喩している言葉だと解釈してください。太陽神である天照大御神が石屋戸に隠れているので、この世のすべては「常夜往《とこよゆ》き」という表現でわかる通り、漆黒の闇となっているのです。物事が目に見えるのは太陽光線の反射によるものです。もともと時間の経過というものは物の変化により存在するものです。変化はその変わったことが明らかに見て取れないとなりません。ということは、この石屋隠れの間は世の中に時間も存在していなかったとも解釈できます。漆黒の闇の中での舞いですから、この天宇受賣命の舞は舞われているようで舞われていない。舞われていないようで舞われている。そういう舞であると思わなくてはならないのです。漆黒の闇の中ですから八百万神たちにはこの舞は見えていない。不思議な世界です。変化も時間も存在しない時空間を物語っています。そこに天照大御神が出現したことにより、世界に光が差し込む。そこで天宇受賣命の姿も、そしてそれを見る八百万神たちの顔も見えてくる。そこに初めて変化が生じ、時は再び順行の時を運び始める。この石屋戸神話を天照大御神の死と再生の物語とした解釈も多く見られますが、まさに「死」からの「再生」によって、新たな「順行の時」が生まれた瞬間を物語ったものがこの物語です。

石屋戸の前に集まる八百万神たちは、石屋戸に籠もる以前の天照大御神を思い出現を乞う。それは逆行の時の流れです。その逆行の時と順行の時とが出会い、新たな天照大御神という誕生を生んだ。そのように読み解いても面白いと思います。ですから、石屋戸から出た天照大御神は以前の天照大御神ではないのです。新たな存在となっているのです。自らの顔が鏡に映っても、自分であるとわからなかったほどの変化があったのです。石屋戸の中で、自らの心の病と葛藤し、そこから抜け出さんとするその天照大御神の心の働きが、さらに成長した新たな天照大御神を生んだのです。「心のお話」として読み解いていきますと、この天の石屋戸の物語には、「人生は挫折ほど尊いものはない。挫折なくして成長なし」という先人たちの心のメッセージが伝わってくるようです。

天照大御神の再度の出現を得て高天原と豊葦原の中つ国はもとの平穏を取り戻しました。そこで八百万神たちは再び話し合い、須佐之男命に購《あがな》いをさせます。これが罪に対する量刑の始まりです。須佐之男命は全財産を没収され、それでも罪を購いきれていないとして、鬚も抜かれ、爪も抜かれます。この描写を野蛮な行為と短絡的に思わないでください。これも「心のお話」の独特な比喩です。先のイザナギの禊祓いの段を思い出してもらえばわかることですが、着ている物、身に着けている物の全てを脱ぎ投げ捨てました。自らを飾りたい、自らの罪を隠したいという心を捨てたお話でした。鬚はよく我の表れだともいいますが、心の内の余計なものを全部捨てたという物語です。この場合は自らの慢心という心の働きが罪を犯しました。心は身体の内にあり、見えません。そこで身体の部位をとって比喩しているだけなのです。心の余計な飾り立てたいという心を捨てさせられ、元の「ウマシ」の「気」一つにさせられた須佐之男命は、やがて大蛇退治を経て「慢心からの復活」を成し遂げるのです。

五、大気津比賣《おほげつひめ》 五穀の起源

【原文】

また食物《をしもの》を大氣津比賣神《おほげつひめのかみ》に乞《こ》ひき。ここに大氣都比賣《おほげつひゅ》、鼻口《はなくち》また尻《しり》より、種種《くさぐさ》の味物《ためつもの》を取《と》り出《いだ》して、種種《くさぐさ》作《つく》り具《そな》へて進《たてまつ》る時《とき》に、速須佐之男命《はやすさのをのみこと》、その態《しわざ》を立《た》ち伺《うかが》ひて、穢汚《けが》して奉進《たてまつ》るとおもひて、すなはちその大氣津比賣神《おほげつひめのかみ》を殺《ころ》しき。故《かれ》、殺《ころ》さえし神《かみ》の身《み》に生《な》れる物《もの》は、頭《かしら》に蠶《かひこ》生《な》り、二《ふた》つの目《め》に稲種《いなだね》成《な》り、二《ふた》つの耳《みみ》に粟《あは》生《な》り、鼻《はな》に小豆《あづき》生《な》り、陰《ほと》に麥《むぎ》生《な》り、尻《しり》に大豆《まめ》生《な》りき。故《かれ》ここに神産巣日御祖命《かみむすひのみおやのみこと》、これを取《と》らしめて、種《たね》と成《な》しき。

【現代語訳】

高天原も追放された須佐之男命は、食べ物を司る大気津比賣神《おおげつひめのかみ》に食物を無心した。すると大気津比賣神は、その鼻や口、その尻からいろいろと食べ物を取り出し、それを食材としてさまざまの料理を作って須佐之男命に差し出した。しかしそれを怪しんだ須佐之男命は、大気津比賣神のすることをこっそりと立ち見して、汚らわしいものをわざと差し出したと思って、大気津比賣神を殺してしまった。

殺された大気津比賣神の身体からは、つぎのような物が生まれたのであった。その頭には蚕が生まれ、その二つの目からは稲種《いなだね》が生まれ、その二つの耳からは粟が生まれ、その鼻には小豆が生まれ、その陰処には麦が生まれ、その尻には大豆が生まれた。そこで神産巣日《かみむすひ》の御祖命《みおやのみこと》がこれらの五穀の種を取り集めさせて、これを種とした。

【読み解き】

以前にもこんな場面が登場してきました。イザナミが火の神を生んだことにより亡くなった時の物語です。イザナギが怒りと悲しみの余りに自らの子である迦具土神《かぐつちのかみ》を殺した場面です。その時もこの大気津比賣神と同様に、その死骸から神々が誕生します。しかしイザナギの時はまだこの世の文明を作り上げようとしている時で、多様な文明の力がその身体から生まれます。でも今度は違います。モノが生まれるのです。それは神々の努力によって世界が完成へと着々と進んでいることを意味しています。この段では五穀が生まれます。そして蚕が生まれます。

人の文化的生活は、衣・食・住の安定によってなされますが、すでに住むべき国は定まりました。イザナギとイザナミの二柱の神によって神々が誕生する物語の最初に住居の神々が誕生したことを思い出してください。そして農耕文化が開けてきました。灌漑の術も手に入れ、鉄の鋳造もできるようになり農機具は飛躍的に進歩して、その生産性も向上しました。あとは毎年の計画生産が安定することです。この段の物語はそれを今に伝えてくれています。「心のお話」として読み解くだけではなく、こうした過去の歴史をしっかりと教えてくれているのも『古事記』ならではの面白さであり、また先人たちの比喩を使った表現法の能力には驚かされます。まだ語彙《ごい》のきわめて少なかった時代の英知でしょう。ここの段でやっと衣と食が神々の働きによって私たちの祖先の手に渡されます。

ついに五穀という日本民族の主食が定められます。若い世代の人たちは五穀といってもピンとこないかもしれませんが、米、粟、小豆、麦、大豆です。これが神々によって私たちの民族の主食として与えられたものです。この場面で死骸から物が生まれるところが興味をひかれます。他の民族の神話にはあまり見られない形態ですが、これが日本の神話の一つの特徴です。四季のある自然の摂理にもかなったところです。糞や尿は肥料となり、滋養豊富な食物を実らせます。また自然の摂理に感謝しつつ働く身体、つまり労力によって農作物は実ります。ここには日とともに起き、労を惜しまずに働くことの大切さも教えています。

また死骸すら次なる命の糧となることも教えています。地球環境問題が囁かれて久しい今日ですが、未だに地球の温暖化は留まることを知りません。それは大量生産大量消費という現代社会の考え方を変えない限り無理なことです。日本の神話はそんな現代社会にも、尿、死骸に至るまで次なる命を育む糧なのだということを教えてくれているようです。「神々の誕生」の物語で、海辺の河口に人々が住むようになったことを語っていましたが、その時に「清める力」を意味した神が生まれていたことを、今一度ここで思い出しておきたいものです。

さて、須佐之男命は再び過ちを犯しました。これは未だに追放された原因となった心が直っていないことを表しています。まず善意で食物を施してくれた大気津比賣神の行動を怪しいと疑っています。ここにも「疑心」の戒めが出てきます。疑心に苛《さいな》まれた時、人は過激な行動に出ます。それがこの大気津比賣神を殺すという行動となっています。イザナギで説明したように、日本人の非常に過敏な精神性が見て取れます。過敏というのは過剰に敏感ということです。ある意味では、ストレスに弱い精神性を日本人は持っているということです。それが良き方に発揮されれば、察し合う能力に優れているということにもなるのですが、それをどちらに発揮するかは、私たち一人ひとりの心の働かせ方にかかっています。この過敏な精神性は、イザナギから須佐之男命、そして大国主神へ、そして天孫降臨の後もヤマトタケルへと受け継がれ語られていきます。まさに私たち日本人の優れていて最大の弱点でもある精神性への注意が、この『古事記』という神話には語られています。

六、須佐之男命の大蛇《をろち》退治

【原文】

故《かれ》、避追《やら》はえて、出雲國《いづものくに》の肥《ひ》の河上《かはかみ》、名《な》は鳥髪《とりかみ》といふ地《ところ》に降《くだ》りたまひき。この時箸《ときはし》その河《かは》より流《なが》れ下《くだ》りき。ここに須佐之男命《すさのをのみこと》、人《ひと》その河上《かはかみ》にありと以爲《おも》ほして、尋《たづ》ね覓《もと》めて上《のぼ》り往《ゆ》きたまへば、老夫《おきな》と老女《おみな》と二人《ふたり》ありて、童女《をとめ》を中《なか》に置《お》きて泣《な》けり。ここに「汝等《なれども》は誰《たれ》ぞ」と問《と》ひたまひき。故《かれ》、その老夫答《おきなこた》へ言《まを》ししく、「僕《あれ》は國《くに》つ神《かみ》、大山津見神《おほやまつみのかみ》の子《こ》ぞ。僕《あ》が名《な》は足名《あしな》椎《づち》と謂《い》ひ、妻《め》の名《な》は手名椎《てなづち》と謂《い》ひ、女《むすめ》の名《な》は櫛名田比賣《くしなだひめ》と謂《い》ふ」とまをしき。また「汝《な》が哭《な》く由《ゆゑ》は何《なん》ぞ」と問《と》ひたまへば、答《こた》え白《まを》ししく、「我《あ》が女《むすめ》は、本《もと》より八稚女《やをとめ》ありしを、この高《こ》志《し》の八俣《やまた》の大蛇《をろち》、年毎《としごと》に來《きたり》て喫《くら》へり。今《いま》そが來《く》べき時《とき》なり。故《かれ》、泣《な》く」とまをしき。ここに「その形《かたち》は如何《いかに》」と問《と》いたまへば、答《こた》へ白《まを》ししく、「その目《め》は赤《あか》かがちの如《ごと》くして、身《み》一《ひと》つに八頭八尾《やかしらやを》あり。またその身《み》に蘿《こけ》と檜榲《ひすぎ》と生《お》ひ、その長《たけ》は谿八谷峡八尾《たにやたにをやを》に度《わた》りて、その腹《はら》を見《み》れば、悉《ことごと》に常《つね》に血《ち》爛《ただ》れつ」とまをしき。「ここに赤《あか》かがちと謂《い》へるは、今《いま》の酸醤《ほおづき》なり」

　ここに速須佐之男命《はやすさのをのみこと》、その老夫《おきな》に詔《の》りたまひしく、「この汝《な》が女《むすめ》をば吾《あれ》に奉《たてまつ》らむや」とのりたまひしに、「恐《かしこ》けれども御名《みな》を覺《し》らず」と答《こた》へ白《まを》しき。ここに答《こた》へ詔《の》りたまひしく、「吾《あ》は天照大 御神《あまてらすおほみかみ》の同母弟《いろせ》なり。故今《かれいま》、天《あめ》より降《お》りましつ」とのりたまひき。ここに足名椎手名椎神《あしなづちてなづちのかみ》、「然《しか》まさば恐《かしこ》し、立奉《たてまつ》らむ」と白《まを》しき。ここに速須佐之男命《はやすさのをのみこと》、すなはち湯津爪櫛《ゆつつまぐし》にその童女《をとめ》を取《と》り成《な》して、御角髪《みみづら》に刺《さ》して、その足名椎手名椎神《あしなづちてなづちのかみ》に告《の》りたまひしく、「汝等《なれども》は、八鹽折《やしほをり》の酒《さけ》を釀《か》み、また垣《かき》を作《つく》り廻《もとほ》し、その垣《かき》に八門《やかど》を作《つく》り、門毎《かどごと》に八《や》棧《さ》敷《ずき》を結《ゆ》ひ、その棧《さ》敷毎《ずきごと》に酒船《さかぶね》を置《お》きて、船毎《ふねごと》にその八鹽折《やしほをり》の酒《さけ》を盛《も》りて待《ま》ちてよ」とのりたまひき。故《かれ》、告《の》りたまひし隨《まにま》に、かく設《ま》け備《そな》へて待《ま》ちし時《とき》、その八俣大蛇《やまたのをろち》、信《まこと》に言《い》ひしが如《ごとき》來つ。すなはち船《ふね》毎《ごと》に己《おの》が頭《かしら》を垂入《たれい》れて、その酒《さけ》を飲《の》みき。ここに飲《の》み醉《ゑ》ひて留《とど》まり伏《ふ》し寝《いね》き。ここに速須佐之男命《はやすさのをのみこと》、その御佩《みはか》せる十拳劒《とつかのつるぎ》を拔《ぬ》きて、その蛇《をろち》を切《き》り散《はふ》りたまひしかば、肥河《ひのかは》血《ち》に變《な》りて流《なが》れき。故《かれ》、その中《なか》の尾《お》を切《き》りたまひし時《とき》、御刀《みはかし》の刃毀《はかけ》き。ここに怪《あや》しと思《おも》ほして、御刀《みはかし》の前《さき》もちて刺《さ》し割《さ》きて見《み》たまへば、都牟刈《つむがり》の太刀《たち》ありき。故《かれ》、この太刀《たち》を取《と》りて、異《あや》しき物《もの》と思《おも》ほして、天照大 御神《あまてらすおほみかみ》に白《まを》し上《あ》げたまひき。こは草薙《くさなぎ》の大刀《たち》なり。

【現代語訳】

須佐之男命は高天原を追放されて、今の島根県である出雲の国の、肥河（後の斐伊川）の上流にある鳥髪《とりかみ》という土地に降り立った。そこで須佐之男命は河上から箸が流れてくるのを発見し、この河上には人が住んでいるのだろうと思い、人家を求めて河上へ上って行った。するとそこには年老いた男と女の二人が、間にうら若い少女を置いて泣いているではないか。そこで須佐之男命は「お前たちは誰だ」と尋ねた。すると尋ねられた老人は次のように答えたのだった。「私はこの国を治める国津神である大山津見神《おおやまつみのかみ》の子で、私の名前は足名椎《あしなづち》と申します。妻の名前は手名椎《てなづち》と申します。そしてこの娘の名前は櫛名田比賣《くしなだひめ》と申します」こう答えたので、須佐之男命は更に「お前がそうして泣いている理由は何だ」と尋ねた。するとその老人は次のように答えました。「私の娘はもともと八人おりました。しかしここの高志《こし》というところの八俣の大蛇《やまたおろち》が毎年やって来ては、その娘を一人ずつ餌食としてしまいました。今年もまたその八俣の大蛇《やまたおろち》がやって来る時となり、またこのたった一人残った娘も餌食になってしまいます。それ故に泣いております」と答えたのだった。そこで須佐之男命は更に尋ねた。「その八俣の大蛇とはどういう形をしているのか」と。するとその老人は「その大蛇《おろち》は、目は真っ赤な酸漿《ほおずき》のようで、一つの身体に頭は八つ。そして尾も八つございます。またその胴体には苔が生《む》しており、檜や杉なども生えております。その身の丈は八つの八俣に跨るほどで、その腹を見ると常に血に爛《ただ》れております」と答えたのだった。

そこで須佐之男命はその老人に次のように言った。「ここに居るお前の娘を私の妻にくれないだろうか」と。すると老人は「恐れ多いことでございますが、まだ私は貴方様のお名前を存じません」と答えた。そこで須佐之男命は「私は天照大御神の弟である。今、天上の世界、高天原よりこの地上へ降って来たところだ」と答えた。すると足名椎と手名椎の二人は「そうであるなら大変に恐れ多いことです。娘を貴方様の妻として差し上げましょう」と答えたのだった。すると須佐之男命はその乙女の姿を爪櫛《つまくし》の形に変えて角髪《みずら》に刺した。そして足名椎と手名椎の二人に「お前たちは、何度も何度も絞り醸《かも》した強い酒を造り、垣根を張りめぐらし、その垣根に八つの門を作り、その門ごとに八つの桟敷を作って、その桟敷ごとに八つの酒槽《さかぶね》を置いて、その酒槽ごとに醸した強い八塩折の酒を満々と満たして待っていなさい」と指示をしたのであった。そこで老夫婦は命令されるままに準備を整えて待っていた。やがて八岐の大蛇が先ほど足名椎が言った通りにやって来た。八俣の大蛇は、その頭を八つの酒槽ごとに垂れ入れて、そこに満々と満たされた八塩折の酒を飲み干した。酔いが廻った八俣の大蛇は地面の上に横たわって寝込んでしまった。この時を見計らっていた須佐之男命は、腰に帯びた大きな立派な剣を抜き出し、その八俣の大蛇を切り刻んでいった。すると肥河は大蛇から流れ出た血で真っ赤になって流れたのであった。須佐之男命は大蛇の身体を切り刻んでいったが、その中ほどの尾を切り放った時、手にした自分の立派な剣の刃がこぼれた。何ともこれは怪しいことだと須佐之男命は思い、剣の切先でその尾を刺して裂いて見ると、何とまことに立派な鋭利な剣が出てきた。須佐之男命はその太刀を手に取ると、何とも不思議な霊妙なる力がある剣であると思い、天照大御神へ献上したのであった。これが後の草薙《くさなぎ》という太刀である。

【読み解き】

先ほどの天照大御神の「天の石屋戸の神話」と並んで、子どもたちも喜ぶ有名な神話で、恐らく誰もが一度は読んだことがある物語でしょう。絵本に恐ろしい八つも頭がある怪物が描かれていて、わくわくと心を躍らせながらお読みになった経験がおありのことと思います。これから子どもの頃にはわからなかった八俣の大蛇について、読み解きましょう。

この段では後に須佐之男命の妻となる櫛名田比賣との出会いが語られます。この出会いの物語で、須佐之男命のあまりに大胆な、しかも唐突な求婚の仕方には驚かれたことでしょう。まだ名前も名乗らないうちから「お前の娘を嫁にくれ」というのですから。ここには古代の求婚に対する考え方が語られています。当時は求婚は男性からするもので、それを受けるか受けないかは女性の判断に委ねられていました。求婚を受けるも断るも女性次第だったのです。今はどうなんでしょうか。イザナギとイザナミの国生みの神話の八尋殿を巡って声をかける時に、男性であるイザナギから声をかけなくてはならなかったのに、イザナミが先に声をかけるという失敗をしていることでもおわかりでしょう。男性から声をかけて女性がそれを承諾するか否かの権利を持っているというのは、男性と女性の生殖本能によることだったかもしれません。それを踏まえた上での互いの尊厳を重んじあうための制度ですから、先の高天原で須佐之男命が織女に対して行った暴挙は、許されざる行為として天照大御神の心に刺さったわけです。

須佐之男命と櫛名田比賣の物語としてこの段の物語を読むと、もう一つ面白いことが語られています。それは須佐之男命がいよいよ八俣の大蛇を退治する時に、妻となる櫛名田比賣を爪櫛《つまくし》に変えて、自らの角髪《みずら》に刺すという行為です。当時は「姫彦制」といって、男の持つ武力を背景とした政治力と、女性の持つ宗教的力が一つになることによって大事が成就するという考え方がありました。この『古事記』の神話に語られる統治者というのは、武力による統治ではなく、武力と宗教的力が一つになって初めて真の統治者であるという考え方が支配しています。今でも日本の天皇は、この『古事記』に記される神話の世界から一貫して「神を祭り民の幸福を祈る、祭祀王」という性格を持っています。そういった国家元首が千年を超えて国家の統合の象徴であり続ける国家は日本の他にはありません。それは日本の世界に誇るべき伝統でもあるのです。

さて、ここには八俣の大蛇という怪物が登場します。今まで登場してきた醜女《しこめ》とは大きくその趣を異にします。何しろ頭が八つあり、胴体は一つで尾っぽは八つ。しかもその大きさは八つの山谷に跨るというのですから驚きです。これをとって、日本の神話は荒唐無稽な作り話で、科学のすすんだ二十一世紀の現代にあって見るべき価値などないという人がいますが、それこそ目に見えることしかわからない人の発言です。ここには「目に見えないモノとコト」が多くこの八俣の大蛇という姿を比喩として語られています。

先ず「心のお話」の前に、この八俣の大蛇に隠された歴史のお話をいたしましょう。肥河の上流で須佐之男命が出会った老夫婦の名前は足名椎《あしなづち》と手名椎《てなづち》。この名前に第一の読み解きの鍵が隠されています。この名は「足で撫でるように、手で撫でるように可愛がる」という意味の名前です。延喜式という昔の法律書に編纂されている祝詞の中に祈年祭祝詞というものがあります。祈年祭は「としごひのまつり」といわれ、その年の五穀豊穣を祈願する御祭ですが、その祝詞の中には「手肱《たなひじ》に水沫《みなわ》画垂《かきた》り、向股《むかもも》に泥《ひぢ》画寄《かきよ》せて、取作《とりつく》らむ奥津御年《おきつみとし》」という一節があります。この「奥津御年」とは稲のことですが、その稲を取り作る様が描写されている文章です。肱まで水の沫《あわ》に濡れ、それが肱から垂れ、泥を股にまでつけて」といった意味で、稲を作る重労働さが語られています。ですから米という字には「八十八の手間をかける」の意があり、この稲作の所作が足名椎と手名椎という名なのです。手の肱も足の股も水や泥だらけになって丹精込めて米を作る、それ自体を擬人化しています。八人の娘たちは八乙女です。八乙女は稲の田植に欠かせない存在です。その八乙女の残った一人が櫛名田比賣でした。『日本書紀』にはこの比賣の名は「奇稲田姫」と記されていることからもわかりますが、丹精込めた農作業によって霊妙なる実りを得る田んぼそのものを擬人化して櫛名田比賣と表現しています。

　すると読み解けてくるのは八俣の大蛇です。毎年やってきては足名椎と手名椎の可愛い娘、手で撫で足で撫でるほどに可愛がって育てた八乙女を食らってしまう大蛇は、「河の氾濫」であるということがわかります。八俣の大蛇の形状からそれは読み解けます。八つの頭があって八つの尻尾がある。そして胴体は一つという姿から、多くの山や谷から集まった水が一気に流れて、河からあふれ出て四方八方に広がり、周囲の田畑を飲み込んで行く。そんな光景を思い浮かべることができます。大蛇の腹に苔が生えていたことと、檜や杉が生えていたという表現が理解できるというものです。この須佐之男命による八俣の大蛇退治の物語は、河の氾濫を抑える灌漑の技術が、高天原から出雲への伝播したことを物語っています。

河の氾濫を治めて田畑を守るために、須佐之男命は高天原で学んだ灌漑の技術を駆使します。垣を廻らし、水門を作り、その奥には水を溜める池を作りました。そうして毎年くる河の氾濫を抑えて、無事に豊かな実りをもたらす田を守ったというのが、この八俣の大蛇の一つの隠された物語です。

すると最後の剣の登場は何だろうということになります。それは今までの物語が出雲地方の鉄鋳造を巡る物語でもあったということからわかります。大蛇の血で肥河が血の如く赤くなったというのは、製鉄による河の水の変色を見事に比喩しています。製鉄技術をも獲得したことにより、最後にその象徴として立派な剣が登場します。それによって、出雲に象徴される豊葦原の中つ国は、豊葦原の水穂の国として富み栄える基盤を整えたのです。

さて、「八俣の大蛇」なるものを読み解きましょう。須佐之男命は、天照大御神との安の河原でのウケヒに勝ったことを良いことに、勝ちさびて、高天原で悪行の限りを尽くします。それは慢心からのことでした。そこで八百万神たちの話し合いによりすべての財産を没収されて身一つになって高天原を追放されました。恐らくは失意のどん底でさ迷い歩き、出雲の国に降り立ったことでしょう。慢心でいた須佐之男命は大蛇退治でみごとに復活します。

八俣の大蛇の「オロチ」は「愚かな知恵」という意味。「オロチ」は「愚かな知」ということです。欲望のままに働く知恵。慢心からくる傲慢な心から生まれる知恵。それが「オロチ」というものです。欲望には限りがありません。一つを欲しいと思って手に入れれば、また次が欲しくなる。それが欲望というものです。胴体が一つなのに、八つも頭があるということは、あれでもない、これでもない、あれも、これもと愚かな迷いがあり、その姿がオロチの姿として描かれています。その上、一つの胴体の体には苔や檜や杉が生え、腹にはべったりと血糊に染まっています。欲望や迷いからくる行動は自ずから血なまぐさいものになります。相手が傷つこうと死のうとお構いなしです。それが大蛇の血走った赤い目として表現されています。そして迷いから来る結果は尾です。迷いますから結果も自ずと迷いさまようこととなる。それが八本の尾という姿となります。一つに定まった心から起こる行動は結果も一つですから、立派な長いものになるべきはずが、迷いの結果であるがために、分れて細く小さなものになる。それを八俣の大蛇の姿は物語っているのです。迷いや慢心からくる、愚かな知恵への戒めです。

欲望の限りの存在として「オロチ」は描かれています。今の世の中でもそうですが、酒は楽しむだけでなく、酔えば愚かな性根が見えたり、ついつい「酒の席でのことですから」などというような失敗もしますが、酒をもってそれを退治するところが、先人の英知の結晶ともいえます。伝えたいことを幾重にも重ねて一つの物語として表現した先人の文章力には頭

す。

のオロチを切り刻んでゆきます。須佐之男命自身の心の内に潜むオロチを退治しているので

も「心の話」として読み解く鍵です。須佐之男命は自らの英知と勇気をもって、愚かな知恵

が、剣は矛と同じ陽の気の象徴で、英知と勇気の象徴として神話にはよく登場します。それ

最後に須佐之男命は、自らの十握剣《とつかのつるぎ》を抜いて、オロチを切り刻みます。先にも述べました

が下がります。

つまり、ここは自らの愚かさとの葛藤の場面です。自分が持っている十握剣でオロチの頭から切り刻み、最後の尾のところで自分の十握剣が折れてしまいます。立派と思っていた剣が折れたのです。その剣を折ったのはオロチの尾から出てきた草薙の剣でした。つまり、須佐之男命は、自分自身の愚かさを徹底的に最後まで切り刻んで、ついに真の英知と勇気を得たという物語なのです。ですから須佐之男命は、自分を追放した姉天照大御神に迷わずにこの剣を献上します。その心は、慢心から多くの罪を犯した自分の愚かな知恵を深く深く内省し、真の英知と勇気を得ることができたことへの、許し請いと感謝の気持ちに他なりません。それが皇位継承の証である三種の神器の一つ、草薙剣《くさなぎのつるぎ》の持つ真の意味です。

思えばオロチを切り刻む須佐之男命の姿は、子どものように「妣国に行きたい」という心の葛藤でした。ユングの心理学を土台にして読み解けば、これは少年が一人の大人の男として成長するために、どうしても通過しなくてはならないグレートマザーとの葛藤です。オロチ退治の後、須佐之男命は櫛名田比賣と晴れて結婚します。オロチ退治以前は結婚の約束だ

けでした。古代の成人式というある種のイニシエーションの一端がここには語られています。

そうして立派な大人へと成長した須佐之男命ですが、肥河の河上で足名椎と手名椎、そして櫛名田比賣に出会った時に、もう既に慢心からの復活の兆は見えていました。それは泣く三人を見て不憫に思い救おうという心が働いたことです。高天原で狼藉を繰り返していた須佐之男命ならその三人を悲しませるようなことをしたでしょう。しかし、須佐之男命は助けようと思います。不憫な人を見て哀れと思い、救おうとする心が生まれるのです。心の内にあった慢心がこうして崩されていきます。実際に行動に起こしました。その時にもう慢心からの復活は約束されたのです。だからオロチ退治に全知全能を活用して挑みます。

この八岐大蛇の物語は、私たちに慢心からの復活、自らの心の内に潜む慢心や欲望との葛藤という心の働きを教えてくれている物語です。

七、須佐之男命の子孫

【原文】

故《かれ》ここをもちてその速須佐之男命《はやすさのをのみこと》、宮造作《みやつく》るべき地《ところ》を出雲國《いづものくに》に求《ま》ぎたまひき。ここに須賀《すが》の地《ところ》に到《いた》りまして詔《の》りたまひしく、「吾此地《あれここ》に來《き》て、我《あ》が御心《みこころ》すがすがし」とのりたまひて、其地《そこ》に宮《みや》を作《つく》りて坐《ま》しき。故《かれ》、其地《そこ》をば今《いま》に須賀《すが》と云《い》ふ。この大神《おほかみ》、初《はじ》めて須賀《すが》の宮《みや》を作《つく》りたまひし時《とき》、其地《そこ》より雲立《くもた》ち騰《のぼ》りき。ここに御歌《みうた》を作《よ》みたまひき。その歌《みうた》は、

八雲《やくも》立《た》つ　出雲《いづも》八重垣《やへがき》　妻籠《つまご》みに　八重垣《やへがき》作《つく》る　その八重垣《やへがき》を

ここにその足名椎神《あしなづちのかみ》を喚《よ》びて、「汝《な》は我《あ》が宮《みや》の首任《おびとた》れ」と告《の》りたまひ、また名《な》を負《おほ》せて、稲田宮主須賀之八耳神《いなだのみやぬしすがのやつみみのかみ》と號《なづ》けたまひき。

故《かれ》、その櫛名田比賣《くしなだひめ》をもちて、隠所《くみど》に起《お》こして、生《う》める神《かみ》の名《みな》は、八島士奴美神《やしまじぬみのかみ》と謂《い》ふ。また大山津見神《おほやまつみのかみ》の女《むすめ》、名《みな》は神大市比賣《かむおほいちひめ》を娶《めと》して生《う》める子《みこ》は、大年神《おほとしのかみ》。次《つぎ》に宇迦之御魂神《うかのみたまのかみ》。［二柱《ふたはしら》］兄八島士奴美神《あにやしまじぬみのかみ》、大山津見神《おほやまつみのかみ》の女《むすめ》、名《みな》は木花知流比賣《このはなのちるひめ》を娶《めと》して生《う》める子《みこ》は、布波能《ふはの》母遅久奴須奴神《もぢくぬすぬのかみ》。この神《かみ》、淤迦美神《おかみのかみ》の女《むすめ》、名《みな》は日河比賣《ひかはひめ》を娶《めと》して生《う》める子《みこ》は、深淵之水夜禮《ふかぶちのみづやれは》花神《なのかみ》。

この神《かみ》、天之都度閇知泥神《あめのつどへちねのかみ》を娶《めと》して生《う》める子《みこ》は、淤美豆奴神《おみづぬのかみ》。この神《かみ》、布怒豆怒神《ふぬづぬのかみ》の女《むすめ》、名《みな》は布帝耳神《ふてみみのかみ》を娶《めと》して生《う》める子《みこ》は、天之冬衣神《あめのふゆきぬのかみ》。この神《かみ》、刺國大神《さしくにおほのかみ》の女《むすめ》、名《みな》は刺國若比賣《さしくにわかひめ》を娶《めと》して生《う》める子《みこ》は、大國主神《おほくにぬしのかみ》。亦《また》の名《みな》は大穴牟遲神《おほなむぢのかみ》と謂《い》ひ、亦《また》の名《みな》は葦原色許男神《あしはらしこをのかみ》と謂《い》ひ、亦《また》の名《みな》は八千矛神《やちほこのかみ》と謂《い》ひ、亦《また》の名《みな》は宇都志國玉神《うつしくにたまのかみ》と謂《い》ひ、幷《あは》せて五《いつ》つの名《みな》あり。

【現代語訳】

須佐之男命は大蛇を退治して、櫛名田比賣を妻として、宮殿を建てて永住する土地を出雲の国の中に求めた。須賀という土地に至った時に、「この土地に来て私の心は清々しい」と言って、そこに宮殿を建てて永住の地とした。それ故にその土地を今でも須賀と言う。この須佐之男大神が初めて須賀の地に宮殿を建てた時、そこから幾重もの雲が立ち上った。その

雲を眺めながら歌を詠んだ。その歌は、

　八雲立つ出雲八重垣妻ごみに八重垣作るその八重垣を

である。八重に雲は立ち上り、八重の玉垣をなして宮殿を取り囲む。その雲は私の妻を守るかの如くに、雲は立ち上り、八重の玉垣を作る。

　ここに須佐之男大神は、足名椎の神を召して、「お前は私の宮殿の首長となりなさい」と命じられて、稲田宮主《いなだのみやぬし》須《す》賀《が》之八耳神《のやつみみのかみ》という名を与えた。

そこで須佐之男大神は、櫛名田比賣と夫婦の契りを交わして生んだ神の名は八島士奴美神《やしまじぬみのかみ》。また須佐之男大神は、大山津見神《おおやまつみのかみ》の娘である神大市比賣《かみおおいちひめ》を妻として生んだ御子は大年神《おおとしのかみ》、同じく宇迦之御魂神《うかのみたまのかみ》という二人の御子を生んだ。この三人の御子のうち、兄の八島士奴美神《やしまじぬみのかみ》が大山津見神の娘である木花知流比賣《このはなのちるひめ》を妻として生んだ御子は布波能母遲久奴須奴神《ふはのもぢくぬすぬのかみ》と言った。この神が淤迦美神《おかみのかみ》の娘である日河比賣《ひかはひめ》を妻として生んだ御子は深淵之水夜禮花神《ふかぶちのみずやれはなのかみ》と言った。この神が天之都度閇知泥神《あめのつどへちねのかみ》を妻として生んだ御子は淤美豆奴神《おみづぬのかみ》と言った。この神が布怒豆怒《ふぬづぬの》神《かみ》の娘である布帝耳神《ふてみみのかみ》を妻として生んだ御子は天之冬衣神《あめのふゆきぬのかみ》と言い、この神が刺國大神《さしくにおおのかみ》の娘である刺國若比賣《さしくにわかひめ》を妻として生んだ御子は大國主神《おおくにぬしのかみ》と言った。この神は別名を大穴牟遲神《おおなむぢのかみ》と言い、また別名を葦原色許男神《あしはらしこおのかみ》と言い、また別名を八千矛神《やちほこのかみ》と言い、また別名を宇都志國玉神《うつしくにたまのかみ》とも言った。合わせて五つの名を持った神であった。

【読み解き】

さて、日本の神話も読み解き進んできて、一つの大きな物語が終わろうとしています。

須佐之男命は出雲の国に永住の地を求めます。そして櫛名田比賣と二人穏やかに暮らすことを心に決めます。その時、須佐之男命は「この地に来て私の心は清々しい」と感嘆の声を発します。ここまでの須佐之男命の姿からは想像もつかない穏やかな心の声です。実は、この「清々しい」境地に至るために、過去の荒唐無稽な行為が試練として語られてきたのです。先人たちは私たちに「この清々しい境地」を得るには苦労が伴うことを教示してくれているのです。須佐之男命も多くの試練の後に「清々しい」という永遠の安穏の境地を得られました。この境地に至った須佐之男命をお祀りする神社を須賀神社と言います。

一方、妣国との境に流れる妣川《ひかわ》を渡って母に会いたいと泣き叫んでいた頃の荒々しい須佐之男命の御霊を祀る神社を氷川神社と言います。須佐之男命を祀る神社は大変多いのですが、その名から「荒魂」を祀る神社か、それとも「和魂」を祀る神社かがわかります。

荒ぶる神のイメージから一変した穏やかな心境になった須佐之男命は、その穏やかな心のままに歌を詠みます。これが有名な「八雲立つ」という歌です。〈ああ、八重に雲は立ち上る。出雲の国に雲は立ち上り、八重の玉垣をなして宮殿を取り囲む。その雲は私の妻を守るかの如くに、雲は立ち上り、八重の玉垣を作る。雲は八重の玉垣を作る〉と、何ともいえない穏やかな感慨に満ちた心のままの歌です。この歌が日本で最初の歌であるといわれています。試練を乗り越えて穏やかで大きな力を得た須佐之男命は和歌の祖神ともされます。

さて、ここでも多くの神々の名前が並びます。その一柱一柱の説明は避けますが、以前同様に文化文明の発展を神々の名に託して物語られています。先ずは櫛名田比賣との間に生まれた「奇しき霊妙なる稲田の神」の意をもつ八島士奴美神《やしまじぬみのかみ》から始まり、大国主神へ至る系譜が神々の名で語られながら、稲作文化を中心とした農業の基盤が徐々に整っていくさまが伝えられ、その豊かに完成した国土を治める存在の神として、大国主神が須佐之男命から数えて六代目の神として生まれ、須佐之男神の直系が中つ国の支配者であることが説明されています。

ここで中つ国と天つ神について触れておきます。イザナギを父として天照大御神と弟須佐之男命はそれぞれの統治を命じられましたが、舞台は高天原という目に見えない四次元の広い世界でした。豊葦原中つ国は地上世界で、出雲の国を中心とする国で、この地上世界はもともと中つ神が統治していました。この天と地の関係は、天照大御神が高天原の石屋戸に籠もったとき、高天原だけではなく、豊葦原の中つ国もことごとく暗闇となり永遠の夜の世界になったという物語からもわかる通り、高天原のことはすべてがこの地上世界に影響を及ぼしています。『日本書紀』の冒頭にある「天先成りて地後に定まる」という言葉にもあるとおり、地上世界は天つ神の命令によって生み出されたことからも、天つ神の支配の下にこの地上世界があることに定まっているのです。そこへ須佐之男命と櫛名田比賣が降り立ち住まい、この後、神話の物語は天孫降臨へ向けての出雲の国譲りへと進んでいきます。

第三章　大国主命の神話

一、稲羽《いなば》の素菟《しろうさぎ》

【原文】

故《かれ》、この大國主神《おほくにぬしのかみ》の兄弟《あにおと》、八十神《やそがみ》坐《ま》しき。然《しか》れども皆國《みなくに》は大國主神《おほくにぬしのかみ》に避《さ》りき。避《さ》りし所以《ゆゑ》は、その八十神《やそがみ》、各稲羽《をのをのいなば》の八上比賣《やかみひめ》を婚《よば》はむ心《こころ》ありて、共《とも》に稲羽《いなば》に行《ゆ》きし時《とき》、大穴牟遲神《おほなむぢのかみ》に帒《ふくろ》を負《おほ》せ、從者《ともびと》として率《ゐ》て往《ゆ》きき。ここに氣多《けた》の前《さき》に到《いた》りし時《とき》、裸の菟《あかはだうさぎ》伏《ふ》せりき。ここに八十神《やそがみ》、その菟《うさぎ》に謂《い》ひしく、「汝爲《なれせ》むは、この海鹽《うしほ》を浴《あ》み、風《かぜ》の吹《ふ》くに當《あ》たりて、高山《たかやま》の尾《を》の上《へ》に伏《ふ》せれ」といひき。故《かれ》、その菟《うさぎ》、八十神《やそがみ》の教《をし》へに從《したが》ひて伏《ふ》しき。ここにその鹽乾《しほかは》く隨《まにま》に、その身《み》の皮悉《かはことごと》に風《かぜ》に吹《ふ》き拆《さ》かえき。故《かれ》、痛《いた》み苦《くる》しみて泣《な》き伏《ふ》せれば、最後《いやはて》に來《き》たりし大穴牟遲神《おほなむぢのかみ》その菟《うさぎ》を見《み》て、「何由《なにしか》も汝《な》は泣《な》き伏《ふ》せる」と言《い》ひしに、菟答《うさぎこた》へ言《まを》ししく、「僕《われ》淤岐《おき》の島《しま》にありて、この地《ところ》に度《わた》らむとすれども、度《わた》らむ因無《よしな》かりき。故《かれ》、海《うみ》の鮫《わに》を欺《あざむ》きて言《い》ひしく、『吾《あ》と汝《な》と競《くら》べて、族《うから》の多《おほ》き少《すく》なきを計《かぞ》へてむ。故《かれ》、汝《な》はその族《うから》のありの隨《まにま》に、悉《ことごと》に率《ゐ》て來《き》て、この島《しま》より氣多《けた》の前《さき》まで、皆列《みなな》み伏《ふ》し度《わた》れ。ここに吾《あれ》その上《うえ》を蹈《ふ》みて、走《はし》りつつ讀《よ》み度《わた》らむ。ここに吾《あ》が族《うから》と孰《いづ》れか多《おほ》きを知《し》らむ』といひき。かく言《い》ひしかば、欺《あざむ》かえて列《な》み伏《ふ》せりし時《とき》、吾《あれ》その上《うえ》を蹈《ふ》みて、讀《よ》み度《わた》り來《き》て、今地《いまつち》に下《お》りむとせし時《とき》、吾云《あれい》ひしく、『汝《な》は我《あれ》に欺《あざむ》かえつ』と言《い》ひ竟《を》はる即《すなは》ち、最端《いやはし》に伏《ふ》せりし鮫《わに》、我《あ》を捕《とら》へて悉《ことごと》に我《あ》が衣服《きもの》を剥《は》ぎき。これによりて泣《な》き患《うれ》ひしかば、先《さき》に行《ゆ》きし八十神《やそがみ》の命《みこと》もちて、『海鹽《うしほ》を浴《あ》み、風《かぜ》に當《あ》たりて伏《ふ》せれ』と誨《をし》へ告《の》りき。故《かれ》、教《をし》への如《ごと》くせしかば、我《あ》が身悉《みことごと》に傷《そこな》はえつ」とまをしき。ここに大穴牟遲神《おほなむぢのかみ》、その菟《うさぎ》に教《をし》へ告《の》りたまひしく、「今急《いますみや》かにこの水門《みなと》に往《ゆ》き、水《みづ》をもちて汝《な》が身《み》を洗《あら》ひて、すなはちその水門《みなと》の蒲黄《かまのはな》を捕《と》りて、敷《し》き散《ち》らして、その上《うへ》に輾轉《こいまろ》べば、汝《な》が身本《みもと》の膚《はだ》の如《ごと》、必《かなら》ず差《い》えむ」とのりたまひき。故《かれ》、教《をし》への如《ごと》せしに、その身本《みもと》の如《ごと》くになりき。これ稲羽《いなば》の素菟《しろうさぎ》なり。今者《いま》に菟神《うさぎがみ》と謂《い》ふ。故《かれ》、その菟《うさぎ》、大穴牟遲神《おほなむぢのかみ》に白《まを》ししく、「この八十《やそ》神《がみ》は、必《かなら》ず八上比賣《やかみひめ》を得《え》じ。帒《ふくろ》を負《お》へども、汝命《いましみこと》獲《え》たまはむ」とまをしき。

【現代語訳】

大国主神（大穴牟遅神《おおなむぢのかみ》）には大勢の兄弟がいた。しかし、そのすべての兄弟たちは国を治めることを大国主神に譲り任せたのであった。その理由は、その大勢の兄弟たちは皆、稲羽《いなば》（後の因幡《いなば》・今の鳥取県東部）の八上比賣《やかみひめ》を妻にしたいと思わない者はいなかったからである。そこでその大勢の兄弟たちは皆で共に連れ立って、出雲の国から稲羽へと出かけて行ったが、その時、大国主神をまるで賤しい身分の従者であるかのように扱って、彼に旅行用具の入った袋を背負わせ連れて行った。

こうして、その一行が気多之前《けたのさき》（今の鳥取県気高郡にある岬）までやって来た時、皮を剥がれて赤裸になった菟《うさぎ》が、そこの浜辺に哀れな姿で横たわっていた。兄弟の神たちは、その菟を見て「お前がもとの身体に戻るには、この海の水を浴びて身体を濯ぎ、風の吹くところで乾かして、高い山の頂きで寝ていれば治る」と、このように教えた。そこで菟は、兄弟の神たちに教えられたままに、その通りにして寝ていた。ところが、その海水が乾くにつれて赤裸の皮膚は風に吹かれて引き裂かれて、その痛さと苦しさに泣き伏していた。すると、一行の一番後ろを遅れてやって来た大穴牟遅神がその菟を見て、「どうしてお前は泣き伏せているのだ」と声を掛けた。すると菟は、「私は海の向こうに見える淤岐島《おきのしま》（今の穏岐島）に住んでいたのですが、どうにかしてこの地に渡りたいと思ったのです。でも、どうしても渡る手立てがありません。そこで海に住む和邇《わに》（鮫）を騙してこう言ったのです。『私の仲間とお前たちの仲間とではどちらの数が多いか比べてみようではないか。どうだ、そこでお前は仲間を全員連れてきて、この島から気多之前《けたのさき》まで一列に並ばせるのだ。そこを私がお前たちの背中の上を一つずつ踏んでいって、走りながら数を数えてやろう。そうすれば、お前の仲間と私の仲間とどちらの数が多いかはっきりわかるぞ』と。すると和邇たちはすっかり騙されて、島から岬まで一列に並びました。私はその背中を踏んで、数を数えながら海を渡って、今こっちの地面に着くというところで、私はつい言ってしまったのです。『お前たちは、この私に騙されたんだ』と。すると一番端に居た和邇が私を捕まえると、私の毛皮を剥ぎ取ってしまったのです。それで泣き伏して悲しんでいましたところ、先に行かれた大勢の神たちが、『海水を浴びて身を濯ぎ、風に当たって伏せていればいい』と教えてくださったのです。そこで私はその教えてくださった通りにしたのですが、私の身体はますます傷ついてしまいました」と答えた。そこで大穴牟遅神《おおなむぢのかみ》が菟に教えた。「さあ、急いで河の水が海に流れ込む水門のところへ行って、真水でもってお前の身体を洗いなさい。そしてその水門に生えている蒲の花の黄色い花粉を取ってきて、それを地面に敷き散らして、その上を転げなさい。そうすればお前の身体は、もとの綺麗な肌に必ず治るだろう」と。菟は教えられたとおりすると身体は元のように治った。この菟が稲羽《いなば》の素菟《しろうさぎ》である。今ではその菟を菟神《うさぎがみ》とも言う。菟は大穴牟遅神に「このような酷い事をした貴方の兄弟の神たちは、決して八上比賣《やかみひめ》と結婚はできないでしょう。貴方様《あなたさま》は袋を背負い賎しい従者のような格好をしておられますが、貴方様こそが必ず八上比賣をお妃としてお貰いになることでしょう」と予言した。

【読み解き】

『古事記』の神話は上、中、下の三巻で、その三分の一が神々の物語となっています。そしてその神話の四分の一ほどが出雲の国の神話となっています。それだけ国譲りをした出雲の豪族たちに大和政権は配慮をしているのですが、不思議なことにほとんど同時期に編纂された『日本書紀』には、この出雲の神話は全く取り上げられていません。私は『古事記』と『日本書紀』の関係については、『古事記』は日本国内向けで、日本人に日本人たる大切なことを継承してもらいたいという狙いがあって編纂されたもので、『日本書紀』は中国を中心とする外国向けに、日本の王権の権威を示し、その権威の下に長い歴史を有した文化的秩序ある社会が築かれた国家であることを示すために編纂されたのだと考えています。それがこの「心のお話」として『古事記』を読み解く切っ掛けにもなっているのです。

「稲羽《いなば》の素菟《しろうさぎ》」の物語は、「大きな袋を肩にかけ♪」という童謡が思い出され、幼い頃にだれもが読んだ覚えがある物語ではないでしょうか。「稲羽の素菟」の主役は大国主神です。読み解いてみるとこの物語がいかに大切なメッセージを伝えているかがわかるでしょう。

実は、この「稲羽の素菟」と同様の、陸の小さい動物が海の大きな強い動物を騙して対岸に渡るという神話は、東南アジア方面にはたくさんあります。主な類似する神話には、インドネシアのスマトラ島には小鹿がワニを騙して一列に並ばせて向こう岸へ渡る話や、ニューギニアには猿が海岸に寝ているワニを騙して一列に並ばせるというものや、インドのパンジャーブ地方にはジャッカルがワニの令嬢をおだてて河を渡してもらうというものなど、挙げればきりがありません。広い範囲に類似する神話が分布しているということは、海人族《あまぞく》を介して遠い昔から文化的交流があったことを証明しています。しかし、類似する神話の中で、日本の「稲羽の素菟」だけが違う結末となっています。他の国の神話の多くが陸の小動物の策略が成功しますが、日本の神話ではその逆で、素菟は和邇に酷い目に合わされるという結末です。何故でしょうか。それはこの『古事記』の目的が、平和な国家を創り上げるために「心のお話」として多くの示唆を与えるためにつくられたということです。そのために、多くの比喩を使って文章を巧みに構成して、歴史と心の問題を重ね合わせて心を教えようとしています。素菟が手痛い目にあうよう仕組まれたのも、「騙す」などという悪企みはいけないよという戒めが諭されているのです。しかも、善悪二つの心の働きを対比させて、大成する人物の条件を教えています。

ここに出雲を旅立った八十神《やそがみ》たちと、大国主神の心の違いが語られます。八十神という表現は実際に八十人という意味ではなく、多くの、大勢のという意味です。稲羽地方に見目麗しいお姫様がいると聞いて、八十神たちは大勢でそのお姫様を自分の妻にしようと、我先にと先を急ぎます。その時のことを「皆國《みなくに》は大國主神《おおくにぬしのかみ》に避《さ》りき」と表現しています。八十神たちは、見目麗しいお姫様を獲得しようと国を治めるという重大な使命を投げ出しています。それも加わるつもりのなかった大国主神一人に荷を任せて。『古事記』神話のすべてが「修理固成」の神勅の実現への神々の苦労のお話です。まず勅命を全うすることが大切です。大国主神が大きな袋を背負って、八十神たちの後ろに追従して行きます。その袋の中身は何でしょうか。原文をそのままに解釈すれば八十神たちの旅行用具ということになりますが、「心のお話」として読み解けば、その袋の中身は八十神たちが為さねばならぬ使命が入っているのです。私たちも日常、目の前に積まれている仕事から逃げ出したい。でも自分が仕事から逃げれば誰かがそれを負っているのです。ここでは他人の荷を負うことができる人が大成する人物の条件として語られています。

次に「従者」という言葉が出てきます。古代社会にあっては、袋担ぎという役目は賎しい身分の者のすることでした。従者という賎業であれ率先して行う人物こそ大成するのだと暗示しています。でも、なぜ、大成する人物という表現をするのでしょう。先の段であった大国主神の幾つもある別名にヒントがあります。大国主神は最初の名を、大穴牟遅神《おおなむぢのかみ》といいました。それから葦原色許男《あしはらのしこお》、八千矛、宇都志国玉と遍歴して、最後に国土を治める立派な神を意とする大国主神となったのです。そこには試練を乗り越え、成長した物語があります。その成長の物語こそが、大国主神の神話であるからです。

「不憫《ふびん》な人を哀れと思う心」が次に語られます。和邇によって全身の皮を剥がれて赤裸となった素菟の痛ましい姿を見て、八十神たちはそれが更に酷くなるような処方を教えます。人の不幸を弄《もてあそ》ぶのです。他人の不幸を喜ぶ心というものは、多かれ少なかれ誰れの心の内にもあるもので、その忌まわしい自分をどう抑えてゆくかが問われます。他人の不幸を喜ぶという心の働きは、他の動物にはない働きです。前章の「オロチ退治」の精神が必要であることが、この「稲羽の素菟」という物語にも話を変えて語られています。

大国主神が他人の荷物を重そうに背負って歩く姿に、また不憫な傷つくものを哀れと思い助けようとするその心に、日本人の「働く」姿がかぶります。「働く」とは「傍《はた》を楽にすること」です。周りの者を楽にさせようとする慈悲の心が行動を伴って「傍をらくに」します。これが大和の精神です。日常の至るところにちりばめられた、「気遣う」という文化こそ「大和《やまと》しぐさ」といわれるものです。

大国主神は、八十神たちによって嘘の治療法を教えられて苦しんでいる素菟を見て哀れと思い、助け救おうと治療法を教えます。傷ついた膚を見て、真水で洗って蒲の穂の上に寝転ぶように教えます。蒲の穂は昔から止血作用があるといわれますから、大国主神は的確な処置を施せる医術を心得た神だったのです。故に、後に兄弟の如く力を合わせて国作りを進める少名毘古那神《すくなびこなのかみ》と並んで、医術の神としても今日崇《あが》められています。ここから、私たちは今の日本のあり方を今一度考えねばならないでしょう。それは医療行政です。日本という国は建国以来、医療は国の、統治者の大きな役割であったことです。住居の安定、食の安定、そして医療行政の充実と子どもたちに教え伝えるべき徳育の大切さです。

さて、この段の最後に、大国主神によって救われた素菟は、「八十神ではなく大国主神が八上比賣と結婚をする」とはっきりと予言します。神話にでてくる予言の最初です。ここで『古事記』では、予言をしたから「菟神」というのだとも語っています。予言は即ち神である証であり、予言は神の行為です。これまで出てこなかった神観が伺われます。これは出雲地方にあった神の神霊を受けて物語りするという、所謂《いわゆる》帰神法といった宗教儀礼が、大和政権の中にも取り込まれていったという歴史を物語っています。そのことは第四章葦原中国《あしはらのなかつくに》の平定五、事代主神の服従に「鳥遊《とがり》」という表現でも出てきますから興味をひかれるところです。

前章までの日本の神話は、自らの犯す罪への対処の仕方が、先人たちからのメッセージとして物語られてきました。この大国主神の神話の次の段からは、外からの迫害ということへの対処の仕方というものが語られてきます。出雲神話はそこが大きな特徴です。高天原の神々の活躍によって、この地上世界が充分に成熟し、社会生活が営まれるようになったことを受けてのことで、社会生活が成熟してくると、他人とのかかわりによる様々な障害や弊害といったことが、自らの成長に大きな影響を及ぼしてきます。それに対する対処法と、大国主神という青年の神を主人公とすることにより、立派な成人を育てる術が主なるテーマとなっていきます。

二、八十神《やそがみ》の迫害

【原文】

ここに八上比賣《やかみひめ》、八十神《やそがみ》に答《こた》へて言《い》ひしく、「吾《あ》は汝等《みましたち》の言《こと》は聞《き》かじ。大穴牟遲神《おほなむぢのかみ》に嫁《あ》はむ」といひき。故《かれ》ここに八十神《やそがみ》怒《いか》りて、大穴牟遲神《おほなむぢのかみ》を殺《ころ》さむと共《とも》に議《はか》りて、伯伎國《ははきのくに》の手間《てま》の山本《やまもと》に到《いた》りて云《い》ひしく、「赤《あか》き猪《ゐ》この山《やま》にあり。故《かれ》、われ共《とも》に追《お》ひ下《おろ》しなば、汝《なれ》待《ま》ち取《と》れ。もし待《ま》ち取《と》らずは、必《かなら》ず汝《なれ》を殺《ころ》さむ」と云《い》ひて、火《ひ》をもちて猪《ゐ》に似《に》たる大石《おほいし》を焼《や》きて、轉《まろ》ばし落《おと》しき。ここに追《お》ひ下《おろ》すを取《と》る時《とき》、すなはちその石《いし》に焼《や》き著《つ》かえて死《し》にき。ここにその御祖《みおや》の命《みこと》、哭《な》き患《うれ》ひて、天《あめ》に參上《まゐのぼ》りて、神産巣日之命《かみむすひのみこと》に請《まを》しし時《とき》、すなはち𧏛貝比賣《きさがひひめ》と蛤貝《うむがひ》比賣《ひめ》とを遣《つか》はして、作《つく》り活《い》かさしめたまひき。ここに𧏛貝比賣《きさがひひめ》、刮《きさ》げ集《あつ》めて、蛤貝比賣《うむがひひめ》、待《ま》ち承《う》けて、母《おも》の乳汁《ちしる》を塗《ぬ》りしかば、麗《うるは》しき壮夫《をとこ》に成《な》りて、出《い》で遊行《あそ》びき。

ここに八十神《やそがみ》見《み》て、また欺《あざむ》きて山《やま》に率《ゐ》て入《い》りて、大樹《おほき》を切《き》り伏《ふ》せ、茹矢《ひめや》をその木《き》に打《う》ち立《た》て、その中《なか》に入《い》らしむる即《すなは》ち、その氷目矢《ひめや》を打《う》ち離《はな》ちて、拷《う》ち殺《ころ》しき。ここにまた、その御《み》祖《おや》の命《みこと》、哭《な》きつつ求《ま》げば、見得《みえ》て、すなはちその木《き》を折《さ》きて取《と》り出《い》で活《い》かして、その子《みこ》に告《つ》げて言《い》ひしく、「汝此間《いましここ》にあらば、遂《つひ》に八十神《やそがみ》のために滅《ほろ》ぼさえなむ」といひて、すなはち木國《きのくに》の大屋毘古神《おほやびこのかみ》の御所《みもと》に違《たが》へ遣《や》りき。ここに八十神《やそがみ》覓《ま》ぎ追《お》ひ臻《いた》りて、矢刺《やざ》し乞《こ》ふ時《とき》に、木《き》の俣《また》より漏《く》き逃《に》がして云《の》りたまひしく、「須佐之男命《すさのをのみこと》の坐《ま》します根《ね》の堅州國《かたすくに》に參向《まゐむか》ふべし。必《かなら》ずその大神《おほかみ》、議《はか》りたまひなむ」とのりたまひき。

【現代語訳】

大国主神の大勢の兄弟たちは、稲羽に到着すると早速、八上比賣《やかみひめ》に自分の妻になってくれるように求婚した。しかし八上比賣は、その求婚に対して「私は、あなたたちの言うことを聞くのは厭《いや》です。私は大穴牟遅神《おおなむぢのかみ》のもとへ嫁にいくつもりです」と言った。その答えを聞いた大勢の兄弟の神たちは大いに怒り、密かに大穴牟遅神を殺そうと相談しあった。そして伯伎《ほうき》の国（伯耆《ほうき》の国、今の鳥取県西部）の手間山《てまのやま》の麓に至った時に、大穴牟遅神に次のように言った。「この山には赤い猪がいるという。我々がその猪を山の上から追い落とすから、お前は下で待ち受けてそれを捕まえろ。もしもその猪を捕まえ損なうようなことがあれば、お前を我々が殺すからな」と。そして猪の形に似た大きな石を、火で真っ赤に焼いて山の上から転がし落とした。大穴牟遅神は、山から転がり落ちる真っ赤に焼けた石を、猪だと思って追いかけて捕まえたが、その真っ赤に焼けた石に焼かれて死んでしまった。それを知った母親の神の刺国若比賣《さしくにわかひめ》は大穴牟遅神の死を嘆き悲しんで、どうにかしたいと思って高天原に上って行き、神産巣日神《かみむすひのかみ》にお伺いを立てた。万物の生成を司る神産巣日神は、𧏛貝比賣《きさがいひめ》（赤貝の意）と蛤貝比賣《うむがいひめ》（ハマグリの意）に命じてその地に遣わして、治療をさせて再び命を甦らせた。すなわち、蚶貝比賣が貝殻を削ってその粉をかき集め、蛤貝比賣がその粉を水に溶かして母乳のようにして身体に塗りつけたところ、死んだ大穴牟遅神は見目麗しい立派な壮夫《おとこ》となって歩き始めたのであった。

これを見た兄弟の神たちは、大穴牟遅神殺害という企てが失敗したので、もう一度大穴牟遅神を騙して、山の中へ連れて行き、そこで大きな樹を切り倒し、その樹の割れ目に楔《くさび》を挟み込んで、ちょうど大穴牟遅神がその樹の割れ目に入ったところで、その樹に挟んであった楔《くさび》を打ち放ったのだった。大穴牟遅神は兄弟の神たちに挟み殺しにされてしまった。

そこで母親の神の刺国若比賣《さしくにわかひめ》はまたも泣きながら大穴牟遅神の行方を捜し歩いた。そして大きな樹に挟まっている大穴牟遅神を発見するや、挟んでいる樹を割き折って身体を取り出し、やっとのことで息を吹きかえらせたのであった。母親は「あなたはここにいたのでは、やがては兄弟の神たちに殺されてしまいます」と言って、木の国（紀伊の国・今の和歌山県）の大屋毘古神《おおやびこのかみ》（植林の神様）のもとへ、兄弟の神たちを避けて逃がした。しかし、それを知った兄弟の神たちはあとを追いかけ、遂に追いついた。そしてその兄弟の神たちが弓に矢を番《つが》えて今にも射殺《いころ》そうという時、大屋毘古神は、大穴牟遅神を樹の俣から救い出して、「須佐之男命のおられる根堅州国《ねのかたすくに》に行くがよかろう。必ず須佐之男命が良いように考えてくだされよう」と逃がした。そうして大国主神は一人遠い根堅州国へと旅立ったのであった。

【読み解き】

八上比賣《やかみひめ》は、八十神たちの求婚をことごとく断わります。この段の最初から八上比賣は「吾《あ》は汝等《みましたち》の言《こと》は聞《き》かじ。大穴牟遅神《おおなむぢのかみ》に嫁《あ》はむ」という言葉で始まります。八十神は怒ります。その矛先は大国主神に向きます。八上比賣が「大穴牟遅神に嫁《あ》はむ」と断言したのが直接の原因でしょうが、何とも自分勝手な怒りです。ここで先人は、「逆恨み」の行動を戒めています。八上比賣が、国も治めず他人任せにしている八十神の求婚を断るのは至極当然のことです。女性の立場からしてもそんな男神の求婚を断るのは当然です。八十神からするとそれが理解できない。八十神はどうにかして八上比賣の心を自分に向けようとして、最大限に着飾って求婚したのでしょう。でも八上比賣は、賎しい身分の姿をしている大国主神に好意を寄せたのです。それがまた、なぜみすぼらしい成りをした大国主神を結婚相手に選んだのかが、八十神には理解できない。そこで八十神の心は、大国主神が悪いのだ、あいつさえいなければ、きっと八上比賣は自分と結婚してくれるに違いないと、浅はかな思いを巡らして殺すことを考えます。どうしてそのような流れになるのでしょうか。そこを読み解きます。

出雲の国の国作りの物語を語るなら、大国主神と八上比賣をすぐ結婚させてしまえばよいのです。なのにわざわざ八十神を登場させて話を遠回りにします。理由は、二つの心の働きの対比、二つの異なる心の働きの神を登場させて物語ることによって、人間が陥り易い、物事を破壊へと追い込む心の働きに、注意の喚起を起こさせようというわけです。

ここには「物事全て己に因あり」とする教示が隠されています。八十神は国を治めるという大切な使命を果たさず、欲求のままに我を通す愚かな行動に出るのですから、「成就せず」となるのは当たり前です。「他人のせいにする」という心の働きは、この段で語られる「殺害」という最も重い罪を生みます。今の私たちの社会の有様をこの神話の物語にそのまま当てはめて、現代社会を蝕《むしば》む「何か」を探る必要があるのではないでしょうか。八上比賣の判断からも学ぶものがあります。それは「見た目といった表面に騙されない真贋《しんがん》の見分け方」です。本物は見えないところにあって輝いているものです。それを見分ける力が互いの心にあることが大切なのです。

大国主神は度重なる八十神からの迫害によって死にます。そして再生します。死と再生を繰り返すのです。こういう死と再生の神話は世界中にあります。大国主神の神話とよく比較されるのはギリシャ神話の中のアドニスの物語です。アドニスと決定的に違う点は、アドニスは死から再生しても成長しない。一方、大国主神は死と再生を繰り返し、その度に成長を遂げてゆくという点です。その「成長」というのがこの物語の主題です。

大国主神は、八十神から二度の迫害を受けます。第一の迫害は真っ赤に焼けた大石「赤い猪の試練」、第二の迫害は、大木の割れ目に挟まれる試練でした。この「赤い猪」による試練と「大木の割れ目」の試練は、前者は古代の狩猟生活が物語の上に反映されたもので、「大木の割れ目」は古代の山林伐採や製材作業が物語の上に反映されたものだと考えられます。日本は稲作農耕文化の国ですが、山間部では狩猟生活が営まれていたことは歴史の事実として疑いがありません。また日本の家屋は石造りではなく木造建築ですから、特に古代にあっては、山林伐採ということは生活の場を広げてゆく上では欠かせない大切なものですから、ここには農耕民族と狩猟や山林伐採を生活の主体とする民族の、二つの部族の間の歴史が物語られています。『古事記』神話は、随所に歴史の事実を物語として描き出す手法がとられていますから、物語の裏に隠されている民族の歴史を紐解いてみるのも面白いでしょう。

赤い猪と思い赤く焼けた大石を受け止めた大国主神は死にます。しかし母親である刺国若比賣《さしくにわかひめ》によって「麗《うるわ》しき壮夫《おとこ》に成《な》りて、出《い》で遊《あそ》行びき」と語られるような甦りをします。それまでは八十神にいじめられ、無理難題を押し付けられても断ることができない、気弱な少年であって、素菟を助けるという心優しい少年であった大国主神です。それが試練を受けて死に、再生されて「麗《うるわ》しき壮夫《おとこ》」に成長します。これは少年から青年への成長を表しています。試練を受け、それを乗り越えることによって、大国主神は少年から青年へと成長を遂げたのです。これは古代の成人式儀礼を物語っています。古代社会における成人式というものは、現代の成人式は至れり尽くせりですが、東南アジアの島の成人式儀礼として、高い塔から蔓を足に結わえて飛び降りるものがありますが、古代社会の成人式儀礼というものは、切迫した危険な状況を、勇気をもって乗り越え無事に生還するというものでした。試練に果敢に向かい合って乗り越えることが、立派な大人になる条件であるということを、この物語は今の私たちに物語ってくれています。人はどうしても試練の度に、その状況から逃れようとします。それが実は人の成長を妨げるものであるということを、先人は千年の時を超えて私たちにエールを送ってくれているのです。

ここでもう一つ重要な読み解きは、子どもの成長と同時に母親の成長というものが欠かせないということです。最初の迫害で大国主神が死んだ時、母親の刺国若比賣《さしくにわかひめ》は自分一人ではわが子の危機を救うことができませんでした。イザナギとイザナミが行ったように、高天原に上ってお伺いを立てます。そして万物の生成を司る神である神産巣日神《かみむすひのかみ》に、対処法の教えを乞います。それを受けて、蚶貝比賣《きさがいひめ》と蛤貝比賣《うむがいひめ》が神産巣日神の命令を受けて遣わされ、呪医の術を施して再生させます。ここにも古代社会の首長の条件は医療技術を持っていることだということがわかります。

最初の息子の試練に当たり、母親は自分では為す術もなく、人の助けを受けて息子の危機を救い、再生を果たします。二度目の息子の危機に当たっては刺国若比賣は母親として見事な成長を見せます。今度は誰の助けも受けずに一人で息子の危機を救い、再生させています。自分一人でその危機の解決方法を見出して、自らの手で木の俣から息子を救い出し、それだけでも立派な成長ですが、その後の息子の進路の手配までします。息子を紀伊の国の大屋毘古神のもとへ送り出すのです。つまり母親が自ら「子離れ」をしてみせているのです。ユングは心の中に潜むグレートマザーという存在を取り上げて、成長の過程では母離れしなければ子の成長は望めないと説いています。同時に息子は母離れします。第一章で登場した須佐之男命が母恋しさに泣き明かしたのも、完全な大人に成り切れない存在として描かれていました。須佐之男命は姉の天照大御神を母代わりとして、満たされない心の捌け口として、我侭三昧な行動をとりました。その姉からも追放されると、次は大気津比賣を母親代わりにしました。大気津比賣はまるで雛鳥に餌を与える親鳥の如くに噛んで吐いて食べものを与えますが、その大気津比賣の心もわからず殺します。自立できない姿です。しかし心の中の大蛇と対決することにより、自立します。まさにユングの説いたグレートマザーの存在を殺して自立をし、精神的大人になるという理論と同じです。しかしまだ、須佐之男命は完全なる自立はできませんでした。それは母殺しという行為をしていないからです。どうやら日本人は、心の内の母を意識して殺さなければ成長が図れないようです。

刺国若比賣は、自ら「子離れ」をしてみせ、わが子に「親離れ」をさせるのです。八十神の迫害は、大国主神にとっても、刺国若比賣にとっても、大きな成長への試練でもあったのです。二度目の試練を乗り越えた時には、そこにはもう、子どもを溺愛する母親の姿はありませんし、大国主神にも自覚の成長が見て取れます。今、モンスターペアレントという存在が社会問題となり、子どもを溺愛する過保護な親が増えています。大国主神の神話に込められた「子育ての秘訣」を今一度、社会全体で学び直す必要があるのではないでしょうか。

三、根堅州国《ねのかたすくに》訪問

【原文】

故《かれ》、詔《の》りたまひし命《みこと》の随《まにま》に、須佐之男命《すさのをのみこと》の御所《みもと》に參到《まゐいた》れば、その女《むすめ》須勢理毘賣《すせりびめ》出《い》で見《み》て、目合《まぐはひ》して、相婚《みあ》ひたまひて、還《かへ》り入《い》りて、その父《ちち》に白《まを》しく、「甚麗《いとうるは》しき神《かみ》來《まゐき》ましつ」とまをしき。ここにその大神《おほかみ》出《い》で見《み》て、「こは葦原色許男《あしはらしこを》と謂《い》ふぞ」と告《の》りたまひて、すなはち喚《よ》び入《い》れて、その蛇《へみ》の室《むろや》に寝《いね》しめたまひき。ここにその妻《つま》須勢理毘賣命《すせりびめのみこと》、蛇《へみ》の領巾《ひれ》をその夫《ひこぢ》に授《さづ》けて云《の》りたまひしく、「その蛇咋《へみく》はむとせば、この領巾《ひれ》を三《み》たび擧《ふ》りて打《う》ち撥《はら》ひたまへ」とのりたまひき。故《かれ》、教《をし》への如《ごと》せしかば、蛇自《へみおのづか》ら靜《しづ》まりき。故《かれ》、平《やす》く寢《いね》て出《い》でたまひき。また來《く》る日《ひ》の夜《よ》は、呉公《むかで》と蜂《はち》との室《むろや》に入《い》れたまひしを、また呉公《むかで》蜂《はち》の領巾《ひれ》を授《さづ》けて、先《さき》の如《ごと》教《をし》へたまひき。故《かれ》、平《やす》く出《い》でたまひき。また鳴鏑《なりかぶら》を大野《おほぬ》の中《なか》に射《い》入《い》れて、その矢《や》を採《と》らしめたまひき。故《かれ》、その野《ぬ》に入《い》りし時《とき》、すなはち、火《ひ》をもちてその野《ぬ》を廻《もとほ》し焼《や》きき。ここに出《い》でむ所《ところ》を知《し》らざる間《あひだ》に、鼠《ねずみ》來《き》て云《い》ひけらく、「内《うち》はほらほら、外《と》はすぶすぶ」といひき。かく言《い》へる故《ゆゑ》に、其處《そこ》を蹈《ふ》みしかば、落《お》ちて隱《かく》り入《い》りし間《あひだ》に火《ひ》は焼《や》け過《す》ぎき。ここにその鼠《ねずみ》、その鳴鏑《なりかぶら》を咋《く》ひ持《も》ちて、出《い》で來《き》て奉《たてまつ》りき。その矢《や》の羽《は》は、その鼠《ねずみ》の子等《こども》皆《みな》喫《く》ひつ。

ここにその須勢理毘賣《すせりびめ》は、喪具《はふりつもの》を持《も》ちて、哭《な》きて來《き》、その父《ちち》の大神《おほかみ》は、已《すで》に死《みまか》りぬと思《おも》ひてその野《ぬ》に出《い》で立《た》ちたまひき。ここにその矢《や》を持《も》ちて奉《たてまつ》りし時《とき》、家《いへ》に率《ゐ》て入《い》りて、八田間《やたま》の大室《おほむろや》に喚《よ》び入《い》れて、その頭《みかしら》の虱《しらみ》を取《と》らしめたまひき。故《かれ》、ここにその頭《みかしら》を見《み》れば、呉公《むかで》多《さは》なりき。ここにその妻《つま》、椋《むく》の木《き》の實《み》と赤土《はに》とを取《と》りて、その夫《ひこぢ》に授《さづ》けつ。故《かれ》、その木《き》の實《み》を咋《く》ひ破《やぶ》り、赤土《はに》を含《ふく》みて唾《つば》き出《いだ》したまへば、その大神《おほかみ》、呉公《むかで》を咋《く》ひ破《やぶ》りて唾出《つばきいだ》すと以爲《おも》ほして、心《みこころ》に愛《は》しく思《おも》ひて寢《いね》ましき。ここにその大神《おほかみ》の髪《みかみ》を握《と》りて、その室《むろ》の椽毎《たりきごと》に結《ゆ》ひ著《つ》けて、五百引《いほびき》の石《いは》をその室《むろ》の戸《と》に取《と》り塞《さ》へて、その妻《つま》須勢理毘賣《すせりびめ》を負《お》ひて、すなはちその大神《おほかみ》の生《いく》太刀《たち》と生弓矢《いくゆみや》と、またその天《あめ》の詔琴《のりごと》を取《と》り持《も》ちて逃《に》げ出《い》でます時《とき》、その天《あめ》の詔琴《のりごと》樹《き》に拂《ふ》れて地動《つちとよ》み鳴《な》りき。故《かれ》、その寢《いね》ませる大神《おほかみ》、聞《き》き驚《おどろ》きて、その室《むろ》を引《ひ》き仆《たふ》したまひき。然《しか》れども椽《たりき》に結《ゆ》ひし髪《かみ》を解《と》かす間《ま》に、遠《とほ》く逃《に》げたまひき。故《かれ》ここに黄泉比良坂《よもつひらさか》に追《お》ひ至《いた》りて、遥《はろばろ》に望《みさ》けて、大穴牟遲神《おほなむぢのかみ》を呼《よ》ばひて謂《い》ひしく、「その汝《みまし》が持《も》てる生太刀《いくたち》・生弓矢《いくゆみや》をもちて、汝《みまし》が庶《まま》兄弟《あにおと》をば、坂《さか》の御尾《みを》に追《お》ひ伏《ふ》せ、また河《かは》の瀬《せ》に追《お》ひ撥《はら》ひて、おれ大國主神《おほくにぬしのかみ》となり、また宇都《うつ》志國玉神《しくたまのかみ》となりて、その我《あ》が女《むすめ》須勢理毘賣《すせりびめ》を嫡妻《むかひめ》として、宇迦《うか》の山《やま》の山本《やまもと》に、底《そこ》つ石根《いはね》に宮《みや》柱《ばしら》ふとしり、高天《たかま》の原《はら》に氷椽《ひぎ》たかしりて居《を》れ。この奴《やっこ》」といひき。故《かれ》、その太刀《たち》・弓《ゆみ》を持《も》ちて、その八十神《やそがみ》を追《お》ひ避《さ》くる時《とき》に、坂《さか》の御尾毎《みをごと》に追《お》ひ伏《ふ》せ、河《かは》の瀬毎《せごと》に追《お》ひ撥《はら》ひて、初《はじ》めて國《くに》を作《つく》りたまひき。故《かれ》、その八上比賣《やかみひめ》は、先《さき》の期《ちぎり》の如《ごと》くみとあたはしつ。故《かれ》、その八上比賣《やかみひめ》をば率《ゐ》て來《き》ましつれども、その嫡妻《むかひめ》須勢理毘賣《すせりびめ》を畏《かしこ》みて、その生《う》める子《みこ》をば、木《き》の俣《また》に刺《さ》し挟《はさ》みて返《かえ》りき。故《かれ》、その子《みこ》を名《な》づけて木俣神《きのまたのかみ》と云《い》ひ、亦《また》の名《みな》を御井神《みゐのかみ》と謂《い》ふ。

【現代語訳】

大国主神は、大屋毘古神《おおやびこのかみ》の言葉に従って須佐之男大神《すさのおのおおかみ》のもとへ辿り着きます。そして須佐之男命の娘である須勢理毘賣《すせりびめ》が出てきて大国主神を見ると、二人はお互いに目を見合わせて心を通じ合わせ、いつまでも変わらぬ夫婦となる約束をかわした。その上で須勢理毘賣は、父須佐之男大神の御殿の中に帰って行って、父に「この上もなく見目麗しい神がおいでになりました」と申し上げた。すると須佐之男の大神は、御殿の外に出て大国主神を見るや「これは葦原色許男《あしはらのしこお》という神だ」と言い、直ぐに自分の御殿の中へ呼び入れて、大国主神を蛇のいる部屋へ案内してそこに泊らせたのであった。すると妻の須勢理毘賣は、蛇を払いのける呪力をもった比禮《ひれ》（頸に巻く長い布）を夫である大国主神に手渡して、「もし蛇が貴方を食おうとしたら、この比禮《ひれ》を三度振って追い払って下さい」と教えた。大国主神は、須勢理毘賣の教えた通りにした。すると比禮の呪力のお蔭で蛇も自然とおとなしくなった。それでその晩は無事に静かに寝ることができ、朝には平気な顔でその室《むろ》から出てきた。また明くる晩には、今度は呉公《むかで》と蜂のいる室の中に入れられた。しかし、妻の須勢理毘賣が呉公と蜂を払いのける呪力のある比禮を渡して、前と同じようにその使い方を教えたので、大国主神は易々と室から出てくることが出来た。すると今度は、須佐之男大神は唸りを挙げて空を飛ぶ鏑矢《かぶらや》を、果てしなく広い野原の中に射入れて、その矢を拾ってくるように命じた。そこで大国主神が矢を拾うためにその野原へ入って行くと、野原の周囲にぐるりと火をつけた。どちらへ逃げ出せば良いのかわからないでいると、鼠がやってきて言うには「内はほらほら、外はすぶすぶ」(中はうつろな洞穴、外は狭くて大丈夫)とこのように言った。そこで大国主神が草原の足元を踏んでみると、そこには鼠の言った通りに洞穴があり、そこに落ち込んで隠れている間に、火は焼き過ぎて行った。そこに先ほどの鼠が、鏑矢を口にくわえて持ってきて大国主神に差し出したのだ。その矢の羽は、その鼠の子どもたちが食べてしまっていた。

一方妻の須勢理毘賣は、もはや大国主神は死んだものと思い、葬式に使う道具を手に持って、声をあげて泣きながらそこへやって来た。父親の須佐之男大神も、大国主神は既に死んだものと思ってその野原へ出てきた。そこへ大国主神が拾ってくるように命じられた鏑矢を持ってやって来て須佐之男大神へ差し出したのだ。

そこで須佐之男大神は、大国主神を再び自分の御殿へ招き入れ、広くて大きな客室へ呼び入れて、大神の頭の虱《しらみ》をとるように命じた。そこで大国主神が大神の頭を見ると、そこには呉公がたくさんいた。すると妻の須勢理毘賣が、椋《むく》の木の実と赤土とを夫である大国主神に手渡したので、その木の実を口に噛んでは赤土を一緒に含んで唾にして吐き捨てた。それを見た大神は、大国主神が呉公を食いちぎって唾にして吐き出しているのだと思い込んで、心の内に可愛い奴だと思って、やがて寝てしまった。

この間に大国主神は、須佐之男大神の髪の毛を取って、それを室の垂木という垂木にしっかりとくくりつけ、五百人力でやっと動かすことができるような大きな石を、その室の戸のところに置いて室の戸を塞いだ上で、妻の須勢理毘賣を背負い、大神の持ち物である生太刀《いくたち》と生弓矢《いくゆみや》、それに神意を聞くために奏でる天詔琴《あめののりごと》を手に持って逃げ出した。その時、手に持った天詔琴が樹に触れて大地が地震のように揺れ動き鳴り響いた。すっかり寝ていた須佐之男大神は、その音を聞いて驚いて起き上がったが、髪の毛が垂木という垂木に結わえてあるので、その勢いで室を引き倒した。大神が垂木に結わえてある髪の毛を解いている間に、大国主神と須勢理毘賣は無事に遠くへ逃げることができた。

二人の後を追っていった須佐之男大神が黄泉比良坂《よもつひらさか》まで至った時、そこからはるかに逃れ行く二人を望んで、大穴牟遅神《おおなむぢのかみ》（大国主神の別名）を呼んで次の様に言った。「お前の持っている生太刀と生弓矢をもって、お前の兄弟たちを道の行く手の山の坂に追い伏せ、また河の瀬に追い払って、お前は大国主神と名乗り、また宇都志国玉神《うつしくにたまのかみ》と名乗って、そしてその私の娘の須勢理毘賣を正妻として、宇迦《うか》の山（鳥取県出雲郡宇賀か）の山裾に、地の底の岩根までも深く宮柱を埋め、高天原に氷椽《ひぎ》（千木と同じ屋根飾り）の届くほどに屋根の高い、立派な御殿を建てて、いつまでも暮らすがよい。この奴め」

そこで大国主神は、その太刀と弓とを持って、兄弟の神たちを追い撃った。山の坂という坂に追い伏せ、河の瀬という瀬に追い払って、ここに国作りを始めた。

そこで大国主神は、八上比賣と前に交わした約束の通りに婚姻をした。しかし、その八上比賣は稲羽から出雲へと連れてこられたけれども、正妻の須勢理毘賣を恐れて、その生んだ御子を木の俣に挟んで、自分は稲羽へと帰っていってしまった。その御子の名を木俣神《きまたのかみ》と言う。またの名は御井神《みいのかみ》（清らかな水を湛えた井戸の意）と言う。

【読み解き】

前段の大国主神が八十神から迫害を受けた物語は、母離れ・親離れであり、子離れをして行く物語でした。この段の物語は、親離れをした大国主神が青年から立派な大人の男、それも、大業を成し遂げ、出雲の国を治める大王へと大成する過程が物語られます。同時に日本の文化の根底に流れるものをも味わって読み解いてください。

大国主神は紀伊の国で大屋毘古神《おおやびこのかみ》から言われたままに、単身須佐之男神の住む根堅州国《ねのかたすくに》に向かいます。根堅州国とは、黄泉の国のことです。須佐之男命が母に会いに行きたいと言って泣いた「妣国《ははぐに》」です。後に「妣国の根堅州国」という表現が出てきます。妣国、即ち「黄泉の国の、その中の根の、そして堅州国」というふうに捉えてください。「貴方はどこ出身ですか?」と問われて、「関東です」と答える。「関東の何処ですか?」と問われれば「東京です」と答える。「東京のどこですか?」と問われると「中央区です」と答えるのと同じです。須佐之男神はすでに黄泉国の大神でした。あのように母に会いたいと泣いていた少年が、大成して心も落ち着き、やがて念願成就して、風格を備えた「大神」として根堅州国に存在していたのです。

大国主命はそこで須勢理毘賣と出会い、二人は「目合《まぐわ》いして相婚《みあい》し」、つまり互いに目で心を通じ合わせて、互いの心を確かめあい、約束を交わしただけです。ここではまだ完全な儀礼通過を果たしていませんので、結婚の条件は整っていません。結婚するには試練を乗り越えねばなりません。往古は女性の霊力を得てこそ、物事が成就するという考え方もありましたから、今後の試練を乗り切り、出雲を治める大王となるためには、女性の存在がどうしても必要だったのです。今でも「所帯を持ってこそ」などとも言いますし、若い男性には「早く君も身を固めなさい」などとすすめて見合いさせるのも、当時の考え方が、意識するか否かは別にして、しっかりと心の奥底に受け継がれている証拠です。

須佐之男神は、御殿の庭先に立っただけで「葦原色許男《あしはらのしこお》だ」と相手の存在を見抜きます。この葦原色許男の「色許男」は、「見目麗しくも強い男」という意味です。相撲取りの「醜名《しこな》(四股名《しこな》)」と同じです。先に登場した黄泉の国の醜女も「醜い女」と妖怪呼ばわりしてはいけません。須佐之男神は、大国主神を一目見て、その隠された雄々しくも優れた特性を見抜いて、「葦原色許男だ」と、その力量を期待します。この青年に、自分の跡取りになり、出雲の国の完成を託しても良いか否かを計るための試練を与えてゆくのです。それが成長させる術であり、その与えられた試練を自らの成長の糧として受け止め励むことが大事だと、この段では諭しているのです。

須佐之男神は大国主神を自らの御殿へ招き入れますが、最初に蛇の住む部屋へ案内して寝かします。それが第一の試練です。それを見て結婚の約束をした須勢理毘賣は、密かに「蛇の比禮」を渡して「三度振って打ち払いなさい」と教えます。須勢理毘賣の助言と手助けによって試練を乗り越えた大国主神には、続いて第二の試練が与えられます。今度は呉公《むかで》と蜂の住む部屋に寝かされます。これも須勢理毘賣から渡されていた「比禮」のお陰で無事に乗り切ります。この比禮は、頸のところに巻く長い布で、古代では高貴な女性は必ず身につけるものとされていました。身につけている物にはその人の魂が宿るという信仰が当時ありましたから、須勢理毘賣が自らの比禮を渡したということは、この試練は二人で乗り切ったということを物語っています。また渡した比禮は、三度振ることで禍を祓う呪力を有するもので、同時に須勢理毘賣そのものが神聖な呪力をもった巫女であったという解釈もできます。なぜならその呪術の方法を大国主神に教えているのですから。呪術的な力を持った須勢理毘賣と大国主神は、この後に結婚をして子を生むことになりますが、この結婚は高天原と出雲の宗教的な統合ということを意味しています。

これは後で須佐之男神から生太刀と生弓矢と共に、天詔琴を手に入れるということでも明らかです。高天原系の神事は、天石屋戸の物語で語られていました。今の神道の祭祀そのものです。一方、この須勢理毘賣の段で物語られる出雲の宗教は、ある種の鎮魂帰神法にも似たものであったことが伺われます。これも後に物語られる「鳥遊《とがり》」で見て取れます。「根之堅州国」の呪法は、死後の世界の言葉を言依《ことよ》せするというものでした。出雲に伝わる呪法と高天原に伝承された祭儀の統合により、後の天皇家の権威というものが作られていったと見ることができます。他の宗教を駆逐するのではなく、それを取り入れ、統合していくところに、日本民族の宗教の特徴があります。今日でも、日本ほど伝播した宗教の土着化という現象が顕著な国はないのです。

大国主神は二度の試練を乗り越えましたが、まだこの段階では須勢理毘賣と結婚はしません。一人前の男性としての成長を遂げていないからです。ここまでの二度の試練は、須勢理毘賣の手助けを得て乗り越えています。次の試練で大国主神は自力で大きく成長します。

須佐之男大神は野原に鏑矢を射り、それを大国主神に拾ってくるように命じます。そして野原に火を放ちます。大国主神は脱出の術を知らず途方に暮れます。そこへ一匹の鼠が登場します。鼠は先の菟と同様に、地上の小さなか弱い生き物の象徴として登場します。鼠は「うちはほらほら、そとはすぶすぶ」という何ともわかりにくいヒントを与えます。この鼠の存在は何を比喩しているのでしょうか。意味は「中はうつろな洞穴、外は狭くて大丈夫」ですが、何だか未発達な表現です。おそらく土着の未開の人たちを比喩しているのだと私は考えます。権力も無ければ力も無い、そんな人たちの象徴として鼠が登場して、窮地にたった大国主神を救います。ここに語られる「大成する人の条件」は徳のある人になれということです。大国主神は、最初の八十神の迫害という試練を、母の助けで乗り切り、少年から青年へと親離れして成長を遂げ、やがて一人の女性と出会い、その女性の手助けで共に試練を乗り越え、また成長をしました。次の難では鼠に象徴される「赤の他人」の手助けを得て試練を乗り越えるのです。母親や婚約者といった利害のある人の手助けではなく、全く利害関係の無い他人もが手助けをするのです。そこには、素菟を助けたように「不憫な人を哀れと思い、助け救おうとする心」、つまり「徳」をもった人望があるからこそ、他人もが手助けをしたくなるのだと暗に諭《さと》しているのです。

鼠の助けを受けて野火の試練を乗り切った大国主神には、更なる試練がこれでもかと襲います。しかし須佐之男神の大国主神に対する態度は、それまでとは大きく変わっています。

それは八田間へ通すという言葉で読み解けます。八田間というのは「広い大きな客間」という意味です。最初はいきなり尋ねてきた客人を「蛇の室」へ通しました。まるで客人扱いではありません。三度に渡る試練を乗り越えた大国主神を、須佐之男神は今度は客人として扱っています。そして最後の試練を与えるのですが、この与え方も今までとは違って、自分の身体に触れることを許しています。身分が高い人ほど身体の近くには人を近づかせないものです。それを自らの髪の毛を触らせるという行動は、すでに大国主神を立派に成人した男として見て取った証拠です。最後の試練は、須佐之男神と同等の立場での試練です。須佐之男神は気を許して寝てしまいます。大国主神は知恵を働かせて、須佐之男命が目を覚ましても太刀打ちできぬように拘束し、隙をみて須勢理毘賣を背負って立ち去って行きます。大国主神は度重なる試練によって大きな成長を遂げたのです。最初に背負っていたものは、八十神から無理やり背負わされた他人の荷物でした。ここでは自らの意思で、最愛の妻を背負って須佐之男神のもとを去ります。私たちは誰でもが、それぞれに自分の背に重いものを背負っているのではないでしょうか。

この場面で大国主神は、須佐之男神の生太刀と生弓矢を持って逃げます。これは生き生きとした生命力溢れる太刀と弓矢という意味ですが、須佐之男神は武力の象徴でもあり、政治的支配力の象徴でもあります。これを得ることにより大国主神は、武力を背景とする政治的支配力を得たことになります。そして天詔琴を一緒に得ます。天詔琴は神意を伺う託宣の儀式に用いる琴で、この琴を得たということは、須佐之男神の力であった宗教的支配力をも大国主神は得たことを意味しています。古代社会は祭政一致の世界です。生太刀と生弓矢と天詔琴を得た大国主神は、政治的支配力と宗教的権威を併せ持ったことになります。いよいよ出雲の国を治める大王としての資質が整いました。

そして黄泉比良坂でついに須佐之男神は大国主神に大きな声援を送ります。

「その汝《みまし》が持てる生太刀《いくたち》・生弓矢《いくゆみや》をもちて、汝《みまし》が庶兄弟《ままあにおと》をば、坂《さか》の御尾《みお》に追《お》い伏《ふ》せ、また河《かわ》の瀬《せ》に追《お》い撥《はら》いて、おれ大國主神《おおくにぬしのかみ》となり、また宇都志國玉神《うつしくたまのかみ》となりて、その我《あ》が女《むすめ》須勢理毘《すせりび》賣《め》を嫡妻《むかひめ》として、宇迦《うか》の山《やま》の山本《やまもと》に、底《そこ》つ石根《いわね》に宮柱《みやばしら》ふとしり、高天《たかま》の原《はら》に氷椽《ひぎ》たかしりて居《お》れ。この奴《やっこ》」

生太刀と生弓矢、つまり武力を背景とする政治的支配力をもって、八十神を征伐して国を統合し、妻の宗教的霊力と天詔琴による宗教的支配力を持って宇都志国玉神となれと激励しているのです。大国主神は死と再生の度に逞しくなり、最後には武器を手に須勢理毘賣を連れて地上へと戻り、根之堅州国に行く前には抵抗できなかった八十神を征伐し、いよいよ国作りに取り掛かります。無力な色男から強力な神に成長する死からの再生の試練は、今も「命賭けでがんばれ」とか「死んだつもりでがんばれ」と励ます言葉に期待がこめられているのです。

成長の過程で、人は必ず心の内の「母殺し」をしないと一人前の大人にはなれないというユングの理論を先に述べました。ここまでこの物語を読み進んできておわかりの通り、大国主神は西洋の神話のように「母殺し」をせずに、立派な大人へと成長を遂げます。西洋では、ユング説の如く「母殺し」をすることによって成長します。須佐之男神はそうしましたが結局は成長しきれませんでした。西洋でいう「母殺し」の「母」とは、矛盾する自分の価値観に合わないものを排斥し、抹殺する行為であると解釈されています。西洋は矛盾する異なる価値観を抹殺し排斥することにより文化を発達させてきました。それはキリスト教の伝播によって、その地の土着宗教がことごとく抹殺された歴史を見てもわかります。しかし、私たち日本人はそうはしないのです。それが私たちの精神性の特質です。日本人の考え方は、矛盾するものであっても居場所を与え、共存しようとする精神的特質を持っているのです。そうした日本人のものの考え方の特質を、この物語から「心のお話」として読み解いてもらいたいものです。

私たち日本人は、ユングの言うところの「母殺し」をしない民族です。「母殺し」は自然の価値を否定し、極端な自然破壊をもたらします。今の世界がそうではないでしょうか。日本は、自然を神と崇《あが》め、自然と共存する思想をもって文化を発展させてきました。それがこの『古事記』にしっかりと物語られています。「修理固成」の神勅の体現を、私たちは再生学の一環としてもう一度学び直し、二十一世紀の今に、自然と共存する思想として学ぶ使命があるのではないでしょうか。

四、沼河比賣《ぬなかはひめ》求婚

【原文】

この八千矛神《やちほこのかみ》、高志國《こしのくに》の沼河比賣《ぬなかはひめ》を婚《よば》はむとして、幸行《い》でましし時《とき》、その沼河比賣《ぬなかはひめ》の家《いへ》に到《いた》りて、歌《うた》ひたまひしく、

八千矛《やちほこの》　神《かみ》の命《みこと》は
八島國《やしまくに》　妻枕《つまま》きかねて
遠遠《とほとほ》し　高志《こし》の國《くに》に
賢《さか》し女《め》を　ありと聞《き》かして
麗《くは》し女《め》を　ありと聞《き》こして
さ婚《よば》ひに　あり立《た》たし

婚《よば》ひに　あり通《かよ》はせ
太刀《たち》が緒《を》も　いまだ解《と》かずて
襲《おすひ》をも　いまだ解《と》かねば
嬢子《をとめ》の　寝《な》すや板戸《いたど》を
押《お》そぶらひ　我《わ》が立《た》たせれば
引《ひ》こづらひ　我《わ》が立《た》たせれば
青山《あをやま》に　鵼《ぬえ》は鳴《な》きぬ
さ野《ぬ》つ鳥《とり》　雉《きぎし》はとよむ
庭《には》つ鳥《とり》　鶏《かけ》は鳴《な》く
心痛《うれた》くも　鳴《な》くなる鳥《とり》か
この鳥《とり》も　打《う》ち止《や》めこせね
いしたふや　天馳使《あまはせづかひ》
事《こと》の語言《かたりごと》も　是《こ》をば

とうたひたまひき。ここにその沼河比賣《ぬなかはひめ》、未《いま》だ戸《と》を開《ひら》かずて、内《うち》より歌《うた》ひけく、

八千矛《やちほこ》の　神《かみ》の命《みこと》
ぬえ草《くさ》の　女《め》にしあれば
我《わ》が心《こころ》　浦渚《うらす》の鳥《とり》ぞ
今《いま》こそは　我鳥《わどり》にあらめ

後《のち》は　汝鳥《などり》にあらむを
命《いのち》は　な殺《し》せたまひそ
いしたふや　天馳使《あまはせづかひ》
事《こと》の語言《かたりごと》も　是《こ》をば

青山《あをやま》に　日《ひ》が隠《かく》らば
ぬばたまの　夜《よ》は出《い》でなむ
朝日《あさひ》の　笑《ゑ》み栄《さか》え來《き》て
栲綱《たくづの》の　白《しろ》き腕《ただむき》
沫雪《あわゆき》の　若《わか》やる胸《むね》を
そだたき　たたきまながり
眞《ま》玉手《たまで》　玉手《たまで》さし枕《ま》き
百長《ももなが》に　寝《い》は寝《な》さむを
あやにな戀《こ》ひ聞《き》こし
八千矛《やちほこ》の神《かみ》の命《みこと》
事《こと》の語言《かたりごと》も　是《こ》をば

とうたひき。故《かれ》、その夜《よ》は合《あ》はずて、明日《くるひ》の夜《よ》、御合《みあひ》したまひき。

【現代語訳】

この大国主神、別名八千矛神《やちほこのかみ》は、高志《こし》の国（後の越）の沼河比賣《ぬなかわひめ》を妻にしたいと思って、はるばるその国へ出かけて行った。その時、沼河比賣の家に着いて、その戸の外で次の様に歌をうたった。

八千矛の名前を持つ尊い神の命は
この大八島国の隅々まで、妻なる人を求めて歩いたが、その人をどこにも求め得なかった
遠い遠い高志の国に
心の優れた女性が居るとお聞きになって
見目麗しい女性が居るとお聞きになって
妻にしようとお出かけになった
妻問いに遠くも厭わずにお通いになって
太刀の緒も解くのももどかしく
旅の上着もまだ脱ぎもしないのに
乙女の寝ている部屋の板戸を
何度も押し揺すぶってお立ちになっておられ
ぐいぐいと引きながらお立ちになっておられる
やがて夜もふけ、青山では鵼が鳴き始める

野原からは雉の声が響き始める
庭に飼っている鶏も鳴き始める
なんとも怨めしく鳴く鳥だろうか
こんな鳥など、打ち殺して鳴くのを止めさせたいものだ
馳使《はせづか》いである私がお語りするのは
かくのごとくに

この歌を聞いた沼河比賣は、それでも寝屋の戸を開こうとはせず、中から次のような歌をうたった。

八千矛の名前を持つ尊い神の命はそのように仰せられますけれども
私は風に吹かれてそよぐ草のような乙女ですから
私の心は、渚に住む鳥の如くでございます
今は波におびえる鳥でございます
後には貴方に抱かれる鳥ともなりましょう
どうかお命はお捨てになりませぬよう
天をも駆ける馳使い
お語りするのはかくのごとくに
青山に日が隠れ
射玉《ひおうぎ》の実のように黒い夜ともなれば戸を開いて貴方をお迎えいたしましょう

朝日の如くに華やかな笑顔を貴方様はなさり来て
栲《たく》の皮の緒綱のように白い腕を
泡雪のような私の若々しい胸を
そっと叩いたり撫でたりして抱きしめて
玉のような私の手と、玉のような貴方の手とを
互いに枕として足を長く打ち伸ばしていつまでも安らかに寝ましょうものを
どうぞそんなに夢中になって私を恋い慕いお越しにならないでください
八千矛という名の尊い神の命よ
事の次第の語り伝えは、かくのとおりでございます

そこで、その夜は遂に逢うことはなく、明くる日の夜に、共に寝屋に入った。

【読み解き】

この段は大国主神が八千矛神として登場して、見目麗しき沼河比賣《ぬなかわひめ》と求婚の歌を交わしています。この段は殊更に「心のお話」として読み解く必要はありません。むしろ、恋の叙情詩としてそのままに読めばよいでしょう。こんな恋の歌も神話という物語の中で語られているところが、『古事記』が口承文学と言われる所以です。この恋の歌の物の喩えの美しさには驚かされます。情景がはっきりと思い浮かぶ比喩を駆使した文学的表現にも感嘆します。本来、日本語は、このように美しい言葉であったかということを、あらためて感じさせられ

ます。それに比べて今日の言葉は何と直接的で味気ない表現であることか。

本来日本語は「コトバ」といい、「事ハ」からきています。世の中は、多くの物によって事が成っています。それを日本語は「コト」を説いて言葉に組み立てています。それに対して西洋の言葉は、物の有様をそのままに伝えるように出来ていて、喩えれば「モノハ」です。一つの言葉に多くの事柄を含めて伝え合うというこの日本独特の言葉が、ここのところ急激に「モノハ」へと変化してきているような気がします。これはある意味では言語の退化ともいえます。日本語ほど脳を使わなくては話せない言語はないのです。文字にしても、漢字と平仮名と片仮名という三つの文字を使用している言語は、それだけに意味が深いということです。漢字に至っては同じ文字を音と訓とで読み分け、さらに音と訓を混読するものまであります。ですから同じ音の言葉でも、まったく違う意味の言葉が存在します。それを会話の中で、どの意味で相手は使っているのかということを推測しながら話しあうのです。推測というよりもむしろ、先読みをしながら相手の気持ちを汲み取っているといってもいいでしょう。今、日本語の語彙が少なくなり、学校教育の場でも教える文字や言葉がどんどん少なくなっていることに大いなる危惧を覚えています。言葉の退化は脳の退化です。言葉が少なくなれば自ずと思考が浅く狭くなります。そのことが、現代社会の諸問題の根底に潜んでいるような気がしてなりません。この歌を何度も読み、また声に出して読んで、日本語に潜在する言葉の力、「言霊《ことだま》」に思いをはせながら美しさを味わっていただきたいと思います。

さて、この段で大国主神は、八千矛神として登場します。大国主神には別名がたくさんあります。大国主神は最初から大国主神であったのではありません。最初は大穴牟遅神《おおなむちのかみ》でした。その神はその容姿や力強さから、また数々の試練を乗り越える潜在する能力から、葦原色許男神《あしはらのしこおのかみ》とも呼ばれました。その後試練を乗り越えて大国主神・宇都志国玉神《うつくしたまのかみ》となりました。試練を乗り越え立派な男となった大国主神が、その成功への途にあって八千矛神として物語られているのです。これは葦原色許男という名との結びつきが強いのではないかと考えます。八千矛神の示す意味は、多くの矛を持つ神という意味です。矛は陽気で男性の性器を象徴しています。つまり八千矛神というのは、多くの男性の性器という意味の名前です。それが、ここに詠われる内容となっています。大国主神は八千矛神である故に、多くの子孫を残し繁栄させます。『古事記』の神話に限らず、土地に残る伝説を見ると日本中に多くの子孫を残しています。大事なことは、ただ女性との交流を多くもったという読み解きをしないこと。出雲の国を治める王となった大国主神です。生太刀生弓矢という武力を背景にする政治力をもった大王ですから、八十神を撃ち払ったように、隣国へとその勢力を拡大していったでしょう。そこの比賣を娶ることにより、縁戚関係の和を広げて出雲を出雲たらしめたことが物語られているのです。そして多くの子孫を残したという物語は、勢力を拡大すると共に、その地の文化を新しい文化に構築し発展させていったことも物語っているのです。先の段で説明した、矛盾する価値観を排斥せず共存しようとする日本人の精神性からきています。

また、歌の描写から、古代の「通い婚」の様子も見て取れます。かぐや姫伝説などと同じように、ここでも男性が求婚して、それを承諾するか否かは女性の判断によるということがわります。イザナギの時と同じです。

「勝って兜の緒を締めよ」という言葉もありますが、成功した大国主神の心の緩みは、次の段で須勢理毘賣の妻の力によって、大人しくさせられます。

五、須勢理毘賣《すせりびめ》の嫉妬

【原文】

またその神《かみ》の嫡后《おほきさき》須勢理毘賣命《すせりびめのみこと》、甚《いた》く嫉妬《うはなりねたみ》したまひき。故《かれ》、その夫《ひこぢ》の神《かみ》わびて、出雲《いづも》より倭國《やまとのくに》に上《のぼ》りまさむとして、束装《よそひ》し立《た》たす時《とき》に、片御手《かたみて》は御馬《みま》の鞍《くら》に繋《か》け、片御足《かたみあし》はその御鐙《みあぶみ》に蹈《ふ》み入《い》れて、歌《うた》ひたまひしく、

ぬばたまの　黒《くろ》き御衣《みけし》を
まつぶさに　取《と》り装《よそ》ひ
沖《おき》つ鳥《とり》　胸見《むなみ》る時《とき》
はたたぎも　これは適《ふさ》はず
邊《へ》つ波《なみ》　そに脱《ぬ》ぎ棄《う》て
鴗鳥《そにどり》の　青《あを》き御衣《みけし》を
まつぶさに　取《と》り装《よそ》ひ

沖《おき》つ鳥《とり》　胸見《むなみ》る時《とき》
はたたぎも　此《こ》も適《ふさ》はず
邊《へ》つ波《なみ》　そに脱《ぬ》ぎ棄《う》て
山縣《やまがた》に　蒔《ま》きしあたね舂《つ》き
染木《そめき》が汁《しる》に　染《し》め衣《ころも》を
まつぶさに　取《と》り裝《よそ》ひ
沖《おき》つ鳥《とり》　胸見《むなみ》る時《とき》
はたたぎも　此《こ》し宜《よろ》し
いとこやの　妹《いも》の命《みこと》
群鳥《むらとり》の　我《わ》が群《む》れ往《い》なば
引《ひ》け鳥《とり》の　我《わ》が引《ひ》け往《い》なば
泣《な》かじとは　汝《な》は言《い》ふとも
山處《やまと》の　一本薄《ひともとすすき》
項傾《うなかぶ》し　汝《な》が泣《な》かさまく
朝雨《あさあめ》の　霧《きり》に立《た》たむぞ
若草《わかくさ》の　妻《つま》の命《みこと》
事《こと》の語言《かたりごと》も　是《こ》をば

とうたひたまひき。ここにその后《きさき》、大御酒坏《おほみさかづき》を取《と》り、立《た》ち依《よ》り指擧《ささ》げて歌《うた》ひたまひしく、

八千矛《やちほこ》の　神《かみ》の命《みこと》や　吾《あ》が大国主《おほくにぬし》
汝《な》こそは　男《を》に坐《いま》せば
打《う》ち廻《み》る　島《しま》の埼埼《さきざき》
かき廻《み》る　磯《いそ》の埼落《さきお》ちず
若草《わかくさ》の　妻持《つまも》たせらめ
吾《あ》はもよ　女《め》にしあれば
汝《な》を除《き》て　男《を》は無《な》し
汝《な》を除《き》て　夫《つま》は無《な》し
綾垣《あやかき》の　ふはやが下《した》に
苧衾《むしぶすま》　柔《にこ》やが下《した》に
栲衾《たくぶすま》　さやぐが下《した》に
沫雪《あわゆき》の　若《わか》やる胸《むね》を
栲綱《たくづぬ》の　白《しろ》き腕《ただむき》
そだたき　たたきまながり
眞玉手《またまで》　玉手《たまで》さし枕《ま》き
百長《ももなが》に　寝《い》をし寝《な》せ
豊御酒《とよみき》　奉《たてまつ》らせ

とうたひたまひき。かく歌《うた》ひて、すなはち盞結《うきゆひ》してうながけりて今《いま》に至《いた》るまで鎮《しづ》まり坐《ま》す。

これを神語《かむがたり》と謂《い》ふ。

【現代語訳】

大国主神の正妻である須勢理毘賣命《すせりびめのみこと》は、他の妃たちに嫉妬する心が非常に強かった。そこで夫である大国主神もほとほと困り果て、暫く妻のもとを離れようと思い、出雲の国から遠く大和の国まで旅立とうと思った。そこで旅支度を整えていよいよ出発しようとする時に、片手は馬の鞍に掛け、片足は馬の鐙《あぶみ》に踏み入れて、そこで次のような歌をうたった。

射玉《ひおうぎ》の実のように黒い着物を
隙なく粋に着こなして
沖に遊ぶ水鳥が、頸を曲げて胸毛をつくろうように
袖をたぐり上げてみると、この着物は私には似合わない
磯打つ波間に後ろ手に投げ棄てよう
翡翠《かわせみ》の羽のような青い着物を
隙なく粋に着こなして
沖に遊ぶ水鳥が、頸を曲げて胸毛をつくろうように
袖をたぐり上げてみると、この着物も私には似合わない
磯打つ波間に後ろ手に投げ棄てよう
山の畑に蒔いて育てた茜《あかね》を臼でつき

染め草の藍の汁で染めた藍色の衣を
隙なく粋に着こなして
沖に遊ぶ水鳥が、頸を曲げて胸毛をつくろうように
袖をたぐり上げてみると、この着物は実に私に似合っている
愛しい我が妻よ
群がり飛ぶ鳥のように皆の者を私が引き連れて旅立ってしまったなら
引かれて飛ぶ鳥のように私が連れ立って旅立って行ってしまったなら
泣かないとお前は言ってはいるが
山の麓の一本の薄《すすき》のように
首をうな垂れてお前は泣くことだろう
さわさわと降る雨のように霧がたつ朝の
燃え出づる若草にも似た、若くしなやかな私の妻よ
事の次第の語りはかくのごとし

この歌を聞いた正妻の須勢理毘賣は、酒杯を取り、馬に乗ろうとしている大国主神のもとへと近づいて、その酒杯を捧げながら、次のような歌をうたった。

八千矛の名前を持つ尊い神の命。私の夫、大国主神よ
貴方は男でらっしゃる故に
歩き巡る島という島

巡り行く岬という岬も漏らさずに
若くしなやかな妻をお持ちのことでしょう
私などは女でございますから
貴方を差し置いて外に男はございません
貴方を置いて外に夫はおりません
綾織物の寝屋の隔てに垂れた布がふわりと風に靡《なび》く下に
絹の衾《ふすま》の心地よい肌触りの下で
栲《たく》の衾《ふすま》のさやさやとさざめく下で
泡雪のように若々しい私の胸を
栲《たく》の皮の緒綱のように
白い腕を抱きしめて
玉のような貴方のたくましい手と私の玉のような手とを互いに枕として
足を長く伸ばして、尽きぬ共寝をなさいませ
豊御酒をどうぞひとつ、お召し上がりなさいませ

このように妻の須勢理毘賣が歌ったので、大国主神は杯を交わして心の変わらないことを結び固めて、互いの項《うなじ》に腕を回しあって、今に至るまで中睦まじく、この出雲の地にお鎮まりになっている。これらの五つの歌を、神語《かむがたり》という。

【読み解き】

この段で一連の五つの歌が完結します。この歌を「神語《かむがた》り」といいます。これは歌曲上の名称で、歌による掛け合いの形で物語られます。あくまでも神話の語り様式ですが、これが後に芸能へと発展し、男の神と女の神とに扮した者によって演じられ芸能となり、今日でも「神語り」芸能は全国各地に残っています。

この大国主神の神話の沼河比賣と須勢理毘賣の段で、五つの歌によって神話が物語られています。こうした歌による心の表現方法の祖は、須佐之男神です。先の「八雲立つ出雲八重垣妻ごみに八重垣つくるその八重垣を」という歌の原型は五・七・五・七・七の語調で語られています。こうした歌は、世界の叙事詩の中でも最も短いもので、この僅か三十一音で自分の思いから、天地自然森羅万象《しんらばんしょう》の営みまでも歌いこむ詩というものは、世界のどの国にもありません。これは先にも述べた、過敏な日本人の精神の為せる技で、世界に誇る文化です。『万葉集』なども、この須佐之男命の歌を原型にしてできたので、須佐之男命はそのイメージとは違って、実は日本文化の祖であるともいえます。日本語には「木の葉の落ちるを聞く」とか、「星の輝く音を聞く」などという表現がありますが、森羅万象すべてに神が宿るという日本人の信仰がそうした感性を磨いてきたのでしょう。まさにわびさびの世界です。是非、声に出して何度もリズムを整えて読みながら、太安萬侶が『古事記』の序文で語った往古の素直な心情を、今に呼び覚ましてもらいたいものです。

この段の冒頭で、大国主神は妻である須勢理毘賣の嫉妬に嫌気が差して、大和へ旅立とうとします。すでにこの時点で、大国主神の治める出雲の国の勢力が大和地方にまで及ぼうとしていることがわかります。強大な勢力が、後の国譲り神話で語られるように、政治的にも統合して行く様子を、兆しとしてこの歌が表しています。『古事記』神話の四分の一が出雲神話である理由が容易に想像できます。出雲の国譲りへ向けて、大国主神が須佐之男神の六代末裔であるにもかかわらず、須佐之男神の娘と結婚をすることにより、大国主神は高天原の天照大御神の義理の甥っ子という立場になります。葦原の中つ国の大王でありながら、高天原の天照大御神と非常に濃い血縁という形に物語られているのも、出雲地方の砂鉄によって鉄製の武器と鉄製の農機具を持った強大な出雲の国の勢力に対する、大和政権の配慮が伺い見て取れる神話です。

この歌の中には、鳥を比喩として多用していることに、お気づきでしょうか。次の章で読み解く神話でもそうですが、出雲の神話には「鳥」がたくさん登場してきます。それは、出雲地方には「鳥信仰」というものがあったからです。鳥が人の魂を運び、天と地との間を行き来するという信仰は、世界の各地で見ることができますが、出雲にはどうやら鳥信仰というものがあったようです。そのことについては第四章で詳しくお話しすることにいたします。

さて、世の中には「英雄色を好む」という言葉がありますが、まさに八千矛神である大国主神は、八十神に迫害を受けていたころとは打って変わって、成功の果てに気を緩め遊び歩いている男性の姿が重なります。これは男性の本能として、致し方ないことかもしれません。

致し方ないの言葉で片付けたくなる事柄であるが故に、誰でも陥りやすい、失敗の兆です。「互いに誘い（いざない）合う」イザナギとイザナミの心の働きから遊離していこうとする危うい心の働きです。出雲の国の勢力が広がって行くという歴史を語る一方に、男性に対する「厳しい戒め」が、ここに語られています。「遊ぶとも、我が家忘るな天照らす神の坐します安国の里」という歌がありますが、ただ情緒豊かな神語りだとだけ読むのではなく、しっかり「心のお話」として読む必要があります。私は比較神学という立場で世界の神話や教典を読んできましたが、神話というものは常に「心」に目を向けて、文言に惑わされずに心を探り出すという姿勢で読むからこそ、何世紀にも渡って読み継がれてきたのだと信じています。

この段で先人たちは、男性だけに「戒め」を示唆しているのではありません。女性にも「戒め」を語りかけています。それが「嫉妬」と言う心の働きです。この段の冒頭で、それを「ウワナリネタミ」と表現して物語っています。前の八上比賣の段でも、八上比賣は須勢理毘賣のその心を恐れて逃げ出したことが語られていました。「ウワナリネタミ」というのは、普通のねたみではなく、第一夫人が第二夫人をそばに近づけまいとする心、近づけるのを嫌う心をさします。男女の特性から伝えられたその心の働きは本能の正直な働きなのでしょう。だからこそ「戒め」として先人たちが語りかけてくれているのです。

六、大国主命の子孫

【原文】

故《かれ》、この大國主神《おほくにぬしのかみ》、胸形《むなかた》の奥津宮《おきつみや》に坐《ま》す神《かみ》、多紀理毘賣命《たきりびめのみこと》を娶《めと》して生《う》める子《みこ》は、阿遲鉏高《あぢすきたか》日子根神《ひこねのかみ》。次《つぎ》に妹高比賣命《いもたかひめのみこと》。亦《また》の名《みな》は下光比賣命《したてるひめのみこと》。この阿遲鉏高日子根神《あぢすきたかひこねのかみ》は、今《いま》、迦毛大御《かものおほみ》神《かみ》と謂《い》ふぞ。大國主神《おほくにぬしのかみ》、また神屋楯比賣命《かむやたてひめのみこと》を娶《めと》して生《う》める子《みこ》は、事代主神《ことしろぬしのかみ》。また八島牟遲能《やしまむぢの》神《かみ》の女《むすめ》、鳥耳神《とりみみのかみ》を娶《めと》して生《う》める子《みこ》は、鳥鳴海神《とりなるみのかみ》。この神《かみ》、日名照額田毘道男伊許知邇神《ひなてりぬかたびちをいこちにのかみ》を娶《めと》して生《う》める子《みこ》は、國忍富神《くにおしとみのかみ》。この神《かみ》、葦那蛇迦神《あしなだかのかみ》、亦《また》の名《みな》は八河江比賣《やかはえひめ》を娶《めと》して生《う》める子《みこ》は、速甕之多氣佐波夜遲奴美神《はやみかのたけさはやぢぬみのかみ》。この神《かみ》、天之甕主神《あめのみかぬしのかみ》の女《むすめ》、前玉比賣《さきたまひめ》を娶《めと》して生《う》める子《みこ》は、甕主《みかぬし》日子神《ひこのかみ》。この神《かみ》、淤迦美神《おかみのかみ》の女《むすめ》、比那良志毘賣《ひならしびめ》を娶《めと》して生《う》める子《みこ》は、多比理岐志麻流美神《たひりきしまるみのかみ》。この神《かみ》、比比羅木之其花麻豆美神《ひひらぎのそのはなまづみのかみ》の女《むすめ》、活玉前玉比賣神《いくたまさきたまひめのかみ》を娶《めと》して生《う》める子《みこ》は、美呂浪神《みろなみのかみ》。この神《かみ》、敷山主神《しきやまぬしのかみ》の女《むすめ》、青沼馬沼押比賣《あをぬまうまぬまおしひめ》を娶《めと》して生《う》める子《みこ》は、布忍富鳥鳴海神《ぬのをしとみとりなるみのかみ》。この神《かみ》、若盡女神《わかつくしめのかみ》を娶《めと》して生《う》める子《みこ》は、天日腹大科度美神《あめのひばらおほしなどみのかみ》。この神《かみ》、天狹霧神《あめのさぎりのかみ》の女《むすめ》、遠津待根神《とほつまちねのかみ》を娶《めと》して生《う》める子《みこ》は、遠津山岬多良斯神《とほつやまさきたらしのかみ》。

右《みぎ》の件《くだり》の八島士奴美神《やじまじぬみのかみ》以下《よりしも》、遠津山岬帶神《とほつやまさきたらしのかみ》以前《よりさき》を、十七世《とをまりななよ》の神《かみ》と稱《まを》す。

【現代語訳】

この大国主神は、后の歌にうたわれたように、多くの妻を持ち、そして多くの御子を持った。胸形《むなかた》の奥津宮《おきつみや》にいる神、多紀理毘賣命《たきりびめのみこと》を妻として生んだ御子は阿遲鉏高日子根神《あじすきたかひこねのかみ》で、次にはその妹の高比賣命《たかひめのみこと》で別名は下光比賣命《したてるひめのみこと》と言う。この阿遲鉏高日子根神《あじすきたかひこねのかみ》は、今も迦毛大御神《かものおおみかみ》と言われている。また、大国主神が神屋楯比賣命《かむやたてひめのみこと》を妻として生んだ御子は、事代主神《ことしろぬしのかみ》だ。また、八島牟遲能神《やしまむぢのかみ》の娘の鳥耳神《とりみみのかみ》を妻として生んだ御子は鳥鳴海神《とりなるみのかみ》だ。この神が日名照額田毘道男伊許知邇神《ひなてりぬかたびちおいこちにのかみ》を妻として生んだ御子が國忍富神《くにおしとみのかみ》で、この神が葦那陀迦神《あしなだかのかみ》、別名八河江比賣《やかわえひめ》を妻として生んだ御子は速甕之多氣佐波夜遲奴美神《はやみかのたけさはやぢぬみのかみ》だ。この神が天之甕主神《あめのみかぬしのかみ》の娘である前玉比賣《さきたまひめ》を妻として生んだ御子は甕主日子神《みかぬしひこのかみ》だ。この神が淤迦美神《おかみのかみ》の娘比那《ひな》良志毘賣《らしびめ》を妻として生んだ御子は多比理岐志麻流美神《たひりきしまるみのかみ》だ。この神が比比羅木之其花麻豆美神《ひひらぎのそのはなまづみのかみ》の娘活玉前玉比賣神《いくたまさきたまひめのかみ》を妻として生んだ御子は美呂浪神《みろなみのかみ》だ。この神が敷山主神《しきやまぬしのかみ》の娘青沼馬沼押《あおぬまうまぬまおし》比賣《ひめ》を妻として生んだ御子は布忍富鳥鳴海神《ぬのおしとみとりなるみのかみ》だ。この神が若盡女神《わかつくしめのかみ》を妻として生んだ御子は天日腹大科度美神《あめのひばらおおしなどみのかみ》で、この神が天狭霧神《あめのさぎりのかみ》の娘遠津待根神《とおつまちねのかみ》を妻として生んだ御子は遠津山岬《とおつやまさき》多良斯神《たらしのかみ》だ。

以上に述べた八島牟遲能神《やしまむぢのかみ》から遠津山岬多良斯神《とおつやまさきたらしのかみ》まで、これを十七世という。

【読み解き】

先の須勢理毘賣の歌にうたわれたように、大国主神は多くの妻を娶り多くの子孫を生み成しました。この段に語られる妻は、多紀理毘賣命《たきりびめのみこと》、神屋楯比賣命《かむやたてひめのみこと》、鳥耳神《とりみみのかみ》の三柱の神の名前が登場しますが、それ以前に稲羽で出合った八上比賣《やかみひめ》がいますし、高志の国で出合った沼河《ぬなかわ》比賣《ひめ》がいます。そして須佐之男神の娘である正妻の須勢理毘賣《すせりびめ》がいます。全部で六人の妻がいたことになります。そして大国主神には、木俣神《きまたのかみ》、阿遅志貴高日子根神《あぢしきたかひこねのかみ》、高比賣命《たかひめのみこと》、事代《ことしろ》主神《ぬしのかみ》、鳥鳴海神《とりなるみのかみ》という五柱の御子が生まれました。五柱の御子のうちの鳥鳴海神《とりなるみのかみ》から、大国主神の子孫の系譜が続いていくことになります。この鳥鳴海神《とりなるみのかみ》から大国主神の末裔が続いていくというところに、深い意味があります。先に申し上げた「鳥信仰」です。高天原の神の出現を「待ち居る」という祭と、鎮魂帰神法《ちんこんきしんほう》による「言依《ことよ》せ」をする呪術的信仰との統合が、その後の天皇家の権威を裏付けたというお話をいたしましたが、その呪術的「言依せ」の系譜がここに語られます。それがやがては「羽衣伝説」というものを生んでゆくことになります。詳しくは次の章でお話しましょう。

ここでは鳥鳴海神《とりなるみのかみ》から、國忍富神《くにおしとみのかみ》、速甕《はやみか》の多氣佐波夜遅奴美神《たけさはやぢぬみのかみ》、甕主日子神《みかぬしひこのかみ》、多比理岐志《たひりきし》麻流美神《まるみのかみ》、美呂浪神《みろなみのかみ》、布忍富鳥鳴海神《ぬのおしとみとりなるみのかみ》、天日腹大科度美神《あめのひばらおおしなどみのかみ》、遠津山岬多良斯神《とおつやまさきたらしのかみ》とその子孫が十代に渡り続いてゆくことが語られます。しかし、「その意、未詳」とされる神がほとんどで、先人たちは何を私たちに「心のお話」として読み取らせようとしているのか定かではありません。

最初に、胸形の多紀理毘賣《たきりびめ》が登場します。この神は、天照大御神と須佐之男神が、天の安河の河原でウケヒをした時、天照大御神が須佐之男神の剣を噛み砕いて吹き出した息吹の狭霧に生まれた神でした。多紀理毘賣《たきりびめ》は、須佐之男神の剣から生まれたのだから、須佐之男神の御子であると前に語られていました。ここでも須佐之男神から六代降った子孫である出雲の国の大王となった大国主神は、天照大御神の弟である須佐之男神の娘を娶るということで、天照大御神の義理の甥っ子という立場となります。その立場が、やがて天孫が降臨して出雲の国を高天原の支配する国へ譲るという物語の正当性を裏付けるという役割を果たしているのです。また、こういった縁戚関係をもって、高天原がこの世のすべてに影響を与えている、つまり、「目に見えないモノとコト」の世界が、この世のすべての事柄に影響を及ぼしているのだと文言の裏側で私たちに伝えているのです。多紀理毘賣《たきりびめ》が生んだ御子神は阿遅鉏高日子根神《あぢすきたかひこねのかみ》といいました。この神は雷神ともいわれ、鋤を意味する男神とされ、鉄器を象徴する神でもあります。今の文明は鉄器によってもたらされたものともいえます。鉄器が作れるようになったからこそ、農耕も飛躍的にその生産性を増しました。鉄は万物の基ともいわれますが、出雲地方の鉄鋳造の能力が飛躍的に伸びたことを、この段では物語っています。この神が須佐之男神の剣から生まれた多紀理比賣から生まれるということも、それなりに理由があるわけです。また、そのような「国譲り」へ向けての複雑な高天原と出雲の国との縁戚関係というものは、この多紀理毘賣《たきりびめ》の次の御子である高比賣命《たかひめのみこと》、別名下光比賣命《したてるひめのみこと》にも見ることができます。この神は、後の天菩比日命の段で再び登場してきますが、高天原から降りたった天菩比日命の妻となります。天照大御神の直系の妻となり、出雲の国と高天原の縁戚関係をより深い、そして複雑なものとする役目を負っています。そんなところも、この段を面白く読み解く鍵ではないでしょうか。ちなみに、この高比賣の別名である下光比賣という名の「下光《したてる》」は容姿美麗にして、下土《かし》に照り通るという意味で、大国主神の国つくりを助ける役目を果たした神です。

また、ここに生まれた事代主神《ことしろぬしのかみ》も、是非記憶に留めておいてください。「事代」とは「コトを知る」という意味の名前で、「コト知り主」ということです。「コト」は「言」でもあり、神々の言葉を聞く「託宣」を司る神との意にもなります。「言依せ」を司る神で、大国主神の治める出雲の国の、宗教的権威の象徴として後の「国譲り」の神話に登場してきます。

この段の神々の誕生は、イザナギの時の「神々の誕生」と同じように、出雲の国の支配力の広がりと共に、鉄の鋳造方法を確立して、それを基に文明を更に発展させていったことを物語っています。その詳細については、今後の研究が待たれるところです。

七、少名毘古那神《すくなびこなのかみ》との国作り

【原文】

故《かれ》、大國主神《おほくにぬしのかみ》、出雲《いづも》の御大《みほ》の御前《みさき》に坐《ま》す時《とき》、波《なみ》の穂《ほ》より天《あめ》の羅摩船《かかみぶね》に乗《の》りて、鵝《さざき》の皮《かわ》を内《うつ》剥《は》ぎに剥《は》ぎて衣服《きもの》にして、歸《よ》り來《く》る神《かみ》ありき。ここにその名《みな》を問《と》はせども答《こた》へず、また所従《みとも》の諸神《かみたち》に問《と》はせども、皆《みな》「知《し》らず」と白《まを》しき。ここに谷蟆《たにくく》白《まを》しつらく、「こは崩彦《くえびこ》ぞ必《かなら》ず知《し》りつらむ」とまをしつれば、すなはち崩彦《くえびこ》を召《め》して問《と》はす時《とき》に、「こは神産巣日神《かみむすひのかみ》の御子《みこ》、少名毘古那神《すくなびこなのかみ》ぞ」と答《こた》へ白《まを》しき。故《かれ》ここに神産巣日《かみむすひ》の御祖命《みおやのみこと》に白《まを》し上《あ》げたまへば、答《こた》へ告《の》りたまひしく、「こは寶《まこと》に我《あ》が子《みこ》ぞ。子《みこ》の中《なか》に、我《あ》が手俣《たなまた》より漏《く》きし子《みこ》ぞ。故《かれ》、汝葦原色許男《みましあしはらしこをの》命《みこと》と兄弟《あにおと》となりて、その國《くに》を作《つく》り堅《かた》めよ」とのりたまひき。故《かれ》、それより、大穴牟遲神《おほあなむぢのかみ》と少《すく》名毘古那《なびこな》と、二柱《ふたはしら》の神相並《かみあひなら》ばして、この國《くに》を作《つく》り堅《かた》めたまひき。然《しかし》て後《のち》は、その少名毘古那《すくなびこなの》神《かみ》は、常世國《とこよのくに》に度《わた》りましき。故《かれ》、その少名毘古那神《すくなびこなのかみ》を顯《あら》はし白《まを》せし謂《い》はゆる崩彦《くえびこ》は、今者《いま》に山田《やまだ》のそほどといふぞ。この神《かみ》は、足《あし》は行《ゆ》かねども、盡《ことごと》に天《あめ》の下《した》の事《こと》を知《し》れる神《かみ》なり。

ここに大國主神《おほくにぬしのかみ》、愁《うれ》ひて告《の》りたまひしく、「吾獨《あれひとり》して何《いか》にかよくこの國《くに》を得作《えつく》らむ。孰《いづ》れの神《かみ》と吾《あれ》と、能《よ》くこの國《くに》を相作《あひつく》らむや」とのりたまひき。この時《とき》に海《うなばら》を光《てら》して依《よ》り來《く》る神《かみ》ありき。その神《かみ》の言《の》りたまひしく、「よく我《あ》が前《みまえ》を治《をさ》めば、吾能《あれよ》く共與《とも》に相作《あいつく》り成《な》さむ。若《も》し然《しか》らずは國成《くにな》り難《がた》けむ」とのりたまひき。ここに大國主神《おほくにぬしのかみ》日《まを》ししく、「然《しか》らば治《をさ》め奉《まつ》る状《さま》は奈何《いかに》にぞ」とまをしたまへば、「吾《あれ》をば倭《やまと》の青垣《あおがき》の東《ひむがし》の山《やま》の上《へ》に拜《いつ》き奉《まつ》れ」と答《こた》へ言《の》りたまいひき。こは御諸山《みもろやま》の上《へ》に坐《ま》す神《かみ》なり。

【現代語訳】

大国主神が、出雲の国の御大之御前《みほのみさき》（今の鳥取県八東郡美保の岬）にいた時のことである。波頭の白く立ち騒ぐ沖の方から、天之羅摩《あめのかがみ》の船（ガガイモの実を二つに割ったものを船にしたもの）に乗って、鵝《さざき》の皮を丸剥ぎにした着物を着て、しだいに波の上をこちらにやって来る小人のように小さい神がいた。そこで名前を尋ねてみたが、答えなかった。大国主神は、お供に従えている多くの神々にその小さな神の名を聞き尋ねたが、皆「知らない」と言うばかりであった。その時、ヒキガエルが現れて、こう言った。「これはきっと、案山子のクエビコがこの神のことを知っていることでしょう」と言ったので、そこで案山子を召し寄せて、その名前を尋ねたところ、「これは神産巣日神の御子である、少名毘古那神《すくなびこなのかみ》でございます」と答えて言った。そこで高天原にこの小さな神を連れて行って、神皇産霊神にこのことを申し上げた。すると高御産巣日神は「これは確かに私の御子です。大勢いる子どもたちの中で、あまりに身体が小さいので、私の指の股からこぼれ落ちた御子です。そこで貴方に言います。葦原色許男命と兄弟になって、その国を一緒に作り固めなさい」と言われた。こう命じられて、それからは大穴牟遅神と少名毘古那神の二柱の神は、互いに力を合わせて、この国を作り固めていった。そうやって二柱の神が力を合わせてこの国の経営に当たっている最中に、少名毘古那神は海の彼方に在る常世国《とこよのくに》に渡って行ってしまった。

さて、この少名毘古那神の名前を告げた、所謂クエビコは、今の世に山田のソホド（案山子）と言われている者だ。この神は、足があっても歩く事はできないが、天下のことは何でも知っている神でもあるのだ。

せっかく一緒に国作りをしていた少名毘古那神に突然去られてしまい、大国主神は「私一人で、どうしてこの国を作ることができようか。いかなる神と力を合わせてこの国を作ったらよいのだろうか」と言って嘆いた。するとその時、遠い沖合いから、海原を照らして光輝きながら、次第に近寄ってくる神がいた。その神が言うには、「もし私をよく祭り崇めるならば、私は貴方と一緒になって、共にこの国を作り成して行こうではないか。もしそうでなければ、この国作りが完成することはないだろう」と、このように答えた。そこで、大国主神は「それでは、どの様にお祭りしたらよいのでしょうか」と尋ねたところ、その神は「私を大和の国を青垣のように取り囲む山々の、その東の山の頂きに、丁重に祭りなさい」と答えた。この神は御諸の山（奈良県の三輪山）の上にいる神である。

【読み解き】

いよいよ、少名毘古那神の登場によって、イザナギとイザナミの国生みと国作りに続く、第二の国作りが開始されます。この葦原の中つ国がいよいよ天孫降臨へ向けて国らしい国へと完成していきます。しかし、この国作りはあくまでも出雲を中心とした豊葦原の中つ国の国作りで、日本という国の国作りではありません。そこは注意しておかなくてはなりません。日本という国の国作りは、天孫降臨の後に「第三の国作り」として行われます。

さて、第二の国作りに当たって、少名毘古那神がこの段の最初に登場します。大国主神が美保の岬に出向いた時に、白波が立つ沖合いから少名毘古那神は登場してきます。海からやって来て、この段の最後にはまた海の彼方へと去って行きます。天孫降臨に始まる神武天皇の日本建国へ向けての最後の段階の国作りのために登場するこの少名毘古那神の、海からやって来て海へと帰って行くという物語には、やはり天武天皇の壬申《じんしん》の乱を勝ち抜く大きな力となった、海人族の存在を考えぬわけにはいかないでしょう。

それにしても、この少名毘古那神は不思議な神です。先ずその登場の仕方と容姿が非常に特徴的です。少名毘古那神の名前は「小さな身体」を意味しています。その名の通り、ガガイモの実を二つに割ったものを船にして乗ってきます。その着物は「鵝《ささぎ》（ミソサザイの古名）の皮《かわ》を内剥《うつは》ぎに剥《は》ぎて衣服《きもの》にし」た、つまり鵝《ささぎ》の皮を丸剥ぎにしたものを着物にして着ていたというのです。でもガガイモの実を二つに割ったものを船としていることから想像すると、「鵝《ささぎ》の皮を丸剥ぎにしたもの」が着物では少し大きすぎる。そこで、この記載は後世の誤りで、「蛾」であろうというのが今日の定説になっています。昔から「蛾は神様のお遣い」という信仰もあったことからも、「蛾」の方が良いだろうと私も思います。古来より日本の物語の中で、神の遣いとして登場する人物は小人であることが多々見られます。「かぐや姫」も、竹の中に納まっていました。一寸法師はお椀を船としていました。この少名毘古那神とイメージが重なります。後世になってこの少名毘古那神が、一寸法師の物語の原典だともいわれます。昔から日本人の中には、「神の遣い」＝「小さな身体」という考え方があったことが伺われます。

さて、この少名毘古那神は海の彼方からやって来て、大国主神との「国作り」の途中で、突然「常世の国」へと姿をくらまします。ここに新しい、異なる世界が語られました。今までは、「高天原」「黄泉の国」「妣国」「根堅州国」という世界が、「豊葦原中つ国」とは違う世界として語られていました。もう一つ異なる世界がここに加わりました。つまり、新しい「他界」が登場したことで、これは恐らく、この時期に、異なる神話を持つ民族が渡来し、私たちの祖先と合流をしたことを意味しているのでしょう。なにしろ異なる価値観を排斥するのではなく、それを飲み込んで共存していくという日本人独特の精神性がここにも見て取れます。自分たちが持っていた価値観を異質なものへと変化させるのではなく、異なる価値観を取り入れて、今までの価値観に幅を持たせてゆくという独特な進歩です。これからの地球社会への大きな示唆がここにも在るような気がします。

さて、この少名毘古那神は、高御産巣日神《たかみむすひのかみ》の御子であると語られています。神産巣日神は、「天地開闢」の時に、この天地が開けると同時に出現した最初の三柱の神の一柱でした。『古事記』の神話で厳格に区別される天つ神です。大国主神は、天つ神の御子と共にこの葦原の中つ国の国作りをしたことになります。それは、「国譲り」をするまでもなく、最初からこの葦原の中つ国は天つ神によって作られ、天つ神のものであるということを物語っています。

その神産巣日神が少名毘古那神に「大国主神と兄弟となってその国を一緒に作り固めよ」と命じます。あのイザナギとイザナミに天つ神が命じたのと同じ意味の言葉です。そうです、「この漂える国を修《つく》り理《おさ》め固《かた》め成《な》せ」という「修理固成」の神勅です。まったくイザナギとイザナミの時と同じです。イザナミの死によって中断していた「国作り」の再開ということ「国作り」の神勅を命じた天つ神とは、造化三神であったことが自ずとわかります。

第一の国作りは「夫婦」として行われ、第二の国作りは「兄弟の仕事」として行われます。そこが違います。ですが、流れは同じです。最後には、完成の一歩手前で、イザナミが火の神を生んで死んでしまって国作りが中断するように、今回の国作りも完成まであと一歩というところで、突然少名毘古那神は常世の国という異世界へと旅立ちます。そしてイザナギが「子《みこ》の一木《ひとつけ》に易《か》えつるかも」と嘆くのと同じく、大国主神も「吾《あ》れ独《ひと》りして何《いか》でかも能《よ》くこの国《くに》を得《え》作《つく》らむ」と、途方に暮れて嘆きます。この二つの「国作り」の物語の流れはまったく同じで、完成しません。何故なのでしょうか。それは、完成の一歩手前の未完成こそが実は一番尊いという考え方が、古来からあるからです。物事はすべて、完成すれば後は「滅び」を待つのみとなります。それがこの天地自然の摂理です。一歩完成には及ばないから、「成長の気」が枯れることがなく、物事は永遠に成長し続けるのです。イザナギとイザナミによって、この世は三対二の割合で永遠に発展し続けることが約束されました。永遠の発展ということは、未完成であるからこそ成り立つのです。今まで物語られた神話の神々も、一つの物事が完成したと思った時に、慢心や迷いや欲望が生まれて過ちという滅びに至っています。「未完成を尊ぶ」ことを、この物語は教えています。ですから、この二人の国作りについてはイザナギとイザナミの時のように詳細に語る必要はなかったのです。第二の国作りは、兄弟で、この世にある物を創意工夫して、如何に「ウマシ」の心に立ち返って「修理固成」していくかなのです。

この第二の国作りもまた未完成で終わります。そこから私たちは一つの大切なことを「心のお話」として読み解き、学ばなくてはならないでしょう。それは、今日も未だにその「国作り」は未完成であるということです。未完成であるが故に、私たちは完成させる努力をしなければならないのです。「永遠に国作りは未完成ならば、やってもムダだ」と思う人がいるかも知りませんが、完成へ向けて常に努力するからこそ、自らの成長と国の成長があるのです。それが「修理固成」の神勅です。「神世とは遠き昔のことならず今を神世と知る人ぞ神」と詠った歌があることを紹介しておきます。

さて、少名毘古那神に突然去られて途方に暮れていた大国主神の前に、今度は違う神が現れます。この神は大物主神《おおものぬしのかみ》です。奈良県の三輪山の大神神社のご祭神ということになります。この物語の大和の国を青垣のように取り囲む山々の東の山の頂きということからもわかります。大物主神とは、全ての物を支配する神という名で、ここに天地自然森羅万象、萬の物に宿る力のすべてを意味しています。一人で国作りをすることに途方に暮れていた大国主神の前に、救世主が現れたのです。しかし、それは共に国作りという大業を行う神ではありません。すべての物に宿る力が現れ、それを祀れと命じてきたのです。この神は海の彼方から登場した目に見えない世界の目に見えない力を象徴している存在で、光を放ちながら登場します。「かぐや姫」もそうですが、神は光るという信仰を昔の人は持っていたことを表しています。

この神を祀れば国作りは進むであろうという予言にも似た言葉は、何を意味しているのでしょう。この神を祀るということは、この地上世界にあってすべての物の蔭に存在する、目に見えないモノとコトの力、つまり心という真理をこの地上世界の中心に置きなさいということを教えているのです。この第二の国作りの物語が私たちに教えてくれているのは、心という神そのものの存在です。この地上世界にいる生き物の中で、人間だけが目に見えない世界を見て語ることができるのです。「目に見えないモノとコト」を見る心を大切にし、それを物事の中心に据えるからこそ人間であり、それを知って努力して行えばこそ、物事の成就、つまり「国作り」は進むのであるということを説いているのです。

八、大年神《おほとしのかみ》の子孫

【原文】

故《かれ》、その大年神《おほとしのかみ》。神活須毘神《かむいくすびのかみ》の女《むすめ》、伊怒比賣《いのひめ》を娶《めと》して生《う》める子《みこ》は、大國御魂神《おほくにみたまのかみ》。次《つぎ》に韓《から》神《のかみ》。次《つぎ》に曾富理神《そほりのかみ》。次《つぎ》に白日神《しらひのかみ》。次《つぎ》に聖神《ひじりのかみ》。［五神《いつはしら》］また、香用比賣《かよひめ》を娶《めと》して生《う》める子《みこ》は、大香山戸臣神《おほかがやまとおみのかみ》。次《つぎ》に御年神《みとしのかみ》。［二柱《ふたはしら》］また、天知迦流美豆比賣《あめちかるみづひめ》を娶《めと》して生《う》める子《みこ》は、奥津日子神《おきつひこのかみ》。次《つぎ》に奥津比賣命《おきつひめのみこと》、亦《また》の名《みな》は大戸比賣神《おほべひめのかみ》。こは諸人《もろひと》のもち拜《いつ》く竈神《かまどのかみ》ぞ。次《つぎ》に大山咋神《おほやまくひのかみ》、亦《また》の名《みな》は山末之大主神《やますゑのおほぬしのかみ》。この神《かみ》は近《ちか》つ淡海國《あふみのくに》の日枝《ひえ》の山《やま》に坐し、また葛野《かづぬ》の松《まつ》尾《のお》に坐《ま》して、鳴鏑《なりかぶら》を用《も》つ神《かみ》ぞ。次《つぎ》に庭津日神《にはつひのかみ》。次《つぎ》に阿須波神《あすはのかみ》。次《つぎ》に波比岐神《はひきのかみ》。次《つぎ》に香山戸臣神《かがやまとおみのかみ》。次《つぎ》に羽山戸神《はやまとのかみ》。次《つぎ》に庭高津日神《にはたかつひのかみ》。次《つぎ》に大土神《おほつちのかみ》、亦《また》の名《みな》は土之御祖神《つちのみおやのかみ》。九柱《ここのはしら》。

上の件《くだり》の大年神《おほとしのかみ》の子《みこ》、大國御魂神《おほくにみたまのかみ》以下《よりしも》、大土神《おほつちのかみ》以前《よりさき》は、并《あは》せて十六神《とをあまりむはしら》。

羽山戸神《はやまとのかみ》、大氣都比賣神《おほげつひめのかみ》を娶《めと》して生《う》める子《みこ》は、若山咋神《わかやまくひのかみ》。次《つぎ》に若年神《わかとしのかみ》。次《つぎ》に妹若沙那賣神《いもわかさなめのかみ》。次《つぎ》に彌豆麻岐神《みづまきのかみ》。次《つぎ》に夏高津日神《なつたかつひのかみ》、亦《また》の名《みな》は夏之賣神《なつのめのかみ》。次《つぎ》に秋毘賣神《あきびめのかみ》。次《つぎ》に久久年神《くくとしのかみ》。次《つぎ》に久久紀若室葛根神《くくきわかむろつなねのかみ》。

上《かみ》の件《くだり》の羽山《はやま》の子以下《みこよりしも》、若室葛根《わかむろつなね》以前《よりさき》は、并《あは》せて八神《やはしら》。

【現代語訳】

須佐之男命の御子である大年神《おおとしのかみ》が、神活須毘神《かむいくすびのかみ》の娘である伊怒比賣《いのひめ》を妻として生んだ御子が大國御魂神《おおくにみたまのかみ》、次に韓神《からのかみ》、次に曾富理神《そほりのかみ》、次に白日神《しらひのかみ》、次に聖神《ひじりのかみ》という五柱の神だ。また大年神が香用比賣《かよひめ》を妻として生んだ御子が大香山戸臣神《おおかがやまとおみのかみ》、次に御年神《みとしのかみ》という二柱の神だ。また大年神が天知迦流美豆比賣《あめちかるみづひめ》を妻として生んだ御子が奥津日子神《おきつひこのかみ》、次に奥津比賣命《おきつひめのみこと》で、その神の別名は大戸比賣神《おおべひめのかみ》と言った。この神は、人々が竈の神として祀る神だ。次に大山咋神《おおやまくひのかみ》を生んだ。この神の別名は山末之大主神《やますゑのおおぬしのかみ》と言い、この神は近つ淡海国（後の近江で今の滋賀県）の日枝山（今の比叡山）に祀られている。また、葛野の松尾（京都嵐山の松尾神社）にも祀られている鏑矢を用いる神である。次に阿須波神《あすはのかみ》、次に波比岐神《はひきのかみ》、次に香山戸臣神《かがやまとおみのかみ》、次に羽山戸神《はやまとのかみ》、次に庭高津日神《にわたかつひのかみ》、次に大土神《おおつちのかみ》で、この神の別名は土之御祖神《つちのみおやのかみ》という九柱の神だ。以上に述べた大年神の御子である大國御魂神《おおくにみたまのかみ》から大土神《おおつちのかみ》まで十六柱の神となる。

このうち、羽山戸神《はやまとのかみ》が大気津比賣神を妻として生んだ御子が、若山咋神《わかやまくひのかみ》、次に若年神《わかとしのかみ》、次にその妹の妹若沙那賣神《いもわかさなめのかみ》、次に彌豆麻岐神《みづまきのかみ》、次に夏高津日神《なつたかつひのかみ》で、この神の別名は夏之賣神《なつのめのかみ》ともいう。次に秋毘賣神《あきびめのかみ》、次に久久年神《くくとしのかみ》、次に久久紀若室葛根神《くくきわかむろつなねのかみ》だ。

以上に述べた羽山戸神《はやまとのかみ》の御子である若山咋神《わかやまくひのかみ》から若室葛根神《わかむろつなねのかみ》まで、合わせて八柱の神となる。

【読み解き】

この大年神の子孫の神たちがここに語られています。今までもそうでしたが、この神が神を次々と生んでゆくという物語は、ただ子孫を繁栄させてゆく物語で、その神の系譜を語っているだけではありません。そして、その神の系譜を歴史上意義を持たせるためだけに語られているのでもありません。この段も前と同様に、文化文明の発展を物語っていて、数百年、数千年という時間の流れを語っている部分です。もっとも神話という世界は、私たちの時間感覚で読んではならない部分がほとんどです。イザナキとイザナミが登場するまでに神世七代が語られますが、私たち人間の七代の時間の経過ではなく、数万年という時間が流れています。次の国生みも、さらにその次の神々の誕生もそうです。天照大御神の天の石屋戸の神話、須佐之男神の高天原での物語なども、長い長い時間の物語かもしれません。実際に私たちは心の中の出来事を、まるで長い出来事のように語っているかもしれません。また、一瞬で、一瞬にして多くのことを思うことがよくあります。その逆で、長い年月にあったことを、一瞬にして思い描くこともよくあります。日本の神話は「心のお話」ですから、時間の流れについても、そのような異次元感覚をもって読み解くことが大切です。

この段には、イザナミの死後中断していた「国作り」が、大国主神によって完成へと向かって進んで行くその状況が語られています。それは人の生活に欠かせない、衣食住の食の安定についてです。どうやら私たちの祖先たちは、「国＝食」という考え方があったようです。

これは二十一世紀での私たちの「国作り」でも、第一に考えなくてはならないことでしょう。

大年神というのは須佐之男神と大山積神の娘である神大市比賣との間に生まれた御子神で、穀物全般の実りの神です。その神の子孫について語られるのですから、大国主神の大物主神を祭り、一人行った国作りは、農耕の発展です。神々の中には未だに意義未詳とされている神もいますが、神の名の音から察してみると、大まかな見当はつくものです。意義がわかる神の名だけを追ってみれば、衣食住の「食」に主眼が置かれていることがわかります。大年神から生まれた最初の御子が大国御魂神《おおくにみたまのかみ》。国の神霊の意味を示す神で、国土そのものを神格化した神でもあり、国土の発展する力をもった神です。次に韓神《からのかみ》、曽富理神《そほりのかみ》が生まれます。二柱とも朝鮮半島を意味します。曽富理神の曽富理は朝鮮半島の地名を表しています。どうして日本の国の中の、それも遠い昔の出雲の国作りの神話に朝鮮半島が関係しているのか、それも神様として登場するのか不思議に思われるかもしれませんが、今までも渡来の信仰を飲み込んできたということはお話してきました。また現代の歴史学研究では、稲作文化は朝鮮半島を経由して伝播したというルート、東南アジア地域から直接海を島伝いに渡って伝播したルートとがあることはわかっています。その事をここは物語っています。そもそも朝鮮半島と日本は深い文化的交流を持ってきた歴史があります。天武天皇は唐風の国風《くにぶり》か、大和の国風《くにぶり》か、という大きな歴史の岐路に立ち、そこで大和の国風《くにぶり》による国作りを求めて、壬申の乱を起こしたと思われます。それ程、朝鮮半島（中国も含む）の影響は歴史上、無視できません。

次に生んだのが向日神《むかひのかみ》と聖神《ひじりのかみ》。この二柱は共に農耕に欠かせない太陽の働きにかかわる神で、聖は「日知り」、農耕に欠かせない暦を司る神です。この神の出現で更に農耕が発展して行く基盤ができ、国中に、当時の先端技術の農耕を浸透させる準備が整ったことを意味します。次に生まれた御年神は年穀、稲そのものを意味しています。稲作農業が定着して安定した実りを得ることができるようになったことを物語っています。その結果として次に三柱の神が誕生します。竈の神です。人々の「食」が安定したことをこの三柱の神の誕生は表しています。

このように、大国主神の国作りによって、古代の農耕社会は発展を遂げてゆき、人々の生活は段々と豊かになって衣食住の「住」が整ってゆきます。次に生まれた庭津日神《にわつひのかみ》。この神は屋敷を照らす日の神です。暗い横穴式住居から、古墳で見るような竪穴式住居へと進んだことを意味しているのかもしれません。住居そのものの充実が見られるようになると、次に生まれるのが阿須波神と波比岐神です。この二柱の神は、今も地鎮祭などで家を守る神として神籬《ひもろぎ》に「オー」と警蹕《けいひつ》をかけて勧請する神です。そして羽山戸神、庭高津日神、大土神と、農耕には欠かせない日が照り注ぐ、豊かな土壌の国十が出来上がったことが語られています。大土神の別名の土之御祖神という名は、大地の母神、つまり豊かな実りを生み育む力を意味しています。

ここまでの神々の誕生で、毎年毎年農作物が豊穣に実る国土が形成されたことが物語られ、最後に、年穀つまり稲そのものの一年の無事な実りを意味する神々が誕生します。若山咋《わかやまくい》神《のかみ》は若々しい農作地の力、実り行く年穀そのものを意味しています。次に生まれた若年神は、これから育ち行く稲そのものです。次の若沙那賣神《わかさなめのかみ》は田植をする早乙女《さおとめ》の神格化で、植えられたばかりの早苗の象徴です。次に弥豆麻岐神《みづまきのかみ》が生まれます。この神は水を撒くという意味で、灌漑《かんがい》を象徴する神です。稲作は梅雨時に水を田んぼに満々と張り、夏場にも充分な水を田に満たさなくてはなりません。そうした灌漑を司る神が生まれたということは、灌漑治水が行われて、田畑に充分な水が供給される仕組みが出来たことを意味します。そして夏高津日神が次に生まれます。稲の充分な発育に欠かせない夏の日照を司る神です。そして次に秋毘賣神《あきびめのかみ》が生まれますが、この神は安定した秋の天候を司り守る神です。そして久久年神が次に生まれます。この神は、稲の茎の成長を司る神です。こうして早苗から始まって、水が豊かに枯れることなく田を満たし、一年の平穏な気候に育てられ、秋に豊かな実りを迎えた稲の成長が、神々の名前で物語られています。その結果として、人々の生活は更に豊かになったということが、この段の最後の神の名で示されています。それが久久紀若室葛根神《くくきわかむろつなねのかみ》です。この神は新築の家屋を表す神です。豊かな実りによって人々は新しい家を建てるほどに、国作りが進み、豊かな国となったということを、大国主神の国作りの物語の最後に語っているのです。

第四章　葦原中国の平定（国譲り）

一、天菩比神《あめのほひのかみ》

【原文】

天照大御神《あまてらすおほみかみ》の命《みこと》もちて、「豊葦原《とよあしはら》の千秋長五百秋《ちあきのながいほあき》の水穂國《みづほのくに》は、我《あ》が御子《みこ》、正勝吾勝勝速日天忍穂耳命《まさかつあかつかちはやひあめのおしほみみのみこと》の知《し》らす國《くに》ぞ」と言《こと》よさしたまひて、天降《あまくだ》したまひき。ここに天忍穂耳命《あめのおしほみみのみこと》、天《あめ》の浮橋《うきはし》に立《た》たして詔《の》りたまひしく、「豊葦原《とよあしはら》の千秋長五百秋《ちあきのながいほあき》の水穂國《みづほのくに》は、いたく騒《さや》ぎてありなり」と告《の》りたまひて、更《さら》に還《かへ》り上《のぼ》りて、天照大御神《あまてらすおほみかみ》に請《まを》したまひき。ここに高御産巣日神《たかみむすひのかみ》、天照大御神《あまてらすおほみかみ》の命《みこと》もちて、天《あめ》の安《やす》の河《かは》の河原《かはら》に、八百萬《やほよろづ》の神《かみ》を神集《かむつど》へに集《つど》へて、思金神《おもひかねのかみ》に思《おも》はしめて詔《の》りたまひしく、「この葦原中國《あしはらのなかつくに》は、我《あ》が御子《みこ》の知《し》らす國《くに》と言依《ことよ》さしたまへりし國《くに》なり。故《かれ》、この國《くに》に道速振《ちはやぶ》る荒振《あらぶ》る國《くに》つ神等《かみども》の多《さは》なりと以為《おも》ほす。これ何《いづ》れの神《かみ》を使《つか》はしてか言趣《ことむ》けむ」とのりたまひき。ここに思金神《おもひかねのかみ》また八百萬《やほよろづ》の神《かみ》、議《はか》りて白《まを》ししく、「天菩比神《あめのほひのかみ》、これ遣《つか》はすべし」とまをしき。故《かれ》、天菩比神《あめのほひのかみ》を遣《つか》はしつれば、すなはち大國主神《おほくにのぬしのかみ》に媚《こ》び附《つ》きて、三年《みとせ》に至《いた》るまで復奏《かへりごとまを》さざりき。

【現代語訳】

天照大御神が言うには、「豊かな葦原で長く久しく稲穂の実る国である豊葦原《とよあしはら》の千秋長《ちあきのながい》五百《ほ》秋《あき》の水穂《みずほの》國は、私の御子である正勝吾勝勝速日天忍穂耳命《まさかつあかつかちはやひあめのおしほみみのみこと》の治めるべき国である」と、このように詔《みことのり》して、高天原から葦原の中つ国へと降らせた。そこで天忍穂耳命《あめのおしほみみのみこと》は、天と地との間に懸けられた天浮橋《あめのうきはし》の上に立って、葦原の中つ国を眺めて、「豊葦原の千秋長五百秋の水穂の国は、ひどく騒がしく乱れているようだ」と言って、再び高天原へと上り帰って、天照大御神にその状況を報告して、どうしたらよいのかと尋ねた。そこで、高御産巣日神と天照大御神との命令で、天の安の河の河原に八百万神たちが集められ、どうしたらよいのか話し合いがもたれた。高天原随一の知恵者である思金神に考えを廻らさせたのであった。そして天照大御神は次の様に尋ねた。「この葦原の中つ国は、私の御子の治めるべき国である。しかし、その国には悪い心を持った荒ぶる国つ神どもが大勢居るようだ。その荒ぶる国つ神どもを帰順させて、私の御子が治める国とするためには、どの神を遣わして説得させたらよいだろう」と。すると思金神は再び八百万神たちと相談をして「天菩比神《あめのほひの》を御遣いなさるのがよろしいでしょう」と答えた。そこで天菩日神が葦原の中つ国へと降り遣いとなったが、大国主神に媚びへつらって、ついに三年経っても帰ってくることはなかった。

【読み解き】

大国主神の国作りも進み、この葦原の中つ国は葦ばかりが生える国土だったが、一面に豊な水穂が実る「豊葦原の千秋長五百秋の水穂の国」へと発展を遂げました。しかしこれからまだまだ「修理固成」の神勅を受けての「国作り」を進めなくてはなりません。豊葦原の国の修理固成はまだ続き、今も続けられているのです。

天照大御神は、高天原からじっとその「国作り」の進捗状況を眺め、豊かな水穂の国となったことを見て、あの安の河原で弟須佐之男神と行ったウケヒの時に生まれた御子、天忍穂耳尊《あめのおしほみみのみこと》に中つ国を治めさせようと考えました。何度も述べますが、この中つ国という現実世界は高天原の神のものです。ですから、もともと、「目に見えないモノとコト」によって成り立っている現実世界ですから、天照大御神の御子が治めるのは当然のことです。そのために長い年月をかけて、人々が心を中心に据えて生活できるように、その環境を整えてきたのです。それが「国作り」という大仕事でした。人々の心の安定は、心の平穏です。最低限の生活の安定があってこそ、人は「目に見えないモノとコト」に心の眼を向けるものです。「信心は徳の余りから」というのも頷ける話です。

天照大御神は、天忍穂耳命を中つ国の統治者として使命しました。天忍穂耳尊の「忍」という言葉は「おほし(大)」の意味で、「穂」は「秀でる」の意味。「耳」は「身」の意で、「大いに秀でた身を持った神」という意味ですから、高天原の御子の中で、最も優れた御子をこの世の統治者として高天原から差し向けることとしたのです。天忍穂耳命には「正勝吾勝勝速日《まさかつあかつかちはやひ》」という言葉がその名の上に冠されています。この言葉の意味は、須佐之男神とのウケヒに勝ったと勝ち誇るという意味で、その名の「秀でる」が強調されています。この言葉が冠されていることが、実はこの天菩比命の性格を物語っているように思います。

ここで、天照大御神は「知らす」という言葉を使っています。「知らす」は「治める」ですが、ただの「治める」とは違っています。今までも大国主神は出雲の国の大王として、出雲を中心とする中つ国を治めています。しかし『古事記』の神話では、大国主神には「知らす」という言葉は使っていません。「知らす」と「治める」を厳格に区別しています。「知らす」というのは、「あのお方が、見ている、聞いている、知っている。だから我々もしっかりとしなくては」というように心を治めることで、「徳治」ということになります。これが日本の天皇の統治の仕方です。天照大御神の「知らす」という詔を、今も厳格に守り続けているのが、日本の象徴天皇ということになります。一方、大国主神に象徴される「治める」というのは、武力をもって行うことも含まれます。八十神を征伐するという物語ともなっていました。高天原の統治の方法は「知らす」です。ですから、天つ神が直接「国作り」をせずに、大国主神にその大仕事をまかせて、それがある程度の完成を見るまで待ったわけです。それがこの「国譲り」という神話を生むのです。この「国譲り」の段では、大成する人物が「大業を成すにはどうしたらよいか」を、より具体的な示唆を与えながら教えてくれます。

天忍穂耳命は、天照大御神の「知らせよ」という命令を受けて、天浮橋に立って中つ国を観察します。天浮橋の持つ意味は、「善悪正邪を分かち結んで中ほどを執る」という意味で、中庸を表します。天忍穂耳命は、「知らす」ために先ず最初にしっかりと物の有様を把握するということをしたのです。物事の成就には正確な状況判断が必要です。客観的に善悪正邪を分かち、冷静な判断をしたのです。

天忍穂耳命が天浮橋に立って、冷静に中津国の状況を観察したところ、状況は「いたくさやぎてありけり」でした。水穂も豊かに実り、一見豊かな平和な国が出来ているようだけれども、酷く騒がしいということを見て取ったのです。物質が豊かになると、人は騒ぎ始めます。その本質をしっかりと見抜いたのです。そこで天忍穂耳命は再び高天原に帰って天照大御神に報告して判断を仰ぎます。この姿勢には示唆が物語られています。天忍穂耳命の行動は、常に「天意」を重んじ、「天意を伺う」という姿勢です。物事の正邪の判断は人のなすことではなく、「天意」がどうするかを判断するのです。「天意を伺う」とは「原点」です。この物語は、「判断に苦慮した時には、原点に立ち返れ」という先人たちからの教えが物語られているのです。これが大業成就の秘訣なのです。

天忍穂耳命からの報告を受けて、高御産巣日神と天照大御神は、八百万神たちを召して会議を開きます。そして大勢の意見を纏めます。これも大業成就の秘訣です。神は常に独断専行の行動をせず、時間がかかろうとも民意を重んじて意見を出し合って検討します。西洋諸国に民主主義が確立するずっと以前の神世の昔から、日本は民主主義を第一に掲げていることが、この『古事記』神話が教えています。また、この一文から、高天原の中心の神は、天照大御神一柱ではなく、高御産巣日神と天照大御神の二柱によって営まれていることがわかります。

次に天照大御神は、「国譲り」に向けて「言《こと》むけむ」と言葉を発します。この中つ国には「ちはやぶる」荒ぶる神たちが大勢いるのを受けての発言です。「千早ぶる」は神の枕詞とされています。「ちはやぶる」は「知・速や・振る」の意からできていて、「速」は速須佐之男神の「速」と同じで、力の威力を称えた美称、「振る」は働かすといった意味です。「威力ある英知を働かす」というのが「神」の枕詞の意味です。ところがここでの一文は「荒ぶる神」に冠されています。騒ぎ立てる神々ですから、「ちはやぶる」の「知」は、「愚ろ知」と読み解くことができます。今の世の中でもそうです。大抵物事を騒ぎ立て壊す輩は、愚かな知恵を働かせて、それを英知と思い違いをして騒ぎ立てているものです。

その愚かな知恵で騒ぎ立てている荒ぶる神たちに対して、「言むけむ」と天照大御神は命じています。「言むけむ」とは「説得する」「説伏する」という意味。天照大御神は、荒ぶる神たちを武力をもって平定せよとは命じず、「説得せよ」と命じています。二十一世紀の世界にあっても、日本の進むべき道は、武力による弾圧ではなく、説得という話し合いだと語っているのです。この「言むけむ」を受けて、知恵の神である思金神が中心になって八百万神が再び話し合いをします。私は本来国会などは斯くあって欲しいと思います。勝手な私利私欲の思いをぶつけ合うのではなく、一つの目標に向かって天意を受けて話し合う姿こそが望まれるところです。

八百万の神の話し合いによって、次なる使者が決まります。それがこの段の主役である天菩比命《あめのほひのみこと》です。天菩比命も、天照大御神と須佐之男神のウケヒの時に、天照大御神の右の角髪に巻いた御統の玉から、須佐之男神の息吹によって生まれた神です。「菩比」とは「すべてに秀でる」という意味です。高天原の神たちは「国譲り」へ向けて、高天原随一の秀でた神を中つ国へと差し向けることを決め、送り出しました。しかしその結果は天菩比命の「背信」によって失敗に終わります。どうして天菩比命は、高天原の神々の信任に対して背信をしたのでしょうか。それは「媚へつらう」ということによって背信をしたのです。たった一行の短い文章でそれを諭していますから、よくよく「心の眼」を開いて読み解かなければならないところです。

天菩比命は、高天原の才能豊な優秀な神でした。荒ぶる神たちの説得のために中つ国へ降りていったのですが、そこには大国主神という強大な権力を持った神がいました。その権力の前に、媚びへつらってしまったのです。天菩比命の心の弱さを物語っています。大きな力を持った者を前にして、説得という重大な使命を忘れ、権力に媚び、諂《へつら》い、従がってしまったのです。「ミイラ取りがミイラになる」という教えです。私たち一人ひとりは誰もが使命をもって生きています。使命を果たすために禍する心の働きが「媚びへつらう」です。よほど気をつけないと、大業成就の妨げになるぞと教えているのです。

二、天若日子《あめのわかひこ》

【原文】

ここをもちて高御《たかみ》産《む》巣《す》日神《ひのかみ》、天照大御神《あまてらすおほみかみ》、また諸《もろもろ》の神等《かみたち》に問《と》ひたまひしく、「葦原中國《あしはらのなかつくに》に遣《つか》はせる天菩比神《あめのほひのかみ》、久《ひさ》しく復奏《かへりごとまを》さず。また何《いづ》れの神《かみ》を使《つか》はさば吉《よ》けむ」と問《と》ひたまひき。

ここに思金神《おもひかねのかみ》、答《こた》へ白《まを》ししく、「天津國玉神《あまつくにたまのかみ》の子《こ》、天若日子《あめのわかひこ》を遣《つか》はすべし」とまをしき。故《かれ》ここに天之麻迦古弓《あめのまかこゆみ》、天之波波矢《あめのははや》を天若日子《あめのわかひこ》に賜《たま》ひて遣《つか》はしき。ここに天若日子《あめのわかひこ》、その國《くに》に降《を》り到《いた》る即《すなは》ち、大國主神《おほくにぬしのかみ》の女《むすめ》、下照比賣《したてるひめ》を娶《めと》し、またその國《くに》を獲《え》むと慮《おもひはか》りて、八年《やとせ》に至《いた》るまで復　奏《かへりごとまを》さざりき。

故《かれ》ここに天照大御神《あまてらすおほみかみ》、高御産巣日神《たかみむすひのかみ》、また諸《もろもろ》の神等《かみたち》に問《と》ひたまひしく、「天若日子《あめのわかひこ》久《ひさ》しく復　奏《かへりごとまを》さず。また曷《いづ》れの神《かみ》を遣《つか》はしてか、天若日子《あめのわかひこ》が淹留《ひさしくとど》まる所由《ゆゑ》を問《と》はむ」と問《と》ひたまひき。ここに諸《もろもろ》の神《かみ》また思金神《おもひかねのかみ》、「雉《きぎし》、名《な》は鳴女《なきめ》を遣《つか》はすべし」と答《こた》へ白《まを》しし時《とき》に、詔《の》りたまひしく、「汝行《なれゆ》きて天若日子《あめのわかひこ》に問《と》はむ状《さま》は、『汝《みまし》を葦原中國《あしはらのなかつくに》に使《つか》はせる所以《ゆゑ》は、その國《くに》の荒振《あらぶ》る神等《かみども》を、言趣《ことむけ》け和《やは》せとなり。何《いか》にか八年《やとせ》に至《いた》るまで復　奏《かへりごとまを》さざる』と問《と》へ」とのりたまひき。

故《かれ》ここに鳴女《なきめ》、天《あま》より降《を》り到《いた》りて、天若日子《あめのわかひこ》の門《かど》なる湯津楓《ゆつかつら》の上《うへ》に居《ゐ》て、委曲《まつぶさ》に天《あま》つ神《かみ》の詔《の》りたまひし命《みこと》の如言《ごとい》ひき。ここに天佐具賣《あめのさぐめ》、この鳥《とり》の言《い》ふことを聞《き》きて、天若日子《あめのわかひこ》に語《かた》りて言《い》ひしく、「この鳥《とり》は、その鳴《な》く音甚惡《こゑいとあ》し。故《かれ》、射殺《いころ》すべし」と云《い》ひ進《すす》むる即《すなは》ち、天若日《あめのわかひ》子《こ》、天《あま》つ神《かみ》の賜《たま》へりし天之波士弓《あまのはじゆみ》、天之加久矢《あめのかくや》を持《も》ちて、その雉《きぎし》を射殺《いころ》しき。ここにその矢《や》、雉《きぎし》の胸《むね》より通《とほ》りて、逆《さかしま》に射上《いあ》げらえて、天《あめ》の安《やす》の河《かは》の河原《かはら》に坐《ま》す天照大御神《あまてらすおほみかみ》、高木神《たかぎのかみ》の御所《みもと》に逮《いた》りき。この高木神《たかぎのかみ》は、高御産巣日神《たかみむすひのかみ》の別《また》の名《みな》ぞ。故《かれ》、高木神《たかぎのかみ》、その矢《や》を取《と》りて見《み》たまへば、血《ち》、その矢《や》の羽《は》に著《つ》けり。ここに高木神《たかぎのかみ》、「この矢《や》は、天若日子《あめのわかひこ》に賜《たま》へりし矢《や》ぞ」と告《の》りたまひて、すなはち諸《もろもろ》の神等《かみたち》に示《み》せて詔《の》りたまひしく、「或《も》し天若日子《あめのわかひこ》、命《みこと》を誤《あやま》たず、惡《あ》しき神《かみ》を射《い》つる矢《や》の至《きた》りしならば、天若日子《あめのわかひこ》に中《あた》らざれ。或《も》し邪《きたな》き心《こころ》有《あ》らば、天若日子《あめのわかひこ》この矢《や》に禍《まが》れ」と云《い》ひて、その矢《や》を取《と》りて、その矢《や》の穴《あな》より衝《つ》き返《かへ》し下《くだ》したまへば、天若日子《あめのわかひこ》が朝床《あさとこ》に寝《いね》し高胸坂《たかむなさか》に中《あた》りて死《みうせ》にき。［これ還矢《かへりや》の本《もと》なり］またその雉《きぎし》還《かへ》らざりき。故今《かれいま》に諺《ことわざ》に、「雉《きぎし》の頓使《ひたづかひ》」と曰《い》ふ本《もと》これなり。

【現代語訳】

国譲りを説得するために差し向けた天菩比命は、大国主神に媚びへつらい、三年経っても帰ってくることがなかった。そこで、高御産巣日神と天照大御神は、再び多くの神たちを集めて次のように尋ねた。「葦原の中つ国へ差し向けた天菩比命は、すでに久しく経つのに未だに戻って来て事の次第を告げようとしない。この上はどの神を説得の使者として差し向ければ良いだろうか」と、多くの神々に向かって尋ねた。すると思金神が答えて言うには「天つ国玉神の御子である天若日子を使者として遣わそう」と言った。そこで、今度は天若日子に天之麻迦古弓《あめのまかこゆみ》と天之波波矢《あめのははや》という鹿狩に使う立派な弓矢を授けて、中つ国へと遣わした。天若日子《あめのわかひこ》は、葦原の中つ国へ降りていったが、その国に着くと、早速大国主神の娘の下照比賣《したてるひめ》を妻にして、あわよくばこの国を自分のものにしようとする謀みを持ち、八年経っても、与えられた使命を果たさず、高天原に戻って事の次第を説明しようとはしなかった。

そこで、また天照大御神と高御産巣日神は多くの神々を召し集めて、次のように尋ねた。

「天若日子も、中つ国へ差し向けてから久しくなるのに、未だに戻って来て事の次第を告げようとしない。この上は、いったいどの神を中つ国へ遣わして、天若日子が何故久しく中つ国に留まっているのか、その理由を尋ねたらどうか」とこのように尋ねた。そこで多くの神々と思金神が答えるには「雉で、名を鳴女《なきめ》という者を遣いに出したらよいでしょう」と答えて、その雉の鳴女《なきめ》に次のように命令をした。「お前は、中つ国の天若日子のところまで飛んでいって、天若日子にこのように聞きなさい。『貴方様を葦原の中つ国に遣いに出したのは、その国の荒ぶる神たちを説得して帰順させるためです。何で八年経っても高天原に帰って事の次第を報告なさらないのですか』」と。雉の鳴女は早速天から中つ国へ舞い降りると、天若日子の家の入り口に生えている枝葉の茂った桂の木の上にとまって、天つ神から受けた命令の言葉を、そのまま一言も漏らさずに歌うかのように復誦した。すると天佐具賣《あめのさぐめ》という巫女が、この雉の鳴女の言うことを聞いて、天若日子に次のように言った。「この鳥は、鳴く声がひどく不吉です。ですから直ぐに射殺してしまうべきです」と、このように言い勧めたので、天若日子は早速、天つ神から授かった天之波士弓《あめのはじゆみ》と天之加久矢《あめのかくや》を手に持ち、その雉を射殺してしまった。その天若日子が射た矢は、雉の胸を突き通して、さらに逆さまに射上げられ、ついには安河原にいた天照大御神と高木神《たかぎのかみ》のもとへと届いた。この高木神は、高御産巣日神の別名である。そこで高木神が、その矢を手にとって見たところ、矢の羽には血がついていた。そこで高木神は、「この矢は天若日子に授けられた矢だ」と言って、多くの神々にその矢を見せて、次のように言った。「もし天若日子が命令されたとおりに、荒ぶる神たちを征伐するために射た矢がここに飛んできたのであれば、この矢は天若日子には当たるな。もし天若日子に命令に背く心があったならば、逆に天の若日子に当たり禍あれ」と言って、その矢を取って、矢の射通った穴からその矢を突き返した。その時天若日子は床の上で横になっていたが、その厚い胸板に矢は当たって、天若日子は死んでしまった。これが「還矢《かえりや》恐るべし」という諺のもとである。また、この時の使いの雉も帰ってくることはなかった。そこで今でも諺に「雉《きぎし》の頓使《ひたづかい》」というのは、これがもとである。

【読み解き】

天照大御神の、豊葦原の中つ国を「国譲り」させるという計画は、天菩比命の背信を受けて、天照大御神は再び使者を送ることにします。今度は自らの御子ではなく、天津国玉神《あまつくにたまのかみ》の御子である天若日子と決めます。天津国玉神とは、天の国魂《くにたま》の意で、天の意思そのものを表しています。その御子を葦原の中つ国へと差し向けるということは、葦原の中つ国を高天原に帰属させるという天の意思は変わらない絶対であることを意味しています。天若日子には天の若々しい秀でた神という意味があります。この若々しいというところに、再び国譲りが成就しないという結果を招く鍵があります。天若日子は若いが故の過ちを犯します。

天菩比命の時は、身一つで中つ国へと遣わしましたが、結果は強大な力の前に媚びへつらうというものでした。そこで、今度は天之麻迦古弓《あめのまかこゆみ》と天之波波矢《あめのははや》を持たせることにしました。強大な武力を有する大国主神の前に出ても、怖気づかないように武器を持たせたのです。荒ぶる神を相手にするときには、それなりの準備と覚悟が必要というわけです。他国へは攻め入らないが、己を守り抜くという覚悟は必要だと言っているのです。

中つ国へと降り立った天若日子は、大国主神の娘である下照比賣《したてるひめ》の誘惑にあいます。下照比賣という神は大国主神の子孫の段に登場した神で、高比賣、また下光比賣と書かれていた神です。文字は違えども同じ神です。色香の欲望に歯止めをかけられなかった若い天若日子は、大切な使命を忘れてしまい、結婚します。欲望は、抑制の箍《たが》が外れると心の奥底から次々と沸いて出てくるものです。あわよくばこの強大な力をもつ出雲の国が、自分のものとなればという更なる欲望に駆られます。欲望もここまで来ると、反逆行為になります。天若日子は、葦原の中つ国を乗っ取るという大いなる野望を持つに至り、遂に八年経ってもその使命をはたすことをしませんでした。この八年という「八」も、実際の八年と読んではならない数字で、長い年月と解釈します。すでに中つ国を我が物にせんと目論んでいるのですから、永久に高天原に帰る気はないということです。

あまりに天若日子が帰ってこないので不思議に思った天照大御神は、思金神《おもいかねのかみ》の知恵によって、鳴女という雉を遣わして事の真実を探ります。その鳥の声を聞いた巫女の天佐具賣《あめのさぐめ》は、雉の鳴き声から「不吉だ」として、天若日子を殺すように進言します。「佐具賣」とは「探女」という意。隠密なことを探り出す巫女という意味です。天若日子がもし、天忍穂耳命のように、高天原に帰ってお伺いを立てたならば、または天の浮橋に立って正邪善悪を見定めたならば、死ぬことはなかったでしょう。人は常に原点に帰って考えるということが大切なのです。また、怪しき霊能霊媒の言葉に惑わされないことが大切なのだとも教えています。人は「ウマシ」の心に立って、「修理固成」の神勅を戴していれば、過ちを犯すことはないのです。ついつい私たちは、何の根拠もない不可思議な力に頼ろうとします。それは心の弱さの現れです。ここには「戒めと教訓」が物語られています。

天若日子が射た矢は高天原に届きます。そして高御産巣日神は「もし天若日子が命令されたとおりに、荒ぶる神たちを征伐するために射た矢がここに飛んできたのであれば、この矢は天若日子には当たるな。もし天若日子に命令に背く心があったならば、逆に天の若彦に当たり禍あれ」と言って投げ返します。その矢は天若日子の胸に刺さり、天若日子は死にます。この矢を投げる時に、高御産巣日神は「まがれ」と言って矢を投げ返します。「まがれ」は「禍《まが》あれ」で、もし邪《よこしま》な心があるならそれ相応の災難があれと解釈します。「死んでしまえ」であるならば「死《ま》かれ」となります。「ウマシ」の心の元となる高御産巣日神の発言ですから、天地自然の摂理として、犯した罪には相応の償いがあるという「理」を示す行為と読み解くことです。

高天原の神たちは、中つ国が水穂の国として完成に向かっていることは知っていましたが、細かな実情は掴めていませんでした。そこで詳細を知るために確かめさせます。天忍穂耳命によって荒ぶる神たちが騒いでいることを知り、天若日子によって邪まな思いを起こさせる神もいることもわかりました。良きも悪しきも、ことの真実はやがて高天原の神の知るところとなります。まさに「天網恢恢疎《てんもうかいかいそ》にして漏らさず」、必ず天の知るところとなるのです。

どのように隠し立てしても、心の内は象《しょう》となって必ずこの世に現れます。そして自分の行いは必ず自分に帰ってくるということを教えてくれています。

三、阿遅志貴高日子根神《あぢしきたかひこねのかみ》

【原文】

故《かれ》、天若日子《あめのわかひこ》の妻《つま》、下照比賣《したてるひめ》の哭《な》く聲《こゑ》、風《かぜ》の與《むた》響《ひび》きて天《あめ》に到《いた》りき。ここに天《あめ》なる天若日子《あめのわかひこ》の父《ちち》、天津國玉神《あまつくにたまのかみ》またその妻子《めこ》聞《き》きて、降《くだ》り來《き》て哭《な》き悲《かな》しみて、すなはち其處《そこ》に喪屋《もや》を作《つく》りて、河鴈《かはがり》を岐佐理持《きさりもち》とし、鷺《さぎ》を掃持《ははきもち》とし、翠鳥《そこどり》を御食人《みけびと》とし、雀《すずめ》を碓女《うすめ》とし、雉《きぎし》を哭女《なきめ》とし、かく行《おこ》なひ定《さだ》めて、日八日夜八夜《ひやかよやよ》を遊《あそ》びき。

この時《とき》、阿遅志貴高日子根神《あぢしきたかひこねのかみ》到《き》て、天若日子《あめのわかひこ》の喪《も》を弔《とぶら》ひたまふ時《とき》に、天《あめ》より降《くだ》り到《き》つる天《あめ》若日子《のわかひこ》の父《ちち》、またその妻《つま》、皆《みな》哭《な》きて云《い》ひしく、「我《あ》が子《こ》は死《し》なずてありけり。我《あ》が君《きみ》は死《し》なずてましけり」と云《い》ひて、手足《てあし》に取《と》り懸《かか》りて哭《な》き悲《かな》しみき。その過《あやま》ちし所以《ゆゑ》は、この二柱《ふたはしら》の神《かみ》の容姿《かたち》、甚《いと》よく相似《あひに》たり。故《かれ》ここをもちて過《あやま》ちき。ここに阿遅志貴高日子根神《あぢしきたかひこねのかみ》、大《いた》く怒《いか》りて曰《い》ひしく、「我《あ》は愛《うるは》しき友《とも》なれこそ弔《とぶら》ひ來《き》つれ。何《なに》とかも吾《あ》を穢《きたな》き死人《しにびと》に比《くら》ぶる」と云《い》ひて、御佩《はか》せる十掬劒《とつかのつるぎ》を抜《ぬ》きて、その喪屋《もや》を切《き》り伏《ふ》せ、足《あし》もちて蹶《く》ゑ離《はな》ち遣《や》りき。こは美濃國《みののくに》の藍見河《あゐみかは》の河上《かはかみ》の喪山《もやま》ぞ。その持《も》ちて切《き》れる太刀《たち》の名《な》は、大量《おほはかり》と謂《い》ひ、亦《また》の名《な》は神度劒《かむどのつるぎ》と謂《い》ふ。故《かれ》、阿遅志貴高日子根神《あぢしきたかひこねのかみ》は、忿《いか》りて飛《と》び去《さ》りし時《とき》、その同母妹《いろも》、高比賣命《たかひめのみこと》、その御名《みな》を

顯《あら》はさむと思《おも》ひき。故《かれ》、歌《うた》ひしく、

天《あめ》なるや　弟棚機《おとたなばた》の
項《うな》がせる　玉《たま》の御統《みすまる》
御統《みすまる》に　穴玉《あなだま》はや
み谷《たに》　二渡《ふたわた》らす
阿遅志貴高日子根《あぢしきたかひこね》の神《かみ》ぞ

とうたひき。この歌《うた》は夷振《ひなぶり》なり。

【現代語訳】

夫である天若日子に死なれて、その妻である下照比賣《したてるひめ》の嘆き悲しむ泣き声は、風と共に響いて高天原にまで届いた。そこで、高天原にいた天若日子の父、天津国玉神やその妻や子供たちはその嘆き悲しむ泣き声を聞いて、中つ国へと降り共に泣き悲しんだ。そこで早速遺体を安置して葬儀を行う喪屋《もや》を作り、河の畔に住む雁《かり》を、棺に寄り添って死者に捧げる食物を頭に乗せてゆく岐佐理持《ちさりもち》の役とし、鷺《さぎ》を喪屋を掃除するために箒《ほうき》を持つ箒持《ははきもち》の役とし、翡翠《かわせみ》を死者に食事を供える御食人《めけびと》の役とし、雀《すずめ》を米を突く碓女《うすめ》の役とし、雉《きじ》を葬式の時に泣く哭女《なきめ》の役とした。このようにそれぞれの役を定めて八日八夜の間、死者の魂を慰めるために歌い踊った。

この時、阿遅志貴高日子根神《あぢしきたかひこねのかみ》がやって来て、天若日子の喪を弔った。その時、高天原から降ってきた天若日子の父もその妻も、皆が声をあげて泣きながら言った。「我が子は死んだのではなかったのか」「我が愛しい方は死なずにおいでだった」と言いながら、その手足に取り組って泣き喜んだ。このように間違えた理由は、この二柱の神は、その顔も姿かたちがそっくりであったからだ。そのために、こうして見間違ったというわけだ。

死者と間違えられた阿遅志貴高日子根神《あぢしきたかひこねのかみ》はたいそう激怒して、次のように言った。「私は親友だからこそ、その死を悼み弔いに来たのだ。それを何ということだ。私を穢れた死者と間違えるとは」と言って、腰に帯びた十掬剣《とつかのつるぎ》を引き抜いて、その喪屋を切り伏せ、足で蹴飛ばしてしまった。蹴飛ばされた喪屋は、美濃の国（今の岐阜県）の藍見河《あいみかわ》（今の長良川）の河上にある、喪山《もやま》という山になった。その時手に取り持って切った太刀は、大量《おおばかり》と言い、またの名を神度剣《かむどのつるぎ》ともいう。

阿遅志貴高日子根神《あぢしきたかひこねのかみ》が激怒して飛び去って行く時に、その妹の高比賣命は、その兄の名前が明らかにならないことを残念に思い、その名を明らかにしようとして、次のような歌をうたった。

高天原に居ます若い機織姫が
その首飾りの穴だまの一つひとつが
穴だまのきらきらと輝くように
深い谷を二つも越えて輝かせてお渡りになる
その輝かしい神は、阿遅志貴高日子根神《あぢしきたかひこねのかみ》なのですよこの歌は、夷振《ひなぶり》という田舎風の味わいのものである。

【読み解き】

さて、天若日子は「還矢恐るべし」の諺のままに、矢が胸に突き刺さり死んでしまいました。そこで葬儀が営まれることとなり喪屋が建てられます。喪屋とは葬儀のためだけに遺体を安置する建物です。「死」というものは、体の中の生きる力、生き生きとさせる「気」が「枯れる」ことで、最も重大な「気枯れ」、つまり「穢れ」ですから、「死の穢れ」が他者に及ばないように忌み嫌って建てられるのです。今でも私たちは「死の穢れ」を「忌む」ということをしていますから、喪服は葬儀の時だけのものですし、葬儀から戻る道は往路とは違う道を通るとか、葬儀から帰れば家に入る前に塩で清めるなどいうことをしています。

この段の葬儀の様子が興味をそそられます。「河鴈《かわがり》を岐佐理持《きさりもち》とし、鷺《さぎ》を掃持《ははきもち》とし、翠鳥《そこどり》を御食人《みけびと》とし、雀《すずめ》を碓女《うすめ》とし、雉《きぎし》を哭女《なきめ》とし」と、葬儀にかかわる役が鳥によって行われています。これは、出雲地方にあった「鳥葬」の名残であるといわれます。出雲地方では古代において、高貴な人の死に際しては、鬚籠《ひげかご》という籠を作り、そこに亡骸《なきがら》を入れて、山の大きな木の中ほどに吊るして、三年ほど其の侭にしておき、亡骸が白骨となったところで河で洗い、埋葬したということです。鬚籠に入れられ高い木の中ほどに吊るされた亡骸を鳥が啄ばみにやって来ます。鳥が啄ばむことによって亡骸は骨となるのです。鳥が死者の魂を天に運び、天に帰すのだと考えられていました。そこから鳥が、天地を行き来して魂を運ぶ存在としてやがて信仰の対象になったといわれています。鳥が天と地との間を行き来して魂を運ぶ役目をするという信仰の形態は、世界中にあります。恐らく古代では、日本でも国土のいたるところで行われていたのではないでしょうか。鳥信仰は、羽衣伝説となり、ヤマトタケルが亡くなった時に、白い大鳥となって西へと飛んだという伝説となります。今でも天皇の葬儀には、その時に白鳥となって西の河内へと飛び去るヤマトタケルを偲び歌った后の歌が歌われています。

死者と間違われた阿遅志貴高日子根神《あぢしきたかひこねのかみ》は、激怒して喪屋を太刀で切り払って、遠く今の岐阜県にまで飛ぶほどに蹴散らかします。何とも激しい行動です。ここにも、イザナギ、スサノオと受け継がれてきた、日本人の異常なまでに過敏な精神性というものが物語られ、注意を喚起しています。最後に高比賣は、激怒した兄阿遅志貴高日子根神《あぢしきたかひこねのかみ》が、誰であるかも明かさずに立ち去ったので、その名を明らかにし、誤解を解くために、阿遅志貴高日子根神《あぢしきたかひこねのかみ》の輝くような徳を称えた歌をうたい、天若日子の父親や母親に告げます。

四、建御雷神《たけみかづちのかみ》

【原文】

ここに天照大御神《あまてらすおほみかみ》、詔《の》りたまひしく、「また曷《いづ》れの神《かみ》を遣《つか》はさば吉《よ》けむ」とのりたまひき。

ここに思金神《おもひかねのかみ》また諸《もろもろ》の神《かみ》白《まを》しく、「天《あめ》の安《やす》の河《かは》の河上《かはかみ》の天《あめ》の石屋《いはや》に坐《ま》す、名《な》は伊都之尾羽《いつのをは》張神《ばりのかみ》、これ遣《つか》はすべし。もしまたこの神《かみ》にあらずは、その神《かみ》の子《こ》、建御雷之男神《たけみかづちのをのかみ》、これ遣《つか》はすべし。またその天尾羽張神《あめのをはばりのかみ》は、逆《さかしま》に天《あめ》の安《やす》の河《かは》の水《みづ》を塞《せ》き上《あ》げて、道《みち》を塞《せ》きて居《を》る故《ゆゑ》に、他神《あだしかみ》は得《え》行《ゆ》かじ。故《かれ》、別《こと》に天迦久神《あめのかくのかみ》を遣《つか》はして問《と》ふべし」とまをしき。故《かれ》ここに天迦久神《あめのかくのかみ》を使《つか》はして、天尾羽張神《あめのをはばりのかみ》に問《と》はしし時《とき》に、答《こた》へ白《まを》ししく、「恐《かしこ》し。仕《つか》へ奉《まつ》らむ。然《しか》れどもこの道《みち》には、僕《あ》が子《こ》、建御雷神《たけみかづちのかみ》を遣《つか》はすべし」とまをして、すなはち貢進《たてまつ》りき。ここに天鳥船《あめのとりふね》神《のかみ》を建御雷神《たけみかづちのかみ》に副《そ》へて遣《つか》はしたまひき。

【現代語訳】

天照大御神は次のように尋ねた「今度はどの神を遣わしたらよいのだろうか」すると、思金神と多くの神たちは相談をして次のように答えた。「天の安河の河上にある天石屋に居る神で、名前は伊《い》都《つ》之《の》尾《お》羽張神《はばりのかみ》という神をお遣いとして差し向けられるのがよいでしょう。もしこの神が都合が悪ければ、その神の御子である建御雷之男神《たけみかづちのおのかみ》を遣いとして差し向けられるのがよろしいでしょう。しかしその尾羽張神《おはばりのかみ》は、天安河の水の流れを塞き止めて、そこに行く道すらも塞き止めておりますので、他の神では到底そこまで行くことができないでしょう。特別に天迦久神《あめのかくのかみ》を遣いとして出して聞いてみるとよいでしょう」。そこで、天迦久神《あめのかくのかみ》を遣いとして出して、天尾羽張神《あめのおはばりのかみ》に意向を尋ねた。すると天尾羽張神《あめのおはばりのかみ》は次の様に答えた。「恐れ多いことです。お引き受けいたしましょう。しかし、このお役には私の子である建御雷神《たけみかづちのかみ》が適任ですから、それを遣わしましょう」と、こう答えて、その子を差し出した。この神に、さらに船の神である天鳥船神《あめのとりふねのかみ》を副《そ》えて、葦原の中つ国へ遣わした。

【読み解き】

天照大御神は再び「国譲り」へ向けて使者を豊葦原の中つ国へと送り出します。天菩比命は大国主神の強大な力に媚びへつらい、その使命を果たさず背信しました。次に差し向けた天若日子は誘惑に負けてその使命を果たすことなく、むしろ反逆の行為をしました。そこで次に使者として選び出されたのが建御雷之男神《たけみかづちのおのかみ》でした。

この神が選ばれる前に父親の尾羽張神が選ばれます。この神は、『日本書紀』には「稜威雄走神」と記されています。雄々しい強い精神を持った神で、高天原の安河の河上の天石屋に住んでいました。この天石屋は、天照大御神の籠もった石屋戸とは別のものと考えたほうがよいでしょう。むしろ洞穴と考えたほうが適切かもしれません。この神は安河を塞き止めて、そこへ至る道までも塞き止めているので誰も通れません。そこで険しい山道を自由に歩き回る鹿の神が選ばれます。それが天迦久神《あめのかくのかみ》です。実はこの尾羽張神の河を塞き止め、道をも塞き止めて石屋に住んでいるという状況は、一体何を意味するのでしょう。これは鉄を生産する鉱山の様子であるともいわれています。それ故、尾羽張神の御子が建御雷之男神という雷神であり、刀剣の神でもあるのです。そこで、鍛冶に使う鞴《ふいご》が鹿の皮から作られたために、鹿神が特別に選ばれたのでしょう。この件は刀剣の製造とも密接なかかわりがある部分で、天迦久神《あめのかくのかみ》は鉄の鋳造には欠かせない火之迦具土神ではないかという学説もあります。

ここで建御雷之男神が使者として選ばれ、そしてこの神によって「国譲り」は成就します。何故か。その理由は、この神の名から想像される性格にあります。建御雷之男神は雷神でもあり、刀剣の神でもあります。刀剣、剣は、英知と勇気の象徴でもあり、揺ぎない信念の象徴でもあり、雄々しさの象徴でもあり、邪なる心を近づけない力の象徴でもあります。これまでの二柱の神に欠けていた部分をすべて兼ね持っている神だからです。この神を遣わすことにより、「国譲り」という大業は成就へと向かうのです。

ここには「邪なることに惑わされない不屈の精神」が教訓と戒めとして語られています。

五、事代主神《ことしろぬしのかみ》の服従

【原文】

ここをもちてこの二《ふた》はしらの神《かみ》、出雲國《いづものくに》の伊那佐《いなさ》の小濱《をばま》に降《を》り到《いた》りて、十掬劒《とつかのつるぎ》を抜《ぬ》きて、逆《さかしま》に浪《なみ》の穂《ほ》に刺《さ》し立《た》て、その劒《つるぎ》の前《さき》に趺《あぐ》み坐《ま》して、その大國主神《おほくにぬしのかみ》に問《と》ひて言《の》りたまひしく、「天照大御神《あまてらすおほみかみ》、高木神《たかぎのかみのみこと》命もちて、問《と》ひに使《つか》はせり。汝《みまし》がうしはける葦原中國《あしはらのなかつくに》は、我《あ》が御子《みこ》の知《し》らす國《くに》ぞと言依《ことよ》さしたまひき。故《かれ》、汝《な》が心《こころ》は奈何《いか》に」とのりたまひき。ここに答《こた》へ白《まを》ししく、「僕《あ》は得白《えまを》さじ。我《あ》が子《こ》、八重言代主神《やへことしろぬしのかみ》、これ白《まを》すべし。然《しか》るに鳥遊《とがり》をし、魚取《なと》りて、御大《みほ》の前《さき》に往《ゆ》きて、未《いま》だ還《かへ》り來《こ》ず」とまをしき。故《かれ》ここに天鳥船神《あめのとりふねのかみ》を遣《つか》はして、八重言代主《やへことしろぬし》神《のかみ》を徴《め》し來《き》て、問《と》ひたまひし時《とき》に、その父《ちち》の大神《おほかみ》に語《かた》りて言《い》ひしく、「恐《かしこ》し。この國《くに》は、天《あま》つ神《かみ》の御子《みこ》に立奉《たてまつ》らむ」といひて、すなはちその船《ふね》を蹈《ふ》み傾《かたぶ》けて、天《あま》の逆手《さかて》を青柴垣《あをふしかき》に打《う》ち成《な》して、隠《かく》りき。

【現代語訳】

二柱の神は高天原から出雲の国の伊那佐の浜辺へと降り着いた。浜辺へと着くと、腰に帯びていた立派な十掬剣《とつかのつるぎ》を引き抜くと、白々と立ち騒ぐ波の穂にこの剣を柄を下にして逆さまに差し立てて、そして剣の切先の上に足を組んで座った。そして大国主神に次のように尋ねた。「天照大御神と高木神のご命令を受けて、我々は貴方に問い尋ねるためにこうして遣いとしてやって来た。貴方が国の長として領している葦原の中つ国は、自分の御子が治めるべき国であると、おっしゃられている。貴方のお考えは如何でしょうか」。これに対し、大国主神は、次のように答えた。「私はもはやそれにお答えすることはできません。私の御子の八重事代主神《やえことしろぬしのかみ》がお答えするべきことです。ですが、その者は今鳥を狩り、魚を獲って遊ぶために御大《みほ》の崎へと出かけたきり、いまだに帰って来ておりません」かように答えた。そこでさっそく天鳥船神《あめのとりふねのかみ》を遣わして、八重事代主神《やえことしろぬしのかみ》を連れてこさせた。そこでその意向を尋ねたところ、彼は父の大神にむかって「恐れ多いことです。それならば、この国は天つ神の御子に差し上げたらよろしいでしょう」と言って、今乗って帰ってきたその船を踏み傾けて、逆手を打って、その船を神霊のこもる青い柴の垣根に化して、その内に隠れた。

【読み解き】

二度に渡る背信を受けて、天照大御神は、強靭な精神力と信念を持つ建御雷之男神を、大国主神の国譲りの承諾を説得する使者として、豊葦原の中つ国へと差し向けました。後の物語でもわかることですが、最初は丸腰の使者を遣わし、次には相応の武器を携えた使者を遣わし、それでも駄目だったので、強力な軍隊を従えた武将を差し向けたということも、歴史上の事柄として想像ができます。

建御雷之男神が天鳥船を従えて、というよりも、鳥のように非常に速度の速い船に乗ってと解釈するのが適当かもしれませんが、高天原より降り立ったのは伊那佐の小浜というところでした。ここは、大国主神が須勢理毘賣と宮殿を建てて住んだ宇迦の山本に面した浜で、その地名の由来は「否か諾か」の意味が込められており、緊迫感が想像されて面白いところです。また、大国主神の宮殿の直ぐ側に降り立つというところが、また建御雷之男神の戦略的に優れた能力を感じます。或いは、押し寄せた大群が宮殿間近に迫ったということを表しているのかもしれません。こういった歴史の物語としての一面を読み解くことと、「心のお話」として読み解くことを同時に行えるところも、『古事記』神話の読み解きの楽しみともいえます。

伊那佐の小浜に降り立った建御雷之男神は、不思議な行動をします。腰に帯びていた十掬《とつか》の剣《つるぎ》を引き抜くと、白々と立ち騒ぐ波の穂にこの剣を柄を下にして逆さまに差し立てて、しかも剣の切先の上に足を組んで座るという行動です。しかもその剣は地面に刺しているのではなく、波の穂の上に差し立てたというのです。しかし、不可能なことが可能であるところが神話の面白みでもありますし、一見不可能なことを可能であることのように読ませて、疑問を与えて興味を引かせて、その裏に隠れる「伝えたいこと」を探らせるという神話独特の比喩の面白さでもあります。建御雷之男神の行動は、自身の威力を誇示するためで、渡来の「幻術」を物語っているとも考えられます。この行為は、この段の最後の事代主神が行う「逆手」という所作と相対しています。

建御雷之男神は剣の上から「天照大御神、高木神命もちて、問ひに使はせり。汝《いまし》がうしはける葦原中國《あしはらのなかつくに》は、我が御子の知らす國ぞと言依《ことよ》さしたまひき。故《かれ》、汝が心は奈何《いか》に」と、大国主神に問い質《ただ》します。ここで語られたことが、実は全国各地の神社でも毎朝の儀式で唱えられている「大祓詞」という祝詞の冒頭の部分で語られています。その祝詞の文は「高天原《たかまのはら》に神留《かむづま》ります皇親神漏岐《すめらがむつかむろぎ》・神漏《かむろ》美命以《みのみことも》ちて八百万神等を神集《かむつど》い集《つど》い賜《たま》い神議《かむはか》り議《はか》り賜《たま》いて我《あ》が皇御孫之命《すめみまのみこと》は豊葦原《とよあしはら》の水穂《みずほ》の国《くに》を安国《やすくに》と平《たいら》けく知《しろ》し食《め》せと事依《ことよさ》し奉《まつ》りき」というものです。「高天原に居られるご皇統の祖神である高御産巣日神と天照大御神の仰せごとをもって、多くの神々が共に話し合われて天照大御神の御孫が、豊葦原の水穂の国を平和で豊かな国として、見ている聞いているという治め方で治めるようにとご命令になられました」ということになります。この世の事はすべて高天原の神々の計らいでなされたことであるが故に、この世のものは目に見えるものも、目に見えないものもすべて神々のお心によるものなのだから、当然の事として、高天原の神々のお心を戴したものが、この世を治めなくてはならないという意味です。つまり、「心」が中心でなくてはならないということです。

建御雷之男神が大国主神に「国譲り」をその地名の示すとおり、「否《い》な諾《さ》」かと尋ねると、大国主神は御子である事代主神の判断によるものであると答えています。ここには大国主神はこの場面では、かつての八十神を征伐し、国作りを果敢に執り行った大王の印象はありません。どこか息子に家督を譲った「隠居」の姿です。大国主神は成長を続けてきました。成長するものは神であれ必ず衰えるという自然の摂理が説かれているのです。古来、「隠居によって家を守る」という考え方があり、大国主命もいよいよ「譲る」立場になったのです。今の社会でも、現役にいつまでもしがみつく老人によって会社や組織が疲弊していく老害という現象が見られますが、戒めとして心しておくべきでしょう。伊勢皇太神宮の二十年ごとの式年遷宮も、そうした教えから、一世代ごとに、形式を変えることなく瑞々しい生命力を取り戻し、千年を超えて存在し続けています。千年もの間、瑞々しさを取り戻しながら続く神は、世界の中でも伊勢の皇太神宮だけではないでしょうか。大国主神も見事にそれをやってのけています。息子の事代主神と建御名方神とに家督を譲り、蔭に自分は控えて物事の「後ろ盾」となって「一貫するもの」を保っています。伝統を守る「秘訣」がここにあるのです。

大国主神は、家督を譲った事代主神に、建御雷之男神の問い詰める「国譲り」に応じるか応じないかの判断を任せます。大国主神は宗教的権威による支配権を譲ったのです。企業に喩えれば大国主命は創業者です。創業者はやがてその権限を後進の者に委譲します。それと同じです。古代社会にあっては政教一致が国家の体制として機能を発揮しますが、やがて国家が大きくなり、文化が発達して複雑な絡みを持つようになると、やがて国家も政教分離の政治体制になります。歴史上の物語としてこの場面を読み解くと、大国主神が治めていた出雲の国は、政教分離の政体を持つまでに発展していたということもわかります。

「国譲り」をするか否かの判断を委ねられた事代主神は、「鳥の遊び・取魚《すなどり》」に出かけて留守でした。「鳥を狩ったり、魚を漁ったり」の単純な解釈では不十分です。民俗学の大家、折口信夫博士は、この「鳥遊《とがり》」について「すなわち鳥遊とは、古い魂を鳥に帰えし、新たな魂と交替することで、魂をもらうとき、かがむ動作、そのままじっとかがんでいること」だと述べています。事代主神は大国主神から天詔琴を受け継いだ御子です。天詔琴は託宣の儀式に用いる琴を意味しています。託宣を受ける儀式である「鳥遊」を行っていたことから、自ずと「国譲り」が迫られていることを知っていたのでしょう。それ故に天鳥船によって連れてこられた事代主神は、直ぐに「恐《かしこ》し。この國は、天つ神の御子《みこ》に立奉《たつまつ》らむ」と答えたのでしょう。

古来出雲地方には「鳥信仰」があったということは前にもお話しいたしました。古代出雲には、白鳥を捕獲し、その霊力を身につける呪術的な儀礼があったと論ずる学者もいます。天皇の御代替わりの時に、出雲の国造《くにのみやつこ》が天皇の前で奏上する服属の誓詞でもある「出雲《いずもの》国造神賀詞《くにのみやつこのかみよごと》」の中に、「生き御調《みつき》の玩物《もてあそびもの》」として、生きたままの白鳥を奉るという言葉もあります。これは『古事記』の後の天皇の物語の中で、神武天皇と同一視されている崇神天皇の御子、誉津別王が、いつまでも言葉が喋れなかったのに、白鳥によって喋る事ができるようになったという物語が起源とされています。

大国主神はまず最初に事代主神に「国譲り」に承諾するか否かの判断を委ね、次に建御名方神に問います。実はこの順序にもしっかりとした訳があるのです。事代主神は、大国主神から宗教的権威を継承している御子です。一方建御名方神は武力を背景とする政治力を継承している神でした。大国主神はまず宗教的権威を継承する事代主神に意見を求めたのは、主題でもある、「目に見えないもの」を優先したからです。この世は「目に見えないモノとコト」つまり「心」によって成るものであるからです。「心の世界」は、長い時間をかけて代々にわたって継承される「伝統」というものです。

事代主神は「天の逆手」を打って、青柴垣の中に隠れます。この「逆手」という所作は、「手のひらではなく、甲の部分で手を打つ」所作であると説明している解説本もあります。普通の拍手は体の前で打ちますが、体の後ろで打つ拍手のことともいわれます。これは一種の呪術のようなもので、特別な霊力を発揮する所作であるとされ、古代より特別な所作として今日まで継承されています。『古事記』編纂を命じられた天武天皇が浄御原令で定めた神祇官で綿々と継承されてきた十種神寶御法というものがありますが、その系譜の中の甲乙百を超える口伝の中にもそういった所作は幾つも継承されていることを付け加えて申し上げておきます。

先にも申し述べました高天原の継承してきた宗教と、出雲地方で継承してきた宗教との二つの宗教が、出雲が宗教的支配を高天原に譲って服従することにより統合されたことを意味しています。天の石屋戸の神話で語られた、神の出現を請い祈る儀式・儀礼を中心とする宗教と、「鳥遊」に象徴される「言依せ」を中心とする宗教との統合です。そして後者が青柴垣に隠れるという形で統合されたというのが現代に伝わる日本の宗教の真の姿です。天の逆手に象徴される秘事秘伝の部分と、一般に見られる祭式の部分とが、一方が前面に出て、一方が内に隠れるという形で見事に一つの物として統合されたことを意味しているのです。それを天武天皇が神祇の制度として定められたのだと私自身は考えております。

六、建御名方神《たけみなかたのかみ》の服従

【原文】

故《かれ》ここにその大國主神《おほくにぬしのかみ》に問《と》ひたまひしく、「今汝《いまみまし》が子《こ》、事代主神《ことしろぬしのかみ》、かく白《まを》しぬ。また白《まを》すべき子《こ》ありや」と問《と》ひたまひき。ここにまた白《まを》ししく、「また我《あ》が子《こ》、建御名方神《たけみなかたのかみ》あり。これを除《お》きては無《な》し」とまをしき。かく白《まを》す間《あひだ》に、その建御名方神《たけみなかたのかみ》、千引《ちびき》の石《いは》を手末《たなすゑ》に擎《ささ》げて來《き》て、「誰《たれ》ぞ我《わ》が國《くに》に來《き》て、忍《しぬ》び忍《しぬ》びにかく物言《ものい》ふ。然《しか》らば力競《ちからくら》べせむ。故《かれ》、我先《あれさき》にその御《み》手《て》を取《と》らむ」と言《い》ひき。故《かれ》、その御手《みて》を取《と》らしむれば、すなはち立氷《たちび》に取《と》り成《な》し、また劒刃《つるぎば》に取《と》り成《な》しつ。故《かれ》ここに懼《をそ》りて退《しりぞ》き居《を》りき。ここにその建御名方神《たけみなかたのかみ》の手《て》を取《と》らむと乞《こ》ひ歸《かへ》して取《と》りたまへば、若葦《わかあし》を取《と》るが如《ごと》、搤《つか》み批《ひし》ぎて投《な》げ離《はな》ちたまへば、すなはち逃《に》げ去《い》にき。故《かれ》、追《お》ひ往《ゆ》きて、科野國《しなののくに》の州羽《すは》の海《うみ》に迫《せ》め到《いた》りて、殺《ころ》さむとしたまひし時《とき》、建御名方神《たけみなかたのかみ》白《まを》しく、「恐《かしこ》し。我《あ》をな殺《ころ》したまひそ。この地《ところ》を除《お》きては、他處《あだしどころ》に行《ゆ》かじ。また我《あ》が父《ちち》、大國主神《おほくにぬしのかみ》の命《みこと》に違《たが》はじ。八重事代主神《やへことしろぬしのかみ》の言《こと》に違《たが》はじ。この葦原中國《あしはらのなかつくに》は、天《あま》つ神《かみ》の御子《みこ》の命《みこと》の隨《まにま》に獻《たてまつ》らむ」とまをしき。

【現代語訳】

そこで高天原からの使者である建御雷之《たけみかづちの》男神《おのかみ》は、更に大国主神に次のように尋ねた。「今、貴方の御子である事代主神《ことしろぬしのかみ》はかくのごとくに答えた。この他にも相談すべき御子はいますか」このように尋ねた。すると大国主神は、「今一人おります。私の御子の建御名方神《たけみなかたのかみ》という者が居ります。この他には意見を聞く者は居りません」こう答えた時であった、その建御名方神が、千人力でやっと動くほどの大岩を軽々と手の先に差し上げて現れ来て「何者だ。私の国に来てこそこそとそのように喋っているのは。どうだ、それならば一つ力競べをしようではないか。先ず私がお前の手を摑んでやるぞ」と言った。そこで建御名方神が建御雷之男神の手を摑むと、摑んだ手はたちまちに氷柱に変じ、また剣の刃と化した。すると建御名方神は恐れをなして退いた。そこで建御雷之男神が、今度は自分の方が手をとる番だと反対に申し出て、建御名方神の手を摑むと、まるで葦の若茎をつかむように摑みつぶして投げ飛ばした。すると建御名方神は逃げ出した。建御雷之男神はその後を追い、科野国（今の長野県）の州羽海（今の諏訪湖）まで追い詰めて、今や殺さんとした時に、建御名方神は次のように言ったのだ。「恐れ入りました。私の命だけはどうか助けてください。この土地を除いて他の所には行きませんから。また、私の父の大国主神の言うことには従います。八重事代主神の言う事にも従います。この葦原の中つ国は、天つ神の御子の仰せられるままに献上いたします」と言った。

【読み解き】

さて、この前の段で大国主神の治める国の宗教的権威の象徴である事代主神は「国譲り」を承諾しました。そして高天原に服従を誓い蔭へと隠れました。そこで今度は武力を背景とする政治的支配力を服従させる物語が語られます。先の大戦、大東亜戦争の終戦間際の状況を思い浮かべていただくと、ここに語られる物語はより鮮明に理解できるのではないでしょうか。いつの世でも、どこの国にあっても同じですが、その政体を民軍に分けると、民は客観的に判断して早期和平を求めますが、軍部は何時までも徹底抗戦を主張し、その被害を甚大にしてしまいます。この物語はそんなことを想像させてくれます。事代主神は早期和平に動きました。自らの宗教性の生き残る道をしっかりと、蔭に隠れるというかたちで実現しました。しかし、建御名方神はその武力を誇り現れ、徹底抗戦をします。しかし、その力は建御雷之男神の方が勝っていました。それは先の段のこの神の登場の仕方に暗示されています。剣を逆さまに波の上に立てて、しかもその剣の切先に足を組んで座りました。尋常ならざる威力を示していたのです。それがその手を氷柱と化し、そして更にその氷柱を剣の刃として建御名方神を攻めるのです。恐れを為した建御名方神は、遂に長野県の諏訪湖の畔まで逃げて、そこで降伏してしまいます。その地から外へは行かないという誓いを立てて、その地に永遠に留まることになりました。それが今の諏訪大社です。

この建御名方神の降伏は、出雲の国の政治的支配力を高天原、つまり皇室に譲って服従したことを意味しています。このことが先にも引用した「大祓詞」の次のところに語られていますので、紹介をしておきます。

「此《か》く依《よ》さし奉《まつ》りし国中《くぬち》に荒振《あらぶ》る神等《かみたち》をば神問《かむと》わしに問《と》わし賜《たま》い神掃《かむはら》いに掃《はら》い賜《たま》いて語問《ことと》いし磐根《いわね》樹根《きね》立《た》ち草《くさ》の垣葉《かきは》をも語止《ことや》めて」

「語止めて」が建御名方神の服従を表しております。こうして無事に、高天原で決められた天照大御神の御子、御孫が、豊葦原の中つ国を治めることへ向け大きな一歩を踏み出します。

この段を「心のお話」として正しく読み解いていたならば、二十世紀の大きな過ちを人類は犯さなくて済んだのではないでしょうか。

七、大国主神の国譲り

【原文】

故《かれ》、更《さら》にまた還《かへ》り來《き》て、その大國主神《おほくにぬしのかみ》に問《と》ひたまひしく、「汝《みまし》が子等《こども》、事代主神《ことしろぬしのかみ》、建《たけ》御名方神《みなかたのかみ》の二《ふた》はしらの神《かみ》は、天《あま》つ神《かみ》の御子《みこ》の命《みこと》の隋《まにま》に違《たが》はじと白《まを》しぬ。故《かれ》、汝《な》が心《こころ》は奈何《いか》に」と問《と》ひたまひき。ここに答《こた》へ白《まを》ししく、「僕《あ》が子等《こども》、二《ふた》はしらの神《かみ》の白《まを》す隨《まにま》に、僕《あ》は違《たが》はじ。この葦原中國《あしはらのなかつくに》は、命《みこと》の隨《まにま》に既《すで》に獻《たてまつ》らむ。ただ僕《あ》が住所《すみか》をば、天《あま》つ神《かみ》の御子《みこ》の天津日繼《あまつひつぎ》知《し》らしめす、とだる天《あめ》の御巣《みす》如《な》して、底《そこ》つ石根《いはね》に宮柱《みやばしら》ふとしり、高天《たかま》の原《はら》に氷木《ひぎ》たかしりて治《をさ》めたまはば、僕《あ》は百足《ももた》らず八十《やそ》桐手《くまで》に隠《かく》りて侍《さもら》ひなむ。また僕《あ》が子等《こども》、百八十神《ももやそがみ》は、すなはち八重事代主神《やへことしろぬしのかみ》、神《かみ》の御尾前《みをさき》となりて仕《つか》へ奉《まつ》らば、違《たが》ふ神《かみ》はあらじ」とまをしき。かく白《まを》して、出雲國《いづものくに》の多藝志《たぎし》の小濱《をばま》に、天《あめ》の御舎《みあらか》を作《つく》りて、水戸神《みなとのかみ》の孫《ひこ》、櫛八玉神《くしやたまのかみ》、膳夫《かしはで》となりて、天《あめ》の御饗《みあへ》を獻《たてまつ》りてし時《とき》に、禱《ほ》き白《まを》して、櫛八玉神《くしやたまのかみ》、鵜《う》に化《な》りて、海《わた》の底《そこ》に入《い》り、底《そこ》の赤土《はに》を喰《く》ひ出《い》でて、天《あめ》の八十平瓮《やそびらか》を作《つく》りて、海布《め》の柄《から》を鎌《か》りて、燧臼《ひきりうす》に作《つく》り、海蓴《こも》の柄《から》をもちて燧《ひきり》杵《ぎね》に作《つく》りて、火《ひ》を鑽《き》り出《い》でて云《い》ひしく、

「この我《あ》が燧《き》れる火《ひ》は、高天《たかま》の原《はら》には、神産巣日《かみむすひ》の御祖命《みおやのみこと》の、とだる天《あめ》の新巣《にひす》の凝烟《すす》の、
八拳垂《やつかた》るまで焼《た》き擧《あ》げ、地《つち》の下《した》は、底《そこ》つ石根《いはね》に焼《た》き凝《こ》らして、栲縄《たくなは》の、千尋縄打《ちひろなはう》ち延《は》へ、
釣《つり》せし海人《あま》の、口大《くちおほ》の、尾翼鱸《をはたすずき》、さわさわに、控《ひ》き依《よ》せ騰《あ》げて、打竹《さきたけ》の、とををとををに、
天《あめ》の眞魚咋《まなぐい》、獻《たてまつ》る」

といひき。故《かれ》、建御雷神《たけみかづちのかみ》、返《かへ》り參上《まゐのぼ》りて、葦原中國《あしはらのなかつくに》を言向《ことむ》け和平《やは》しつる狀《さま》を、復奏《まを》したまひき。

【現代語訳】

そこで、建御雷之男神は、再び大国主神の居るところに戻って来て、その大国主神に次の

ように尋ねた。「貴方の御子たち、事代主神と建御名方神《たけみなかたのかみ》の二柱の神は天つ神の仰せごとに従って背く事はしないと言っている。そこで、貴方の心は如何ですか」このように尋ねた。するとそこで大国主神が答えて言うには、「私の二人の御子の言うとおりに、私も決して天つ神の仰せごとに背くことはございません。この葦原の中つ国は天つ神に差し上げましょう。ただ、私の住むところを、天つ神の御子が、天照大御神の大御業を受け継がれて大業をなされる、富足りた立派な天の御殿と同じように、地の底の岩根までも深く宮柱を埋め立て、高天原に届かんばかりに氷木を高々と上げ立てて立派な御殿を建てて私を祭ってくれるならば、私は多く幾重にも曲がりくねった道を尋ね行き深く身を隠して静かにして居ります。また、私の子どもである百八十人の神々は、八重事代主神がその魁《しんがり》ともなり殿ともなってお仕えしますので、それに従い、天つ神の仰せに違う事はないでしょう」このように言って、その言葉の通りに隠れた。

そこで、大国主神の言った通りに、出雲国の多芸志《たぎし》の浜辺に神殿を築き、水戸神の孫にあたる櫛八玉神《くしやたまのかみ》を御膳《みけ》を司る膳夫《かしわで》として神前に供える御饗《みあえ》を捧げた。その時に祝詞を奏上した。すると櫛八玉神《くしやたまのかみ》は鵜となって海の底に入っていって、海の底の泥土を口に咥えて出てきて、その泥土をもって多くの平らな器を作った。そして海布《め》と呼ぶ海藻の茎を刈り取って火を切る臼を作り、海蓴《こも》という海藻の茎で火を切る杵を作り、その臼と杵とで火を切り出し、そして次のように言った。

「ここに私の切る火は、高天原に向かっては神産巣日神の御祖命《みおやのみこと》の富み足りた新しい御厨《みくりや》の煙出しの窓の煤が、長く垂れるまで何時までも焚き上げ、また地の下にあっては、土の底の石根までも深く焼き固めて、また、栲縄《たくなわ》を千尋までも深く長く懐中に引き延ばして釣をする海人が口の大きな尾鰭や胸鰭のピンと張った鱸を次から次へと引き寄せ揚げて、それを運ぶ割竹の竿も撓むほどに大きな立派な魚を沢山に、真魚《まな》の御饗《みあえ》を奉《たてまつ》りましょう」と、このように申し上げた。

故に、使命を果した建御雷之男神は、高天原に帰り上って行き、葦原の中つ国が命令のままに無地に平定されたことを報告した。

【読み解き】

さて、やっとのことで「国譲り」の成就を迎えます。ここに至るまでの高天原の神々のご努力は、歩んでは躓《つまず》きの連続で、その物語から学ぶべき多くの事柄が物語られていました。この世の真ん中には「目に見えないもの」があるということ。それを認識して、しっかりと物事の中心に建てておかなくてはならないということ。どんなにその行く手に障害があろうとも、使命を忘れてはならないこと。信念を持ち続けなくてはならないこと。その信念を保ち、大きな力の前にも媚《こび》へつらうことをしてはならないこと。誘惑に打ち勝つ勇気をもつこと。様々な教えが、先人たちの「教訓」として、私たちへの「戒め」として物語られていました。また、この国土がどのように生まれ、私たちの文化がどのように作られてきたのかも語られていました。これが「心のお話」としての『古事記』の読み解くべき事柄です。

ここで大国主神は、最後に「事代主神と建御名方神と同様に、自分も天つ神の命令には従う」と、「国譲り」を宣言します。いよいよ天孫がこの中つ国に降臨するための準備が整いました。そこで、次章からの天孫降臨という話へと『古事記』の神話は進みます。

この段の読み解きとしては、ここに出雲大社の起源が語られていることを見ておきましょう。大国主神は、高天原の天照大御神の御殿に匹敵する壮大な御殿を建ててくれれば、自分は永遠に鎮まっていると宣言します。事代主神が出雲の百八十の神たちの先頭に立ち、また、殿《しんがり》となって天つ神に従う姿を見せるから、必ず中つ国の神々は反逆の心を持たないとも宣言します。『出雲国造神賀詞』という祝詞《のりと》には、出雲鎮座の神は百八十六社と記されていま す。『日本書紀』には、百八十一社、『延喜式神名帳』には百八十七社と記されています。ですからこの『古事記』に物語られる百八十の御子というのは、概ねその数は史実と合致しています。百八十の御子と表現されていますが、それは百八十の部族と解釈することが、歴史の上の物語としては正しい解釈です。

出雲大社は、大国主神の要望によって、天つ神によって建てられたということが語られています。これも、この中つ国はもともと高天原のものであるという、この『古事記』の一貫した主張から、そのように語られているものと思います。

この段の後半には、その大国主神への仕え方の様が物語られています。櫛八玉神《くしやたまのかみ》が膳夫《かしわで》となって多くの御饗《みあえ》を捧げる様子が描かれています。これは古代の祭祀、また神道の儀礼が「献饌《けんせん》」という、神々に食物を捧げることに主眼が置かれていることを物語っています。ここまでに語られた「国作り」でも、食の安定が第一に掲げられていたことからもそれはわかります。国の第一の為すべきことは、食の安定であると『古事記』は教えてくれています。

さて、大国主神も「国譲り」を承諾し、出雲の大社へと鎮まりました。これからいよいよ天孫の降臨という物語が始まります。

第五章
天孫邇邇藝命の降臨

一、天孫《てんそん》邇邇藝命《ににぎのみこと》の誕生

【原文】

ここに天照大御神《あまてらすおほみかみ》、高木神《たかぎのかみ》の命《みこと》もちて、太子正勝吾勝勝速日天忍穂耳命《ひつぎのみこまさかつあかつかちはやひあめのおしほみみのみこと》に詔《の》りたまひしく、「今《いま》、葦原中國《あしはらのなかつくに》を平《ことむ》け訖《を》へぬと白《まを》せり、故《かれ》、言依《ことよ》さしたまひし随《まにま》に、降《くだ》りまして知《し》らしめせ」とのりたまひき。ここにその太子正勝吾勝勝速日天忍穂耳命《ひつぎのみこまさかつあかつかちはやひあめのおしほみみのみこと》、答《こた》へ白《まを》したまひしく、「僕《あれ》は降《くだ》らむ装束《よそひ》しつる間《ほど》に、子《みこ》生《あ》れ出《い》でつ。名《みな》は天邇岐志國邇岐志天津日高日子番能邇邇《あめにぎしくにぎしあまつひこひこほのににぎ》藝命《のみこと》ぞ。この子《みこ》を降《くだ》すべし」とまをしたまひき。この御子《みこ》は、高木神《たかぎのかみ》の女《むすめ》、萬幡豊秋津師比賣命《よろづはたとよあきつしひめのみこと》に御合《みあひ》して、生《う》みませる子《みこ》、天火明命《あめのほあかりのみこと》。次《つぎ》に日子番能邇邇藝命《ひこほのににぎのみこと》「二《ふた》柱《はしら》」なり。ここをもちて白《まを》したまひし随《まにま》に、日子番能邇邇藝命《ひこほのににぎのみこと》に詔科《みことおほ》せて、「この豊葦原水《とよあしはらのみづ》穂國《ほのくに》は、汝《みまし》知らさむ國《くに》ぞと言依《ことよ》さしたまふ。故《かれ》、命《みこと》の随《まにま》に天降《あまくだ》るべし」とのりたまひき。

【現代語訳】

そこで、天照大御神と高木神とが、日嗣《ひつぎ》の御子である正勝吾勝速日天忍穂耳命《まさかつあかつはやひあめのおしほみみのみこと》に命じて、次のように言った。「今、葦原の中つ国は、すっかり平定したといっている。そこで、予て命じておいた通りに、中つ国に降りていって治めなさい」と、このように言った。そこで日嗣の御子である正勝吾勝勝速日天忍穂耳命《まさかつあかつかちはやひあめのおしほみみのみこと》が答えるには「私が出掛ける仕度をしていた間に、御子が生まれました。その御子の名は天邇岐志国邇岐志天津日高日子番能邇邇芸命《あめにぎしくににぎしあまつひこひこほのににぎのみこと》といいます。この御子を葦原の中つ国へ降すのがよいでしょう」と、このように言った。この御子は、天忍穂耳命《あめのおしほみみのみこと》が高木神の娘である萬幡豊秋津師比賣命《よろづはたとよあきづしひめのみこと》を妻として生んだ御子で、天火明命《あめのほあかりのみこと》。次に生まれたのが、この日子番能邇邇藝命《ひこほのににぎのみこと》である。二柱の神のうちの弟の神である。そこで、前に言った言葉の通りにこの日子番能邇邇藝命《ひこほのににぎのみこと》に命じて「この豊葦原の中つ国は、貴方が治めるべき国であると、その役目を委《ゆだ》ねられた。この仰せに従って、天から中つ国へと降りなさい」と言った。

【読み解き】

ここからの物語は、私たちの住むこの豊葦原の中つ国が、どのように今の日本という国となっていくかが語られます。私たちの一層身近な「起源譚」となります。

大国主神の国譲りを見届けた天照大御神と高御産巣日神は、再び天照大御神の御子である天忍穂耳命《あめのおしほみみのみこと》に中つ国へ降ることを命じます。しかし、天忍穂耳命はその旅支度の最中に御子が生まれたので、その御子を差し向けることを天照大御神に進言します。この御子が天邇岐志国邇岐志天津日高日子番能邇邇芸命《あめにぎしくににぎしあまつひこひこほのににぎのみこと》という長い名前の誕生したばかりの神です。舌を噛みそうなので「邇邇芸命《ににぎのみこと》」と覚えてください。「天邇岐志地邇岐志《あめにぎしくににぎし》」という名には、今までの神々のお働きによって天も地も豊かに平和になったという意味があります。「天津日《あまつひ》高《こ》」は、天照大御神の徳を受け継いだ貴いお方という意味で、次の「日子」は、太陽の如き徳を身につけた天つ神の御子という意味です。そして「番能邇邇芸《ほのににぎ》」というのは、稲穂の豊かに実ることに因んだ名です。この名前そのものが、後の皇統のあり方を示しています。まさに豊葦原の水穂の国の王たるべき御名です。この御子は、天忍穂耳命が萬幡豊秋津師比賣命《よろづはたとよあきつしひめのみこと》を妻として生んだ御子ですが、この萬幡豊秋津師比賣命《よろづはたとよあきつしひめのみこと》という名の「秋津」は蜻蛉《とんぼ》の古称とも云われ、トンボの羽のように薄い織物を称えた名です。天女の羽衣のような薄い紗の織物を肩に掛けた姿が想像されます。そんな姿を名前から想像するのも、読み解きの楽しいところです。

さて、この御子には天之火明命《あめのほあかりのみこと》という兄神がおられました。兄神がおられるのに、どうして末っ子である邇邇芸命《ににぎのみこと》が天照大御神の再生として降臨するのでしょう。天皇家の祖となるのですから、不思議です。実はこの後に物語られます初代天皇に即位される神武天皇も、四人兄弟の末っ子です。古代社会では末っ子が家督を相続するという慣わしがあったということを物語っているのです。

さて、天照大御神は天忍穂耳命を中つ国へと降すことを考えていましたが、その思いとは違い、その御子、つまり天照大御神の御孫《みま》が降臨することになります。そして日本建国へ向けての大業を担うこととなります。つまり天孫降臨という物語は、親・子・孫の三代に渡る大業を物語っているのです。人は大業を成さんと思ったならば、三代の大業と思ってすることが大切だという、先人たちからのメッセージがここにあります。イザナギに命じられた「修理固成」という大業はイザナミの死によって未完成に終わりました。そしてその大業は天照大御神へと受け継がれました。そして天孫降臨を経て神武天皇の建国へと、その「修理固成」の使命は受け継がれます。その使命は今日も未だに未完成なものとして私たちの負うところとなっています。世の中では、一代で成さんとして崩れ去る人が多くいます。一度の成功は欲や迷いが起こり、足元を掬われて、結局はそれまでの努力が無駄になることが多くあります。大業であればあるほど、三代をかけてじっくりと行う「気長さ」が重要なのではないでしょうか。

二、猿田毘古神《さるたびこのかみ》

【原文】

ここに日子番能邇邇藝命《ひこほのににぎのみこと》、天降《あも》りまさむとする時《とき》に、天《あめ》の八衢《やちまた》に居《ゐ》て、上《かみ》は高天《たかま》の原《はら》を光《てら》し、下《しも》は葦原中國《あしはらのなかつくに》を光《てら》す神《かみ》、ここにあり。故《かれ》ここに天照大御神《あまてらすおほみかみ》、高木神《たかぎのかみ》の命《みこと》もちて、天宇受《あめのうず》賣神《めのかみ》に詔《の》りたまひしく、「汝《いまし》は手弱女人《たわやめ》にはあれども、い對《むか》ふ神《かみ》と面勝《おもか》つ神《かみ》なり。故《かれ》、専《もは》ら汝往《みましゆ》きて問《と》はむは、『吾《あ》が御子《みこ》の天降《あも》り爲《す》る道《みち》を、誰《たれ》ぞかくて居《を》る』と問《と》へ」とのりたまひき。故《かれ》、問《と》ひたまふ時《とき》に、答《こた》へ白《まを》ししく、「僕《あ》は國《くに》つ神《かみ》、名《な》は猿田毘古神《さるたびこのかみ》ぞ。出《い》で居《を》る所以《ゆゑ》は、天《あま》つ神《かみ》の御子《みこ》天降《あも》りますと聞《き》きつる故《ゆゑ》に、御前《みさき》に仕《つか》へ奉《まつ》らむとして、參向《まゐむか》へ侍《さもら》ふぞ」とまをしき。

【現代語訳】

そこで日子番能邇邇藝命《ひこほのににぎのみこと》がいよいよ中つ国へと降ろうとする時に、天上の道が幾つにも分かれているその分かれ道に、上の方は高天原を照らし、下の方は豊葦原中つ国を照らしている神があった。そこで、天照大御神と高木神が天宇受賣神《あめのうずゆのかみ》に、「貴女はか弱い女性ではあるが、面と向かう神に対してまったく気後れのしない勇気ある神である。貴女が一人で行って『天つ神の御子が天降る道に、誰がこうして立っているのか』と問いなさい」と言った。そこで、天照大御神と高木神に言われたとおりに天宇受賣神が行って尋ねると、その神は次のように言った。「私は国つ神で、猿田毘古神《さるたびこのかみ》といいます。ここに出て立っている訳は、天つ神の御子が天降られると聞きましたので、その道案内をいたそうと思い、お迎えに参じた次第です」とこのように言った。

【読み解き】

邇邇芸命《ににぎのみこと》が高天原から中つ国へと天降らんとした時、道の分岐点に一人の国つ神が登場します。猿田毘古神《さるたびこのかみ》です。この名前の由来は、古い琉球語の「先導」の意味である「サダル」が転じた語であるとする説もあります。琉球といえば、この後に登場する海上の遠い島である常世の国を連想させます。歴史の上の事実から見ても、沖縄方面から遠く東南アジアに至る海洋民族と、アイヌ族がもともと日本国土の土着の民族であったという説もありますし、日本の神話には、海洋民族の神話の特徴も含まれていますから、あながち間違いとは言えないでしょう。

　この猿田毘古神《さるたびこのかみ》の神の登場は、先の大国主神が須佐之男神から野火を掛けられた時の鼠の登場を重ね合わせての物語です。常にこの『古事記』の神話は、前の物語をそのままに写すことによって、原初の「ウマシ」という一元一気が貫かれていることと、「再生」を私たちに物語っています。この猿田毘古神《さるたびこのかみ》の突然の登場も、その猿田毘古神《さるたびこのかみ》が天孫の道案内をすることにより、無事に天孫が高千穂の峯に降り立つことができるという物語も、先の大国主神の鼠の物語と同様に、「大業を成す人の条件」として、「他人の協力を得られる徳」というものを語りかけているのです。国つ神が先導をすることによって、高天原からの天孫の降臨が、自明の理であることを物語っています。

　この猿田毘古神《さるたびこのかみ》は、天《あめ》の八衢《やちまた》に現れます。天《あめ》の八衢《やちまた》は天の道が幾つにも分かれた分かれ道を意味します。この天孫降臨という大事業の成功か否かの岐路を表します。そこでの協力者の登場は、成功へ向けての必要不可欠なことです。成功への過程に迷いがあってはなりません。昔から「神は直接言依《ことよ》せせず、人の口をもって知らせ給う」という言葉もあるように、迷いに落ちたとき、人生の岐路に立ったときは、心落ち着けて周りの人の言葉に耳を傾けるようにと教えてくれている物語です。邇邇芸命《ににぎのみこと》は、この猿田毘古神《さるたびこのかみ》の存在を確かめるに当たり、自ら問いただすのではなく、天宇受賣神《あめのうずめのかみ》を遣わします。そこにも、適材適所の人材登用の眼力の必要性が示唆されています。大事の成就には、必ず人の力が必要で、適材適所に才能を活かすことが大切で、大成は人の協力なくしては得られないことを説いています。

三、天孫降臨

【原文】

ここに天兒屋命《あめのこやねのみこと》、布刀玉命《ふとだまのみこと》、天宇受賣命《あめのうずめのみこと》、伊斯許理度賣命《いしこりどめのみこと》、玉祖命《たまのやのみこと》、幷《あは》せて五伴緒《いつとものを》を支《わか》ち加《くは》へて、天降《あまくだ》したまひき。ここにその招《を》きし八尺《やさか》の勾璁《まがたま》、鏡《かがみ》、また草薙劒《くさなぎのつるぎ》、また常世思金神《とこよのおもひかねのかみ》、手力男神《たぢからをのかみ》、天石門別神《あめのいはとわけのかみ》を副《そ》へ賜《たま》ひて、詔《の》りたまひしく、「これの鏡《かがみ》は、専《もは》ら我《あ》が御魂《みたま》として、吾《あ》が前《みまへ》を拜《いつ》くが如《ごと》拜《いつ》き奉《まつ》れ。次《つぎ》に思金神《おもひかねのかみ》は、前《みまへ》の事《こと》を取《と》り持《も》ちて、政《まつりごと》せよ」とのりたまひき。この二柱《ふたはしら》の神《かみ》は、さくくしろ、五十鈴《いすず》の宮《みや》に拜《いつ》き祭《まつ》る。次《つぎ》に登由宇氣神《とようけのかみ》、こは外《とつ》宮《みや》の度相《わたらひ》に坐《いま》す神《かみ》ぞ。次《つぎ》に天石戸別神《あめのいはとわけのかみ》、亦《また》の名《みな》は櫛石窻神《くしいはまどのかみ》と謂《い》ひ、亦《また》の名《みな》は豐石窻神《とよいはまどのかみ》と謂《い》ふ。この神《かみ》は御門《みかど》の神《かみ》なり。次《つぎ》に手力男神《たぢからをのかみ》は佐那縣《さながた》に坐《ま》す。故《かれ》、その天兒屋命《あめのこやねのみこと》は、［中臣連等《なかとみのむらじら》の祖《おや》］布刀玉命《ふとだまのみこと》は［忌部首等《いみべのおびとら》の祖《おや》］天宇受賣命《あめのうずめのみこと》は、［猿女君等《さるめのきみら》の祖《おや》］伊斯許理度賣命《いしこりどめのみこと》は、［作鏡連等《かがみつくりのむらじら》の祖《おや》］玉祖命《たまのやのみこと》は、［玉祖連等《たまのやのむらじら》の祖《おや》］

故《かれ》ここに天津日子番能邇邇藝命《あまつひこほのににぎのみこと》に詔《の》りたまひて、天《あめ》の石位《いはくら》を離《はな》れ、天《あめ》の八重《やへ》たな雲《ぐも》を押《お》し分《わ》けて、稜威《いつ》の道別《ちわ》き道別《ちわ》きて、天《あめ》の浮《う》き橋《はし》にうきじまり、そり立《た》たして、竺紫《つくし》の日向《ひむか》の高千穂《たかちほ》のくじふる嶺《たけ》に天降《あも》りまさしめき。故《かれ》ここに天忍日命《あめのおしひのみこと》、天津久米命《あまつくめのみこと》の二人《ふたり》、天《あめ》の石靫《いはゆぎ》を取《と》り負《お》ひ、頭椎《くぶつち》の太刀《たち》を取《と》り佩《は》き、天《あめ》の波士弓《はじゆみ》を取《と》り持《も》ち、天《あめ》の眞鹿兒矢《まかこや》を手挾《たばさ》み、御前《みさき》に立《た》ちて仕《つか》へ奉《まつ》りき。故《かれ》、その天忍日命《あめのおしひのみこと》、［ここは大伴連等《おほとものむらじら》の祖《おや》］天津久米命《あまつくめのみこと》、［こは久米直《くめのあたひ》等《ら》の祖《おや》なり］。ここに詔《の》りたまひしく、「此地《ここ》は韓國《からくに》に向《むか》ひ、笠沙《かささ》の御前《みさき》を眞來《まき》通《とほ》りて、朝日《あさひ》の直刺《たださ》す國《くに》、夕日《ゆふひ》の日照《ひで》る國《くに》なり。故《かれ》、此地《ここ》は甚吉《いとよ》き地《ところ》」と詔《の》りたまひて、底《そこ》つ石根《いはね》に宮《みや》柱《ばしら》ふとしり、高天原《たかまのはら》に氷椽《ひぎ》たかしりて坐《いま》しき。

【現代語訳】

そこで、天兒屋命《あめのこやねのみこと》、布刀玉命《ふとだまのみこと》、天宇受賣命《あめのうずめのみこと》、伊斯許理度賣命《いしこりどめのみこと》、玉祖命《たまのやのみこと》、合わせて五柱の神を、それぞれの職の部の長として職を分掌させて、日子番能邇邇藝命《ひこほのににぎのみこと》のお伴として従わせた。また、かつて天石屋戸に籠もった天照大御神を招き出した、八尺《やさか》の勾璁《まがたま》、鏡、また草薙《くさなぎの》劒《つるぎ》、またそれに、その時に功績のあった常世思金神《とこよのおもいかねのかみ》、手力男神《たぢからおのかみ》、そして御門の守護を掌る天《あめの》石門別神《いわとわけのかみ》をお伴に加えて、次のように言った。「この鏡は、そのまま私の魂であると思って、私自身に仕えするように、この鏡を丁重にお祭りしなさい。次に思金神は、政治のことを受け持ってそれを行いなさい」と指示された。この天照大御神の神霊代である鏡と、思金神の二柱の神は、伊須受能宮《いすずのみや》（後の五十鈴の伊勢神宮の内宮）に祭られている。次に登由宇氣神《とようけのかみ》は、度会《わたらい》の外宮に祭られている神だ。次に天石戸別神《あめのいわとわけのかみ》は、別名を櫛石窻神《くしいわまどのかみ》と言い、また別名を豐石窻神《とよいわまどのかみ》とも言う。この神は御門の神である。次に手力男神《たぢからおのかみ》は、佐那県《さながた》（今の三重県多気町）に祭られている。

さて、天孫の降臨に際してお伴となった五伴緒《いつとものお》の神のうち、天兒屋命《あめのこやねのみこと》は中臣《なかとみ》の連《むらじ》などの祖《おや》神《がみ》で、布刀玉命《ふとだまのみこと》は忌部《いんべ》の首《おびと》の祖神で、天宇受賣命《あめのうずめのみこと》は猿女《さるめ》の君《きみ》などの祖神で、伊斯許理度賣命《いしこりどのめのみこと》は鏡作《かがみづくり》の連《むらじ》などの祖神で、玉祖命《たまのやのみこと》は玉祖連《たまのやのむらじ》などの祖神である。

さて、ここに天津日子番能邇邇藝命《あまつひこほのににぎのみこと》は、天つ神の詔をうけて、高天原の御座所《みましどころ》である天之《あめの》石位《いわくら》を離れて、空に幾重にも棚引く雲を押し分けて、威風漂う堂々たる姿で、天の道を押し開いて、天の浮橋の傍らの浮き州の上に立ち下界を眺めてから、筑紫の日向にある、高千穂の噴煙絶えることのない峯に天降ったのであった。

そこで天忍日命《あめのおしひのみこと》、天津久米命《あまつくめのみこと》の二人が、背中には矢をいれる靫《ゆぎ》を背負い、腰には、柄頭が瘤のようにふくらんだ頭椎《くぶつち》の太刀《たち》を吊るし、手には天之波士弓《あめのはじゆみ》を持ち、天之真鹿児矢《あめのまかこや》を手挟《たばさ》んで、先に立って案内役をつとめた。この天忍日命《あめのおしひのみこと》は大伴連《おおとものむらじ》などの祖神で、天津久米命《あまつくめのみこと》は久米の直《あたえ》などの祖神である。

ここにおいて天津日子番能邇邇藝命《あまつひこほのににぎのみこと》が言うには、「この土地は、遠く海を隔てて韓国《からくに》（今の朝鮮半島）を望み、笠沙《かささ》の岬を正面に見て、朝日の直接射す国、夕日の照り輝く国である。ここここそは本当に良い土地である」と言って、地の底の岩根までも深く宮柱を埋め立て、高天原に氷椽《ひぎ》の届くほどに屋根の高い宮殿を築いて住まった。

【読み解き】

さて、いよいよ天孫邇邇芸命《ににぎのみこと》の降臨です。『古事記』の物語も日本建国へ向けてクライマックスを迎えます。

天孫邇邇芸命《ににぎのみこと》が高天原からこの地上世界、豊葦原の中つ国へと天降るに当たり、天照大御神は五柱の神をお伴として随行させます。天児屋命《あめのこやねのみこと》、布刀玉命《ふとだまのみこと》、天宇受賣命《あめのうずめのみこと》、伊斯許理度賣《いしこりどのめ》命《みこと》、玉祖命《たまのやのみこと》で、この五柱を総称して五伴緒神《いつとものおのかみ》と称します。いずれの五柱の神も、あの天照大御神の天《あま》の石屋戸《いわと》籠りからの再生の時に活躍をした神です。この五柱の神の活躍によって天照大御神の再生が果せました。その五柱の神をすべてこの天孫降臨に供奉させるという天照大御神の意志はいったい何なのでしょうか。それは、この天孫降臨が豊葦原の中つ国における、天の石屋戸開きであるということ。地上世界における天照大御神の再生の再現であるということです。またそれは、代々の天皇の御世代りもまた天の石屋戸開きを意味して、代々皇統と共に変わらず、豊葦原の中つ国は天照大御神の再生した存在である天皇が治めるということを意味しています。天皇が天照大御神の現人神《あらひとがみ》としてこの世を治めるということが、ここで物語られているのです。天の石屋戸開きの神話は、遠い昔の神世の時代だけのことではなく、代々の天皇の御代にあって行われているのだという考え方がここに表されています。それはまた未来永劫にわたって変わらないことを意味しています。過去と未来と現在という三つの世界が、今という時代、そして一瞬に重なり合って同時に行われているという、日本人の世界観がここにもしっかりと物語られています。

また、この五伴緒神《いつとものおのかみ》が他の神たちに先立って天孫の降臨に供奉したわけは「心を優先する」ということ、つまり「目に見えないモノとコト」こそが、物質の世界では中心であるということを示すためのものでした。この五伴緒神《いつとものおのかみ》の天児屋命《あめのこやねのみこと》は天の石屋戸の前で祝詞を奏上した神でした。布刀玉命《ふとだまのみこと》は幣帛《へいはく》を奉った神でした。天宇受賣命《あめのうずめのみこと》は石屋戸の前で神楽を舞った神でした。伊斯許理度賣命《いしこりどめのみこと》は鏡を作った神でした。玉祖命《たまのやのみこと》は天の香具山の榊に掛ける勾璁《まがたま》を作った神でした。祝詞奏上、幣帛献上、神楽奏演、祭祀道具の製作と、天の石屋戸の前での神事の役を分けて負った神々です。よく世間ではこの石屋戸の神話を「神々の宴会」と解釈しますが、これは大きな間違いです。現に酒盛りをしたとは一言も語られていません。そこに語られている物語は、天照大御神の再生をひたすら願い祈る必死の神事です。その必死な祈りの結果として、天照大御神の再出現が叶ったわけで、それが現在も行われている神道の祭式の姿です。祭とは、神の再出現を「待ち居る」という意です。真摯に神の出現を願い祈る神事ですから、ただ飲み食いするばかりが祭だと誤解してはなりません。

天孫降臨に当たり他の神々に先立ってこの五柱の神を供奉させたという意味は、この世には大いなる存在の大いなる意志があり、それによってこの世は成り立っているということを知らしめるためです。物質世界が豊かになればなるほど、人は大いなる存在、心の内にあるサムシンググレイトという存在を忘れてしまい、目に見えないモノとコトの貴さを忘れてしまいます。ですから天孫が「心の世界」である高天原から、「物質の世界」である豊葦原の中つ国に天降るに当たり、「心の大切さ」というものを五伴緒神《いつとものおのかみ》の供奉という物語に託しています。

天照大御神は、天孫邇邇《にに》芸命《ぎのみこと》に五伴緒神《いつとものおのかみ》に続いて、八尺《やさか》の勾璁《まがたま》、鏡、草薙劍《くさなぎのつるぎ》を授けます。

この三品の物は、いうまでもなく天皇の皇位継承の証である「三種の神器」です。この天孫降臨の時に、心の世界である高天原の天照大御神から天孫邇邇芸命《ににぎのみこと》に授けられてから、綿々と今日まで受け継がれています。もともと心の世界の高天原から授かったものですから、この三種の神器も「心」を表したものです。さらにこれは、皇位の継承の証というだけではなく、日本の国体そのものの象徴でもあります。国体というものは、その国の理想とする姿をいいます。国の理想の姿というものは、国は人によって成るものですから、その国の人の理想の姿ということになります。それでは高天原から授けられた、「心」、私たちの理想とする「モノとコト」とは何でしょうか。この三種の神器によって比喩されて物語られている「モノとコト」とは何でしょうか。

先ず草薙劒《くさなぎのつるぎ》からお話しいたしましょう。この剣は今までに読み解いた須佐之男命の八岐《やまたの》大蛇《おろち》退治の時に、大蛇を退治してその大蛇の尾から得たもので、それを須佐之男命が高天原の天照大御神に献上したものです。八岐大蛇退治は「欲望と理性の葛藤の物語」でした。大蛇が比喩するものは、己の心の中にある欲望と慢心からくる「愚かな知恵」です。それを剣をもって切り刻んだのでした。その剣は「英知と勇気」です。イザナギの禊《みそぎ》神話もそうでした。自らの衣を脱ぐということは、自らの恥ずかしい部分を見つめるという行為でした。その結果として八十禍津日神という「罪そのもの」を生み、神直日神という「改める力」を生みました。「罪そのもの」を生むというのは、自らの犯した罪を、罪として自覚するということです。これは難しく勇気の要ることですが須佐之男命は自らの愚かな知恵を切り刻んで、最後の最後に得たのが英知と勇気でした。それが草薙剣《くさなぎのつるぎ》に象徴されています。

そして鏡です。もともと鏡は「鑑みる」が語源です。「影見る」だとする説もありますが、いずれも同じでしょう。「鑑みる」は「考え見る」がもとの言葉です。「鏡」は考え見る英知の象徴です。もともと鏡は自分の姿を写すためのものです。自分が一生見ることができないのは、自分の背中と顔だといいます。背中はその人の人生そのものですが、自分の人生の評価などは自分でできるものではありません。顔はその人の心が映し出されるともいいます。しかし自分の心ほど理解不可能なものはないものです。それを「考え見る」ということを鏡は象徴しています。天照大御神の天の石屋戸の神話も実はそういう神話でした。自らの心の内を石屋戸の中で考え見るという物語です。即ちそれは「自己反省」を意味します。自己を鑑みて、理想の姿へと反省を経て、心を律していくものが三種の神器の一つ、鏡なのです。

三つ目は八尺《やさか》の勾璁《まがたま》です。意味するところは、草薙剣に象徴される「勇気」と、鏡に象徴される「自己反省」によってできる完成された「徳」を意味します。『論語』でいう「仁」の徳です。仁の徳というのは慈悲であり、博愛であり、至誠です。玉というものは、どの方向から押されても、引かれても、その重心はぶれることはありません。どのような逆境にあっても、艱難辛苦の難に遭遇しても、玉の重心がぶれないように、ぶれない心の徳の象徴として八尺《やさか》の勾璁《まがたま》はあります。

こうして読み解いてみますと、有史以来この三種の神器に象徴される三つの徳目を、国の理想として掲げ、人の理想の姿として掲げてきた日本は、世界に誇るべき精神性を継承してきた素晴らしい国であることがわかり、誇りを覚えるところです。しかも、それが有史以来一度も変わることなく、一つの国体として保たれているのも、世界史の奇跡といってもよいのではないでしょうか。海外旅行をすると、日本には誇れるものがないと思うそうですが、『古事記』を読めば自信が持てて、素晴らしい精神性をもつＤＮＡが私たちの体の中に流れていることを誇らしく思うことができるでしょう。

　さて、天照大御神はこの鏡を天孫邇邇芸命《ににぎのみこと》に授ける時に、「これの鏡は、専《もは》ら我が御魂《みたま》として、吾が前《みまえ》を拜《いつ》くが如《ごと》拜《いつ》き奉《まつ》れ」といって手渡します。『日本書紀』には、「天照大御神、手《みて》に宝の鏡を持ちたまいて、天忍穂耳尊《あめのおしほみみのみこと》に授けて祝《ほ》ぎて曰《のたまわ》く、吾《あ》が児《みこ》、此《こ》の宝の鏡を視《み》まさむこと、當《まさ》に吾《われ》を視《み》るが如《ごと》くすべし。與《とも》に床《みゆか》を同じくし殿《みあらか》を共《ひとつ》にして、斎鏡《いわいのかがみ》と為《な》す可《べ》し」と語られています。言葉の表現と、鏡を授けた相手の神の名は違いますが、意味するところは同じです。天照大御神は「鏡は私の魂です」と言っています。天の石屋戸から出て最初に目にしたものが、この鏡に写った自らの顔でした。それ故にその再生した天照大御神の魂が、その鏡に入り留まっていると考えてのことです。その時写っていた天照大御神の顔は、それまでの須佐之男命の暴挙に苦しんだ苦労と、自らが煩悶した苦痛のすべてが刻み込まれた、経験の顔です。それを「私の魂」と語っています。それを「拜《いつ》くが如《ごと》拜《いつ》き奉《まつ》れ」と言って手渡します。言葉の意味は、自分の傍に仕えるように身近に祀《まつ》れということです。これを「同殿共床の神勅」といいます。天孫邇邇芸命《ににぎのみこと》からすると、天照大御神は祖母にあたります。先祖です。先祖の神霊を常に近くに、まるでそこに先祖が生きて語るが如くに祭りなさいということです。ですから、日本人は家の中に祖霊殿や仏壇を設けて、そこに先祖の神霊や魂を祭り、毎朝御茶やご飯を生きていたときのように捧げて、事あればその前に座って語りかけてきたのです。これは西洋社会では見ることのできない、日本人の魂の所作です。遠い昔の先祖の働きによって今私たちがあるのです。考えて見れば、体の中に先祖のＤＮＡが生きていない人間などいないのですから、天照大御神の示唆は、これからの世界へ向けての「新生命倫理」として、私たちの言の葉に乗せて語ってゆく必要があるのではないでしょうか。

四、猿女《さるめ》の君

【原文】

故《かれ》、ここに天宇受女賣命《あめのうずめのみこと》に詔《の》りたまひしく、「この御前《みさき》に立《た》ちて仕《つか》え奉《まつ》りし猿田毘古大神《さるたびこのおほかみ》は、専《もは》ら顯《あら》はし申《まを》せし汝送《みましおく》り奉《まつ》れ。またその神《かみ》の御名《みな》は、汝負《みましお》ひて仕《つか》へ奉《まつ》れ」とのりたまひき。ここをもちて猿女君等《さるめのきみども》、その猿田毘古《さるたびこ》の男神《をがみ》の名《みな》を負《お》ひて、女《をみな》を猿女君《さるめのきみ》と呼《よ》ぶ事《こと》これなり。

故《かれ》、その猿田毘古神《さるたびこのかみ》、阿邪訶《あざか》に坐《ま》す時《とき》、漁《いさり》して、比良夫貝《ひらぶがひ》にその手《て》を咋《く》ひ合《あ》はさえて、海鹽《うしほ》に沈《しづ》み溺《おぼ》れたまひき。故《かれ》、その底《そこ》に沈《しづ》み居《ゐ》たまひし時《とき》の名《みな》を、底度久御魂《そこどくみたま》と謂《い》ひ、その海水《うしほ》のつぶたつ時《とき》の名《みな》を、都夫多都御魂《つぶたつみたま》と謂《い》ひ、そのあわさく時《とき》の名《みな》を、阿和佐久御魂《あわさくみたま》と謂《い》ふ。

ここに猿田毘古神《さるたびこのかみ》を送《おく》りて、還《まか》り到《いた》りて、すなはち悉《ことごと》に鰭《はた》の廣物《ひろもの》、鰭《はた》の狭物《さもの》を追《お》ひ聚《あつ》めて「汝《な》は天《あま》つ神《かみ》の御子《みこ》に仕《つか》へ奉《まつ》らむや」と問《と》ひし時《とき》に、諸《もろもろ》の魚皆《うをどもみな》「仕《つか》へ奉《まつ》らむ」と白《まを》す中《なか》に、海鼠《なまこ》白《まを》さざりき。ここに天宇受賣命《あめのうずめのみこと》、海鼠《なまこ》に云《い》ひしく、「この口《くち》や答《こた》へぬ口《くち》」といひて、紐《ひも》小刀《がたな》もちてその口《くち》を拆《さ》きき。故《かれ》、今《いま》に海鼠《なまこ》の口《くち》拆《さ》くるなり。ここをもちて御世《みよみよ》、島《しま》の速贄《はやにへ》獻《たてまつ》る時《とき》に、猿女《さるめ》の君等《きみども》に給《たま》ふなり。

【現代語訳】

そこで、天津日子番能邇邇藝命《あまつひこほのににぎのみこと》は天宇受賣命《あめのうずめのみこと》に、次のように言った。「この道案内の役をつとめた猿田毘古神《さるたびこのかみ》は、貴方が何者であるかを明らかにして連れてきた神であるから、貴方がもとの国へと送り届けなさい。またその神の名前は貴方が家の名として伝え、そして貴方が仕え祭るようにしなさい」と、このように言った。そこで、天宇受賣命《あめのうずめのみこと》が猿田毘古神《さるたびこのかみ》の名を名乗るようになったのを切っ掛けとして、猿女《さるめ》の君などこの名を名乗り受け継いで、その女を猿女と呼ぶようになったのだ。

この猿田毘古神《さるたびこのかみ》が阿邪訶《あざか》（今の三重県松阪市）に居た時、たまたま魚を獲っていて、比良《ひら》夫貝《ぶがい》にその手を挟まれて、海に沈んで溺れた。彼が海に沈んで溺れていた時の名前を底度久《そこどく》御魂《みたま》（底に届くの意）と言い、水の底から泡がぶくぶくと立ちのぼった時の名を都夫多都《つぶたつ》御《み》魂《たま》と言い、その泡がぱっと割れた時の名を阿和佐久御魂《あわさくみたま》と言う。

一方、天宇受賣命《あめのうずめのみこと》は猿田毘古神《さるたびこのかみ》を伊勢の国に送って着くと、海に住む魚という魚、鰭の広い魚も鰭の狭い魚もすっかり集めて、「貴方たちは天津神の御子にお仕えしますか」と尋ねた。するとその時、魚は皆「お仕えいたします」と答えた。しかしその中に海鼠《なまこ》だけは返事をしなかった。そこで天宇受賣命《あめのうずめのみこと》は海鼠に次のように言った。「この口は、答えのできない口だ」と言って、紐のついた小刀でその口を割いてしまった。それで、今でも海鼠の口は割けているのだ。このように天宇受賣命《あめのうずめのみこと》が魚たちに誓わせたことから、代々に渡って、島の国から、海でとれた初物を朝廷に献上する時に、天宇受賣命《あめのうずめのみこと》の子孫である猿女君などに下されるのだ。

【読み解き】

この段では、猿女の君の起源と由来が語られています。猿田毘古神《さるたびこのかみ》が貝に手をかまれて溺れるといった面白い物語が語られています。その時の溺れた様子の神様の名前の名づけ方の面白さが目を引きます。

この段で、天宇受賣命が猿田毘古神《さるたびこのかみ》を手引いた故によって、その子孫が代々猿女《さるめ》の君と名乗って、鎮魂祭の歌舞を奉仕し、そして大嘗祭の前行に奉仕した由来の一端が語られています。この猿女の鎮魂祭や大嘗祭へのかかわり方から、天皇の御代かわりの一代に一度の御儀の持つ意味がわかりますので、ここではその事について少しお話しをして次の段へと進むことにします。

鎮魂祭で猿女君が歌舞を舞うというのは、そのまま天の石屋戸の神話を、天皇の御代かわりの時に再現するということです。鎮魂祭とは、毎年天皇の御魂が天皇から遊離することなく留まり、そしてそれがより生き生きと働くように祈願する儀式ですが、その儀式は天宇受賣命が歌舞をつとめるということから、毎年天の石屋戸での天照大御神の再出現を行い、その新しい天照大御神の魂を天皇に受けてもらい、その受けた魂が遊離せず、生き生きと働くこと目的としていることがわかります。そのことは、天皇は即ち天照大御神のこの世に再出現した存在であるということを物語っています。

また、大嘗祭の前行を猿女の君が奉仕するということは、即ち、大嘗祭という天皇の御代かわりの儀式は、天孫降臨の再現であることを意味しています。ですから、天皇という存在は今の時代に天照大御神の魂を受け継いで降臨した天孫の再現でもあるということがわかります。天照大御神の再現であり天孫の再現でもある。これが日本の天皇の存在であり、また、その存在によって、神世のことが今この世で行われているということを意味しています。つまり、天地開闢も、「修理固成」の神勅も、今この時代に未完成を完成へと私たちが進めているということを意味しているのです。そう考えますと、私たち一人ひとりは、未来の子孫のために大きな使命を今のこの時代に担っているのだということがわかります。

この段で天宇受賣命《あめのうずめのみこと》が、海鼠《なまこ》の口を割くという物語がされます。何と恐ろしいことを、動物虐待ではないかなどとは考えないで下さい。実際に行ったことではありません。猿のお尻が赤いという事実を見て、なぜ赤くなったのかというその起源を物語るということと同じなのですから。それが「今」という時の事実から起源を語るという、神話独特の物語の仕方でもあるのですから。

しかし、ここでも「心のお話」として読み解くことがあります。このような小さな面白おかしい物語にも、心の眼を開くとそこには、現代に生かせる「学び」があるのです。天宇受賣命は、多くの魚に天つ神の御子に仕えるか否かを尋ねます。そこで海鼠だけが答えませんでした。そこで天宇受賣命は「この口や答えせぬ口」といって海鼠の口を割いたのです。「答えせぬ」が故のことでした。得てして私たちは、言わなくてもわかっているだろうと言って、言葉に出さないことが多いのではないでしょうか。そういうことは日本人は特に多いように思います。それを「腹の文化」と言うのですが、それでは「心の世界」である高天原ならいざ知らず、物質の世界のこの世では誤解が生まれます。そのことを先人たちはこの物語で、海鼠の口の起源を語ることによって、私たちに示唆してくれているように思います。「言葉に発することの大切さ」ということを物語っているのではないでしょうか。「神道は言挙げせず」という言葉があります。それでこの「言挙げせず」をそのままに理解して、言葉に出して言わないのが宜しいのだとして、神道は世の中に向かって語ることを避けてきました。その結果が、この『古事記』の神話に物語られる「心のお話」、先人たちの「教訓と戒め」を読み解けないで、神々の物語を私たちの次元に引き下げるという読み解きにしてしまっていたのではないでしょうか。読み解こうという思考すらも停止させていたように思いいます。もともと「言挙げせず」と言う言葉は「喋らない」という意味ではないように私は思います。先にもお話ししましたが、日本語は「モノ葉」ではなく「コト葉」であるが故に、言霊が働きます。言葉にだした事は、やがては現実の象となって現れるというのが「言霊」ということです。ですから、「言挙げせず」とは「安易に物は言わない」「熟考して言うべし」ということだと私は考えています。最近の世の中を見ていると、耳障りの良い言葉が並んではいるけれども、その中身が無いものが多いように思えてなりません。一聞すると非常に巧みな表現のように思え、耳障りの良い単語がまことしやかに並んでいるのですが、よくよくその内容を考えてみると、全く意味がわからないという喋りによく出会います。この段の海鼠の物語から、私たちは今一度、言葉の力というものをしっかりと考えて行くことを学ぶべきではないでしょうか。本当に私たちが海鼠のように天宇受賣命から口を割かれないように。

五、木花之佐久夜毘賣神《このはなのさくやびめ》

【原文】

ここに天津日高日子番能邇邇藝命《あまつひこひこほのににぎのみこと》、笠沙《かささ》の御前《みさき》に、麗《うるは》しき美人《をとめ》に遇《あ》ひたまひき。ここに「誰《た》が女《むすめ》ぞ」と問《と》ひたまへば、答《こた》へ白《まを》ししく、「大山津見神《おほやまつみのかみ》の女《むすめ》、名《な》は神阿多都比賣《かむあたつひめ》、亦《また》の名《な》は木花之佐久夜毘賣《このはなのさくやびめ》と謂《い》ふ」とまをしき。また「汝《みまし》の兄弟《はらから》ありや」と問《と》ひたまへば、「我《あ》が姉《あね》、石長比賣《いはながひめ》あり」と答《こた》へ白《まを》しき。ここに詔《の》りたまひしく、「吾汝《あれみまし》に目合《まぐはひ》せむと欲《おも》ふは奈何《いか》に」とのりたまへば、「僕《あ》は得《え》白《まを》さじ。僕《あ》が父《ちち》大山津見神《おほやまつみのかみ》ぞ白《まを》さむ」と答《こた》へ白《まを》しき。故《かれ》、その父《ちち》大山津見神《おほやまつみのかみ》に、乞《こ》ひに遣《つか》はしたまひし時《とき》、大《いた》く歓喜《よろこ》びて、その姉《あね》、石長比賣《いはながひめ》を副《そ》へ、百取《ももとり》の机代《つくゑしろ》の物《もの》を持《も》たしめて、奉《たてまつ》り出《いだ》しき。故《かれ》ここにその姉《あね》は甚凶醜《いとみにく》きによりて、見畏《みかしこ》みて返《かへ》し送《おく》りて、ただその弟《おと》木花之《このはなの》佐久夜毘賣《さくやびめ》を留《とど》めて、一宿婚《ひとよみあひ》したまひき。ここに大山津見神《おほやまつみのかみ》、石長《いはなが》比賣《ひめ》を返《かへ》したまひしによりて、大《いた》く恥《は》ぢて、白《まを》し送《おく》りて言《い》ひしく、「我《あ》が女《むすめ》二《ふ》たり並《なら》べて立《たて》奉《まつ》りし由《ゆゑ》は、石長比賣《いはながひめ》を使《つか》はさば、天《あま》つ神《かみ》の御子《みこ》の命《いのち》は、雪零《ゆきふ》り風吹《かぜふ》くとも、恒《つね》に石《いは》の如《ごと》くに、常《とき》はに堅《かき》はに動《うご》かずまさむ。また木花之佐久夜毘賣《このはなのさくやびめ》を使《つか》はさば、木《こ》の花《はな》の榮《さか》ゆるが如榮《ごとさか》えまさむと誓《うけ》ひて貢進《たてまつ》りき。かくて石長比賣《いはながひめ》を返《かへ》さしめて、ひとり木花之佐久夜毘賣《このはなのさくやびめ》を留《とど》めたまひき。故《かれ》、天《あま》つ神《かみ》の御子《みこ》の御壽《みいのち》は、木《こ》の花《はな》のあまひのみまさむ」といひき。故《かれ》、ここをもちて今《いま》に至《いた》るまで、天皇命等《すめらみことたち》の御命長《みいのちなが》くまさざるなり。

故《かれ》、後《のち》に木花之佐久夜毘賣《このはなのさくやびめ》、參出《まゐで》て白《まを》ししく、「妾《あ》は妊身《はらめ》めるを、今産《いまう》む時《とき》に臨《な》りぬ。この天《あま》つ神《かみ》の御子《みこ》は、私《わたくし》に産《う》むべからず。故《かれ》、請《まを》す」とまをしき。ここに詔《の》りたまいひしく、「佐久夜毘賣《さくやびめ》、一宿《ひとよ》にや妊《はら》める。これ我《あ》が子《みこ》には非《あら》じ、必《かなら》ず國《くに》つ神《かみ》の子《こ》ならむ」とのりたまひき。ここに答《こた》へ白《まを》ししく、「吾《あ》が妊《はら》みし子《こ》、もし國《くに》つ神《かみ》の子《こ》ならば、産《う》むこと幸《さき》くあらじ。もし天《あま》つ神《かみ》の御子《みこ》ならば、幸《さき》くあらむ」とまをして、すなはち戸無《とな》き八尋殿《やひろどの》を作《つく》りて、その殿《との》の内《うち》に入《い》り、土《はに》をもちて塗《ぬ》り塞《ふた》ぎて、産《う》む時《とき》に方《あた》りて、火《ひ》をその殿《との》に著《つ》けて産《う》みき。故《かれ》、その火《ひ》の盛《さか》りに焼《もゆ》る時《とき》に生《う》める子《みこ》の名《みな》は、火照命《ほでりのみこと》。[こは隼人阿多君《はやとあたのきみ》の祖《おや》] 次《つぎ》に生《う》める子《みこ》の名《みな》は火須勢理命《ほすせりのみこと》。次《つぎ》に生《う》める子《みこ》の御名《みな》は、火遠理命《ほをりのみこと》。亦《また》の名《な》は天津日高日子穂穂手見命《あまつひこひこほほでみのみこと》。
[三柱《みはしら》]

【現代語訳】

日嗣《ひつぎ》の御子である日子番能邇邇藝命《ひこほのににぎのみこと》は、笠沙《かささ》の岬で見目麗しい乙女に会った。そこで早速「誰の娘だ」と尋ねた。するとその乙女は次のように答えた。「大山津見神《おおやまつみのかみ》の娘で、名前は神《かむ》阿多都比賣《あたつひめ》と申します。また別名を木花之佐久夜毘賣《このはなのさくやびめ》と申します」と、このように答えた。そこで邇邇芸命《ににぎのみこと》は「貴女には兄弟は居ますか」と尋ねたところ、その乙女は「私には姉、石《いわ》長比賣《ながひめ》が居ります」と答えて言った。そこで邇邇芸命《ににぎのみこと》は次のように言った。「私は貴女と結婚したいと思いますが、どうでしょうか」と言うと、その乙女は「私からは何とも申し上げられません。父の大山津見神《おおやまつみのかみ》がお答えいたします」と答えて言った。そこでその父の大山津《おおやまつ》見神《みのかみ》に遣いを出して姫を妻にしたいと伝えたところ、大山津見神《おおやまつみのかみ》はたいそう悦んで、百にも及ぶ机の上に結納の品物を積み重ね、これをもたせて、木花之佐久夜毘賣だけではなく、姉の石長比賣《いわながひめ》をも一緒に添えて、姫を差し上げた。ところがその姉の石長比賣《いわながひめ》はひどく醜い顔をしていたので、邇邇芸命《ににぎのみこと》は一目見て驚き恐れて、父親のもとへ送り返した。そして妹の木《この》花之佐久夜毘賣《はなのさくやびめ》だけを留めて、一夜、寝所に入って共に寝た。そこで大山津見神《おおやまつみのかみ》は、一緒に差し上げた石長比賣《いわながひめ》だけが返されたことをたいそう恥じて、次のように言い送った。「私が娘二人を一緒に差し上げたのは、石長比賣《いわながひめ》のほうはその名前の示す通りに、天つ神の代々の御子の命は、雨が降り風が吹こうともびくともしない岩のように、永久に揺るぐことなくあるようにと願ってのことです。そして木花之佐久夜毘賣《このはなのさくやびめ》のほうは、その名前の示すとおりに、桜の花の咲き香るように栄えますようにと、このように願い誓いを立てて差し上げたのです。

それなのに今、石長比賣《いわながひめ》をお返しになり、木花之佐久夜毘賣《このはなのさくやびめ》を一人だけ留めおかれました。ですから、天つ神の御子のお命の寿命は、桜の花の散るように、もろくはかないものとなりましょう」と言い送った。こうしたわけで、今にいたるまで、代々の天皇の命は長くないのである。

その後、木花之佐久夜毘賣《このはなのさくやびめ》が邇邇芸命《ににぎのみこと》の前に参り出て次のように言った。「私は貴方様の御子を身篭っておりましたが、今その御子を産む時となりました。しかしこの御子は天つ神の御子ですから、私一人でこっそりと生むべきではありません。それ故に、その事をこうして申し上げておきます」と言った。すると邇邇芸命《ににぎのみこと》は「何とも佐久夜毘賣。一夜のことで妊娠をしたというのか。それは私の御子ではない。きっと国つ神の御子であろう」このように言ったので、木花之佐久夜毘賣《このはなのさくやびめ》は次のように答えて言った。「私のこのお腹に居る御子が国つ神の御子であるならば、お産が無事にすむとは思えません。もし天つ神の御子であるならば、必ずや無事に生まれることでしょう」と、このように言って、姫は出入り口の無い大きな御殿を作り、その中に入って、内側から土を塗って塞いでしまった。そしていよいよお産をするという時になって、その御殿に内から火をつけて、そして御子を産んだ。そこで、その火が盛んに燃え上がった時に生まれた御子の名は、火照命《ほでりのみこと》と言う。この御子は隼人阿多の君の祖神である。次に生まれた御子の名は火須勢理命《ほすせりのみこと》と言い、次に生まれた御子の名は、火《ほ》遠理命《おりのみこと》と言い、その御子の別名は天津日高日子穂穂手見命《あまつひこひこほほでみのみこと》と言った。すべて三柱の御子が生まれた。

【読み解き】

天宇受賣命《あめのうずめのみこと》と猿田毘古神《さるたびこのかみ》の活躍によって、天孫邇邇芸命《ににぎのみこと》はこの葦原の中つ国へと無事に天降ることができました。その意味するところは、物質だけの世界であったこの地上世界に、精神世界がその中心に打ち立てられたということを意味します。イザナギとイザナミの国生みの時に、真ん中に天之御柱を立ててその周りを右左と廻ったのと同じです。これからは天孫がその天之御柱となって、その周りを人々が廻って国作りがされていくことになります。高天原から天降った邇邇芸命《ににぎのみこと》は、笠沙の御前に出向いた時に、見目麗しい乙女と出会います。そして互いに目を見合わせ恋心を持ち、御子をもうけます。その御子の子孫が初代天皇となる神武天皇となります。ここからは、この地上世界である豊葦原の中つ国での天皇の系譜が語られます。

天孫邇邇芸命《ににぎのみこと》は木花之佐久夜毘賣《このはなのさくやびめ》と一夜の契りを交わして御子をもうけます。姫の名前は、その見目麗しい容姿を桜の花の美しさに喩えた名前です。日本人が女の子に花の名を、その名前につけるようになった起源にもなっています。日本人の花の美しさを称える心の優しさが見て取れます。天孫邇邇芸命《ににぎのみこと》は木花之佐久夜毘賣《このはなのさくやびめ》を嫁に貰い受けようと、父である大山津見神のもとを訪れます。すると大山津見神はいたく喜び、姉の石長比賣《いわながひめ》も添えて嫁に出します。しかし、姉の容姿の醜さに恐れをなし、見目麗しい木花之佐久夜毘賣だけを嫁としました。この物語にも、重要な示唆が語られています。それは、高天原は魂の世界であるから永遠の世界であるけれども、この豊葦原の中つ国は物質の世界であるが故に、有限の世界であるということです。魂は永遠だが、この身は有限であるという自然の摂理が語られています。父大山津見神は、天孫の命が永遠であるようにとの願いを込めて、姉の石長比賣も付けますが、その名が示すように、雨が降っても風が吹いても損なわれることがなく動かずある岩のごとく寿命が保たれるようにとの願いを込めてのことでした。けれど醜い容姿に驚いた邇邇《にに》芸命《ぎのみこと》は、木花之佐久夜毘賣だけを嫁として貰い受け、姉を帰してしまいます。大山津見神は「恥」と受け止めました。ここにも、私たち日本人の価値判断基準が語られています。物事の善悪ではなく、「恥」か「誉」かが、私たちの価値判断の基準となっているということを教えてくれています。

心を中心に物事を考え判断することの大切さ、つまり、「相手に恥をかかせない」という、目に見えない「配慮」「思いやり」「察しの心」の大切さを教えています。配慮や思いやりや察する心こそが、世の中の「修理固成」の基であると先人は今に語りかけているのです。これこそが古来から日本人の根底に育まれてきた「大和しぐさ」というものです。

そして石長比賣と木花之佐久夜毘賣の二人の姉妹を対比させて、「寿命の定め」を物語っています。人は常に「永遠」を求めて止みません。医学の発達もその「永遠」を求めて止まない心の働きによって生まれました。しかし、永遠というものは、魂の世界、「心」の世界にのみ許されたことで、物質世界には決してありえないのだということを教えています。

さて、一夜で天孫邇邇《にに》芸命《ぎのみこと》の御子を授かった木花之佐久夜毘賣が、いよいよその御子を生みます。その時、邇邇芸命《ににぎのみこと》は一夜の契りで子が身篭ったのを不思議に思い、木花之佐久夜毘賣に国つ神の御子ではないかと疑います。「疑心」への戒めでもあるでしょうが、この段の読み解きではそれでは不十分です。この木花之佐久夜毘賣のお産の物語は、生命の神秘に対するタブーを物語っています。木花之佐久夜毘賣は邇邇芸命《ににぎのみこと》から疑いをかけられ、その身の潔白を示す為に、戸のない産屋を建て、中から入り口を土で塗り固めて塞いでしまい、さらに火を放って御子を生みます。これは生命誕生の神秘に対する絶対的なタブーを物語っています。この比賣の行動は、中を覗き見ることへの絶対的な拒絶です。イザナギが黄泉の国を訪問したときに、イザナミが黄泉の国の御殿の戸を挟んで会話して、「絶対に私の姿を見ないで下さい」と語った物語と重なります。絶対的な拒絶です。先のイザナギとイザナミの物語は、「死のタブー」ということが語られました。今度は「生命誕生のタブー」が語られています。それは再び山幸彦の物語でも語られます。

生命のタブーを犯すことの危険性がこの段では語られていますが、現代人は今その禁を犯そうとしています。クローンという問題です。果てはクローン人間を生み出すところにまでその研究は及んでいるといいます。そこに潜む多くの危険性を私たちは神話から学ばなくてはならないでしょう。そして、この段では「生命の寿命」ということも物語られていました。脳死問題も取り上げられています。タブーを犯せば人類は滅びます。「神話を教えなかった民族はことごとく滅んでいる」と警告したアーノルド・トゥインビー博士の言葉を思い出し、日本人は日本人の神話『古事記』を何度も何度も読み解いてほしいものです。

第六章　山幸彦と海幸彦

一、火遠理命《ほをりのみこと》と火照命《ほでりのみこと》

【原文】

故《かれ》、火照命《ほでりのみこと》は海佐知毘古《うみさちびこ》として、鰭《はた》の廣物《ひろもの》、鰭《はた》の狹物《さもの》を取《と》り、火遠理命《ほをりのみこと》は山佐知毘古《やまさちびこ》として、毛《け》の麤物《あらもの》、毛《け》の柔物《にごもの》を取《と》りたまひき。ここに火遠理命《ほをりのみこと》、その兄火照命《いろせほでりのみこと》に、「各佐知《をのをのさち》を相《あひ》易《か》へて用《もち》ゐむ」と謂《い》ひて、三度《みたび》乞《こ》ひたまへども、許《ゆる》さざりき。然《しか》れども遂《つひ》に纔《わづ》かに相易《あひか》ふることを得《え》たまひき。ここに火遠理命《ほをりのみこと》、海佐知《うみさち》をもちて魚《な》釣《つ》らすに、都《かつ》て一《ひと》つの魚《な》も得《え》たまはず、またその鉤《つりばり》を海《うみ》に失《うしな》ひたまひき。ここにその兄火照命《いろせほでりのみこと》、その鉤《はり》を乞《こ》ひて曰《い》ひしく、「山《やま》さちも、己《おの》がさちさち、海《うみ》さちも、己《おの》がさちさち。今《いま》は各《をのをの》さち返《かへ》さむ」と謂《い》ひし時《とき》に、その弟火遠理命《おとほをりのみこと》、答《こた》へて曰《の》りたまひしく、「汝《みまし》の鉤《つりばり》は、魚《な》釣《つ》りしに一《ひと》つの魚《な》も得《え》ずて、遂《つひ》に海《うみ》に失《うしな》ひつ」とのりたまひき。然《しか》れどもその兄《いろせ》強《あなが》ちに乞《こ》ひ徴《はた》りき。故《かれ》、その弟《いろと》、御佩《みはかし》の十拳劍《とつかのつるぎ》を破《やぶ》りて、五《い》百《ほ》鉤《はり》を作《つく》りて、償《つぐの》ひたまへども取《と》らず。また一千《ち》鉤《はり》を作《つく》りて、償《つぐな》ひたまへども受《う》けずて、「なほその正本《もと》の鉤《はり》を得《え》む」と云《い》ひき。

【現代語訳】

さて、兄の火照命《ほでりのみこと》は海の獲物を獲る海佐知毘古《うみさちびこ》として、魚という魚、鰭《はた》の広い魚や鰭の狭い魚もすべて釣って獲るのを仕事としていた。弟の火遠理命《ほおりのみこと》は山の獲物を狩る山佐知毘古《やまさちびこ》として、獣という獣を、毛の麁《あら》い獣も毛の柔らかい獣も、すべて狩って獲るのを仕事としていた。ある時火遠理命《ほおりのみこと》は、その兄の火照命《ほでりのみこと》に向かって、「お互いに獲物を獲る道具を交換して使ってみようではないか」と、このように言って、三度頼んだが、兄はどうしてもそのことを許さなかった。しかし何度も弟が頼むので、ついにしぶしぶ承諾をしてそれぞれの獲物を獲る道具を取り替えた。そこで火遠理命《ほおりのみこと》は、兄から釣り針を借り受けて、魚を釣ってみたが、一匹の魚すら釣る事はできなかった。その上に釣り針さえも海の中になくしてしまった。それで兄の火照命《ほでりのみこと》は、自分の釣り針を求めて「山で使う道具は山で狩する者にふさわしい。海で使う道具は、海で漁をする者にふさわしい。もう元通りに道具を取り替えよう」と言った。そこで弟の火遠理命《ほおりのみこと》が次のように言った。「貴方から借りた釣り針で魚を釣ってみたが、一匹も釣る事はできなかった。その上鉤を海の中になくしてしまった」と言ったけれども、兄は無理に戻せと責めたてた。そこで弟は、腰に帯びた十拳剣《とつかのつるぎ》を潰して、五百もの釣り針を作り償いをしたけれども、兄は受け取らなかった。そこでさらに千もの釣り針を作って償いをしようとしたがこれも受け取らず「どうしても元の釣り針を返せ」といってきかなかった。

【読み解き】

天孫邇邇芸命《ににぎのみこと》と木花之佐久夜毘賣《このはなのさくやびめ》との間に生まれた兄弟の御子、火照命《ほでりのみこと》と火遠理命《ほおりのみこと》の物語です。幼い頃に絵本で読んだ覚えがある「海幸彦と山幸彦」のお話です。

この二人の兄弟が生まれる物語は鮮烈でした。母の木花之佐久夜毘賣は産屋を内から土を塗って閉ざして、尚且つ火を放って二人を生むのですから。これはお産の苦しさが、身を火で焼かれるほどの苦しさであるということを物語っているのでしょう。イザナミが火の神を生んで陰処を焼かれて死ぬのも同じ意味合いがあるのかもしれません。それだけではなく、火に対する「禁忌」ということも語られています。イリ゙ナミは火によって死にました。佐久夜毘賣も死ぬかもしれません。邇邇《にに》芸命《ぎのみこと》も容易に中を覗き見ることができませんでした。ここに「火」が「禁忌」であることが語られていると考えます。「火」は霊力の強い働きであるが故に、忌み慎み扱わなくてはならないのです。

その紅蓮の炎に包まれた産屋で生まれたのが火照命《ほでりのみこと》と火《ほ》遠理命《おりのみこと》という兄弟の御子ですが、火遠理命の別名は天津《あまつ》日高《ひこ》日子《ひこ》穂々《ほほ》出《で》見命《みのみこと》。この名は、日は高く輝き、その日の神の御子で稲穂が盛んに実るという意味の名です。それに燃え盛る炎の中から現れ出たという意味を兼ね添えている名です。天つ神の御子も天照大御神の子孫にあたる御子ですから、「日」「火」という文字がつかわれています。この神には「火」の性格があることもわかります。「火」は「秀でる」の意もあり、燃え盛る炎の如き強い意思を持った神であることも名前から伺えます。

兄の火照命《ほでりのみこと》は、海の獲物を獲る漁師として生活しています。弟の火《ほ》遠理命《おりのみこと》は山の獲物を獲る狩人として描かれています。兄は鰭《はた》の廣物《ひろもの》、鰭《はた》の狭物《さもの》を獲っていたと語られますが、この表現も古代の日本語の独特の表現方法で、対語法という表現法です。鰭の大きな魚、鰭の狭い魚とその一部を表現することによって、全体を表現するという独特な表現方法で、先にも出てきましたが、御殿の立派さを称える時に、その御殿を直接誉め称えるのではなく、その垣根が立派であると表現して、御殿の立派さを連想させるという手法ですが、これが日本語の独特な表現方法です。祝詞なども、真理を語ろうとするときには、何々の如く、何々の如くと比喩を多用して語ります。語れないような真理を、比喩を使って語るという日本語の特徴を理解すると、想像力がかきたてられて、『古事記』の奥深さが読み解けてくるのではないでしょうか。

二人の兄弟は互いの道具を交換することにします。原文ではこの道具を「佐知《さち》」と表現しています。「佐知《さち》」は「幸」と同じ。獲物を獲る道具も「幸」ですし、獲物そのものも「幸」です。昔は獲物を獲って、その獲物の骨から道具を作りました。ですから、獲物も道具も「幸」、神様から与えられた「恵み」だったのです。獲物から獲られる道具すら「幸」と表現するような先人たちの、感謝の心、純粋さを、私たちは物質が豊かになるにつれ、忘れてしまっているのではないでしょうか。

お互いの道具を交換して、普段は海で釣をしている火照命《ほでりのみこと》は、弟の弓矢で狩りをしましたが獲物は獲れませんでした。普段は山で狩りをしている火遠理命《ほおりのみこと》は兄の釣針を借りて海で釣をしてみましたが一匹の魚も獲れませんでした。そして兄の火照命《ほでりのみこと》が「山さちも、己《おの》がさちさち、海さちも、己がさちさち。今は各さち返さむ」と言って、もとの道具を返しあって、もとのそれぞれの仕事に戻ろうといいます。「己がさちさち」といって、自分の職分の道具であるから「幸」が得られるし、その職分で働くから「幸」があるということを言っているのです。自らのすべきことを自分の仕事としてきたからこその、幸福であると言うのです。この言葉にも「学び」があります。得てして他人の仕事というものは羨ましく見えるものですが、でも、「己がさちさち」なのです。与えられた仕事をしっかりとやり抜くことの大切さを、今の時代の人たちにもわかるように物語ってくれています。

兄の火照命はお互いの道具を戻そうといいますが、弟の火遠理命は困ります。兄の釣針をなくしてしまっていたのです。そこで、正直にその旨を言うのですが、兄は無理にでも元の鉤を戻せと言い続けます。そこで弟は自分の大切な剣を壊して釣針を五百個も作って償おうとしましたが、兄はこれを受け取りません。そこで弟は千本の鉤を作って償おうとするのですが、兄はそれも受け取らず、尚も元の鉤を戻せと言い張りました。この僅かな物語の中にも、第一に「正直」の大切さを教えています。「正直」という心は、神話の中で一貫して語られてきました。「神道は正直を元とす」という言葉もありますが、嘘偽りをはからず、正直に物事を受け止め語ることの大切さが語られています。嘘偽りは社会を根底から揺るがします。

第二に、「誠意」です。償いには「誠意」が大切であることを教えています。須佐之男命の高天原の購《あがな》いを思い出してください。自らの犯した罪に対して天つ神たちは全財産の没収という料を課しました。それは全力で償いをするということを意味しています。誠意をもって償うことは、勇気の要ることとです。それが、大切な剣まで潰して鉤にするという表現となっています。誠意に対する応え方は「許し」以外にありません。この「許しの心」誠意には誠意で応えることの大切さもここに語られています。兄火照命は、失くしてしまった元の鉤を返せとしつこく迫ります。ここには「物への執着」の戒めが語られているのですが、こうした執着心は、客観的な判断を失いかねません。大業の成就を見ることができなくなります。その果てには、結局はこの後の物語で語られるように、滅びが待っているだけです。物質世界の物というものは、永遠ではないのだから、それに執着することがどれだけ虚しく、そして他に害を及ぼすことになるのかをこの物語は教えているのです。そうでないなら、天皇の系譜の説明、起源譚として、このような物語が本当に必要であったでしょうか。

二、海神《わたのかみ》の宮訪問

【原文】

ここにその弟《いろと》、泣《な》き患《うれ》ひて海邊《うみべ》に居《ゐ》ましし時《とき》に、鹽椎神《しほつちのかみ》來《き》て、問《と》ひて曰《いひし》く、「何《いか》にぞ虚空《そら》津日高《つひこ》の泣《な》き患《うれ》ひたまふ所由《ゆゑ》は」といへば、答《こた》へて言《の》りたまひしく「我《あれ》と兄《いろせ》と鉤《つりばり》を易《か》へて、その鉤《はり》を失《うしな》ひつ。ここにその鉤《はり》を乞《こ》ふ故《ゆゑ》に、多《おほ》くの鉤《はり》を償《つぐの》へども受《う》けずて、『なほその本《もと》の鉤《はり》を得《え》む』と云《い》ひき。故《かれ》、泣《な》き患《うれ》ふぞ」とのりたまひき。ここに鹽椎神《しほつちのかみ》、「我《あれ》、汝命《みましみこと》の爲《ため》に善《よ》き議《ことはかり》をなさむ」と云《い》ひて、すなはち无間勝間《まなしかつま》の小船《をぶね》を造《つく》り、その船《ふね》に載《の》せて、教《をし》へて曰《い》ひしく、「我《あれ》その船《ふね》を押《お》し流《なが》さば、差暫《ややしま》し往《い》でませ。味《うま》し御路《みち》あらむ。すなはちその道《みち》に乗《の》りて往《い》でまさば、魚鱗《いろこ》の如造《ごとつく》れる宮室《みや》、それ綿津見神《わたつみのかみ》の宮《みや》ぞ。その神《かみ》の御門《みかど》に到《いた》りましなば、傍《かたへ》の井《い》の上《へ》に湯津香木《ゆつかつら》あらむ。故《かれ》、その木《き》の上《うへ》に坐《ま》さば、その海神《わたのかみ》の女《むすめ》、見《み》て相議《あひはか》らむぞ」といひき。

故《かれ》、教《をし》への隋《まにま》に少《すこ》し行《ゆ》きまししに、備《つぶ》にその言《こと》の如《ごと》くなりしかば、すなはちその香木《かつら》に登《のぼ》りて坐《ま》しき。ここに海神《わたのかみ》の女《むすめ》、豐玉毘賣《とよたまびめ》の從婢《まかだち》、玉器《たまもひ》を持《も》ちて水《みづ》を酌《く》まむとする時《とき》に、井《ゐ》に光《かげ》ありき。仰《あふ》ぎ見《み》れば、麗《うるは》しき壮夫《をとこ》ありき。甚異奇《いとあや》しと以爲《おも》ひき。ここに火遠理命《ほをりのみこと》、その婢《まかだち》を見《み》て、水《みづ》を得《え》まく欲《ほ》しと乞《こ》いたまひき。婢《まかだち》すなはち水《みづ》を酌《く》みて、玉器《たまもひ》に入《い》れて貢進《たてまつ》りき。ここに水《みづ》を飲《の》まさずて、御頸《みくび》の璵《たま》を解《と》きて口《くち》に含《ふふ》みて、その玉器《たまもひ》に唾《つば》き入《い》れたまひき。ここにその璵《たま》、器《もひ》に著《つ》きて、婢璵《まかたちたま》を得離《えはな》たず。故《かれ》、璵著《たまつ》ける任《まにま》に豐玉毘賣命《とよたまびめのみこと》に進《たてまつ》りき。ここにその璵《たま》を見《み》て、婢《まかたち》に問《と》ひて曰《い》ひしく、「もし人《ひと》、門《かど》の外《と》にありや」といへば、答《こた》へて曰《い》ひしく、「人《ひと》ありて、我《あ》が井《ゐ》の上《へ》の香木《かつら》の上《うへ》に坐《いま》す。甚麗《いとうるは》しき壮夫《をとこ》ぞ。我《あ》が王《きみ》に益《ま》して甚貴《いとたふ》し。故《かれ》、その人水《ひとみづ》を乞《こ》はす故《ゆゑ》に、水《みづ》を奉《たてまつ》れば、水《みづ》を飲《の》まさずて、この璵《たま》を唾《つば》き入《い》れたまひき。これ得離《えはな》たず。故《かれ》、入《い》れし任《まにま》に將《も》ち來《まゐき》て獻《たてまつ》りぬ」といひき。ここに豐玉毘賣命《とよたまびめのみこと》、奇《あや》しと思《おも》ひて、出《い》で見《み》て、すなはち見感《みめ》でて、目合《まぐはひ》して、その父《ちち》に白《まを》ししく、「吾《あ》が門《かど》に麗《うるは》しき人《ひと》あり」とまをしき。ここに海神《わたのかみ》、自《みづか》ら出《い》で見《み》て、「この人《ひと》は天津日高《あまつひこ》の御子《みこ》、虚空津日高《そらつひこ》ぞ」と云《い》ひて、すなはち内《うち》に率《ゐ》て入《い》りて、海驢《みち》の皮《かは》の疊八重《たたみやへ》を敷《し》き、亦絁疊八重《またきぬだたみやへ》をその上《うへ》に敷《し》き、その上《うへ》に坐《ま》せて、百取《ももとり》の机代《つくゑしろ》の物《もの》を具《そな》へ、見饗《みあへ》して、すなはちその女豐玉毘賣命《むすめとよたまびめのみこと》を婚《あは》せしめき。故《かれ》、三年《みとせ》に至《いた》るまでその國《くに》にすみたまひき。

【現代語訳】

そこで弟が海辺で泣き悲しんでいると、潮路をつかさどる神の鹽椎神《しおつちのかみ》がやって来て次のように尋ねた。「どうして日の御子である虚空津日高《そらつひこ》は泣き悲しんでおられるのですか。その理由はなんでしょうか」このように尋ねたので、火遠理命《ほおりのみこと》は「私は兄と釣り針を取り替えて釣をしたのですが、その釣り針をなくしてしまいました。どうしてもそれを返せと言うので、釣り針を沢山作って償いをしたのですが、兄は『元の針を返せ』といって受け取らないのです。それで泣き悲しんでいるのです」と言った。すると鹽椎神《しおつちのかみ》が「それでは私が、貴方様のためにうまい手立てをいたしましょう」と言って、竹を細かい目に編んだ籠の无間勝間《まなしかつま》の小船を造って、これに火遠理命《ほおりのみこと》を乗せて、次のように教えた。「私がこの小船を押し流しますので、暫くの間そのまま流されてお行きください。良い潮路に出会うでしょう。そこでその潮路に乗ってお行き下さい。そうしますと魚の鱗のように屋根を葺いた宮殿がございます。それが即ち綿津見神の宮殿です。その綿津見神の宮殿の御門まで着きましたら、傍らの泉のほとりに枝葉の繁った桂の木がありますから、その木の上に登ってお待ちになって下さい。海の神の娘が貴方を見つけて、何かうまい手立てをめぐらしてくれることでしょう」と教えてくれた。

火遠理命《ほおりのみこと》は鹽椎神《しおつちのかみ》に教えられたままに船に乗って潮に流されて暫く行くと、すべてがその鹽椎神《しおつちのかみ》の言うとおりであったから、そこで桂の木に登って待っていた。するとそこへ海神《わたのかみ》の娘の豊玉毘賣《とよたまびめ》の召し使う侍女が、玉器《たまもい》（立派な水汲みの器）を手にして泉の水を汲みに現れ、今まさに水を汲もうとしたその時、ふと泉に映る影に気づいた。そこで上を仰ぎ見ると、そこには見目麗しい若い男が木の上に居た。そこでひどく不思議なことだと思った。火遠理《ほおりの》命《みこと》は、その侍女を見てその水が欲しいと思い無心した。侍女はさっそく水を玉器に汲んで、火遠理命《ほおりのみこと》に差し出した。しかし火遠理命《ほおりのみこと》は水を飲まずに、頸に掛けた玉を緒から解いて、それを口に含んでその玉器に吐き入れた。するとその玉は器にくっついて、侍女がそれをとろうとしてもとることができなかった。そこでその玉がついたまま、その器を豊玉毘賣《とよたまびめ》に差し上げたのだった。豊玉比賣はその玉を見て、侍女たちに「もしかしたら、門の外に誰かいるのではありませんか」と尋ねると、その侍女は「そうです。人がいるのです。私どもの泉の上の桂の木の上に人がいるのです。たいそう見目麗しい若い男の人です。私どものご主人様と比べても一段と貴いお方です。そのお方が水を無心されたので差し上げましたところ、その水はお飲みにならずに、この玉を吐き入れました。取ろうとしてもどうしても取れませんので、この玉を入れたままこうして持って参りました」と答えて言った。そこで豊玉比賣は不思議なことだと思って、門の外へ出て火遠理命《ほおりのみこと》を見たのだが、一目見てすぐに恋しく思い、互いに目と目を見合わせた。そこで直ぐに父のところに行き「うちの門に、見目麗しいお方が居られます」と言った。海神《わたのかみ》は自分でも外へ出て見て「このお方は日の御子である天津日高の御子で、虚空津日高《そらつひこ》でらっしゃる」と言って、宮殿の中へ導き入れて、海驢《あしか》の皮の敷物を八重に敷き、その上に絹の敷物を八重に敷いて、その上に火遠理命《ほおりのみこと》を座らせた。そしてさらに百台もの机上に様々な品を持って、ご馳走をして、そこで娘の豊玉比賣を妻に差し上げた。こうして、火遠理命《ほおりのみこと》は三年経つまでその国に住み過ごした。

【読み解き】

兄の大切な鉤《つりばり》をなくして途方に暮れていた火遠理命《ほおりのみこと》が、海辺に出て泣いていると、そこに塩椎神《しおつちのかみ》が現れて、知恵を授けます。この神はここだけに突然登場します。さきの大国主神を救った鼠と同じです。この神は潮路を掌る神で『日本書紀』には「塩土老翁《しおつちのおきな》」という呼び名で出てきます。火遠理命に海神《わたのかみ》の国へと渡る方法を授けます。なぜ突然現れて手助けするのかを考えてみてください。それは、塩椎神には利害関係のないものにも思いやる徳があり、また、火遠理神は誠意という徳を持っています。他人の手助けを得られる人の条件は、誠意ある人であるということが暗に語られているのです。このことは、誠意があれば必ず人の助けを得て窮地を脱することを暗示したものです。塩椎神は火遠理命を「虚空津日高《そらつひこ》」と呼びます。皇太子に相当する日の御子という尊称です。塩椎神は一目見て、この火遠理命が皇太子に相当する日の御子であると見抜いています。人の内面、心の在り方は自ずと表面に現れ人に伝わるもので、世の中の中心となって大業を成す人物には、誠意ある心が、顔かたちや立ち振る舞いに出てくるものだと説いているのです。

塩椎神の助言を得て、火遠理命は綿津見神の宮へ竹籠の船に乗って潮の流れに任せて旅立ちます。海を渡るのに竹籠の船とは何とも心許ない気がします。竹の目を細かく編んだ籠の船は、インドから東南アジアに広く分布しています。ここは異民族の異なる宗教の世界観が、私たちの文化の中に取り入れられていることを想像させます。竹の驚異的な成長力を、一種霊妙な神の力としていましたから、神事にかかわる道具も竹で作るなど、竹の存在は当時は重要でした。能でシテが笹をもって登場すると、それは神であることを表します。かぐや姫も竹から生まれ、竹の籠に入れられて育ちました。

ここから語られる火遠理命の、綿津見神の宮訪問の物語は、後の浦島太郎伝説の基にもなっています。綿津見神の宮へ無事に辿り着いた火遠理命が、門の傍の井戸のほとりの木の上に登っているということは、神聖な水が湧き出る泉のほとりの樹木には、神が降臨するという古代信仰に基づくもので、後の羽衣伝説とも重なります。この綿津見神の宮で、火遠理命は豊玉毘賣《とよたまびめ》と出会います。出会い方は、大国主神と須勢理毘賣《すせりびめ》の出会いとまったく同じで、結婚の約束をすることによって、さらに大きな力を持つようになるという、成長に欠かせない条件として、豊玉毘賣との出会いが語られています。『古事記』では、異世界へ行って、帰ってくるという舞台設定が何度も出てきます。ここでは海神の国へ行って、帰ります。行っては帰る話が繰り返されるのは、『古事記』が永遠の再生を物語っているからです。

さて、豊玉毘賣と火遠理命は出会いましたが、大国主神の時とは接待がまるで違います。大国主神の時は、テーマが「成長のための試練」でしたから須佐之男神から試練を受けますが、この段は「誠実は報われる」というテーマですから、火遠理命は、綿津見神から歓待を受けます。大国主神は須佐之男神の子孫にあたり、中つ国を豊かな国に成長させ、天照大御神に「国譲り」するという大きな目的がありました。国を譲った後は、静かに出雲の国に鎮まる神という存在です。一方、火遠理命は、これから作られる国の天皇となる血筋の君が他国へ訪問をした物語です。似た物語ではありますが、目的の違いがこの物語を生んだのでしょう。

三、火照命の服従

【原文】

ここに火遠理命《ほをりのみこと》、その初《はじ》めの事《こと》を思《おも》ほして、大《おほ》きなる一歎《なげき》したまひき。故《かれ》、豊玉毘賣命《とよたまびめのみこと》、その歎《なげ》きを聞《き》かして、その父《ちち》に白《まを》ししく、「三年住《みとせす》みたまへども、恒《つね》は歎《なげ》かすことも無《な》かりしに、今夜大《こよひおほ》きなる一歎《なげき》きしたまひつ。もし何《なに》の由《ゆゑ》ありや」とまをしき。故《かれ》、その父《ちち》の大神《おほかみ》、その聟夫《むこ》に問《と》ひて曰《い》ひしく、「今旦《けさ》我《あ》が女《むすめ》の語《かた》るを聞《き》けば『三年坐《みとせま》せども、恒《つね》は歎《なげ》かすことも無《な》かりしに、今夜大《こよひおほ》きなる歎《なげ》きしたまひつ』と云《い》ひき。もし由《ゆゑ》ありや。また此間《ここ》に到《き》ませる由《ゆゑ》は奈何《いか》に」といひき。ここにその大神《おほかみ》に、備《つぶさ》にその兄《いろせ》の失《う》せにし鉤《つりばり》を罰《はた》りし状《さま》の如《ごと》く語《かた》りたまひき。ここをもちて海神《わたのかみ》、悉《ことごと》に海《はた》の大小魚《とほしろくちひさきうを》どもを召《よ》び集《あつ》めて、問《と》ひて曰《い》ひしく、「もしこの鉤《つりばり》を取《と》れる魚《うを》ありや」といひき。故《かれ》、諸《もろもろ》の魚《うを》ども白《まを》ししく、「頃者《このごろ》、赤海鯽魚《たひ》、喉《のみど》に鯁《のぎ》ありて、物得食《ものえく》はずと愁《うれ》ひ言《い》へり。故《かれ》、必《かなら》ずこれ取《と》りつらむ」とまをしき。ここに赤海鯽魚《たひ》の喉《のみど》を探《さぐ》れば、鉤《つりばり》ありき。すなはち取《と》り出《い》でて、洗《あら》ひ清《す》まして、火遠理命《ほをりのみこと》に奉《たてまつ》りし時《とき》に、その綿津見大神《わたつみのおほかみ》誨《をし》へて曰《い》ひしく、「この鉤《はり》を、その兄《いろせ》に給《たま》はむ時《とき》に、言《の》りたまはむ状《さま》は、『この鉤《はり》は、おぼ鉤《ち》、すす鉤《ち》、貧鉤《まぢち》、うる鉤《ち》』と云《い》ひて、後手《しりへで》に賜《たま》へ。然《しか》してその兄《いろせ》、高田《あげた》を作《つく》らば、汝命《ながみこと》は下田《くぼた》を營《つく》りたまへ。その兄《いろせ》、下田《くぼた》を作《つく》らば、汝命《ながみこと》は高田《あげた》を營《つく》りたまへ。然《しか》したまはば、吾《あれ》水《みづ》を掌《し》れる故《ゆゑ》に、三年《みとせ》の間《あひだ》、必《かなら》ずその兄《いろせ》貧窮《まづ》しくあらむ。もしそれ然《しか》したまふ事《こと》を恨怨《うら》みて攻《せ》め戰《たたか》はば、鹽盈珠《しほみつたま》を出《いだ》して溺《おぼ》らし、もしそれ愁《うれ》ひ請《まを》さば、鹽乾珠《しおひるたま》を出《いだ》して活《い》かし、かく惚《なや》まし苦《くる》しめたまへ」と云《い》ひて、鹽盈珠《しほみつたま》、鹽乾珠《しほひるたま》幷《あは》せて兩箇《ふたつ》を授《さづ》けて、すなはち悉《ことごと》に鮫魚《わに》どもを召《よ》び集《あつ》めて、問《と》ひて曰《い》ひしく、「今《いま》、天津日高《あまつひこ》の御子《みこ》、虚空津日高《そらつひこ》、上《うは》つ國《くに》に出幸《い》でまさむとしたまふ。誰《たれ》か幾日《いくか》に送《おく》り奉《まつ》りて、覆奏《かへりごとまを》すぞ」といひき。故《かれ》、各己《をのをのおの》が身《み》の尋長《ひろたけ》の随《まにま》に、日《ひ》を限《かぎ》りて白《まを》す中《なか》に、一尋鮫《ひとひろわに》白《まを》ししく、「僕《あ》は一日《ひとひ》に送《おく》りて、すなはち還《かへ》り來《きな》む」とまをしき。故《かれ》ここにその一尋鮫《ひとひろわに》に、「然《しか》らば汝《なれ》送《おく》り奉《まつ》れ。もし海中《わたなか》を渡《わた》る時《とき》、な惶畏《かしこ》ませまつりそ」と告《の》りて、すなはちその鮫《わに》の頸《くび》に載《の》せて、送《おく》り出《いだ》しき。故《かれ》、期《ちぎ》りしが如《ごと》、一日《ひとひ》の内《うち》に送《おく》り奉《まつ》りき。その鮫《わに》を返《かへ》さむとせし時《とき》、佩《は》かせる紐小刀《ひもがたな》を解《と》きて、その頸《くび》に著《つ》けて返《かへ》したまひき。故《かれ》、その一尋鮫《ひとひろわに》は、今《いま》に佐比持神《さひもちのかみ》と謂《い》ふ。ここをもちて備《つぶさ》に海神《わたのかみ》の敎《をし》へし言《こと》の如《ごと》くして、その鉤《つりばり》を與《あた》へたまひき。故《かれ》、それより以後《のち》は、稍愈《やや》に貧《まづ》しくなりて、更《さら》に荒《あら》き心《こころ》を起《お》こして迫《せ》め來《く》ぬ。攻《せ》めむとする時《とき》は、鹽盈珠《しほみつたま》を出《いだ》して溺《おぼ》らし、それ愁《うれ》ひ請《まを》せば、鹽乾珠《しほひるたま》を出《いだ》して救《すく》ひ、かく惚《なや》まし苦《くる》しめたまひし時《とき》に、稽首《のみ》白《まを》ししく、「僕《あ》は今《いま》より以後《のち》は、汝命《みましみこと》の晝夜《ひるよる》の守護人《まもりびと》となりて仕《つか》へ奉《まつ》らむ」とまをしき。故《かれ》、今《いま》に至《いた》るまで、その溺《おぼ》れし時《とき》の種種《くさぐさ》の態《わざ》、絶《た》えず仕《つか》へ奉《まつ》るなり。

【現代語訳】

ある時火遠理命《ほおりのみこと》は、この海神《わたのかみ》の国へ来るいきさつの最初のこと、つまり釣り針をなくした事、そしてそれを探しに来たという事を思い出して、深い深いため息を一つ洩らした。豊玉比賣はこの夫の嘆くため息を聞いて、その父に次のように言った。「三年の間共にこの国に住んでいるけれども、普段は一度として嘆く事がなかったのに、昨夜深いため息を洩らしたのです。それには何かわけがあるのではないでしょうか」とこのように言ったので、父の大神は、聟夫《むこ》である火遠理命に尋ねた。「今朝、私の娘の語るのを聞くと『三年の間一緒に暮らしているけれども、常には嘆くこともなかったのに、昨夜は大きなため息を洩らした』と言っている。何か訳でもあるのですか。またこの国に来た訳はどういうことでしょうか」そのように問いかけた。すると大神に対して、事細かに兄がなくなった釣針を返せと責めたてたことなどを話した。火遠理命が事の次第を事細かに話したので、海神は海の中の魚という魚を、大きい魚も小さい魚も悉く《ことごと》呼び集めて、「もしやこの釣針を取った魚はいないか」と尋ねた。すると一同の魚が言うには、「この頃、赤鯛が喉に何やら棘が刺さって、物が食べられないで困っていると言っておりましたが、きっとこの赤鯛がその釣針を取ったのでしょう」と、こう答えて言った。そこで赤鯛の喉を探してみたところ、釣針はそこに有った。早速取り出して、洗い清めてから火遠理命に差し上げる時に、綿津見大神は次のように教えて言った。「この釣針を兄に渡す時には、必ず忘れずにこう言葉を言ってお渡しなさい。『この鉤はおぼ鉤《ち》（心のふさがる鉤）、すす鉤《ち》（心のたけり狂う鉤）、貧鉤《まぢち》（貧乏な鉤）、うる鉤《ぢ》（愚かな鉤）』と、こう言って後手にお渡しなさい。それからもし兄が、高い土地に高田を作るようなら、貴方は低い土地に下田を作りなさい。また兄が下田を作るようならば、貴方は高田を作りなさい。そのようにすれば、私が水を司っているから、三年の間に、兄は必ずや次第に貧しくなるでしょう。もしそれで兄が貴方のことを怨んで攻めてくるようなら、この鹽盈珠《しおみつたま》を出して溺れさせ、またもし哀れみを請うようならば、この鹽乾珠《しおひるたま》を出して活かし、そうして懲らしめてあげなさい」このように言って、鹽盈珠《しおみつたま》と鹽乾珠《しおひるたま》の二つの玉を授けた。

そして海のワニというワニを悉く呼び集めて、次のように尋ねた。「今や、天津日高の御子である虚空津日高の君は、葦原の中つ国へとお帰りになられる。御子を送り届けてその由を戻って報告するまで何日かかるか、一人ひとり答えなさい」そこで、一同のワニたちはそれぞれの身の長さに合わせてその日限を答えたが、その中で身の丈一尋《ひとひろ》のワニが「私は一日でお送りして帰ってまいります」と答えたので、海神はその一尋《ひとひろ》ワニに「ならばお前がお送り申し上げなさい。しかし海の中を渡って行く時に、怖い思いをさせてはならないぞ」と申し渡した。そしてそのワニの頸に火遠理命を乗せて送り返した。そのワニは言ったとおりに一日で送り届けた。そのワニが綿津見の国へと帰ろうとする時に、火遠理命は身に帯びた紐のついた小刀を解いて、褒美としてその頸にかけて帰してやった。それゆえに、この一尋《ひとひろ》ワニを、今でも刃物を持つ神として佐比持神《さひもちのかみ》と言うのである。

中つ国へと帰った火遠理命は、海神から教えられた通りにして、兄の火照命《ほでりのみこと》に例の鉤を与えた。その後、兄の火照命は次第に貧しくなって、ついにはいっそう荒々しい心を起こして、火遠理命を攻めて来た。そこで荒々しく攻めてくる時には鹽盈珠《しおみつたま》を出して溺れさせ、哀れみを乞う時には鹽乾珠《しおひるたま》を出して救い、これを繰り返して懲らしめてやった。こうして懲らしめた時、兄の火照命はすっかり恐れてしまい、頭を下げて言うには「私はこれから夜昼をおかず、貴方の宮殿の守護の役をつとめて、お仕えします」と言った。それ故に、今に至るまで、その子孫である隼人たちは、火照命が溺れた時の所作を演じて、常に朝廷に仕えているのである。

【読み解き】

火遠理命《ほおりのみこと》が綿津見神《わたつみのかみ》の宮を訪れてから、豊玉毘賣《とよたまびめ》と三年の年月が過ぎていました。ある時、しみじみと、自分がこの海神の国へやって来たのは何のためだったかと思い返して、大きなため息を一つ吐きます。物事は一つのきっかけから始まります。ため息の持つ意味は、原点に返ることの大切さを物語っています。日本の神々の物語は、揺れ動く心の働きの中で、常に初心に帰り、初志を思い出し、原点に返るということを物語っています。自分がなぜこの世に生まれ、何を成さんとしているのか、その使命を持ち、それを保つことを忘れてはならないことを戒めています。安穏とした平和な暮らしに慣れてしまい、初心や使命を忘れてしまうと、「修理固成」という永遠の使命を果たすことができなくなります。常に初心に帰り、自らの使命を保つことの貴さを語りかけてくれているのです。

綿津見神も豊玉毘賣も、火遠理命のその使命を理解して、もとの中つ国へ戻ることを快く承諾し力を貸してくれます。今ある楽しみよりも、遠い先を見据えて、未来に心を馳せて、強い志を保ち続けることの大切さがここに語られているのです。火遠理命という名前には、どこか人としてあるべき理想の姿を忍ばせる意があるようにも思われます。

さて、鹽盈珠《しおみつたま》と鹽乾珠《しおひるたま》ですが、何とも不思議な呪力の詰まった玉です。共に潮の干満を表した名前ですが、海神である綿津見神は、潮の干満のみならず、陸の水をも掌る水の神であることがわかります。この鹽盈珠と鹽乾珠を火遠理命に授ける時に、綿津見神は不思議な言葉を教えます。『この鉤は、おぼ鉤《ち》、すす鉤《ぢ》、貧鉤《まぢち》、うる鉤《ぢ》』。これは「この鉤はおぼ鉤《ち》（心のふさがる鉤）、すす鉤《ぢ》（心のたけり狂う鉤）、貧鉤《まぢち》（貧乏な鉤）、うる鉤《ぢ》（愚かな鉤）」という意味になります。そしてそれを「後手《うしろで》」に渡します。先にも、大国主神の国譲りの時の事代主神の所作がそうでした。後手という普段しない所作をすることによって、言った言葉が、実際の事象となって現れるようにするための呪術的な所作です。

綿津見神は二つの呪力のつまった玉を渡し、兄が高田を作れば下田を作れ。兄が下田を作れば高田を作れと指示します。これもある意味での「後手」とも取れます。そして三年経てば必ず兄は貧しくなると予言をします。大国主神の稲羽の素菟《しろうさぎ》も予言をしました。神即ち予言という信仰が、儀礼中心の信仰に加えて定着していたことを物語っています。そして綿津見神は、「兄がもし怨みをもって攻めて来れば、鹽盈珠《しほみつたま》を以って溺れさせ、もし哀れみを請うようであれば鹽乾珠《しおひるたま》を以って活かして嗜めるように」と教えます。

中つ国へ戻って、火遠理命はその綿津見神に言われた通りにします。するとその予言の通りに、兄の火照神は弟への服従を誓う結果になります。この物語はまるで、大国主神の八十神征伐と同じ物語となっています。これも天理の再現を表しているのですが、大国主神の段では果敢に試練を乗り越えて成長する大国主神と、使命を忘れて欲望に流される八十神という対比でした。こちらの物語は、誠意をもって物事に当たる火遠理命と、物に執着をし、誠意を受け取ることができない火照命という対比です。目に見えないものを大切にする人物と、目に見えるものを大切にする人物、という対比とに変わっています。物に執着する人物は、やがて物は失われるものですから、つまり物質は必ず滅びを迎える有限なる物ですから、失うことが元からの理です。ですから、必ず「貧すれば鈍する」となり、先の八十神と同じで逆恨みをします。それも逆恨みですから理にかなっていませんので、成就することはありません。理にかなわないことは必ず成就しないというのがこの世の理です。すると手を返したように哀れみを請う行動を起こします。そんな「物に執着した人物」「目に見える物に囚われた人物」の心の動きを、ここで物語っています。

四、鸕萱草葺不合命《うがやふきあへずのみこと》

【原文】

ここに海神《わたのかみ》の女《むすめ》、豊玉毘賣命《とよたまびめのみこと》、自《みづか》ら參出《まゐで》て白《まを》ししく、「妾《あ》は已《すで》に妊身《はら》めるを、今産《いまみこう》む時《とき》に臨《な》りぬ。こを念《おも》ふに、天《あま》つ神《かみ》の御子《みこ》は、海原《うなばら》に生《う》むべからず。故《かれ》、參出到《まゐでき》つ」とまをしき。ここにすなはちその海邊《うみべた》の波限《なぎさ》に、鵜《う》の羽《は》を葦草《かや》にして、産殿《うぶや》を造《つく》りき。ここにその産殿《うぶや》、未《いま》だ葺《ふ》き合《あ》へぬに、御腹《みはら》の急《あわただ》しさに忍《しの》びず。故《かれ》、産殿《うぶや》に入《い》りましき。ここに産《みこう》みまさむとする時《とき》に、その夫《ひこぢ》に白《まを》したまひしく、「凡《すべ》て他國《あだしくに》の人《ひと》は、産《こう》む時《をり》に臨《な》れば、本《もと》つ國《くに》の形《かたち》を持《も》ちて産《う》むなり。故《かれ》、妾今《あれいま》、本《もと》の身《み》をもちて産《う》まむとす。願《ねが》はくは、妾《あ》をな見《み》たまひそ」と言《まを》したまひき。ここにその言《こと》を奇《あや》しと思《おも》ほして、その産《みこう》まむとするを竊伺《かきま》みたまへば、八尋鮫《やひろわに》に化《な》りて、匍匐《は》ひ委蛇《もこよ》ひき。すなはち見驚《みおどろ》き畏《かしこ》みて、遁《に》げ退《そ》きたまひき。ここに豊玉毘賣命《とよたまびめのみこと》、その伺見《かきまみ》たまひし事《こと》を知《し》らして、心恥《うらは》づかしと以爲《おも》ほして、すなはちその御子《みこ》を生《う》み置《お》きて、「妾恒《あれつね》は、海《うみ》つ道《ぢ》を通《とほ》して往來《かよ》はむと欲《おも》ひき。然《しか》れども吾《あ》が形《かたち》を伺見《かきまみ》たまひし、これ甚作《いとは》づかし」と白《まを》したまひて、すなはち海坂《うなさか》を塞《さ》へて返《かへ》り入《い》りましき。ここをもちてその産《う》みましし御子《みこ》を名《な》づけて、天津日高日子波限建鵜葺草不合命《あまつひこひこなぎさたけうがやふきあへずのみこと》と謂《い》ふ。然《しか》れども後《のち》は、その伺《かきま》みたまひし情《こころ》を恨《うら》みたまへども、戀《こひ》しき心《こころ》に忍《しの》びずて、その御子《みこ》を治養《ひた》しまつる縁《よし》によりて、その弟《おと》、玉依毘賣《たまよりびめ》に附《つ》けて、歌《うた》を獻《たてまつ》りたまひき。その歌《うた》に曰《い》ひしく、

赤玉《あかだま》は　緒《を》さへ光《ひか》れど
白玉《しらたま》の　君《きみ》が装《よそひ》し　貴《たふと》くありけり

といひき。ここにその夫《ひこぢ》答《こた》へて歌《うた》ひたまひしく、

沖《おき》つ鳥《とり》　鴨著《かもど》く島《しま》に
我《わ》が率寝《ゐね》し　妹《いも》は忘《わす》れじ　世《よ》のことごとに

とうたひたまひき。故《かれ》、日子穂穂手見命《ひこほほでみのみこと》は、高千穂《たかちほ》の宮《みや》に五百八十歳《いほちまりやそとせ》坐《ま》しき。御陵《みはか》はすなはちその高千穂《たかちほ》の山《やま》の西《にし》にあり。この天津日高日子波限建鵜葺草不合命《あまつひこひこなぎさたけうがやふきあへずのみこと》、その姨玉依毘賣命《をばたまよりびめのみこと》を娶《めと》して、生《う》みませる御子《みこ》の名《みな》は、五瀬命《いつせのみこと》。次《つぎ》に稲氷命《いなひのみこと》。次《つぎ》に御毛沼命《みけぬのみこと》。次《つぎ》に若御毛沼命《わかみけぬのみこと》、亦《また》の名《みな》は豊御毛沼命《とよみけぬのみこと》、亦《また》の名《みな》は神倭伊波禮毘古命《かむやまといはれびこのみこと》。［四柱《よはしら》］故《かれ》、御毛沼命《みけぬのみこと》は、波《なみ》の穂《ほ》を跳《ふ》みて常世國《とこよのくに》に渡《わた》りまし、稲氷命《いなひのみこと》は、妣《はは》の國《くに》として海原《うなばら》に入《い》りましき。

【現代語訳】

その後、海神《わたのかみ》の娘の豊玉比賣は、自ら夫の火遠理命《ほをりのみこと》のもとを尋ねてきて、次のように言った。「私はすでに身籠っておりましたが、今やお産をする時になりました。よく考えてみると、天つ神の御子を生むのに、海原で生むのはよろしくないことです。それでこうして出てまいりました」と。そこで海辺の波の打ち寄せる渚に、鵜の羽を葺草《かやくさ》の代わりに葺いて産殿《うぶや》を造った。ところが、その産殿の屋根が、まだ葺き終わらないうちに、お腹の御子が急に生まれそうになったのに耐えられなくなって、産殿に入った。そこでいよいよお産をするとい

うときに、火遠理命に言った。「すべて他国の者は、お産をする時になれば、故郷の国の姿になって子を生むものです。ですから、私も今、本来の姿となってお産をします。決して私をご覧にならないようにお願いします」。この言葉を不思議に思った火遠理命は、妻がまさに御子を生もうとしているのを、密かに覗き見をした。すると妻は八尋鮫《やひろわに》の姿と化して這いのた打ち回っていた。それを見た火遠理命は恐れ驚いて逃げ出した。そこで豊玉比賣は、ワニの姿となってお産をしている姿を覗き見られたことを知って、心に恥ずかしく思い、御子を生み残したまま、「私は、海の道を通って行き来しようと思って居りましたが、私の姿をこっそりとご覧になったのが、とても恥ずかしく思います」と言って、海神と中つ国との境を塞き止めて、海神の国へ帰っていった。こういうことで、その生まれた御子の名は天津日《あまつひ》高日子波限建鵜葺草不合命《こひこなぎさたけうがやふきあえずのみこと》と言う。

豊玉比賣はこうして元の国へ帰ったが、夫が覗き見をしたことを怨みに思ってはいたが、時が経つと夫を恋慕う気持ちを抑えることができなくなった。そこで残してきた御子のお守りをする役として、弟玉依毘賣《いろとたまよりびめ》を寄こして、その妹に託けて次のような歌を送った。その歌は、

赤玉《あかだま》は　緒《を》さへ光れど
白玉《しらたま》の　君が装《よそひ》し　貴くありけり

(赤い玉は、それを貫く緒までも、光り輝いてうるわしいもの。それにも増して、白い玉のように光り輝いた、あなたさまのお姿の貴さが、今に忘れがたいのです)

これに対して、夫の火遠理命《ほおりのみこと》も、次のように歌をもって答えた。その歌は、

沖つ鳥　鴨著《かもど》く島に
我が率寝《いね》し　妹《いも》は忘れじ　世のことごとに

（沖に住む鴨の寄る島、かの遠い海神の宮に、私がともに寝た麗しい、愛しい姫を、一日とても忘れることはあるまい。私の生きる限りは）

さて、火遠理命は高千穂の宮にいて、五百八十歳となられた。その御陵は、その高千穂の山の西にある。

この天津日高日子波限建鵜葺草不合命《あまつひこひこなぎさたけうがやふきあえずのみこと》が、その姨《おば》である玉依毘賣命《たまよりびめのみこと》を妻として生んだ御子の名は、五瀬命《いつせのみこと》と言う。次に生まれた御子は稲氷命《いなひのみこと》と言う。次に生まれた御子は御毛沼《みけぬの》命《みこと》という。次に生まれた御子は若御毛沼《わかみけぬの》命と言う。その御子の別名は豊御毛沼命《とよみけぬのみこと》と言い、また別名を神倭伊波禮毘古命《かむやまといわれびこのみこと》と言った。四柱の御子が生まれた。このうち御毛沼命《みけぬのみこと》は白波の穂を踏んで、海の彼方の常世国に渡っていった。そして稲氷命《いなひのみこと》は、妣国を尋ねて、海原の奥へと旅立った。

【読み解き】

三年の年月を火遠理命と共に過ごした豊玉毘賣命のお腹には、火遠理命の御子が宿っていました。火遠理命は最初の使命を思い出し、中つ国へ戻ってしまい、二人は別々の世界で暮らしていましたが、いよいよその御子を生むときになって、豊玉毘賣命は自ら中つ国へ来て、

御子を生みます。豊玉毘賣はその時、次のように言いました。「天つ神の御子を異なる世界である海原で生むべきではないので来た」と。物事の筋を通しています。筋や道理が通らないことを無理強いすれば、必ず後に弊害を生みます。一時は無理が通ったとしても、物事には歪みが出て、その歪みはやがて耐えられなくなり、自然と瓦解するものです。だから世の中は筋を通すことが大切なのです。ここでの物語りのテーマは「筋を通すことの大切さ」ということです。

産気づいた豊玉毘賣は海辺に産屋を建て、その産屋がまだ未完成のうちに御子を生むという切迫感に迫られます。ここにも、『古事記』の一貫した「未完成」の構図が描かれます。恐らく、この御子がイザナギの受けた「修理固成」の神勅を受け継ぐ存在であることを物語るために、ここにその誕生の場を未完成としたのではないでしょうか。未完成に終わった国生みを、そのまま受け継ぐ存在であるということがここに物語られています。

豊玉毘賣は夫の火遠理命に、やはりお産の場を見てはいけないと言います。これもイザナミの黄泉の国の神話と同じです。火遠理命が生まれた時とも同じです。ここには生命に対するタブーが語られています。世の中にはタブーということが必ずあり、人の心の奥底を探るようなことや、人の恥と思う部分を探ること、人の秘密を暴こうとする心の働き、暴きたいと思う心の働きへの戒めが語られています。そして豊玉毘賣は重要なことを言います。「凡《すべ》て他國《あだしくに》の人は、産む時に臨《な》れば、もとつ國の形を持ちて産《う》むなり。故、妾《あれ》今、本の身をもちて産まむとす」です。ここには「気質《きしつ》の理《ことわり》」というものが語られています。人の持って生まれた気質は永遠に変わらない。同じ父親と母親から生まれた兄弟であっても、それぞれに性格は違います。同じ学校で同じ環境で学びをしても、それぞれが違う特質を育ててゆきます。環境がまったく同じでも、人は持って生まれた気質のままに成長をしていくものです。教育というものも、その気質を認め合って行わなくてはなりませんし、社会でも人と人との交流は、互いの気質を認めあうことによって、平和は成り立ちます。これは民族の気質も同じです。民族の気質も、土地や環境や歴史によって定まります。気質はある意味では、物事の考え方の癖、物事の捉え方の癖でもあるといえます。そう考えると宗教は、まさに物事の捉え方、考え方の癖の表現です。キリスト教を信じる人も居れば、イスラム教を信じる人、仏教を信じる人、逆に宗教を信じない人もいますが、この宗教を信じないという人も、ものの捉え方・考え方の癖が宗教とするならば、無神教、唯物論という宗教の信者として捉えることもできるのではないでしょうか。今、宗教の名の下に殺し合いが行われていますが、おそらく、神という存在はこの事実を見下ろして嘆いておられるにちがいありません。気質の違いを認め合うことができたなら、共存共栄は容易であると思います。

いよいよ豊玉毘賣が御子を生むときに、火遠理命はまたしてもタブーを冒します。見てはならないと言われたことを見てしまいます。覗き見してみれば、そこにあった光景は、妻の豊玉毘賣がワニとなってのた打ち回る姿でした。それを見た火遠理命は恐れ慄き、その場を逃げ出します。豊玉毘賣は、見られたことを「恥」と思って、その果ては海神の国と中つ国との境を塞いで自由に行き来ができないようにしてしまいます。イザナギとイザナミの物語と同じです。イザナミが「私に恥をかかせた」「あなたは私の恥を見た」といって醜女《しこめ》をもって追わせ、最後は黄泉比良坂が千引きの岩で閉ざされたのと同じです。イザナギとイザナミの物語では、イザナギが岩で塞ぎますが、この物語では豊玉毘賣が海神の国との道を塞ぎます。この違いは、先のイザナギとイザナミの話は、生と死、この世と死後の世界の話ですから、死の穢れというものを忌み嫌いこの世から塞ぎました。やがては行かねばならない世界ですから、この世に生ある内に語るべきではないからです。この物語の道を塞ぐのは、先の事代主神が青柴垣に隠れたのと同じで、呪術の封印ということが物語られています。俗に言う霊能霊媒というものへの考え方がここに語られているようです。その類のものに人は縋《すが》ると、この『古事記』という物語で語ってきた、欲望と理性との葛藤を乗り越えて行く力を失う危険があります。人間はこの世の存在です。この世の限りを尽くし、目の前の事に真摯に向き合って、使命を忘れずに艱難辛苦《かんなんしんく》に立ち向かって生きていくしかないのだということを、異世界を封じるということで、私たちに語ってくれているのです。

　生まれた御子は、天津日高日子波限建鵜葺草不合命《あまつひこひこなぎさたけうがやふきあえずのみこと》という名です。この名は豊玉毘賣が産屋を建てて、その産屋の屋根がまだ葺き終えないうちに生まれたという意です。その御子が、豊玉毘賣の妹の玉依毘賣《たまよりびめ》を妻として、五瀬命《いつせのみこと》、稲氷命《ひなひのみこと》、御毛沼命《みけぬのみこと》、そして若御毛沼命《わかみけぬのみこと》という四人の御子が生まれます。五瀬命という名は「厳《いつくし》の稲」という意味。稲氷命は「稲飯」の意味。御毛沼命は「御食主」の意味です。一つの物語の大きな転機の前には、稲に関わる名の御子たちが生まれ、その中から次の物語の主役となる御子が育ってきます。これも日本の神話の特徴でもあり、日本が稲作文化の国であることを如実に物語っています。この御子の一番下の弟の若御毛沼命、後に初代天皇として即位して日本の国を建国する神倭伊波禮毘古命《かむやまといわれびこのみこと》です。

この四人の御子の内、次の建国神話に登場するのは、五瀬命とこの神倭伊波礼毘古命で、御毛沼命は常世国に渡り、稲氷命は妣国へと消えて行きます。ここにも先の須佐之男神の姿が重なりますし、そして出雲の地で常世へ消えた事代主神、また出雲の地に静かに鎮まった大国主神の姿も重なってきます。これは水蛭子の物語が実は最初から一貫して何度も重ねられてきた物語で、『古事記』神話の中では語られていませんが、やがて常世国から水蛭子が福の神となって帰るという物語をも生むところが、面白いところです。

さて神倭伊波禮毘古命の誕生により、いよいよこの古事記の神話も日本建国という大きな節目を迎えると共に、日本の神話、神々の物語が終わることとなります。ここまでの神々の活躍によって、物質世界であるこの中つ国にも、目に見えないモノとコトの規範、精神的規範ができあがりました。ここからついに、建国という、この世の心の国生みの物語となります。そこで、本書では、最後に神武天皇の建国の物語を読むことをもって、この「心のお話」として読み解く古事記を終わります。

附　日本の建国

一、神倭伊波禮毘古命《かむやまといはれびこのみこと》の東行

【原文】

神倭伊波禮毘古命《かむやまといはれびこのみこと》、その同母兄《いろせ》五瀬命《いつせのみこと》と二柱《ふたはしら》、高千穗宮《たかちほのみや》に坐《ま》して議《はか》りて云《の》りたまひけらく、「何地《いづこ》に坐《ま》さば、平《たひ》らけく天《あめ》の下《した》の政《まつりごと》を聞《き》こしめさむ。なほ東《ひむがし》に行かむ」とのりたまひて、すなはち日向《ひむか》より發《た》たして筑紫《つくし》に幸行《い》でましき。故《かれ》、豐國《とよくに》の宇沙《うさ》に到《いた》りまし時《とき》、その土人《くにびと》、名《な》は宇沙都比古《うさつひこ》、宇沙都比賣《うさつひめ》の二人《ふたり》、足一騰宮《あしひとつあがりのみや》を作《つく》りて、大御饗《おほみあへ》獻《たてまつ》りき。其地《そこ》より遷移《うつ》りまして、竺紫《つくし》の岡田宮《をかだのみや》に一年坐《ひととせま》しき。またその國《くに》より上《のぼ》り幸《い》でまして、阿岐國《あきのくに》の多祁理宮《たけりのみや》に七年坐《ななとせま》しき。またその國《くに》より遷《うつ》り上《のぼ》り幸《い》でまして、吉備《きび》の高島宮《たかしまのみや》に八年坐《やとせま》しき。故《かれ》、その國《くに》より上《のぼ》り幸《い》でまし時《とき》、龜《かめ》の甲《せ》に乘《の》りて、釣《つり》しつつ打《う》ち羽擧《はぶ》き來《く》る人《ひと》、速吸門《はやすひのと》に遇《あ》ひき。

ここに喚《よ》び歸《よ》せて、「汝《な》は誰《たれ》ぞ」と問《と》ひたまへば、「僕《あ》は國《くに》つ神《かみ》ぞ」と答《こた》へ曰《まを》しき。また、「汝《な》は海道《うみつぢ》を知《し》れりや」と問《と》ひたまへば、「能《よ》く知《し》れり」と答《こた》へ曰《まを》しき。また、「從《みとも》に仕《つか》へ奉《まつ》らむや」と問《と》ひたまへば、「仕《つか》へ奉《まつ》らむ」と答《こた》へ曰《まを》しき。故《かれ》ここに槁機《さを》を指《さ》し渡《わた》して、その御船《みふね》に引《ひ》き入《い》れて、すなはち名《な》を賜《たま》ひて、槁根津日子《さをねつひこ》と號《なづ》けたまひき。［こは倭《やまと》の國造《くにのみやつこ》等《ら》の祖《おや》」

【現代語訳】

神倭伊波禮毘古命《かむやまといわれびこのみこと》（後の神武天皇）は、兄の五瀬命《いつせのみこと》とともに、日向の国（今の宮崎県）の高千穂の宮にあって国を治めていたが、二人は次のように相談して言った。「天下を安らかに治めるためには、この日向の地は余りに偏狭にあるので、何処の土地に移って政治を行ったらよいだろうか。もっと東の方へ行ってみたら良いのではないか」と、相談して、早速日向の地を出発して、筑紫の国へ向かった。その途中豊国の宇沙（今の大分県宇佐市）という土地に着いた時、土地の者である宇沙都比古《うさつひこ》、宇沙都比賣《うさつひめ》の兄弟が、片方の柱は宇沙川の川波に洗われ、もう片方の柱は岸辺の丘へ掛けた、足一騰宮《あしひとつあがりのみや》を作って、そこで日の神の御子たちにご馳走を奉った。さらにそこから移って筑紫の岡田の宮に一年ほど居た。またその国から更に上って、阿岐（のちの安芸）の多祁理宮《たけりのみや》に七年ほど居た。またその国から更に東に上って、吉備（今の岡山県）の高島の宮に八年ほど居た。またその国から船に乗ってさらに東へ上っていった時、亀の背に乗って釣をしながら、鳥の羽ばたくように左右の袖をうち振り進んでくる人に、潮の干満の速い、速吸門《はやすいのと》で会った。そこでその人を船の方へ呼び寄せて、「お前は誰か」と尋ねると、その人は「私はこの国の神である」と答えた。そこで更に「お前は海原を船で進む道を知っているか」と尋ねると、「よく知っている」と答えた。またそこで、「自分たちに仕える気はないか」と尋ねると、「お仕えいたしましょう」と答えて言った。そこで早速船の中の竿を差し出してやり、それに捕まらせて船の中に引き入れた。そして彼に、槁根津日子《さおねつひこ》という名前を授けた。これは大和の国造などの祖先である。

二、五瀬命《いつせのみこと》

【原文】

故《かれ》、その國《くに》より上《のぼ》り行《い》でまし時《とき》、浪速《なみはや》の渡《わた》りを經《へ》て、青雲《あをくも》の白肩津《しらかたのつ》に泊《は》てたまひき。この時《とき》、登美《とみ》の那賀須泥毘古《ながすねびこ》、軍《いくさ》を興《おこ》して待《ま》ち向《むか》へて戰《たたか》ひき。ここに御船《みふね》に入《い》れたる盾《たて》を取《と》りて下《お》り立《た》ちたまひき。故《かれ》、其地《そこ》を號《なづ》けて盾津《たてつ》と謂《い》ひき。今者《いま》に日下《くさか》の蓼津《たでつ》と云《い》ふ。故《かれ》ここに登《と》美毘古《みびこ》と戰《たたか》ひたまひし時《とき》、五瀬命《いつせのみこと》、御手《みて》に登美毘古《とみびこ》が痛矢串《いたやぐし》を負《お》ひたまひき。故《かれ》ここに詔《の》りたまひしく、「吾《あ》は日神《ひのかみ》の御子《みこ》として、日《ひ》に向《むか》ひて戰《たたか》ふこと良《よ》からず。故《かれ》、賤奴《やっこ》が痛手《いたで》を負《お》ひぬ。今者《いま》より行《ゆ》き廻《めぐ》りて、背《そびら》に日《ひ》を負《お》ひて撃《う》たむ」と期《ちぎ》りたまひて、南《みなみ》の方《かた》より廻《めぐ》り幸《い》でまし時《とき》、血沼海《ちぬのうみ》に到《いた》りて、その御手《みて》の血《ち》を洗《あら》ひたまひき。故《かれ》、血沼海《ちぬのうみ》とは謂《い》ふなり。其地《そこ》より廻《めぐ》り幸《い》でまして、紀國《きのくに》の男《を》の水門《みなと》に到《いた》りて詔《の》りたまひしく、「賤奴《やっこ》が手《て》を負《お》ひてや死《いのちすぎ》なむ」と男建《をたけ》びして崩《かむあが》りましき。故《かれ》、その水門《みなと》を號《なづ》けて男乃水門《をのみなと》と謂《い》ふ。陵《みはか》はすなはち紀國《きのくに》の竈山《かまやま》にあり。

【現代語訳】

さて、その国より更に東へと上って行き、波荒く立ち騒ぐ波速《なみはや》の渡《わたり》を過ぎて、波静かな白《しら》肩《かた》の港に船を泊めた。この時、登美の地に住む那賀須泥毘古《ながすねびこ》が軍隊を起こして、待ち迎えて一戦を挑んできた。そこで一行は、船の中に用意してあった盾を取り、岸辺に下りて応戦した。それ故に、その地を、楯津《たてつ》と言い、また今に日下《くさか》の蓼津《たでつ》とも言うのだ。こうして登美毘《とみび》古《こ》、すなわち那賀須泥毘古《ながすねびこ》の軍隊と戦ったとき、五瀬命は登美毘古《とみびこ》の射た矢に当たり深手を負ってしまった。そこで五瀬命が言うには、「私は日の神の御子であるから、敵を東の方、即ち太陽の方向において戦うのはよろしくないことだ。それ故に卑しい那賀須泥毘古《ながすねびこ》どもに痛手を受けたのだ。いまからは道を迂回して、太陽を背に負う形で敵を撃とう」このように誓って、南へ迂回をした。その時、血沼《ちぬ》の海（和泉灘）に至って、傷を受けた手を洗った。それゆえにここを血沼の海というのだ。そこより更に迂回して進んで行き、紀国の男乃水門《おのみなと》まで行ったところで「賎しい奴らのために手傷を負って、今は死ななければならないのか」と、このように雄たけびの声をあげて亡くなってしまった。この雄たけびが故に、その場所を男乃水門《おのみなと》と言うのだ。御陵もまた同じ紀国の竈山《かまやま》にある。

三、布都御魂《ふつみたま》と八咫烏《やたがらす》

【原文】

故《かれ》、神倭伊波禮毘古命《かむやまといはれびこのみこと》、其地《そこ》より廻《めぐ》り幸《い》でまして、熊野村《くまぬのむら》に到《いた》りましし時《とき》、大熊髪《おほくまほの》かに出《い》で入《い》りてすなはち失《う》せき。ここに神倭伊波禮毘古命《かむやまといはれびこのみこと》、倏忽《にはか》に惑《を》えまし、また御軍《みいくさ》も皆惑《みなを》えて伏《ふ》しき。この時《とき》熊野《くまぬ》の高倉下《たかくらじ》、一《ひと》ふりの横刀《たち》を賚《も》ちて、天《あま》つ神《かみ》の御子《みこ》の伏《ふ》したまへる地《ところ》に到《いた》りて獻《たてまつ》りし時《とき》、天《あま》つ神《かみ》の御子《みこ》、すなはち寤《さ》め起《お》きて、「長《なが》く寝《ね》つるかも」と詔《の》りたまひき。故《かれ》、その横刀《たち》を受《う》け取《と》りたまひし時《とき》、その熊野《くまぬ》の山《やま》の荒《あら》ぶる神《かみ》、自《おのづか》ら皆切《みなき》り仆《たふ》さえき。ここにその惑《を》え伏《ふ》せる御軍《みいくさ》、悉《ことごと》に寤《さ》め起《お》きき。故《かれ》、天《あま》つ神《かみ》の御子《みこ》、その横刀《たち》を獲《え》し所由《ゆえ》を問《と》ひたまへば、高倉下答《たかくらじこた》へ曰《まを》ししく、「己《おの》が夢《いめ》に、天照大神《あまてらすおほみかみ》、高木神《たかぎのかみ》、二柱《ふたはしら》の神《かみ》の命《みこと》もちて建《たけ》御雷神《みかづちのかみ》を召《よ》びて詔《の》りたまひけらく、『葦原中國《あしはらのなかつくに》はいたく騒《さや》ぎてありけり。我《あ》が御子《みこ》等不平《たちやくさ》みますらし。その葦原中國《あしはらのなかつくに》は、専《もは》ら汝《みまし》が言向《ことむ》けし國《くに》なり。故《かれ》、汝建御雷神《みましたけみかづちのかみ》降《くだ》るべし』とのりたまひき。ここに答《こた》へ曰《まを》ししく、『僕《あ》は降《くだ》らずとも、専《もは》らその國《くに》を平《ことむ》けし横刀《たち》あれば、この刀《たち》を降《くだ》すべし。[この刀《たち》の名《な》は、佐士布都神《さしふつのかみ》と云《い》ひ、亦《また》の名《な》は甕布都神《みかふつのかみ》と云《い》ひ、亦《また》の名《な》は布都御魂《つみたま》と云《い》ふ。この刀《たち》は石上神宮《いそのかむみや》に坐《ま》す]この刀《たち》を降《くだ》さむ状《さま》は、高倉下《たかくらじ》が倉《くら》の頂《むね》を穿《うが》ちて、それより墮《おと》し入《い》れむ。故《かれ》、朝目吉《あさめよ》く汝《なれ》取《と》り持《も》ちて、天《あま》つ神《かみ》の御子《みこ》に獻《たてまつ》れ』とまをしたまひき。故《かれ》、夢《いめ》の教《をし》への如《まにま》に、旦《あした》に己《おの》が倉《くら》を見《み》れば、信《まこと》に横刀《たち》ありき。故《かれ》、この横刀《たち》をもちて獻《たてまつ》りしにこそ」とまをしき。ここにまた、高木大神《たかぎのおほかみ》の命《みこと》もちて覺《さと》し白《まを》しけらく、「天《あま》つ神《かみ》の御子《みこ》をこれより奥《おく》つ方《かた》にな入《い》り幸《い》でまさしめそ。荒《あら》ぶる神甚多《かみいとさは》なり。今《いま》、天《あめ》より八咫烏《やたがらす》を遣《つか》はさむ。故《かれ》、その八咫烏引道《やたがらすみちび》きてむ。その立《た》たむ後《あと》より幸行《い》でますべし」とまをしたまひき。故《かれ》、その教《をし》へ覺《さと》しの隨《まにま》に、その八咫烏《やたがらす》の後《あと》より幸行《い》でませば、吉野河《よしのかは》の河尻《かはじり》に到《いた》りましし時《とき》、筌《うへ》を作《ふ》せて魚《うを》を取《と》る人《ひと》ありき。ここに天《あま》つ神《かみ》の御子《みこ》、「汝《な》は誰《たれ》ぞ」と問《と》ひたまへば、「僕《あ》は國《くに》つ神《かみ》、名《な》は贄持《にへもつ》の子《こ》と謂《い》ふ」と答《こた》へ曰《まを》しき。[こは阿陀《あだ》の鵜養《うかひ》の祖《おや》]其地《そこ》より幸行《い》でませば、尾《を》生《あ》る人《ひと》、井《ゐ》より出《い》で来《き》たりき。その井《ゐ》に光《ひかり》ありき。ここに「汝《な》は誰《たれ》ぞ」と問《と》ひたまへば、「僕《あ》は國《くに》つ神《かみ》、名《な》は井氷鹿《ゐひか》と謂《い》ふ」と答《こた》へ曰《まを》しき。「こは吉野首《よしのおびと》等の祖《おや》なり」すなはちその山《やま》に入《い》りたまへば、また尾《を》生《あ》る人《ひと》に遇《あ》ひたまひき。この人《ひと》巖《いはお》を押《お》し分《わ》けて出《い》で来《き》たりき。ここに「汝《な》は誰《たれ》ぞ」と問《と》ひたまへば、「僕《あ》は國《くに》つ神《かみ》、名《な》は石押分《いはおしわく》の子《こ》と謂《い》ふ。今《いま》、天《あま》つ神《かみ》の御子《みこ》幸行《い》でましつと聞《き》けり。故《かれ》、參向《まゐむか》へつるにこそ」と答《こた》へ曰《まを》しき。「こは吉野《よしの》の國巣《くず》の祖《おや》」其地《そこ》より蹈《ふ》み穿《うが》ち越《こ》えて、宇陀《うだ》に幸《い》でましき。故《かれ》、宇陀《うだ》の穿《うかち》と曰《い》ふ。

【現代語訳】

そこで、神倭伊波禮毘古命《かむやまといわれびこのみこと》は、兄の死を悲しむ間もなくすぐに軍隊を引き連れてその土地から更に迂回を続け、やがて熊野の村へと着いた。その時、大きな熊がちらっと姿を見せて直ぐに消え失せた。すると神倭伊波禮毘古命《かむやまといわれびこのみこと》はあっと言う間に正気を失ってしまい、軍隊の兵たちも皆、正気を失って死んだように寝込んでしまった。この時に熊野の高倉下《たかくらじ》という名の者が、一振の剣を持って天津神の御子の寝ているところに来てその剣を献上した。天つ神の御子はその霊剣の功徳によって、眠りから覚め起きて「長い間眠っていたものだ」と言った。そして高倉下の剣を受け取ったが、熊野の山に住む荒々しい神たちは、その剣をまだ振る前に、自ずから皆切り倒されてしまった。そして正気を失って寝ていた軍隊の兵たちも、皆眠りから覚めて起き上がった。そこで天つ神の御子が、この剣を手に入れたその経緯を尋ねたので、高倉下は次のように答えた。「私の夢に、天照大御神と高木神との二柱の神が詔をして、建御雷神《たけみかづちのかみ》をお召しになり、仰せられますには『芦原の中つ国はひどく騒がしく乱れているようだ。我が御子たちも困っているようだ。かの葦原の中つ国は、なんと言っても お前が平定してきた国であるから、今度もお前、建御雷神が下りて行くがよい』と、命じられましたところ、答えてその建御雷神が仰せられますのは『何も私自身が天降《あまくだ》って行かずとも、この前に国つ神を服従させた時の剣がありますので、これを私の代わりに降しましょう』(この剣の名は、佐士布都神《さしふつのかみ》と言う。またの名を甕布都神《みかふつのかみ》と言い、またの名を布都御魂《ふつみたま》と言う。この神は石上神宮《いそのかみじんぐう》に坐《ま》す)『また、この剣を降すその方法は、高倉下の住む倉の棟に穴をあけて、そこから落としていれましょう』このようにお答えになったのです。そこで建御雷神が私に、『お前が朝になって目を覚ましたならば、縁起の良い剣が有るから、それを捧げ持って天つ神の御子に奉れ』とおっしゃったのです。朝になって家の倉を見に行きますと、本当に夢の中で言われた通りに、この剣がありました。そこで早速献上しに来た次第です」と高倉下は答えた。また神倭伊波禮毘古命の夢の中に高木大神が現れて、次のように教えて言った。「天つ神の御子よ。これより奥へ深入りしてはならない。この奥には荒ぶる神たちが大勢居る。今、天より八咫烏《やたがらす》を差し向けることにする。その八咫烏《やたがらす》が道案内をするだろう。その飛び立って行くのに従って進むが良い」と。そこで夢の中で教えられた通りに、八咫烏《やたがらす》の後を追って進んで行けば、やがて吉野河の河上に着いた。そこに、割り竹を編んだ筌《うえ》(筒状の漁具)を河の流れに沈めて魚を獲っているものが居た。そこで天つ神の御子は「お前は誰だ」と尋ねたところ、「私は国つ神で、名は贄持《にえもつ》の子《こ》と申します」と答えた。これは阿陀の鵜養《うかい》の祖である。さらにそこから進んで行くと、尻尾のある人間が、泉の中から現れた。その泉の水がきらきらと光っていた。そこで天つ神の御子が「お前は誰だ」と尋ねると、「私は国つ神で、名は井氷鹿《いひか》と申します」と答えて言った。これは吉野の首《おびと》などの祖先である。そこから更に山の中へ進んで行くと、そこでまた尻尾のある人間に出会った。この者は大きな岩を押し分けて出てきた。そこで天つ神の御子は「お前は誰だ」と尋ねると、「私は国つ神で、名は石押分《いわおしわく》の子と言います。ただ今、天つ神の御子がおいでになると聞きましたので、お迎えに参上したのでございます」と答えた。これは吉野の国巣《くず》（原住民）の祖先である。この土地から道もない山道を穿って進み、宇陀《うだ》に達した。道を穿って進んだ故に宇陀《うだ》と言う。

四、兄宇迦斯《えうかし》と弟宇迦斯《おとうかし》

【原文】

故《かれ》ここに宇陀《うだ》に兄宇迦斯《えうかし》、弟宇迦斯《おとうかし》の二人《ふたり》ありき。故《かれ》、まづ八咫烏《やたがらす》を遣《つか》はして二人《ふたり》に問《と》ひて曰《い》ひしく、「今《いま》、天《あま》つ神《かみ》の御子《みこ》幸《い》でましつ。汝等《なれども》仕《つか》へ奉《まつ》らむや」といひき。ここに兄宇迦《えうか》斯《し》、鳴鏑《なりかぶら》をもちてその使《つかひ》を待《ま》ち射返《いかへ》しき。故《かれ》、その鳴鏑《なりかぶら》の落《お》ちし地《ところ》を訶夫羅前《かぶらざき》と謂《い》ふ。待《ま》ち撃《う》たむと云《い》ひて軍《いくさびと》を聚《あつ》めき。然《しか》れども軍《いくさびと》を得聚《えあつ》めざりしかば、仕《つか》へ奉《まつ》らむと欺陽《いつは》りて、大《おほ》殿《との》を作《つく》り、その殿《との》の内《うち》に押機《おし》を作《つく》りて待《ま》ちし時《とき》に、弟宇迦斯《おとうかし》、まづ參向《まゐむか》へて、拜《をろが》みて曰《まを》しけらく、「僕《あ》が兄《あに》、兄宇迦斯《えうかし》、天《あま》つ神《かみ》の御子《みこ》の使《みつかひ》を射返《いかへ》し、待《ま》ち攻《せ》めむとして軍《いくさ》を聚《あつ》むれども、得聚《えあつ》めざりしかば、殿《との》を作《つく》り、その内《うち》に押機《おし》を張《は》りて待《ま》ち取《と》らむとす。故《かれ》、參向《まゐむか》へて顯《あら》はし白《まを》しつ」とまをしき。ここに大伴連等《おほとものむらじら》の祖《おや》、道臣命《みちのおみのみこと》、久米直等《くめのあたへら》の祖《おや》、大久米命《おほくめのみこと》の二人《ふたり》、兄《え》宇迦斯《うかし》を召《よ》びて、罵詈《の》りて云《い》ひけらく、「汝《い》が作《つく》り仕《つか》へ奉《まつ》れる大殿《おほとの》の内《うち》には、おれまづ入《い》りて、その仕《つか》へ奉《まつ》らむとする状《さま》を明《あか》し白《まを》せ」といひて、すなはち横刀《たち》の手上《たがみ》を握《とりしば》り、矛《ほこ》ゆけ矢《や》刺《ざ》して、追《お》ひ入《い》るる時《とき》、すなはち己《おの》が作《つく》りし押《おし》に打《う》たえて死《し》にき。ここにすなはち控《ひ》き出《いだ》して斬《き》り散《はふ》りき。故《かれ》、其地《そこ》を宇陀《うだ》の血原《ちはら》と謂《い》ふ。然《しか》してその弟宇迦斯《おとうかし》が獻《たてまつ》りし大饗《おほみあへ》をば、悉《ことごと》にその御軍《みいくさ》に賜《たま》ひき。この時《とき》に歌《うた》ひけらく、

　宇陀《うだ》の　高城《たかき》に　鴫罠張《しぎわなは》る
我《わ》が待《ま》つや　鴫《しぎ》は障《さや》らず
いすくはし　くぢら障《さや》る
前妻《こなみ》が　肴乞《なこ》はさば
立柧棱《たちそば》の　身《み》の無《な》けくを　こきしひゑね
後妻《うはなり》が　肴乞《なこ》はさば
柃《いちさかき》　身《み》の多《おほ》けくを　こきだひゑね
ええ　しやごしや　こはいのごふぞ
ああ　しやごしや　こは嘲笑《あざわら》ふぞ

とうたひき。

故《かれ》、その弟宇迦斯《おとうかし》、こは宇陀《うだ》の水取等《もひとりら》の祖《おや》なり。

【現代語訳】

この宇陀《うだ》に、兄宇迦斯《えうかし》、弟宇迦斯《おとうかし》と呼ぶ二人の兄弟がいた。そこでまず、八咫烏《やたがらす》を使いに出して、二人の者に次のように尋ねて言わせた。「今、天つ神の御子が、このところにお出になっている。お前たちはお仕えするか」と問いかけて言った。これに対して兄宇迦斯《えうかし》は、唸りをあげて飛ぶ鏑矢《かぶらや》を手にして、使いの八咫烏《やたがらす》を追い返してしまった。それ故、この鏑矢の落ちたところを、訶夫羅前《かぶらざき》と言う。その上で、天つ神の御子を迎え撃たんとして、軍隊を駆り集めたが、味方につく者はいなかった。そこで、お仕えすると嘘をついて、大きな御殿を建て、その中に人が踏みこむとたちまちに罠にかかるように仕掛けた押機《おし》を作り、その準備の整ったところで、天つ神の御子が来るのを待っていた。その時、弟宇迦斯《おとうかし》が天つ神の御子のもとへとやって来て恭しく平伏すると、次の様に言った。「兄の宇迦斯《うかし》は、天つ神の御子から差し向けられたお使いを射返して、迎え撃たんとして軍隊を集めましたが集まらず、そこで大きな御殿を建てて、その中に秘かに押機《おし》を張って、御子を亡き者にする考えです。そこで私が参上し、兄の計略をお伝えする次第です」このように言った。そこで、大伴連《おおとものむらじ》などの祖先である道臣命《みちのおみのみこと》、久米直《くめのあたえ》などの祖先である大久米命の二人が、兄宇迦斯《えうかし》を呼び寄せて、罵って次のように言った。「お前が建てた御殿の中に、まずお前が入れ。そしてどのようにもてなすつもりであったのか、はっきりとその状を見せてみろ」と言って、剣の柄を固く握りしめ、矛を振り回し、弓に矢を番えて、その御殿の中に兄宇迦斯《えうかし》を追い入れた。するとその時、兄宇迦斯《えうかし》は自分で作った押機《おし》に、自分からかかって打たれて死んだ。その死骸を引き出して、切り刻んだ。それ故に、この土地を宇陀《うだ》の血原《ちはら》と言う。そうして、弟宇迦斯《おとうかし》は御子に多くのご馳走を差し上げたが、御子はそのご馳走を部下の軍隊の兵たちにすべて分け与えて、ここに盛大な祝宴を開いた。その席上で御子は次のように歌をうたった。その歌は

宇陀の山辺の小高い丘に、柵を構えて鴫罠《しぎわな》張った

待てど暮らせど鴫《くぢら》はかからず

途方もなく大きな鷹の奴が、もののみごとにかかったことよ

家に待つ古妻が、獲物待ちかね肴《な》が欲しいと言ったなら、

立ち枯れの蕎麦の実の、実のないところをそぎ取って、ちょっぴりやればたくさんだ

あとから娶った可愛い妻が、獲物待ちかね肴が欲しいと言ったなら

柃《いちさかき》の木のようにぎっしり実のあるところを、そぎ取ってやるがいい

ええ　しやこしや　これは嘲《あざけ》り罵るのである

ああ　しやこしや　これは嘲《あざけ》り笑うのである

と、このように歌った。

この弟宇迦斯《おとうかし》は、宇陀《うだ》の水取《もひとり》の部《べ》の祖先である。

五、久米歌《くめうた》

【原文】

其地《そこ》より幸行《い》でまして、忍坂《おさか》の大室《おほむろ》に到《いた》りたまひし時《とき》、尾《を》生《あ》る土雲《つちぐも》八十建《やそたける》、その室《むろ》にありて待《ま》ちいなる。故《かれ》ここに天《あま》つ神《かみ》の御子《みこ》の命《みこと》もちて、饗《あへ》を八十建《やそたける》に賜《たま》ひき。ここに八十建《やそたける》に宛《あ》てて、八十膳夫《やそかしはで》を設《ま》けて、人毎《ひとごと》に刀佩《たちは》けて、その膳夫等《かしはでども》に誨《をし》へて曰《い》ひしく、「歌《うた》を聞《き》かば、一時共《もろとも》に斬《き》れ」といひき。故《かれ》、その土雲《つちぐも》を打《う》たむとすることを明《あか》して、歌《うた》ひけらく、

忍坂《おさか》の　大室屋《おほむろや》に
人多《ひとさは》に　來入《きい》り居《を》り
人多《ひとさは》に　入《い》り居《を》りとも
みつみつし　久米《くめ》の子《こ》が
頭椎《くぶつつい》　石椎《いしつつい》もち　撃《う》ちてし止《や》まむ
みつみつし　久米《くめ》の子等《こら》が
頭椎《くぶつつい》　石椎《いしつつい》もち　今撃《いまう》たば良《よ》らし

とうたひき。かく歌《うた》ひて、刀《たち》を抜《ぬ》きて、一時《もろとも》に打《う》ち殺《ころ》しき。
然《さ》て後《のち》、登美毘古《とみびこ》を撃《う》たむとしたまひし時《とき》、歌《うた》ひけらく、

みつみつし　久米《くめ》の子等《こら》が

粟生《あはふ》には　韮一茎《かみらひともと》
そねが茎《もと》　そね芽《め》繫《つな》ぎて　撃《う》ちてし止《や》まむ
とうたひき。また歌《うた》ひけらく、
みつみつし　久米《くめ》の子等《こら》が
垣下《かきもと》に　植《う》ゑし椒《はじかみ》
口《くち》ひひく　吾《われ》は忘《わす》れじ　撃《う》ちてし止《や》まむ
とうたひき。また歌《うた》ひけらく、
神風《かむかぜ》の　伊勢《いせ》の海《うみ》の
大石《おひし》に　這《は》ひ廻《もとほ》ろふ
細螺《しただみ》の　い這《は》ひ廻《もとほ》り　撃《う》ちてし止《や》まむ
とうたひき。
また、兄師木《えしき》、弟師木《おとしき》を撃《う》ちたまひし時《とき》、御軍《みいくさ》暫《しま》し疲《つか》れき。ここに歌《うた》ひけらく、
楯並《たたな》めて　伊那佐《いなさ》の山《やま》の
樹《こ》の間《ま》よも　い行《ゆ》きまもらひ
戰《たたか》へば　吾《あれ》はや飢《ゑ》ぬ
島《しま》つ鳥《とり》　鵜養《うかひ》が伴《とも》　今《いま》助《す》けに來《こ》ね
とうたひき。
故《かれ》ここに邇藝速日命《にぎはやひのみこと》參赴《まゐおもむ》きて、天《あま》つ神《かみ》の御子《みこ》に白《まを》ししく、「天《あま》つ神《かみ》の御子《みこ》天降《あまくだ》りましつと

聞《き》けり。故《かれ》、追《お》いて參降《まゐくだ》り來《き》つ」とまをして、すなはち天津瑞《あまつしるし》を獻《たてまつ》りて仕《つか》へ奉《まつ》りき。故《かれ》、邇《に》藝速日命《ぎはやひのみこと》、登美毘古《とみびこ》が妹《いも》、登美夜毘賣《とみやびめ》を娶《めと》して生《う》める子《こ》、宇摩志麻遲命《うましまぢのみこと》。「こは物部連《もののべのむらじ》、穂《ほ》積臣《づみのおみ》、婇臣《うねべのおみ》の祖《おや》なり」故《かれ》、かく荒《あら》ぶる神等《かみども》を言向《ことむ》け平和《やは》し、伏《まつろ》はぬ人等《ひとども》を退《そ》け撥《はら》ひて、畝《うね》火《び》の白檮原宮《かしはらのみや》に坐《いま》しまして、天《あめ》の下治《したし》らしめしき。

【現代語訳】

この土地から天津神の御子の軍隊はさらに進み、忍坂《おさか》の大室に到着したが、そこには土雲《つちぐも》と呼ばれる原住民の一族で、その数は八十人にも及ぶ猛々しい者どもが、住居の穴に潜んで唸りをあげて待ち構えていた。そこで天つ神の命令で、八十人の賊どもにご馳走を与えることとした。賊の一人ずつに宛てて八十人の膳部の係りを設け、係りの者にはそれぞれの腰に剣を帯びさせ、その膳部の者たちには「合図の歌を聞いたら一斉に切りかかれ」と教えておいた。そのように教えておいて、土雲を撃ち取らんとしてうたった歌は、

忍坂の大きな室屋中に
多くの者どもが集まってきた
どんなに沢山集まろうとも
武勇に秀でた久米の兵《つわもの》が
切れ味するどい頭椎《くぶつつい》の太刀、石椎《いしつつい》の太刀を引き抜いて撃ち取ってしまうぞ
武勇に秀でた久米の兵《つわもの》が

切れ味するどい頭椎の太刀、石椎の太刀を引き抜いて、
今、敵を撃ち敗かすのはこの時だ
と歌った。この歌を合図として皆一斉に太刀を抜き、あっという間に全員を撃ち殺した。
その後、以前に兄の五瀬命を殺した登美毘古《とみびこ》を撃たんとした時には、次のような歌を歌った。
武勇に秀でた久米の兵が
日ごろ耕す粟畑《あわばたけ》に、臭い韮《にら》が一本紛れ込んで生えている
邪魔者のその韮を、根こそぎに引っこ抜き
根につながった芽もろともに引き抜くように
憎い奴らを撃たずにおくものか
また次のようにも歌った。
武勇に秀でた久米の兵が
日ごろ屯《たむろ》す垣根の畑に植えてある山椒の実
その実を食めばぴりぴり辛くて忘れぬほど辛い
敵から受けたこの手痛い怨みは夢にも忘れぬ
この仇は、必ずや撃ってのける
また次のようにも歌った。
神風の吹く伊勢の国の
海辺にある大きな岩を、這いまわる小さな巻貝のように

賊どもを取り囲んで、一人あまさず撃ってのけずにおくものか

また、登美毘古《とみびこ》を撃ち負かした後、兄師木《えしき》、弟師木《おとしき》という兄弟の賊を攻めたが、戦いが長引き、さすがの天つ神の御子の軍隊も、一時すっかり疲れ切ってしまった。その時、天つ神の御子の歌った歌は、

楯を押し並べて敵軍に向かい、伊那佐《いなさ》の山の
生い茂る木々の間から、敵の様子をうかがい守りながら戦ったので
私はもうすっかり飢えてしまった
わが軍に従う鵜飼部の者たちよ、たった今助けに来てくれ

ここに邇藝速日命《にぎはやひのみこと》が、天つ神の御子の軍隊の陣中に参い来て、次のように言った。「天つ神の御子が高天原からお降りになっておられると聞きましたので、私もあとを追って降《くだ》って参りました」と。そして同じ天つ神の末裔であることを示す宝を献上して仕えた。そこで、邇藝速日命《にぎはやひのみこと》が登美毘古《とみびこ》の妹である登美夜毘賣《とみやびめ》を妻として生んだ子は、宇摩志麻遲命《うましまぢのみこと》といい、これは物部の連《むらじ》、穂積《ほづみ》の臣《おみ》、婇《うねべ》の臣《おみ》の祖先である。かように神倭伊波禮毘古命は、荒ぶる神たちを帰順させて平定し、遂に逆らう者もなくなった。そこで畝火《うねび》の白檮原宮《かしはらのみや》（畝傍の橿原の宮）において、天下を治められたのである。

『古事記』参考文献一覧

『仮名古事記』坂田鐵安著　神道禊教
『古事記』白河家三十巻本　新国民社
『古事記伝』日本名著刊行会（昭和五年）
『古事記』倉野憲司校注　岩波文庫
『古事記』日本思想体系　岩波書店
『古事記注釈第一巻～八巻』西郷信綱著　ちくま学芸文庫
『古事記の表記と訓読』山口佳紀著　有精堂
『古事記概説』山田孝雄著　中央公論社
『日本精神の淵源』古事記生命の原理　浅野正恭著　嵩山房
『古事記新講』次田潤著　明治書院
『記紀神話論考』守谷俊彦著　雄山閣
『口語訳　古事記』三浦佑之著　文藝春秋
『古事記講義』三浦佑之著　文藝春秋
『古事記及日本書紀の研究』津田左右吉著　岩波書店
『古事記の世界』西郷信綱著　岩波新書
『日本神話』上田正昭著　岩波新書

『古事記全釈』植松安・大塚龍夫共著　不朽社
『古事記生成の研究』志水義夫著　おうふう
『ギリシャ神話と日本神話』吉田敦彦著　みすず書房
『日本神話の特色』吉田敦彦著　青土社
『日本よ蘇えれ　日本神話の知恵』出雲井晶著　扶桑社
『今なぜ日本の神話なのか』出雲井晶著　原書房
『朗読用 日本の神話 古事記神代の巻』出雲井晶著「日本の神話」伝承会　戎光祥出版
『古事記の新しい解読　コタンスキの古事記研究と外国語訳古事記』ヴィエスワフ・コタンスキ著　松井嘉和編

おわりに

この『読み解き『古事記』』は、平成八年に一般の方々を対象に開講した「暁鐘塾《ぎょうしょうじゅく》」で、今日も語り続けているものをまとめたものです。

「暁鐘」とは陽明学の祖である王陽明の漢詩「暁の鐘を叩き新時代の幕開けを告げる」の意から、心の荒廃著しい今の社会に、学びによって心で栄える新時代の夜明けともなればとの願いを込めて命名したもので、講義内容は『古事記』に限らず、日本の源流を訪ねることを旨とし、東・西思想の比較や、『論語』『陽明学』『歎異抄』『十牛図』『靖国論』などを掘り下げて、一般の人々が失いかけた、あるいは誤解している、日本の素顔を感じ取れる内容にしています。

最近『古事記』を読み直す人が増えてきたのも、今の社会現象を憂う気持ちから、心の置き所となるものを掴み取りたいからでしょう。暁鐘塾で聴講される方々の食い入るような目の輝きには、私が驚かされるのですが、多分、『古事記』のこれまでにない読み解き方に

「こんなにも深い意味があったのか」と驚かれてのことと思われます。

私は、教派神道の一派の管長宗家に嫡男として生まれ、幼い頃から『古事記』に親しんできました。長老たちが「ここの物語は、神様の御心を物語っています」「この段はこう読み解いて、自らの教訓として理解することです」「ここは現代への戒めとして受け止めることです」と、熱心に教えられて育ちました。それ故に、既刊本の『古事記』解釈のどれもが根本的な間違いを起こしているのが気になってなりません。『古事記』の編纂を詔された天武天皇と、編纂した太安萬侶や、読誦した稗田阿礼の思うところとは懸け離れているような気がしてならないのです。

太安萬侶が『古事記』序文で「上古の時、言意《ことばこころ》並びに朴《すなお》にして」と語っているように、昔の人々は言葉も心も素朴で、その素朴な心は千年の時を経ても民族の古里のようにDNAに残されています。その言葉を心で探って理解しなければ、欲しい指針を手に入れることはできないでしょう。ですから私はここに読み解き方を提示しました。神道の教えをあずかる人間として、『古事記』が謂わんとする真意を正しく伝えるのが私の天命であると弁《わきま》えてのことです。この『読み解き 古事記』が、今の社会の「何か」という疑問を考えるきっかけとなってくれることを期待するところです。

なお、国学ご専門の研究者、宗教関係の方々等には、一方的な見方が気になるかも知れません。一つの試論としてお許しいただければ幸いです。

この本をまとめるにあたっては、水琴社主宰、池羽田靖子氏にご苦労をお掛けし、また学習院大学の大先輩でもあり、良き理解者でもあるフジサンケイ ビジネスアイの佐伯浩明大兄、ならびに産経新聞出版の穐田浩治氏には、丁寧なコメントをいただきました。諸氏に心から深くお礼を申し上げます。

坂田安弘

小生愚歌
古しへの　うまし心を今ここに
　語りそめにし　文とこしへに
葦かびの　うまし心によりてなる
　開きそめにし　浮世なるかも

平成二十一年梅香る本庁にて

単行本　平成二十一年六月　産経新聞出版刊

産経NF文庫

読み解き 古事記

二〇二〇年八月二十三日 第一刷発行

著 者 坂田安弘
発行者 皆川豪志
発行・発売 株式会社 潮書房光人新社
〒100-8077 東京都千代田区大手町一-七-二
電話/〇三-六二八一-九八九一(代)
印刷・製本 凸版印刷株式会社
定価はカバーに表示してあります
乱丁・落丁のものはお取りかえ致します。本文は中性紙を使用

ISBN978-4-7698-7026-5 C0195
http://www.kojinsha.co.jp

産経NF文庫の既刊本

旧制高校物語 真のエリートのつくり方
喜多由浩

私利私欲なく公に奉仕する心、寮で培った教養と自治の精神……。中曽根康弘元首相、ノーベル物理学賞受賞の小柴昌俊博士、作家の三浦朱門氏など多くの卒業生たちが旧制高校の神髄を語る。その教育や精神を辿ると、現代の日本が直面する課題を解くヒントが見えてくる。

定価〈本体820円＋税〉 ISBN978-4-7698-7017-3

神話のなかのヒメたち イザナミノミコト、天照大御神から飯豊王まで
産経新聞取材班

古事記・日本書紀には神や王を支える女神・女性が数多く登場する。記紀では彼女たちの支援や献身なしには、英雄たちの活躍はなかったことを描き、その存在感は神話時代から天皇の御世になっても変わりなく続く。「女ならでは」の視点で神話・古代史を読み解く。

定価〈本体810円＋税〉 ISBN978-4-7698-7016-6

日本人なら知っておきたい英雄 ヤマトタケル
産経新聞取材班

古代天皇時代、九州や東国の反乱者たちを制し、大和への帰還目前に非業の死を遂げた英雄ヤマトタケル。神武天皇から受け継いだ日本の「国固め」に捧げた生涯を南は鹿児島から北は岩手まで、日本各地を巡り、地元の伝承を集め、郷土史家の話に耳を傾けて綴る。

定価〈本体810円＋税〉 ISBN 978-4-7698-7015-9